中国新文学史书写的发生、层累及对话

（1920—1949）

张 军 著

中国社会科学出版社

图书在版编目（CIP）数据

中国新文学史书写的发生、层累及对话：1920－1949／张军著．—北京：中国社会科学出版社，2017.6

ISBN 978－7－5203－1180－9

Ⅰ.①中…　Ⅱ.①张…　Ⅲ.①中国文学—现代文学—文学史　Ⅳ.①I209.6

中国版本图书馆CIP数据核字（2017）第244150号

出 版 人　赵剑英
责任编辑　郭　鹏
责任校对　张艳萍
责任印制　李寡寡

出　　版　中国社会科学出版社
社　　址　北京鼓楼西大街甲158号
邮　　编　100720
网　　址　http://www.csspw.cn
发 行 部　010－84083685
门 市 部　010－84029450
经　　销　新华书店及其他书店

印　　刷　北京明恒达印务有限公司
装　　订　廊坊市广阳区广增装订厂
版　　次　2017年6月第1版
印　　次　2017年6月第1次印刷

开　　本　710×1000　1/16
印　　张　20.75
字　　数　308千字
定　　价　88.00元

凡购买中国社会科学出版社图书，如有质量问题请与本社营销中心联系调换
电话：010－84083683

目　录

导　　论

第一节　研究现状

文学史书写研究随着现代意义的文学史著出版就已有之，那时多是批评解读的性质。较早出现的专门的文学史理论研究应该以朱星元的《中国文学史外论》[①] 为代表，其在1935年就以专著的形式讨论了文学史的定义、目的、范围、方法论、写法、分类、起源与进展等问题。中国新文学史编撰研究也随着文学史著批评开始起步，如王哲甫的《中国新文学运动史》[②] 在1933年出版之后，就引发了众多批评文章，此后关于新文学史编撰研究多以这类批评文章为主。就新文学史编撰史而言，新时期初邢铁华的《中国现代文学史研究述评》[③] 具有开创之功。1995年黄修己的《中国新文学史编纂史》[④] 得以出版，引起学界轰动，由此开启了研究中国新文学史编撰的学术方向。

其中成果最多的应该是中国现代文学史编撰史研究。很多知名学者出版了学术专著来梳理中国现代文学史的编撰史，并探讨其未来路径。如黄修己的《中国新文学史编纂史》、任天石的《中国现代文学史学发展史》[⑤]、董乃斌等的《中国文学史学史》[⑥]。还有朱德发的

---

① 朱星元：《中国文学史外论》，东方学术社1935年版。
② 王哲甫：《中国新文学运动史》，北平杰成印书局1933年版。
③ 邢铁华：《中国现代文学史研究述评》，《文学评论》1983年第6期。
④ 黄修己：《中国新文学史编纂史》，北京大学出版社1995年版。
⑤ 任天石：《中国现代文学史学发展史》，江苏文艺出版社2002年版。
⑥ 董乃斌、陈伯海：《中国文学史学史》，河北人民出版社2001年版。

《现代文学史书写的理论探索》[①]、朱德发与贾振勇的《评判与建构：现代中国文学史学》[②]、温儒敏的《文学史的视野》[③]、钱理群的《返观与重构——文学史的研究与写作》[④] 与《中国现代文学史论》[⑤]、陈平原的《文学史的形成与建构》[⑥]《作为学科的文学史》[⑦]《假如没有"文学史"……》[⑧]、陈国恩的《学科观点与文学史建构》[⑨]、王泽龙的《反思与重构——中国现代文学史观综论》[⑩]、朱晓进的《中国现代文学史研究的视阈》[⑪]、黄万华的《中国和海外20世纪汉语文学史论》[⑫]、陈国球的《文学如何成为知识？——文学批评、文学研究与文学教育》[⑬]、张传敏的《民国时期的大学新文学课程研究》[⑭] 等，这些专著对中国现代文学学科、现代文学史家、文学史著、文学史观以及教育体制等之间纠缠交错的关系进行了综合探索。曾庆瑞的《中国现代文学史学科论》[⑮]、徐瑞岳的《中国现代文学研究史纲》[⑯]、许怀中的《中国现代文学史研究史论》[⑰]、冯光廉和谭桂林合著的《中国现代文学史研究概论》[⑱]、黄修己和刘卫国合编的《中国现代文学研

---

① 朱德发：《现代文学史书写的理论探索》，山东人民出版社2010年版。

② 朱德发、贾振勇：《评判与建构：现代中国文学史学》，山东大学出版社2002年版。

③ 温儒敏：《文学史的视野》，人民文学出版社2004年版。

④ 钱理群：《返观与重构——文学史的研究与写作》，上海教育出版社2000年版。

⑤ 钱理群：《中国现代文学史论》，广西师范大学出版社2011年版。

⑥ 陈平原：《文学史的形成与建构》，广西教育出版社1999年版。

⑦ 陈平原：《作为学科的文学史》，北京大学出版社2011年版。

⑧ 陈平原：《假如没有"文学史"……》，生活·读书·新知三联书店2011年版。

⑨ 陈国恩：《学科观点与文学史建构》，中国社会科学出版社2012年版。

⑩ 王泽龙：《反思与重构——中国现代文学史观综论》，新华出版社2005年版。

⑪ 朱晓进：《中国现代文学史研究的视阈》，人民文学出版社2008年版。

⑫ 黄万华：《中国和海外20世纪汉语文学史论》，百花文艺出版社2006年版。

⑬ 陈国球：《文学如何成为知识？文学批评、文学研究与文学教育》，生活·读书·新知三联书店2013年版。

⑭ 张传敏：《民国时期的大学新文学课程研究》，人民出版社2010年版。

⑮ 曾庆瑞：《中国现代文学史学科论》，台北智燕出版社1990年版。

⑯ 徐瑞岳：《中国现代文学研究史纲》，江苏教育出版社2001年版。

⑰ 许怀中：《中国现代文学史研究史论》，厦门大学出版社1997年版。

⑱ 冯光廉、谭桂林：《中国现代文学史研究概论》，南京大学出版社1995年版。

究史》[①] 等在整体观照中国现代文学研究史、学科史之时，都关注过中国现代文学史编撰。胡希东的博士论文《1950—1980 新文学史著作文学史观念研究——以现代派为参照》主要是对 1950—1980 年新文学史著作中所体现出的文学史观念进行研究；罗云峰的博士论文《现代中国文学史书写的历史建构——从清末至抗战前的一个历史考察》对现代文学早期的文学史书写进行了考察；王瑜的博士论文《重审与重构：现代文学史观与中国现代文学史编写问题研究》[②] 也是关注中国现代文学史的编撰。张伟栋的博士论文《李泽厚与现代文学史的“重写”》[③] 研究了李泽厚与现代文学史编撰的关系。

中国当代文学史编撰史研究近来也日受重视。贺桂梅在《中国现当代文学学科概要》[④] 中将当代文学史编撰置放在当代文学学科发展的框架中考察。王春荣、吴玉杰的《文学史话语权威的确立与发展》[⑤] 讨论了中国文学史学科、研究方法、当代文学史观、文学史家及其经典文学史著等议题，较全面整理了中国当代文学史编撰目录。杨义主编的《中国当代文学研究（1949—2009）》[⑥] 研究了中国当代文学研究史，讨论了当代文学史书写的得与失。还有古远清、席扬等人的论文宏观勾勒了中国当代文学史编撰的发展与变迁情形。笔者的博士论文《中国当代文学史叙述研究》[⑦] 对中国当代文学史编撰中的史家立场、叙述声部和述史情节进行了理论探讨，对中国当代文学史著进行了较全面的目录整理。魏崇新、王同坤的《观念的演进：20 世纪中国文学史观》[⑧] 也曾论述中国当代文学史观。洪子诚的《问题

---

① 黄修己、刘卫国：《中国现代文学研究史》，广东人民出版社 2008 年版。

② 王瑜：《重审与重构：现代文学史观与中国现代文学史编写问题研究》，中国社会科学出版社 2014 年版。

③ 张伟栋：《李泽厚与现代文学史的“重写”》，江西人民出版社 2012 年版。

④ 温儒敏、李宪瑜、贺桂梅、姜涛：《中国现当代文学学科概要》，北京大学出版社 2005 年版。

⑤ 王春荣、吴玉杰：《文学史话语权威的确立与发展》，辽宁人民出版社 2007 年版。

⑥ 杨义、江腊生：《中国当代文学研究（1949—2009）》，中国社会科学出版社 2011 年版。

⑦ 张军：《中国当代文学史叙述研究》，中国社会科学出版社 2012 年版。

⑧ 魏崇新、王同坤：《观念的演进：20 世纪中国文学史观》，西苑出版社 2000 年版。

与方法：中国当代文学史研究讲稿》[1] 详细论述了中国当代文学史研究的立场和方法之间的复杂关联。李杨的《文学史写作中的现代性问题》[2]、旷新年的《写在当代文学边上》[3] 和《文学史视阈的转换》[4] 等反省了文学史书写的权力话语、范式转换等问题。於可训的《当代文学：建构与阐释》[5]、吴秀明的《中国现当代文学史与生态场》[6]、程光炜的《文学讲稿："八十年代"作为方法》[7] 和《当代文学的"历史化"》[8]、杨匡汉的《中国当代文学》[9] 等论及了中国当代文学史的编写模式、文学史概念、时空结构、内容与体例、潜在制约以及发展态势等。笔者的《现代中国文学整体化历史编撰研究》[10] 则研究了以"20 世纪中国文学史""中国现当代文学史""中国现代文学史""中国新文学史"之名将现代中国文学整体化历史编撰的文学史著。

中国台港及海外的中国现代文学史编撰研究近来也取得不少成绩。魏崇新、王同坤的《观念的演进：20 世纪中国文学史观》[11] 涉及林曼叔的中国当代文学史著。古远清的《台湾当代文学理论批评史》[12] 将较多中国台湾学人编撰的中国现代文学史著置于文学理论批评史的范围内进行了讨论。陈国球的《文学史书写形态与文化政治》[13] 探究了不同时代不同类别的中国古代文学史框架，考察了叶辉的中国香港文学史书写。王宏志的《历史的偶然：从香港看中国现代

---

① 洪子诚：《问题与方法：中国当代文学史研究讲稿》，生活·读书·新知 三联书店 2002 年版。

② 李杨：《文学史写作中的现代性问题》，山西教育出版社 2006 年版。

③ 旷新年：《写在当代文学边上》，上海教育出版社 2005 年版。

④ 旷新年：《文学史视阈的转换》，北京大学出版社 2013 年版。

⑤ 於可训：《当代文学：建构与阐释》，武汉大学出版社 2005 年版。

⑥ 吴秀明：《中国现当代文学史与生态场》，中国社会科学出版社 2009 年版。

⑦ 程光炜：《文学讲稿："八十年代"作为方法》，北京大学出版社 2009 年版。

⑧ 程光炜：《当代文学的"历史化"》，北京大学出版社 2011 年版。

⑨ 杨匡汉：《中国当代文学》，辽宁教育出版社 2005 年版。

⑩ 张军：《现代中国文学整体化历史编撰研究》，中国社会科学出版社 2015 年版。

⑪ 魏崇新、王同坤：《观念的演进：20 世纪中国文学史观》，西苑出版社 2000 年版。

⑫ 古远清：《台湾当代文学理论批评史》，武汉出版社 1994 年版。

⑬ 陈国球：《文学史书写形态与文化政治》，北京大学出版社 2004 年版。

文学史》[1] 关注了中国香港学人所编写的中国现代文学史著。陈岸峰的《文学史的书写及其不满》[2] 讨论了中国内地不同时期代表性的中国现代文学史著。笔者的《台港及海外的中国现代文学史编撰研究》[3] 则对中国台港及海外的中国现代文学史编撰进行了整体观照和系统考察。

随着中外文学交流日渐增多，一方面，在中国的很多外国留学生开始注意到他们本国的中国现代文学史编撰情形。来自越南的留学生裴氏翠芳的博士论文《中国现当代文学在越南》介绍了越南学者编撰中国现代文学史的情形。来自韩国的留学生郑英姬的硕士论文《试论韩国的中国现代文学史研究》梳理了韩国的中国现代文学史编撰历史。另一方面，中国学者也开始关注中国现代文学在国外的研究状况。张柠、董外平编的《思想的时差——海外学者论中国当代文学》[4]，钱林森编的《法国汉学家论中国文学：现当代文学》[5] 等都是重在收集海外学者研究中国现代文学的单篇论文。彭松的博士论文《欧美现代中国文学研究的向度和张力》、余夏云的博士论文《作为"方法"的海外汉学——以英语世界的中国现代文学研究为例》、刘江凯的博士论文《认同与"延异"——中国当代文学的海外接受》[6]、刘伟的博士论文《"日本视角"与中国现代文学研究——以竹内好、伊藤虎丸、木山英雄为中心》等，他们或以海外中国现代文学研究为整体研究对象，重视具体学人、学派的学术思想，或重在中国现代文学在海外的传播和接受，其中也涉猎部分中国现代文学史编撰研究。

这里只是点录了研究中国新文学史编撰的学术著作，就已琳琅满

---

① 王宏志：《历史的偶然：从香港看中国现代文学史》，牛津大学出版社 1997 年版。

② 陈岸峰：《文学史的书写及其不满》，中华书局（香港）有限公司 2014 年版。

③ 张军：《台港及海外的中国现代文学史编撰研究》，中国社会科学出版社 2016 年版。

④ 张柠、董外平：《思想的时差——海外学者论中国当代文学》，北京大学出版社 2013 年版。

⑤ 钱林森：《法国汉学家论中国文学：现当代文学》，外语教学与研究出版社 2009 年版。

⑥ 刘江凯：《认同与"延异"——中国当代文学的海外接受》，北京大学出版社 2012 年版。

目，还没有列举陶东风、董乃斌、葛红兵等研究文学史理论的著作，也不包含刘增杰、谢泳等研究新文学史料学的著作，遑论那些数量庞大的期刊论文。这说明文学史研究已经或正在成熟，有关专家所呼吁的文学史学科在不久有望成为现实。

第二节　研究视角

在上述众多的研究著作中，我们发现，单研究新中国成立之前的新文学史书写的著作很少。或许是认为这一时期的文学史著不多，难以构成一独立的研究单元；或许是认为这一时期的文学史著成就不大，能够提供的阐释空间不足以引发更多兴趣。但是如果回到这一时期新文学史书写的历史现场，我们会发现很多有意思的话题和值得关注的视角。

在这一时期中国新文学史书写得以发生。自从发生学与谱系学在中国人文社会科学研究中成为重要的研究方法之后，以此种视角来研究中国现代文学的学术著作就出现不少，其中包括陈方竞的《多重对话：中国新文学的发生》①、杨联芬的《晚清至五四：中国文学现代性的发生》②、陈文新的《中国文学流派意识的发生和发展》③、岳凯华的《五四激进主义的缘起与中国新文学的发生》④、李怡的《日本体验与中国现代文学的发生》⑤、陈红旗的《中国左翼文学的发生1923—1933》⑥、张莉的《浮出历史地表之前：中国现代女性写作的发生》⑦、张向东的《语言变革与现代文学的发生》⑧、张天星的《报

① 陈方竞：《多重对话：中国新文学的发生》，人民文学出版社2003年版。

② 杨联芬：《晚清至五四：中国文学现代性的发生》，北京大学出版社2003年版。

③ 陈文新：《中国文学流派意识的发生和发展》，武汉大学出版社2003年版。

④ 岳凯华：《五四激进主义的缘起与中国新文学的发生》，岳麓书社2006年版。

⑤ 李怡：《日本体验与中国现代文学的发生》，北京大学出版社2009年版。

⑥ 陈红旗：《中国左翼文学的发生1923—1933》，暨南大学出版社2010年版。

⑦ 张莉：《浮出历史地表之前：中国现代女性写作的发生》，南开大学出版社2010年版。

⑧ 张向东：《语言变革与现代文学的发生》，人民文学出版社2010年版。

刊与晚清文学现代化的发生》[1]、赵亚宏的《〈甲寅〉月刊与中国新文学的发生》[2]、李岚的《行旅体验与文化想象：论中国现代文学发生的游记视角》[3]、汤富华的《翻译诗学的语言向度：论中国新诗的发生》[4]、袁进的《新文学的先驱：欧化白话文在近代的发生、演变和影响》[5]、彭超的《巴蜀作家与中国现代文学的发生》[6]、荣光启的《"现代汉诗"的发生：晚清至五四》[7]、李宗刚的《父权缺失与五四文学的发生》[8] 等。有了这么多关于中国新文学的"发生"研究，但是中国新文学史书写及其相关研究进行了相当长时间，还没有学者专门来讨论中国新文学史书写的"发生"，这应该是中国新文学史书写研究应该补齐的短板，这也是笔者进行该项研究的缘由。由于中国新文学的发生期为晚清民初，有关新文学史的书写则在文学革命之后，现在所能确定的较早的新文学史书写是罗家伦（1920 年）和胡适（1922 年）所进行的，所以我们将 20 世纪 20 年代视为中国新文学史书写的发生期。

这时期的新文学史书写实际上是"当代"文学史书写的层累。新文学从 1917 年的文学革命开始得以倡导，1920 年罗家伦就已经开始对其进行历史梳理，1922 年胡适撰写了《五十年来中国之文学》，对文学革命及其成绩进行了细致陈说，书写的正是"当代"文学史。此时，或者将新文学与晚清民初的文学放置在一起，或者将鸦片战争以来的文学与新文学予以整合进行讲述，他们并不认为这一时期的文

---

① 张天星：《报刊与晚清文学现代化的发生》，凤凰出版传媒集团、凤凰出版社 2011 年版。

② 赵亚宏：《〈甲寅〉月刊与中国新文学的发生》，人民出版社 2011 年版。

③ 李岚：《行旅体验与文化想象：论中国现代文学发生的游记视角》，中国社会科学出版社 2013 年版。

④ 汤富华：《翻译诗学的语言向度：论中国新诗的发生》，南京大学出版社 2013 年版。

⑤ 袁进：《新文学的先驱：欧化白话文在近代的发生、演变和影响》，复旦大学出版社 2014 年版。

⑥ 彭超：《巴蜀作家与中国现代文学的发生》，中国社会科学出版社 2014 年版。

⑦ 荣光启：《"现代汉诗"的发生：晚清至五四》，中国社会科学出版社 2015 年版。

⑧ 李宗刚：《父权缺失与五四文学的发生》，人民出版社 2016 年版。

学可以分为近代、现代和当代三个不同时期。在当时的文学史家眼中，这一时空的文学尽管名称不一样，但是都是“当代”文学。而且“当代”文学又不断发展，文学革命之后是“文学研究会”“创造社”、革命文学、左联、抗战文学……这些不断出现的文学运动和作家作品不断要求进入文学史中，于是新文学史书写就是即时、及时地将“当代”文学予以历史化处理，每一次“当代”文学的历史化都是在之前文学史基础上的层累。这种层累不仅意味着每一次新文学史书写都会在原有基础上添加新的“当代”文学内容，而且也强调每一次新文学史书写都会将原有的新文学作家作品进行经典化的淘洗或确认，从而构建了新文学史书写的基本内容、大致框架和核心论断。这种层累的历史化方式一直延续到1949年之后，此时的政治、教育与学术认为1949年之后的文学属于新的文学发展阶段，有必要将其与之前的新文学进行历史性切割，单独作为一个历史整体进行编撰，从而1949年之前的新文学被视为狭义的中国现代文学，其文学史时空已被固化不再延长，而主要经典大家也大致得以确证。

这时期的中国新文学史书写存在着多重对话。此时中国新文学史还没有成为大学教学体系中的正式学科，一些高中或大学设置新文学课程都很随意，教育主管部门更是没有制定统一的教学大纲，指定规定的文学史教材，所以新文学史的讲授与编写都依仗个人化书写。这其中虽有借鉴他人的成果部分，但更多是学术自身的累积和争辩，于是，不同学者的新文学史的讲授与书写自然会同中有异、异中有同，这种同异之间就会产生对话和辩驳。又由于这时期的新文学史书写的是“当代”文学史，书写的是正在文坛活跃的作家和正在进行的文学运动，文学史家当时所认为的“是”，随着时间的发展或许就变成了“非”，这种“是”与“非”之间的不同就会前后形成“交谈”对照。也有一些作家自己会书写新文学史，以抬高或确立自己的文坛地位，又因为他们有着不同的文学观念、属于不同的社团流派，他们的文学史书写往往有着自己的偏见和卓识，这些书写也会引起相互之间的竞争和对话、贬抑和抬升。还因为这一时期本身就是中国政治形势与文学文化思潮风起云涌的时代，不同的时代自然会有不同的知识范型，在这些不同知识范型指导下的新文学史书写又会呈现各自不同的风采。但是他们书写的文学史实却有很多类同之处，只不过对其进行阐释的方向与角度有着截然的不同，而这些类同之中的不同又会产生对话关系，让我们看见近三十年间不同文学观和史学观的嬗替变更与交相呼应。

正是考虑到1920—1949年的新文学史著书写的是“当代文学史”，其实质是后来我们所称之为“中国现代文学史”的发生与层累，其间存在着多种对话关系，所以笔者将此书命名为《中国新文学史书写的发生、层累及对话（1920—1949）》。这样的命名可能会引起许多争议和非难，但如果考虑到这将为考察这一时期的新文学史书写带来一种新的视野与命意，那它所面临的风险就是值得的。

第三节　章节安排

在《中国新文学史书写的发生、层累及对话（1920—1949）》这一命意下，本书章节有着以下安排和考虑。

当下，我们认为中国现代文学分为三个十年，每一个十年的文学主潮大致为“五四”文学、左翼文学和抗战文学。新文学史书写总要落后于实际文学运动的发展，再据笔者对文学史书写资料的考察，发现近三十年的新文学史书写实际上就是将这三个时期的文学主潮进行历史化的时期，所以同样可以将其分为三个时期，分别为：20世纪20年代是文学革命的合法性论证及“五四”文学历史化时期，20世纪30年代是重评“五四”文学与革命文学历史化时期，20世纪40年代是再评“五四”文学与抗战文学历史化时期。其中的时间节点分别是1920、1930、1940年，这样的时间划分看起来是故意为之，但更多或许是历史的巧合与历史规律的耦合。1920年罗家伦在《新潮》第2卷第5号发表了《近代中国文学思想的变迁》，这是目前发现最早的对新文学历史进行梳理的文章，由此开启了中国新文学史书写的源头；1930年冯乃超主编的《文艺讲座》第一册出版，其中有麦克昂（即郭沫若）的《文学革命之回顾》、华汉的《中国新文艺运动》、钱杏邨的《中国新兴文学论（第一章)》，这三篇文章主要是“创造社”“太阳社”人士以马克思主义文艺理论为指导书写革命文学历史，标志着革命文学历史化的肇始；1940年毛泽东的《新民主主义论》发表，1942年毛泽东的《在延安文艺座谈会上的讲话》发表，对“五四”及之后的文艺运动进行再度重评有了新的理论工具。三个时期代表着“五四”文学、革命文学、抗战文学的依次历史化，又意味着不同知识范型的登场，构筑了本书时代分期、分章的重要依据。

第一章将介绍20世纪20年代四种主要述史观点对文学革命与“五四”文学进行的历史书写。以罗家伦和胡适为代表的文学革命的发起者和拥趸者以进化论观点论证了新文学是旧文学的必然进化，具有优胜劣汰的合理性。以刘贞晦、李振镛、胡毓寰、谭正璧、赵景深、陈子展为代表的中国古代、近代文学史编撰者则在古代、近代文学史中附骥了新文学史，他们以中正客观的立场讨论了新旧文学之间的关系及新文学的成绩。“鸳鸯蝴蝶派”作家则以范烟桥为代表，他在《中国小说史》中谈及“鸳鸯蝴蝶派”小说才是中国传统小说的正宗，并认为其对中国小说的发展作出了并不亚于新文学的贡献。向培良、草川未雨作为后起的作家，面对着整理国故运动和新格律诗派的“复古”，提出了“保卫新文学继续前进”的主张。

第二章将介绍20世纪30年代四种主要述史观点对“五四”文学进行的重评，及对革命文学的历史化。郭沫若、华汉、钱杏邨等人以唯物论为评价标准矮化“五四”文学为小资产阶级和资产阶级所领导的文学，认为只有革命文学才高扬着无产阶级的大旗，王丰园、吴文祺、李何林等人的文学史著则紧随其后。周作人则以循环论为依归，认为所有的文学无非载道与言志两派，新文学运动只不过是晚明言志文学的循环。钱基博则从文化保守主义的角度高度评价了晚清民初的旧文学及反对新文学的学衡派，其认为新文学之新将会危及中国的文化传统。而王哲甫、朱自清、霍衣仙等人则以教学实践为目的，客观中立地论及新文学史实，并总结归纳其发展规律。

第三章将介绍20世纪40年代中四种述史观点所再次对“五四”

文学的重评，抗战文学在此时得以历史化。在中国共产党方面，有解放区的周扬按照毛泽东的《新民主主义论》和《在延安文艺座谈会上的讲话》精神再评“五四”文学为无产阶级领导的文学运动，社会主义现实主义的发生发展成为新文学史的中心线索；而国统区的冯雪峰则根据国统区斗争现实与需要，大谈统一战线，并总结民主革命的文艺运动的历史经验。在中国国民党方面，则有王集丛、赵友培等人重谈“三民主义”文艺，并以此重新组织文学史线索，革命文学成为他们要遮掩、否定的文学运动。在自由知识分子方面，则有战国策派出现，其中陈铨以民族主义文学作为新文学史的述史中心，“五四”文学与革命文学时期都成了民族主义文学失败的阶段，只有抗日战争时期民族主义文学才获得名正言顺的倡导和发展。此时仍以客观中立立场进行新文学史书写的则有李一鸣、任访秋、蓝海等人，他们将新文学三十年的经典作家予以确立，抗战文学的发展脉络则逐渐清晰。

“结语”部分，笔者将讨论中国新文学史书写的症候与未来的方向。其一，中国新文学史书写发生期多是文学史活动者与参与者的自我书写，其地域多集中上海、北京，少有文学史家科学全面检索之后进行的独立判断，而这些研究多被后来者所吸收，所以中国新文学史书写还有待进一步全面化和客观化。其二，新文学史书写不是文学历史的镜子式的反映，需要述史情节和述史观点的创新，只有这样才能解释历史，发掘出历史的意义，否则只是简单的自我重复与累积。其三，新的历史条件，我们需要新的述史情节，新世纪中国文学的发展需要我们重新反思“五四”文学、革命文学和抗战文学，并以此提出新的文学史情节。单一的述史情节创新也还是不够的，述史情节应能和经典作家作品的阐释相互证明，否则就如中国国民党的“三民主义”和战国策派的“民族主义”的述史口号一样，只能成为空洞的历史主题，而欠缺丰富的历史事实予以支撑。

第一章　文学革命的合法性论证及“五四”文学的历史化（20世纪20年代）

1917年的文学革命掀起了新旧文学之间的文坛争斗，文学史书写就成了这种争斗的有力工具，如何看待并书写文学革命运动成为此时新文学史书写的焦点。围绕这一焦点，20世纪20年代的新文学史书写可以分为四种立场态度：新文学倡导者们首先为新文学撰史，他们用进化论的理论武器推导新文学运动乃是时代潮流，其爆发及成功都具有天然合法性，不容反对者置喙怀疑。从事中国古代文学教学研究的专家学者们则认为新旧文学各有其妙，二者最好能互取精华并存发展。面对新文学倡导者们的咄咄逼人，旧文学中以“鸳鸯蝴蝶派”为代表者也开始通过撰史参与话语权之争，他们将新旧之间的矛盾转换成中西之间的不同，以中国正统文学自居，进而抵御学习西洋文学的新文学。随着新文学文化运动的发展，整理国故运动、新格律诗派及国剧运动都渐次出现，这又被后起的作家视为新文学的倒退，他们也高举进化论的旗帜，强调新文学要继续前进，而不能走回头路。下面我们来仔细分析这四种不同的文学史观指导下的新文学史书写。

第一节　新文学倡导者们的新文学史书写

历史往往是由胜利者所书写，胜利者也擅长通过历史的书写来总结过去，展望未来，以此确立自己的合法性和领导地位，新文学史的书写也不例外。1917年胡适发表《文学改良刍议》、陈独秀发表《文学革命论》，意味着文学革命的肇端。1920年，当时的教育部“训令”：凡国民学校低年级国文课教学统一使用国语白话，标志着文学革命得以成功。所以胡适说：“这一道命令把中国教育的革新至少提早了二十年。”[①] 文学革命成功之后，自然需要将其载入史册，这项任务首当其冲应该由新文学运动倡导者来完成，罗家伦和胡适自然是最合适的人选，他们以进化论为依据对文学革命发生的必然性进行了严密的论证。

一　罗家伦的《近代中国文学思想的变迁》

罗家伦的文学思想与胡适有相同之处，他受到胡适的影响较大。1917年，罗家伦21岁之时考进北京大学主修外国文学，此时胡适27岁是北京大学的教授，《文学改良刍议》已经引起巨大反响。其在1918年讲授中国哲学史、西洋哲学史、英文诗与欧洲文学名著等课程，罗家伦应该听过胡适的课程，所以罗家伦始终以老师之礼对待胡适。1918年《新青年》第4卷第6期“易卜生专号”发表易卜生名著《娜拉》，该著实为罗家伦与胡适合译，其中罗家伦翻译第一、二幕，胡适则完成第三幕。同年，北大学生创办的《新潮》杂志得以创办，以“新潮”为杂志的中文名就是罗家伦的提议。罗家伦在该杂志上发表了多篇文章鼓吹文学革命和白话文运动，其响应文学革命的第一炮《什么是文学？——文学界说》[②] 先从西方学说中探讨许多不同的解析，进而向中国传统文学挑战。他的第二篇长文《驳胡先骕君的中国文学改良论》[③]，逐句逐段驳斥胡先骕对胡适和陈独秀的猛烈攻击，实际上是在呼应胡适的《建设的文学革命论》一文，同时也提出他个人对文学、艺术和人生的看法。1920年，罗家伦方才24岁，此时的他经蔡元培推荐，得到实业家穆藕初奖学金资助赴美留学，就在

---

① 胡适：《国语讲习所同学录序》，《中国新文学大系·建设理论集》（影印本），上海文艺出版社1981年版，第258页。

② 罗家伦：《什么是文学？——文学界说》，《新潮》第1卷第2号，1921年2月1日。

③ 罗家伦：《驳胡先骕君的中国文学改良论》，《新潮》第1卷第5号，1919年5月1日。

赴美留学的船上他完成了《近代中国文学思想的变迁》①，该文继续回应与发扬了胡适的《建设的文学革命论》和《新思潮的意义》等文的内容。可见，罗家伦与胡适的文学观点有着承继与发扬的关系。

首先，罗家伦的《近代中国文学思想的变迁》从文学思想变迁的角度论述了新文学思潮发生的必然性，可以说，这是一篇“新文学发生史”的撰写。② 他从世界文化的范围，叙述了自1840年鸦片战争到1920年中国文学思想演变的历史过程。他考虑到文学与时代精神及人类社会的关系密切，三者之间呈同步变迁的态势，将“近代中国文学思想的变迁”分为四个时期：一、鸦片战争之后的“闭关时代”与“华夷文学”（以王任秋《陈夷务疏》为代表的排斥研究洋务的尊华攘夷的文学）。二、洋务运动及维新变化前期的“兵工时代”与“策士文学”（以康有为的《公车上书》和梁启超办的《时务报》《新民丛报》为代表，这类文学鼓吹西学新政，打破了八股文的拘泥，往往加入白话表现真切思想，以此“说当时之主”，大有策士之风）。三、立宪时期及民国初年的“政法路矿时代”与“逻辑文学”（以章太炎与严几道的文章为代表，他们或用汉学来讲革命，或大胆提倡西洋的政治伦理，虽不敢批评中国社会，但文学形式已经趋向精密朴茂而渐渐合于逻辑的组织）。四、“五四”新文化运动时期的“文化运动时代”。罗家伦分析当时的“文化运动时代”不是凭空生出来的，是因为有几种极重要的事实做背景，乃是进化的潮流所趋，不得不走这条路。第一是由于经济生活的改变。“因为西洋的工业制度输入过来，使人民的生活，从手工的进而为机械的。家庭的工作原来不能与工厂的工作相抗衡，况加之以西洋的资本挟雷霆万钧之力而东下。所以中国几千年来死守不弃的家族制度，至此遂一律动摇。家族制度动摇，大家的生活状况也跟着动摇，于是不能不去想种种改造的方法。所以也是各种思潮同时并起，和战国时代一样。”③ 第二是

---

① 罗家伦：《近代中国文学思想的变迁》，《新潮》第2卷第5号，1920年9月1日。

② 刘卫国：《中国现代文学研究史》，广东人民出版社2008年版，第123页。

③ 罗家伦：《近代中国文学思想的变迁》，张晓京编《中国近代思想家文库：罗家伦卷》，中国人民大学出版社2015年版，第133页。

由于第一次世界大战的影响。第一次世界大战以前，德国的军国主义使得德国兵力、财力强盛，政治制度完备，但是其在第一次世界大战中以完败告终，使得国人认识到仅仅学西洋的富国强兵、政治法律是没有用的，对于人类幸福是没有关系的，将来真正文明的枢纽，还在社会制度的改造。于是谈政议法的声浪稍衰，而社会改造的声浪大盛。第三是由于国内政治的失望。大家看到社会的腐败不可救药，国事日渐衰亡，就考虑到要改造社会，首在改造思想，于是思想革命应运而生。第四是由于学术的接触渐近。因为交通日益方便，而留学生加多，从法国带回来的人道的观念，从美国带回来的实际的科学态度，使得新文艺思想发辉闪亮。正是这四个方面的原因，再加上文学为人生的表现和批评，是从最好的思想里写下来的，而表现批评人生最自然的莫过于国语，记载思想最正确的也莫过于国语，于是“国语文学”应着时代的要求产生出来。接着罗家伦指出，“国语文学”的精神就是“人生化”的精神，其一方面排斥妨害人生的东西，另一方面把人生充分抄写出来，以满足大家的欲望和要求。而胡适的《建设的文学革命论》和周作人的《人的文学》正是“国语文学”的代表。这里他注重了文学革命的形式和内容，指出思想革命是文学革命的精神，文学革命是思想革命的工具，二者都是去满足人的生活的，这抓住了“国语文学”的本质特征。

罗家伦的文学思想注重时代社会思潮的变化，肯定受到了达尔文进化论思想的影响，其将社会发展分为四个时代的看法会让后来者似乎看见了其后梁启超所写的《五十年中国进化概论》。梁启超的这篇文章是1923年为申报馆建馆五十周年所作，在该文中梁启超指出：晚清民初的中国人，第一期，先从器物上感觉不足；第二期，是从制度上感觉不足；第三期，便是从文化根本上感觉不足。[①] 将罗家伦和梁启超的言论比较起来，似乎罗家伦的划分更为精明简要，或许梁启超受到罗家伦的启发也未可知。

---

① 梁启超：《五十年中国进化概论》，《饮冰室合集·文集》之三十九，中华书局1989年版，第43页。

其次，就在国人为白话文取代文言文和新文学运动顺利发展而欢欣鼓舞之际。罗家伦却清醒地看到了白话文学存在的危机，这种危机不在乎旧派外来的攻击，而在乎自己本身的毛病。其主要表现为两方面：第一，在新文学中处处受到中国旧思想的影响，形式主义严重。“现在新文学出品之中，思想精密，壁垒森严的固也不少；但是就大多数而论，其中轻佻、谩骂、武断、笼统、空泛、不合逻辑……哪一点不是中国旧思想的流露，其所不同之处，不过是以文言的形式，换了白话的形式”，“为什么新的文学之中，以短篇的结构为多呢？因为中国人向来思想的习惯，是散漫的、不耐系统的组织的，所谓‘信手拈来，都成妙谛’，最是以代表中国文人的心理。又如新诗，以中国目前的社会，苟真有比较眼光的诗人，没有一种材料不可供给他做成沉痛哀惋，写实抒情的长诗的。为什么反而是‘象征派’（Symbolic）的诗，写风景的诗成为风气呢？因为这种诗最同中国的文艺思想接近，而中国之诗人是最好‘啸傲风月’‘兴而比也’的。诸如此类，流露于不自然面；然而思想界又没有真正的批评家随正指点出来，其将来的流弊有不可言状者。所以这不能不说是新文学的一个危机”。[①] 第二，他认为“中国人的习惯，不但好自己流露这种中国式的思想，而且拥护这种东方的或类似东方的思想”。[②] 这里他批评了国人对托尔斯泰、泰戈尔、虚无主义的追捧以及梁启超欧游回来在日记中宣称“科学破产”的言论，他认为这些思想都有反对科学的因素，暂时不宜在中国提倡，因为“我们现在正要用科学来救中国都来不及的时候，中国人又是没有一点科学知识的，试问听到这种议论，其结果至于何如？”对此他发出感慨，“思想上不经一番精密科学的洗礼，而专以附和强拉类似东方的思想自重，哪能盼望真正的新文学出现呢？”[③] 最终他提出解决这两大危机的办法，最要紧的第一步就是要从事新文学创作的人，排除一切客气、保守气，把思想上清清白白

---

① 罗家伦：《近代中国文学思想的变迁》，张晓京编《中国近代思想家文库：罗家伦卷》，中国人民大学出版社 2015 年版，第 138 页。

② 同上书，第 138—139 页。

③ 同上书，第 139 页。

地用科学方法洗刷一番。排除一切自来盘踞的东方思想，专门研究西洋的学问。使得东西方文明接触之后，产生出一种世界的新文明来。第二步就是介绍西洋学说。他指出介绍也是不容易的事，因为我们现在断不能做一种不负责任的介绍。介绍的原因和介绍后所产生的结果，都应当算在介绍者功罪总账里面。他特别强调了要根据中国的需要来介绍文学思想及作家作品，他指出西洋文学中的神秘主义、新浪漫主义文学，尽管它们或者艺术成就很高、或者是一种新的趋势，但是可能并不适合当时的中国。因为“西洋的新浪漫主义，乃是经过多少年写实主义的陶镕而生的；现在连写实主义都不会产生的中国，配谈新浪漫主义吗?”① 所以他主张既然我们有了“人的发现”而主张“人生化”的文学，那么就要对于表现和批评人生文学思想加以研究。

最后，从罗家伦主张新文学要加强科学精神、有选择性地介绍表现和批评现实人生的西洋文学来看，他更感兴趣的是为人生的文学，某种程度上应该是现实主义的文学，有着将文学当作启蒙工具的理念包含其中。同时，其在文学观念上还有着进化的观念潜藏在其心目之中，那就是中国的文学是不科学的，需要向西方的科学精神学习。“五四”运动的思想精髓是“德先生”和“赛先生”，罗家伦作为“五四”运动冲锋陷阵的骁将，在文学领域里仍然高举民主、科学的大旗自然在情理之中。这也表现在其认为西方的文学思潮运动都是进化发展的，而中国的文学运动不能超越其固有的进化环节，只能亦步亦趋、老老实实地按照这些环节前行。这也几乎是“五四”一代学人都有的通病，现在看来自然感觉太过机械、僵硬。

二　胡适的《五十年来中国之文学》

1922 年 3 月，胡适应上海申报馆五十周年纪念特刊《最近五十年》之请撰写了《五十年来中国之文学》，该文从 1872 年《申报》出世的这年开始写起，一直写到文学革命的发生和新文学的发展状

① 罗家伦：《近代中国文学思想的变迁》，张晓京编《中国近代思想家文库：罗家伦卷》，中国人民大学出版社 2015 年版，第 141 页。

况。(这种以《申报》出世为近代文学起源在后来有人予以继承，如于润琦主编的《插图本百年中国文学史》[①] 就是以此为源头进行书写）与罗家伦从世界文化的范围来论述中国新文学思潮产生的必然性不同，胡适的《五十年来中国之文学》[②] 更多是从新旧文学、平民文学与贵族文学的兴衰史来讨论文学革命的必然性，并彰显了其发生过程及伟大成就。

首先，胡适将文学革命的发生视为新旧文学、平民贵族文学经历千年发展后的必然结果。该文共有十节，前九节都是书写“五四”文学革命之前的文学状况，第十节讲文学革命的发生和新文学的发展状况。该文的第一节是全文的总起，叙说了该文所要阐释的主要观点，即古文走向末运，新文学得以重生，五十年来中国之文学所呈现的四个特征就是：第一，曾国藩是桐城派古文的中兴第一大将，他的中兴事业虽然光荣灿烂，可惜没有稳固的基础，故而不能有长久的寿命。曾国藩一死之后，古文的命运又渐渐衰微下去了。所以这五十年来中国之文学的一个很明显的趋势就是古文末运史。第二，古文学的末期，受了时势的逼迫也开始逐渐变化，力求朝着“应用”的方向变去，这是新旧文学过渡时代，又可分作四个小派别：一是严复、林纾的翻译的文章；二是谭嗣同、梁启超一派的议论的文章；三是章炳麟的述学的文章；四是章士钊一派的政论的文章。这四派都是应用的古文，都可以叫做“古文范围以内的革新运动”，古文学因为他们的努力，又勉强支持了二三十年，但他们都不肯从根本上做一番改革的功夫，所以最终都失败了。第三，在这五十年之中，势力最大，流行最广的文学，乃是许多白话的小说。其中代表北方平民文学的如《七侠五义》《儿女英雄传》与代表南方文人小说的如《老残游记》《官场现形记》等，是这五十年中国文学的最高作品，最有文学价值的作品。这一段小说发达史，乃是中国“活文学”的一个自然趋势，它的重要性远在前面两段古文学史之上。第四，这五十年的白话小说史

---

① 于润琦：《插图本百年中国文学史》，四川人民出版社 2002 年版。

② 胡适：《五十年来中国之文学》，欧阳哲生编《胡适文集 3》，北京大学出版社 1998 年版，第 200 页。

仍旧与一千年来的白话文学有同样的一个大缺点：白话的采用，仍旧是无意的、随便的，并不是有意的。而近五年的文学革命则不同，乃是一种有意的主张。他们老老实实地宣告：古文学是已死的文学，“死文学”不能产生“活文学”，现在和将来的文学都非白话不可。这个有意的主张，便是文学革命的特点，是五年来这个运动所以能成功的最大原因。①

在该文的第一节论说这五十年文学的四个总的特征后，随后八节都是围绕这四个特征进行分述，重在强调古文运动的衰亡及白话小说的成就，第十节开始书写文学革命及历史的必然结果。其全文的逻辑就是古文的命运日渐消亡，与古文同期的白话小说却成就斐然，但是白话小说仍然不是有意的推动，所以文学革命在继承的基础上加以有意的鼓吹和实践，就迎来了白话文学这一“活文学”的胜利。这一文学史历程简言之就是，古文学是“死文学”而白话文学才是“活文学”。于是文学革命为什么会爆发就得到了逻辑严谨地证明，其是从文学运动自身的发展趋势来论述其合理性，与罗家伦的从时代背景变化引起文学思潮同步进化的逻辑有所不一样。

除新旧文学之兴衰这一述史逻辑之外，胡适还论及了文学革命实际上是平民文学与贵族文学斗争发展的必然归宿这一观点，这体现在该文第十节的开头。他指出，两千年来贵族的文学因为科举制度而得以延长，但民间的白话文学是压不住的，平民的文学却不声不响的继续发展。他将白话文学分为五个时期：汉魏六朝的“乐府”代表第一时期的白话文学；唐代的白话诗和禅宗的白话散文代表第二时期的白话文学；五代的白话词，北宋柳永、欧阳修、黄庭坚的白话词，南宋辛弃疾一派的白话词代表第三时期的白话文学；金元时代的白话小曲和白话杂剧代表第四时期的白话文学；明清五百多年的白话小说代表第五时期的白话文学。胡适认为，中国文学史里充满活力的是五个时期的白话文学，其中最重要的是其中的白话小说。虽然产生了如

① 胡适：《五十年来中国之文学》，欧阳哲生编《胡适文集 3》，北京大学出版社 1998 年版，第 200—202 页。

《水浒传》《西游记》《三国演义》《红楼梦》这样优秀的白话小说，但是国语仍然还不曾得到全国的公认，国语的文学也还不曾得到大家的公认，其两大原因就在于科举没有废止和没有有意的国语主张。1904 年，科举废止了但是国语运动还不是有意的国语主张。其最大缺点是把社会分作两部分：一边是应该用白话的下等社会的“他们”，另一边是应该做古文古诗的上等社会的“我们”。而 1916 年以来的文学革命方才是有意的主张白话文学，这与之前的白话报或字母的运动有两点不同：第一是没有“他们”“我们”的区别，认为白话乃是创造中国文学的唯一工具，是全国人都该赏识的一件好宝贝。第二是这个运动老老实实的攻击古文的权威，认它做“死文学”。这样，新文学作为平民的白话文学即是对已有白话文学的继承，也有着新的自觉意识，这是平民文学对贵族文学的胜利。这里，胡适尽管只书写五十年来的中国文学发展，实际上是在一个整体的中国白话文学史的宏阔视野下对其进行观照的。这是因为胡适此时正在讲授及撰写其后来在文学史界引起广泛关注的《白话文学史》[①]，这一文学史就是对整个中国白话文学史进行了历史梳理，而晚清民初的白话文学只是其中的一部分。

胡适撰写《五十年来中国之文学》的目的在于为文学革命的爆发进行理论推演，以此强调文学革命是“顺应天时”“合乎命意”。所以，他将文学进行了新文学与旧文学、平民文学与贵族文学之分，实质就是“活文学”和“死文学”之分。他认为五十年来的中国文学是旧文学、贵族文学的衰落，并对桐城派的古文成就进行了贬低，而且有意忽略了晚清的诗词成就而凸显白话文学和平民文学充满生机活力，特别强调了金和和黄遵宪的成绩。这样的书写的目的就是为了说明，有意提倡白话文学和平民文学的文学革命正是文学发展勃兴的正途，这顺应了历史发展和文学进化的逻辑，为文学革命提供了合法性论证。胡适书写新文学史的策略自然逃不过学衡派胡先骕的法眼，所以他对胡适的这篇文章进行了批评：他认为桐城派古文自有它独到的文学史

① 胡适：《胡适日记全编（三）》，安徽教育出版社 2001 年版，第 592 页。

地位，其后继之人严复、林纾的古文成就也非常之高，倒是章太炎、梁启超的文学水平并不高明；而胡适所选择欣赏的金和和黄遵宪不足以代表当时的诗歌成就，高出他们成就者甚多，如王闿运、高心夔、江湜，张之洞、陈宝琛、陈三立、郑孝胥、袁昶、梁鼎芬、刘光第、余明震、赵熙、陈曾寿、胡朝梁等；而针对胡适所说晚清词的衰落，他也进行了批评，并列举了王闿运、朱祖谋、郑文焯、况周颐、赵熙、文廷式等人成就斐然的词作。[①] 胡先骕的这种批评当然启发了后来陈子展和钱基博撰写近现代文学史的思路，这也表明胡适撰写文学史的有意偏颇正是为了达到为文学革命争夺历史话语权的目的。

其次，胡适在叙述文学革命的发生时，强调了他自己和陈独秀等人力挽狂澜的英雄气概，从而使得他自己的文学史形象得以英雄化。这表现在两方面：

第一，他有意忽略了梁启超等人掀起的小说界革命、文界革命以及诗界革命对“五四”文学革命的重要先导作用，无疑是为了凸显“五四”白话文学与传统文学的革命性断裂，由此而显出文学革命的历史意义。我们也可从中嗅出一些个人的恩怨纠结及学术主张的各有不同。“戊戌至辛亥当是梁启超一生的巅峰时期，少年胡适对他心仪已久，他的学术研究与写作的兴趣和动力可说是由梁启超撩拨出来的。”[②] 梁启超于1902年在《新民丛报》连载《论中国学术思想变迁之大势》的长篇大论，从七个时期高屋建瓴地评述了中国二千年的学术变迁。胡适后来在自传中满怀激情地写道：“这一部学术思想史中间缺了三个最要紧的部分，使我眼巴巴地望了几年。我在那失望的时期，自己忽发野心，心想，我将来若能替梁任公先生补作这几章缺了的中国学术思想史，岂不是很光荣的事业？我越想越高兴，虽然不敢告诉人，却真打定主意做这件事了。这一点野心就是我后来做《中国哲学史》的种子。”[③] 也许正因这种学术启蒙，胡适的博士学位论文

---

① 胡先骕：《评胡适五十年来中国之文学》，《学衡》1923年第18期。

② 董德福：《梁启超与胡适关于〈中国哲学史大纲〉的论辩刍议》，《复旦学报》（社会科学版）1998年第3期。

③ 胡适：《四十自述》，《胡适作品集》第1集，台北远流出版公司1986年版，第59页。

就是《先秦名学史》。1919 年 2 月，商务印书馆出版他的第一部学术著作《中国哲学史大纲（卷上）》，就是根据这部博士论文扩充而成的。这部书稿一经出版，出现了空前的轰动效应，一时洛阳纸贵，即便如四川这样的内地都出现“购者争先，瞬息即罄”① 的现象。可以说《中国哲学史大纲（卷上）》是胡适一生中最重要的学术著作，也是奠定胡适在中国学术界地位的主要基石。胡适自己对这本书的评价就相当高。1927 年 2 月，他在《整理国故与打鬼》一文中写道：“我自信，中国治哲学史，我是开山的人，这一件事要算是中国一件大幸事。这一部书的功用能使中国哲学史变色。以后无论国内、国外研究这一门学问的人，都躲不了这一部书的影响。凡不能用这种方法和态度的，我可以断言，休想站得住。”②

但是，胡适自视甚高的这本哲学史著在梁启超眼中却瑕疵不少，他应是最早对胡适这部哲学史进行批评的学术大家，这自然引起了胡适的不满。大约在 1920 年底（或 1921 年初），胡适曾致信陈独秀对其进行了抱怨：梁启超“讲中国哲学史——是专对我们的。他在清华的讲义无处不是寻找我的瑕疵的。他用我的书之处，从不说一声；他有可以驳我的地方，决不放过”。③ 1922 年 3 月，北京大学的学术组织哲学社请梁启超到学校讲演，梁启超讲演的题目竟然是《评胡适之〈中国哲学史大纲〉》。梁启超的讲演一开始充分肯定这本书的价值，在于它的“立脚点很能站得住”。他说：“这书处处表现出著作人的个性，他那锐敏的观察力、致密的组织力、大胆的创造力，都是‘不废江河万古流’的。”④ 但该演讲中，他更多是对此书进行了严厉的批评。胡适对于梁启超的演讲表面上还是很尊敬的，当天他亲自到演讲会场聆听梁启超的教诲，并针对梁启超的疑问一一作答，表现了一

① 胡适：《胡适来往书信选》（上），中华书局 1979 年版，第 71 页。

② 胡适：《整理国故与“打鬼”》，《胡适文存》第三集卷二，黄山书社 1996 年版，第 105 页。

③ 胡适：《胡适来往书信选》（上），中华书局 1979 年版，第 119 页。

④ 梁启超：《评胡适之〈中国哲学史大纲〉》，《饮冰室合集·文集之三十八》，中华书局 1989 年版，第 51 页。

个学术晚辈对学术前辈的尊敬。第二天，胡适进行了不卑不亢的回辩，他感谢梁启超的批评，说中国哲学史正在草创时期，有各种观点不嫌多，著述哲学史也不容易；他还列举梁启超对哲学史的几点贡献，肯定他说的“观点不同”的话是不错的。这番“迎来送往”的学术争辩，让当时的听众目眩歆羡，还有听众后来进行了生动的回忆。[①] 但胡适内心里实际上很排斥梁启超在他任教的北京大学来批评他最得意的哲学史著，他在日记中写到：梁氏公开作“评胡适之《中国哲学史大纲》”的讲演，“这是他不通人情世故的表示，本可以不去睬他”。他认为梁启超关于孔子、庄子的见解，“未免太奇特了!”“他讲孔子，完全是卫道的话，使我大失望”。[②] 在次日的日记中，胡适逐条反驳了梁启超关于《老子》一书是战国之末出品的种种理由。

胡适的《五十年来中国之文学》是 1922 年 3 月应上海申报馆五十周年纪念特刊《最近五十年》之请撰写的，该文写作持续了一段时间，于 1923 年 2 月收入《申报》五十周年纪念刊《最近之五十年》中得以出版。在这段时间之前，胡适与梁启超就因为哲学史书写发生了争论，而在 1923 年左右他们又围绕唯物史观的性质和“最低限度的国学书目”各抒歧见。[③] 这样，我们很难保证胡适在书写《五十年来中国之文学》时没有带着自己的个人情绪，有意不书写梁启超所倡导的几大革命。如果不牵强附会的话，甚至可以说，他用选择性的遗忘来撇清或回避他与这几大革命的影响与继承的关系。

第二，在叙述文学革命发生之时，胡适强调了自己与陈独秀功不可没。他认为自己的功劳在于首先有这一创意，而陈独秀的功劳在于其革命的态度决绝、不妥协。因为自己（指胡适）当时态度太和平

---

① 胡颂平编：《胡适之先生年谱长编初稿》第二册，台北联经出版公司 1984 年版，第 483 页。

② 胡适：《胡适的日记》（上册），中华书局 1985 年版，第 277—280 页。

③ 参见单继刚《唯物史观的“唯”：陈独秀与胡适、张君劢、梁启超之争》，《中国哲学史》2010 年第 3 期；张越《“最低限度的国学书目”之争与文化史观》，《史学史研究》2004 年第 3 期。

了，若照这个态度做去，文学革命至少还须经过十年的讨论与尝试，但陈独秀“必不容反对者有讨论之余地”的精神恰好补救了这个太持重的缺点。这里，胡适对自己的功过还是持平和态度的，这与其后来撰写的《逼上梁山》《中国新文学大系建设理论集·导言》喜欢宣扬自己的作用相比，更为谦和。胡适在介绍文学革命的发生过程时，多介绍一系列论文的发表及争论，如胡适的《文学改良刍议》《历史的文学观念论》《建设的文学革命论》，陈独秀的《文学革命论》。还有一系列刊物，如《每周评论》《新潮》《国民公报》等。这一书写方式使得他与陈独秀成为新文学的教父级人物，这是其文学史书写中的重要任务。

再次，胡适还述及1919年的“五四”运动、当时的教育部颁令将国民学校的国文改为国语、读音统一会的举措等对文学革命运动的促进作用。也论述了当时文学革命反对者的主张和行动，其中林纾创作的《妖梦》《荆生》，及与蔡元培的争论以及《学衡》杂志梅光迪、胡先啸等人的反对成了书写的重心。他没有正视他们言论之中值得商榷之处，而以一种胜利者的姿态予以讥讽，将这些反对者塑造为新文学史中的负面形象。胡适认为《学衡》的议论大概是反对文学革命的尾声，反对党已经破产了，此时他没有料到在1923年章士钊还会起来反对，在20世纪30年代仍然会有人攻击白话文，可见他对反对者们的学术能量及群众基础没有予以重视。或许在文学进化论者的眼中，这些都只是文学进化之中的杂音，不能掩盖文学主潮滚滚向前的宏大声响。

最后，胡适对五年（1917—1921年）以来白话文学的成绩进行了夸奖，他认为：第一，白话诗可以算是上了成功的路了。“诗体初解放时，工具还不伏手，技术还不精熟，故还免不了过渡时代的缺点。但最近两年的新诗，无论是有韵诗，是无韵诗，或是新兴的‘短诗’，都很有许多成熟的作品”。① 第二，短篇小说也渐渐的成立了。

① 胡适：《五十年来中国之文学》，欧阳哲生编《胡适文集3》，北京大学出版社1998年版，第263页。

“这一年多（1921 年以后）的《小说月报》已成了一个提倡‘创作’的小说的重要机关，内中也曾有几篇很好的创作。但成绩最大的却是一位托名‘鲁迅’的。他的短篇小说，从四年前的《狂人日记》到最近的《阿 Q 正传》，虽然不多，差不多没有不好的。”① 第三，白话散文很进步了。其中最让人注意的是周作人等提倡的“小品散文”。“这一类的小品，用平淡的谈话，包藏着深刻的意味；有时很像笨拙，其实却是滑稽。这一类的作品的成功，就可彻底打破那‘美文不能用白话’的迷信了。”② 第四，戏剧与长篇小说的成绩最坏。“戏剧还有人试做；长篇小说不但没有人做，几乎连译本都没有了！”③

按照胡适对新文学成绩的总结，我们会以为新文学能水到渠成地受到大众的欢迎，而旧文学和贵族文学经过这一摧枯拉朽的攻击之后就会一蹶不振。但是我们通过书商张静庐之口可以发现，在 1923、1924 年间“新书的销行，才渐渐抬起头来了；同时‘礼拜六派’的势力，也到达‘回光返照’时期，全国的读者很显明地分成两个壁垒”。④ 这说明新文学在此之前并不畅销，文坛仍旧是旧势力把握，只有 1923、1924 年左右，新文学才真正在文坛上站住脚跟并和“礼拜六派”平分秋色，而后者是“回光返照”并从此让出文坛主角地位。看来新文学的诞生如一切新生物诞生一样，都必须经历萌生、破土、发芽、生长、结果的过程，不是一蹴而就、马到成功的。但是在胡适的笔下我们看不出这种“礼拜六派”的“回光返照”，他对其采取了故意忽略的态度不予提及。后来茅盾也曾在《中国新文学大系 · 小说一集》的导言中写道：“现在我们回顾民国六年（一九一七年）到民国十年（一九二一年）这五年的期间，（这是中国新文学史上第一个‘十年’的前半期，）总会觉得那时的创作界很寂寞似的。作者固然不多，发表的机关也寥寥可数，然而我们再看看那时期的后半的五年（一九二二到一九二六

① 胡适：《五十年来中国之文学》，欧阳哲生编《胡适文集 3》，北京大学出版社 1998 年版，第 263 页。

② 同上。

③ 同上。

④ 张静庐：《在出版界二十年——张静庐自传》，上海书店出版社 1984 年版，第 122 页。

年）那情形可就大不同了。从民国十一年起（一九二二年）一个普遍的全国的文学的活动开始来到!"① 可见在罗家伦书写《近代中国文学思想的变迁》（1920 年）和胡适撰写《五十年来中国之文学》（1922 年）之时，中国新文学的成就并没有繁荣起来。但胡适却将新文学的成绩描写得如此灿然可喜，除了他们自身的立场带给了他们盲视之外，也未必没有夸大其词、以壮声威的成分存在。

无论是罗家伦还是胡适的中国新文学运动史的书写，都阐释着文学革命不得不发生的多种原因，如胡适在《中国新文学大系建设理论集》的《导言》中所说不存在一个单一的原因，但是其最终的指向都导致最终的一个结果，那就是催生了文学革命运动。这样一来，历史的合理性得到了解释，但是我们会发现这是胜利者的历史书写。这样他们就没有考虑到文学反对者所具有的意义，他们本身就是文学运动的参与者和推动者，他们是最终的胜利者，对于那些反对者和失败者的建议中那些合理的建议，他们基本上视而不见，而且那些与新文学运动成就相抵牾的事实他们也予以了漠视。

第二节　附骥于中国古代、近代文学史的新文学史书写

乔纳森·卡勒曾指出："19 世纪末以前，文学研究还不是一项独立的社会活动：人们同时研究古代的诗人和哲学家、演说家——即各类作家……直到专门的文学研究建立后，文学区别于其他文字的特征问题才提出来了。"② 这种状况在中国也存在。只有到 1921 年 11 月，北京大学研究所国学门成立，分设文学、史学、哲学、语言学及考古学五类，"文学"才正式成为以独立学科出现的现代学术研究科目。而真正立足于文学之"感性审美"本质去观照文学现象本身的，当

① 茅盾：《现代小说导论（一）——文学研究会诸作家》，《中国新文学大系导论集》，良友复兴图书公司 1940 年版，第 87 页。

② 乔纳森·卡勒：《文学性》，马克·昂热诺等主编《问题与观点：20 世纪文学理论综论》，百花文艺出版社 2000 年版，第 30 页。

属集中开设于 1920—1921 年的周作人的《欧洲文学史》、鲁迅的《中国小说史》、吴梅的《中国戏曲史》及胡适的《国语文学史》。此时，现代意义上的文学史书写才以全新面貌出现，从根本上改变了以“文章流别论”和“词章学”为主的中国传统文学史书写范型，现代的文学史编撰才真正成为了一门独立的学科研究。[①]

中国古代文学史是较早进入大学课堂的文学课程。新文学运动之后，一些中国文学史著在描述古代、近代文学史之后，附带叙说了中国新文学的历史情况，这样中国新文学史开始堂而皇之地成为大学生学习内容。如 1921 年刘贞晦、沈雁冰合著的《中国文学变迁史》[②]、1924 年李振镛的《中国文学沿革概论》[③]、1924 年胡毓寰的《中国文学源流》[④]、1925 年谭正璧的《中国文学史大纲》[⑤]、1928 年赵景深的《中国文学小史》[⑥]、1929 年陈子展的《中国近代文学之变迁》[⑦]、1930 年陈子展的《最近三十年中国文学史》[⑧] 都是其中的代表。由于这些文学史著的主要目的是为了教学实践，所以他们更多重在客观中立的文学史实分析，强调文学自身规律性的探求和总结，这就出现了与其他为凸显自己个人的文学观和历史观不一样的文学史著风格。

一　刘贞晦的《中国文学变迁史略》

1921 年刘贞晦、沈雁冰合著了《中国文学变迁史》[⑨]，其由两部分组成：正文部分《中国文学变迁史略》共有十一编，从唐虞至民国，由北京大学教授刘贞晦所书；附录部分《近代文学体系的研究》为沈雁冰所作，分为两章，为“总论”和“近代文学主要的几类”。

---

① 贺昌盛：《晚清民初“文学”学科的学术谱系——从“词章”到“美术”再到“文学”》，《学术月刊》2007 年第 7 期。

② 刘贞晦、沈雁冰：《中国文学变迁史》，新文化书社 1921 年版。

③ 李振镛：《中国文学沿革概论》，上海大东书局 1924 年版。

④ 胡毓寰：《中国文学源流》，商务印书馆 1924 年版。

⑤ 谭正璧：《中国文学史大纲》，泰东图书局 1924 年版。

⑥ 赵景深：《中国文学小史》，光华书局 1928 年版。

⑦ 陈子展：《中国近代文学之变迁》，中华书局 1929 年版。

⑧ 陈子展：《最近三十年中国文学史》，太平洋书店 1930 年版。

⑨ 刘贞晦、沈雁冰：《中国文学变迁史》，新文化书社 1921 年版。

“附录”实际上是对世界近代文学的概述性介绍，沈雁冰强调了近代文学因为关注、反映平民及其生活而重要。因为该书于1921年12月初版，正是“新文学研究会”发行，被列为“新文学丛书之一”。很显然，该著有为当时的新文学运动，特别是当时“文学研究会”的主张相呼应的意图。沈雁冰这篇文章为近代文学研究界所看重，被认为是首次使用“近代文学”这一文学史概念。①

首先，该文学史著对新文学的起点描述与后来不同。刘贞晦的正文部分的第十一编为“民国成立以来的文学”，其从中华民国成立开始进行书写，内容大部分为近代文学，但是其包含了文学革命以后的新文学，这是较早在文学史中论及中国新文学的。该著以“民国以来的文学”这一时间点来书写，有几点值得我们注意：其一，该文学史著前十编都是以朝代为文学史更替的标准，这与中国的朝代史书写类似，所以这一节以民国建立为一新的朝代确立，其文学史也另起一编，这说明刘贞晦认为民国建立会导致中国文学发生天翻地覆的变化；其二，这与后来的新文学史书写从1915、1917、1919年这几个时间点不太一样，这几个时间点都是以新文学文化运动的起点作为新文学史的起点，强调了“五四”新文化运动的重要性；其三，近来“民国文学史”开始成为中国现代文学研究界的新动向：1997年，陈福康就建议中国现、当代文学的命名退役，而代之以“中华民国文学”和“中华人民共和国文学”。2003年张福贵就提出“从意义概念返回到时间概念”，以“民国文学”代替“现代文学”。② 在这一新的文学史观念下，一些学者又提出了一些新的概念，例如张中良提出了“民国史视角”③，而李怡则倡导“文学的民国机制”，丁帆则提出寻找失落的7年④。由此可知，在可预见的未来关于“民国文学”的话

① 郭延礼：《二十世纪中国近代文学研究学术历程回顾》，《文学遗产》2000年第3期。

② 张福贵：《时间概念与意义概念：关于中国现代文学的命名问题》，《文学世纪》（香港）2003年第4期。

③ 张中良：《民国文学史概念的合法性及其历史依据》，《西北师大学报（社会科学版）》2014年第2期。

④ 丁帆：《新旧文学的分水岭——寻找被中国现代文学史遗忘和遮蔽了的七年(1912—1919)》，《江苏社会科学》2011年第1期。

题将成为热潮。如果要对“民国文学史”书写进行追溯的话，刘贞晦这本文学史应是一个比较重要的节点。

其次，刘贞晦书写立场客观中立。刘贞晦在晚清废科举后，以官费于1904—1906年在京师大学堂就读，当时林传甲、黄人等在该校任教，而其撰写这本文学史的时候，他与胡适是北京大学文科同事。在书写新文学为什么会发生的时候，他认为：

“同光（指同治、光绪）以后，欧美小说，输入中国，译者极多。单说林畏庐氏译述的就有一百三十多种，他人翻译及撰制的新小说更是累牍连篇，不胜枚举了。我国自唐宋以还，用诗赋策论经义八股取士，这种制度的办法，截直是缩小文学发达的范围，况且科场程式，束缚的方法极严，文人思想受朝廷压迫，丝毫不能自由了。可是历代治诗古文辞的人，多少总有几个。戏曲小说一类的文学还是一代发达一代，也算我国民族中可喜的一回事。自从清季废八股文试士的制度，文学思想才解放了。再如那时候陆海交通已经便利，欧美新学说输入渐多，不但文学界的人思想开通起来，就是一般人民的思想也改变了。所以从科举停废之后，不到十年，革命成功，我国文学的丕变，从此真要相始经营。”①

刘贞晦叙说了同光以后的西洋小说与翻译的兴盛引发了中国文学思想的变化。他20岁中生员，自然知道科举制度对文学的戕害损伤，所以对八股文取士制度废除使得文学思想得以解放、海陆交通便利于是西学得以东渐、社会大众的思想也随之而变才导致文学革命最终成功的诸多因素还是有切实感受的，这基本上是从社会环境、思想变迁来叙说的，他能够看到文学革命发生的多重因素。接着他说：

“原来清季治诗古文辞的人，本已不多。后来废科举，设学校，各种科学列为课程。学者兼修并进，当然不能照从前的老样子，专治文学。就是先觉的几位学者，意在导进文化，著书立说，或刊行杂志，或登载报章，文应共解，势须急就，也当然不能给古文的法度拘束。民国初立，百端未整，不但文学没有成绩可观，在这过渡时期，

① 刘贞晦、沈雁冰：《中国文学变迁史》，新文化书社1921年版，第69页。

虽尚有前清科举旧人，诗古人辞，本是功深养到的。又有羽翼古文的志士，提倡保存国粹，结社集会，要作个大雅扶轮。不过文化进步，要在通变制宜，现在种种新思想，须叫一般人民共同了解，若用古文去发表，不但著述的人不易图功，就是受读的人也难领悟。所以近一二年来，有人提倡改用白话文，传达文化。可以收个因利乘便的功效。这算民国文学变迁的一种动机。"①

刘贞晦从学校科目设置的改变来说明文学已不再是知识分子唯一专攻的科目。学校设立多种学科以传播各种新思想，古文已经不能适应这种新的时代要求，而白话才是最方便的工具，正因为这样，民国文学得以变迁。他从知识分子身份改变和所习科目的变化来谈白话文运动的正当性，是不同一般的。同时，他对当时"有羽翼古文的志士"并不反感，反而认为他们的文学水平并不低，"本是功深养到的"，只不过时代进步，必须"通变制宜"，他们已经落后于时代需求了。不仅如此，他还对新旧文学之争进行了公正平和的评析：

"可不免有火色太过的人，因此排诋古文，说旧文学简直可以废了。但是旧文学的本身，实有种种不可废的功能。单就译书一方面说，从前译著出来天演论群学肄言种种书，学理虽是新的，文词原来是旧的，一般读过这书的人，何尝不用旧文学的功能，得新学理的感化。现在已经有用白话文译的书，却不见得那译笔就一定比用旧文词好。不过新文学现在还是个草创的，原也不可求全责备罢了。谈旧文学的人说，文章要有理趣、有情味、有音节。新文学何独不然。做到好的地步，那理趣、情味、音节也自然都有了。要在有志文学的人，下一番切实研究的功夫，或是旧文学本有根柢的人，来参预这新文学的改造，这篡拿旧的蜕化出新的，或是主张新文学的人，去摘发那旧文学的弊病，这篡拿新的去矫正了旧的，能够这样并力向前做去，民国的新文学就有完全成立的希望了。"②

刘贞晦并没有否认旧文学的功能，而且他认为旧文学并不能废

① 刘贞晦、沈雁冰：《中国文学变迁史》，新文化书社1921年版，第69—70页。

② 同上书，第70—71页。

除，而新旧文学因为都是文学，所有它们都必须有理趣、有情味、有音节，这是从文学本质的角度来谈二者都不可偏废。同时他还对未来民国文学的发展寄予厚望，那就是新旧文学之间互补互助，这才是新文学得以完全成立的希望。同时他也抚慰了那些维护旧文学之人：“至于有一部分人，决议保存国粹，也同新文学的改造无碍，尽管研究旧文学去。大凡用精神在正当的事业上，结果总是有价值的。果真有人能保存了国粹，将来新文学普及国民的时候，自然有人回想到旧文学。根求起来，替那国粹从新表章一番。不看欧美现在还是有人研究希腊罗马的文学么。那末保存国粹的志士，也不怕将来没有声应气求的人了。”[①] 由此看来，他并不认为旧文学有完全被打倒废除的必要，同时他也对旧文学维护者攻击白话文的言论进行了批评，认为他们说话同样“太过火了”，他认为新旧文学“这种对骂的光景，全是无谓。总要大家研究，在实地上去达各人自己的目的就好了”。[②] 刘贞晦在新旧文学论争中是折中立场，我们也可以说这是一种文学史的辩证思维，客观冷静地在二者之间进行剖析毫厘，擘肌分理，这恰恰是一个文学史家应有的风范，而这种文学观念及文学史书写是我们后来新文学史书写所忘却的。

最后，刘贞晦的客观中立并不意味着他对新文学的诞生及艺术成就不表明自己的态度与评价。他对新文学是持拥护态度的，只是他不主张对旧文学过激的行动而已，他还是指出，新文学“是中国文学变迁史上一种进步的现象”：“我们中国自秦以后，文学的变迁，就现在的眼光看起来，成绩实是有限，只有察看那历代文学变迁的机势，无非在少数文人的社会中，一起一落。现在的变迁，都是要扩大范围，造成全体国民易知易能的文学了，这不能不说是中国文学变迁史上一种进步的现象。有志保存国粹的人，也要明白这一点。不好说改造新文学是不该提倡的呢。”[③] 这是从整个中国文学史发展变迁的角度来论述新文学发展的必要了。他认为中国古代文学多是少数人所创

---

① 刘贞晦、沈雁冰：《中国文学变迁史》，新文化书社1921年版，第71页。
② 同上书，第72页。
③ 同上。

作和欣赏的艺术品，而现在用白话文，就会形成“全体国民易知易能的文学”，这自然会促进中国文学的繁荣，所以从文学本身发展的角度来看，新文学的提倡是“进步的现象”。这是再次为新文学的提倡进行合法性辩护，而其理由看似简单其实也是合情合理。

刘贞晦对于各种新文学的艺术形式也进行了评价，对它们发展的成就也有一个切实推定。他说：“新体诗初发见的时候，往往不协韵，近来却是协韵的多了。写出来多是白话，旧诗读惯了的人，看见惊异。可知道发挥性情，原不是限定要用文言的呢。诗歌一类的文学，我国历代有人讲究，本来有个渊源，将来只要打破那芜秽的藩篱，向自然美好的境界进行，就用白话，何尝不可登大雅之堂。不过要叫这新诗体真个成立，须不是旦夕的功夫。现在只算个试验的时期了。”① 这里他对新诗的试验方向是赞同的。而他对戏曲前进的方向则与新文学家们不一样：“戏曲改良，清季就有人提倡。民国成立以来，上海有文明新剧。近一二年，学生演剧，颇成了一种风气。剧本有自编的，也有译西文的。大概只有说白，没有歌曲。扮演起来，原也可以感动人心，辅助教育。但只注意扮演，没有讲究歌唱，这种改造的事业，还算偏而不全。”② 可见他并不认同话剧这种艺术形式，而认为戏剧应该有歌唱才能够算是完美，这实际上体现了他并不认为话剧是中国戏曲改良前进的方向。他认为“该如何拿昆曲、徽调、新剧参合变化，成一种纯美的戏曲，这就要看将来的成功”。③ 对于小说，他并不认为此时已经成功，“近年来虽有变迁的情状，却未见有显著的成绩，不多述了”。④ 可见，鲁迅此时已经发表的新小说还没有进入刘贞晦的视野。

二　李振镛、胡毓寰的新文学史书写

1924 年，李振镛在其《中国文学沿革概论》的第十八章中论述

① 刘贞晦、沈雁冰：《中国文学变迁史》，新文化书社 1921 年版，第 73—74 页。
② 同上书，第 74 页。
③ 同上。
④ 同上。

了“二十年来文学之趋势”。他是从清末开始介绍，简洁论述了康有为、梁启超、严复、章炳麟、谭嗣同、汪精卫等人的“文学”成就，实际上是他们的古文成就。然后略微叙述了文学革命及之后的文学发展，实际上就是将文学革命和清末文学视为一种顺势发展，二者之间并没有断裂。他写道：“欧战后，世界思潮，生大变动，社会主义涌起。陈独秀文学为其健锋。民气复张，时参政潮运动。蔡孑民主学府，提高思想。而胡适周作人等以挺起之秀，大刀阔斧，倡文学革命之议，建设新文学。黎锦言等教国语以辅和之。全国学子，群起响应。然好古之士，群谋作大雅之扶轮，互相诋谋。两相调和，遂归于‘整理国故融合新知’共谋文学之正轨。梁漱溟所谓‘东西方文化融会之候将于斯时见之乎’。”[①] 李振镛在这里大致介绍了文学革命的倡导和主要人物所做出的贡献，言简意赅、言说清楚。其指出，新旧文学在激烈的相互争论之后，最终走向和解，以至两派人士携手共进以“整理国故、融合新知”。这种于斗争之后再相互谅解的新文学演进的叙说还是让人耳目一新的，他还将其上升到梁漱溟所提倡的“东西文化融会”的高度来论述，也说明了他自己对新旧文学的态度。

胡毓寰 1924 年编写的《中国文学源流》[②] 第二十四节为《古文之敝》，最后一节第二十五节为《新文与新诗》，从命名上就可见其在古文和新文之间的价值立场。作者在《新文与新诗》中认为清末之后，文学界的革新是由仿古之文，渐变而仿西及明浅之文，强调了梁启超是文学革新的先锋，他大段摘录了梁启超的《新民说叙》《中国古代思潮总论》。然后，他介绍了吴敬恒等创造的注音字母、胡适等人的文学改良的主张、蔡元培梁启超等人予以的响应，也提到有人并不以为然，接着又大段摘引蔡元培的《中国古代哲学史大纲序》。这种编排彰显了文学革命和清末文学的连接关系。最后，他指出胡适等人主张以白话为文，以白话为诗。“摆脱旧诗之一切格律，字句可随意长短，颇有西洋诗之风味”。[③] 然后又抄录了胡适的诗歌《老

① 李振镛：《中国文学沿革概论》，上海大东书局 1924 年版，第 39—40 页。
② 胡毓寰：《中国文学源流》，商务印书馆 1924 年版。
③ 同上书，第 330 页。

鸦》，周作人的《两个扫雪人》《小河》，这样就将“新文与新诗”介绍完了。胡毓寰的这种文学史撰写不仅体现在最后的新文学介绍上，就在前面的古文学的书写上也是如此。在简单介绍时代、作家作品之后，就大量摘引原文。

很多文学史研究者对胡毓寰的这本文学史著不以为然，认为其图简单、无远见。现在看来，我们会觉得其正是注重原典阅读、少规律性知识性总结的教学方式所决定的文学史书写模式。这种教学模式正是中国传统的古文教学方法，将学生引领到文学作品的鉴赏中去涵泳而不是粗线条归纳作家作品特色。而当下的文学史撰写和教学强调了知识性和科学性，恰恰少了阅读文学经典本身，其流弊很深。通过这种文学史教学和书写，学生离开文学越来越远，而文学的灵性圆润、意在言外已经消失殆尽。所以，近来有李怡等人撰写的《中国现当代文学》① 正是对此种文学史教学与书写模式的反思，而主张重新回到中国传统本身，这似乎与胡毓寰等人有了远隔时空的对话。

三　谭正璧的《中国文学史大纲》

谭正璧的《中国文学史大纲》版本众多，这里主要以1927年和1930年的版本为准。② 该著主要论述的是中国古代文学史，第一章为《叙论》，第二至第十一章为：《太古至唐虞文学》《夏商周秦文学》《两汉文学》《三国两晋文学》《南北朝文学》《隋唐五代文学》《两宋文学》《辽金元文学》《明清文学》《现代文学与将来的趋势》。第十二章为《结论》。其对中国古代文学是以朝代更替为文学演进的线索，但是在叙述新文学的时候却是以“现代文学”来命名，这种命名方式应该是较早的，而他这里的“现代”与之前提及的“近代”应该意义差不多，大都是“当下”的含义，没有我们现在的“现代文学”的含义。谭正璧的客观中立表现在他重在反映新文学史的全面性、规律性、批判性及文学史书写的自觉性方面。

---

① 李怡、干天全：《中国现当代文学》，重庆大学出版社2010年版。

② 谭正璧：《中国文学史大纲》，光明书局1930年版。

首先，从章节命名来看，谭正璧有着过去、现代及将来的三个时间段的内在框架，这样他就对整个中国文学史进行了宏观把握，并力图去展示中国文学的未来景象。这种进化的时间概念更是体现在第十一章的具体编写之中，其将第十一章分为两部分。

第十一章第一部分是《现代》，其中有《辛亥革命的前后》《译界之王林纾》《文学革命的先锋》《文学研究会与创造社》《新诗坛的变迁》《戏剧的三条路》《新体小说》《散文与杂志》《翻译文学》《整理旧文学的成绩》十节。第二部分是《将来》，有《无名作家的悲哀》《开快车的时代》《世界文坛的大势观》三节。从《现代》这个小节来看，谭正璧的文学史眼光还是比较开阔的，他注重到“辛亥革命”政治变迁的重要性，而不是单从文学自身的1917年开始书写，这实际上也带有民国文学的意味。其书写了翻译文学，文学社团、四种文学类型的成就以及文学杂志，还有整理旧文学的学术成就，包含非常广阔，这样的新文学史书写框架我们会在后来的新文学史中常见到。

第十一章的第二部分是《将来》，谭正璧谈到了当时的文坛风气，并对未来文坛走势进行了预测。在《无名作家的悲哀》中，他指出，原来受到压抑剥削的年轻作家出名成了师长、前辈后，对无名作家进行着排斥。“如果你是一个孤独的无名作者，没有加入什么团体（不一定有形式），那么不但不会有人介绍你的著作，恐怕有人来冷嘲热讽的骂你一顿，已算是他们的看得起你了”，“在这样一重黑幕的笼罩下，无名作家自然只有永远的感到无名的悲哀了”。[①] 在《开快车的时代》里，他指出，“一班成了名的作家，今天大谈‘写实主义’，明天介绍‘浪漫主义’的作品，后天‘新浪漫主义’的作家做了他信仰的对象，在后一天他自己成了一个‘新写实主义’的作家，只愁时间不够，开足了特别快车的速率还恐要落伍”。[②] 对此，他表示了怀疑，因为他认为，“从唯物史观来看西洋文学，可见在西洋文学

---

① 谭正璧：《中国文学史大纲》，光明书局1930年版，第167页。

② 同上书，第167—168页。

史上盛称的古典主义、浪漫主义、写实主义、新浪漫主义及新写实主义，是顺着经济构造之转变而直线式的发展，不是在同时并进的。而中国却在十多年内像电影般的一跃而都经过，现在已经在对着新写实主义的方向走，不能不算是神速的进步”，这“真的就可以算是新写实主义吗？”[①] 这种对当时文坛鄙俗风气的指斥以及追风时尚的怀疑，体现了谭正璧作为文学史家的清醒和正直。

其次，谭正璧对作家作品的分析有独到之处。该著1927年的版本对周作人的评价比较到位：周作人的诗不是很好，因为他是“文学研究会”的老祖宗，所以学者不便不捧他，赞他的诗是怎样好，就是胡适之也不免！但他的小品文颇佳，然少特别处。《自己的园地》中对于文学的评论，却很有特别见地。关于鲁迅，谭正璧认为他译的小说，实较乃弟为佳……他的小说集《呐喊》，是一部永久不朽的作品，很有地方色彩，而用笔冷峭暗讥，有特别风味。不但是好的文艺创作，还是一本革命的宣传书。不过最近的作品，又换了一种意象，但他那种诙谐的神味，仍时常在笔下发出。他诙谐，是欲哭无泪的强笑，吾们决不能当他是滑稽呢！他认为“文学研究会”重在文学研究，而“创造社”则重在文艺创作。“文学研究会”“对于中国文坛的影响和世界文坛的贡献，我们如果站在时代的观战线上来下批判，那么除了鲁迅，他们比了‘创造社’至少要落伍一些。‘创造社’的重要人物，如郭沫若、郁达夫、张资平……他们的创作品都有沸烫的热情。因为作者身世的飘忽，对于世界都有深刻的认识，所以很能感动一般青春的男女。在这次革命中，多少勇敢的青年曾建树下前此未有的功绩，他们的热血是谁鼓动的？他们的迷梦是谁唤醒的？我们把这二种功劳归之于‘创造社’，怕谁也不忍说句不罢！但在最近，因为时代的变迁，这二个团体有渐趋一致的倾向。‘创造社’的《创造月刊》，因提倡第四阶级文艺，连出版部也被封了。‘文学研究会’所主持的《小说月刊》，近来所载的创作大都也表现这个不安定的时代的文学”。[②] 谭

① 谭正璧：《中国文学史大纲》，光明书局1930年版，第169页。
② 同上书，第154页。

正璧是从“创造社”的作品在当时的读者接受来评价其历史功绩的，这恰与我们现在认为这两个团体成就在伯仲之间大不一样。一个是作为历史当事人感受到当时的阅读氛围，另一个是后来研究者单从文本阅读来考量纯文学成就，两者是大不一样的。他还注意到两个团体后来渐渐趋向一致，说明他敏锐感受到当时文坛动向。

该著 1927 年版对具体作家作品的介绍都不多，在 1930 年，谭正璧将第十一章进行全部重写，其中借鉴赵景深的《中国文学小史》的地方较多，而他自己有个人风格的一些批评文字却被删除了。例如上述他对周作人和鲁迅的评析就完全消失了，代之以赵景深的看法，甚为可惜。

最后，谭正璧在中国文学史编撰实践和理论探讨方面有着自觉意识。他应是 20 世纪二三十年代撰写中国文学史较多的学者，1924 年他撰写《中国文学史大纲》由泰东图书局初版，此后多次重版。1929 年其又撰述《中国文学进化史》由光明书局出版。1930 年光明书局又出版了他的《中国女性的文学生活》，后改名为《中国女性文学史》再由光明书局印行。1935 年光明书局又出版了他的《新编中国文学史》。所以他在该著的《整理旧文学的成绩》中不仅提到了很多学者的工作，而且对当时的中国文学史编撰情形进行了扫描。他指出“民国初年，中国文学史的编著并不多，至最近数年才见踊跃”①，“不可不谓盛极一时了”②，这应是较早的中国文学史学史的归纳。而在第十二章《结论》中，他更是谈到了自己对文学史的看法。他认为，“中国文学史，在国内虽然已出版十多种，然无一种能令人满意。都因作者对于文学的本身是什么不很明瞭，所以将一切学术文都叙述了。既叙学术文，就不得不将学术思想兼述，于是成了一种学术史而非文学史”。③ 接着，他在《理想中的完美的中国文学史》中提出，他理想中要写的中国文学史有两种：“一种是用婉美的句调，作成一本简略和此差不多字数的，艺术方式的中国文学史，则较易引起人们

① 谭正璧：《中国文学史大纲》，光明书局 1930 年版，第 165 页。
② 同上书，第 166 页。
③ 同上书，第 176 页。

对于文学的赏鉴趣味。（另）一种是完密的将每个文家分述而带点考据性质的大文学史，字数至少在百万以上。”[①] 同时，他也希望更多人参与到文学史编撰中来，“互通声气，而改正个人主观之差误，合作一部完美的中国文学史”。[②] 在他的心目中，文学史一种是从文学审美的角度出发，另一种是从历史考据的角度出发，而且两种都尽量消除个人主观的差误来“容纳多数人的意见”[③]，使得文学史撰写更加科学而成就卓著。谭正璧是较早对文学史撰写有着清醒的史学史眼光和文学史观的文学史家，这在中国文学史编撰史上是比较少见的。

四　赵景深的《中国文学小史》

赵景深的《中国文学小史》于 1926 年由大光书局出版，这里以 2015 年的版本为研究对象。[④] 这本书主要以作家和文体为章节重点，其中隐藏着朝代的更替。最后一节第 35 节为《最近的中国文学》，介绍的就是中国新文学。该节虽然字数不多，但应该是当时提到新文学作家作品最多的文学史著。赵景深对文学革命的过程和理论主张并不详写，重在按照诗歌、小说、戏剧、散文四种体裁来进行作家作品介绍，其间间杂着他片言只语的评述赏析，这带有印象式批评的影子。

诗歌方面，他认为最近的诗歌有四种变迁：最早的是“未脱旧诗词气息的，所谓缠足妇人放大的脚”[⑤] 的白话诗。胡适的《尝试集》是这类诗歌的开始，继起的是刘大白的《旧梦》、刘复的《扬鞭集》，许地山、王怡庵也深受这类诗作的影响。此后是“无韵诗”，以康白情的《草儿》、俞平伯的《冬夜》为代表。“前者每多松散，有如散文，后者时谈哲理，玄妙莫测。”[⑥] 再后是“小诗”，以谢婉莹（冰心）的《春水》《繁星》、宗白华的《流云》、梁宗岱的《晚祷》等

---

① 谭正璧：《中国文学史大纲》，光明书局 1930 年版，第 177 页。
② 同上。
③ 同上。
④ 赵景深：《中国文学小史》，华中科技大学出版社 2015 年版。
⑤ 同上书，第 239 页。
⑥ 同上。

为代表。当时“叶绍钧、刘延陵所编之《诗杂志》中小诗甚多”[①]，可见其风气之盛。最后是“西洋体诗”，郭沫若的《女神》“略开端绪”，“尝试此道而成功的是徐志摩的《志摩的诗》”。[②] 还有于赓虞、朱湘、闻一多、梁实秋、蹇先艾、刘梦苇、饶梦侃的诗作为代表。其对短短近十年的诗歌变迁予以明晰，这应该是抓住了发展主线。

小说方面，赵景深介绍的作家众多，对叶绍钧、郁达夫、张资平、滕固、冰心、庐隐、许钦文、冯文炳、王统照、杨振声、徐祖正、鲁迅等早期的部分小说进行了点评，其常常片言只语就能抓住作家作品的艺术特色，现在看来也颇让人佩服。如他说郁达夫的小说多写“‘穷’和‘偷’和‘色’”[③]；张资平则“善写三角恋爱和自身所受的经济压迫”[④]；滕固所作有“多肉气息”；冰心则“多写爱海、爱小孩、爱母亲、而不及两性恋爱”；庐隐则“反之”，多写恋爱；许钦文的小说“幽默”[⑤] 等。在介绍完这些重要作家之后，他将一些名声较弱的与这些作家风格、主题、题材相近的作家也进行了介绍。如作风与郁达夫相似，也以穷愁潦倒的生活引起读者同情的王以仁、叶鼎洛；像王统照一样刻画所写对象但带点伤感气质的罗黑芷；文笔与鲁迅一样辛辣、明快的有鲁彦、黎锦明；像叶绍钧那样不过于刻画亦不过于粗疏的孙席珍；同张资平类似的以性欲描写赢得广大读者的有章衣萍、金满成、叶灵凤、罗西……赵景深的作家作品的艺术分析如中国古代文学的源流考证和艺术门派的归纳比较，显示了其鲜活的艺术感悟力和灵活生动的文学史笔触。

对中国新文学的戏剧和散文，赵景深认为两者皆不大发达。前者列举了田汉、丁西林、洪深、余上沅、侯曜、熊佛西、徐公美、郭沫若等作家及作品，后者点录了朱自清、叶绍钧、孙福熙、徐志摩、周作人等人的名字。

---

① 赵景深：《中国文学小史》，华中科技大学出版社2015年版，第240页。
② 同上。
③ 同上书，第242页。
④ 同上。
⑤ 同上。

赵景深和前述的谭正璧的中国文学史专著在20世纪二三十年代里是非常畅销的。谭正璧的中国文学史专著在1949年之前至少出版了14版，而赵景深的这部文学史专著在1936年就出版了19版，二者影响巨大。从二人在一些改版本的序言①中可以发现，他们的文学史之所以受到欢迎，一方面固然是因为他们本人撰写文学史态度严谨，能够紧跟当时的学术潮流和文坛现状进行修正增删与时俱进，以满足新的时代及读者的需要；另一方面是因为当时中学的国文教育就要求中国文学史教学，而他们这两本文学史篇幅短小、语句生动、见解独到，作为中学教科书深受欢迎就理所当然了。还有不容忽视的一点，那就是当时的“高考”要求考试文学史课程，清华大学更是指定赵景深的这部《中国文学小史》为其入学考试的“唯一参考书”，这一“高考指挥棒”的魔力，使得赵景深的文学史著得以不断修订、不断出版。而这会让我们联想到以后所谓的“指定教材”“统编教材”“XX世纪教材”之类的荣誉称号。而同时期胡适的《白话文学史》、鲁迅的《中国小说史略》等大学讲义也颇为流行，这与大学中文系开设文学史课也密不可分。

五　陈子展的《中国近代文学之变迁》

陈子展于1928年春受田汉之邀，在其创办的南国艺术学院任教授。《中国近代文学之变迁》②《最近三十年中国文学史》③就是其在南国艺术学院讲授文学史与戏剧史时的讲义，这里我们以2000年的版本为讨论对象。④陈子展在《中国近代文学之变迁》的《后记》中说道：“本书重在史的叙述，并非创作，材料悉取于人，剪裁始出鄙见。质言之，抄书而已，非敢以著述自命也。”⑤此话虽有陈子展自

---

① 赵景深：《中国文学小史·十九版自序》，华中科技大学出版社2015年版，第1页。谭正璧：《中国文学史大纲·改订八版自序》，光明书局1930年版，第3页。

② 陈子展：《中国近代文学之变迁》，中华书局1929年版。

③ 陈子展：《最近三十年中国文学史》，太平洋书店1930年版。

④ 陈子展：《中国近代文学之变迁》《最近三十年中国文学史》，上海古籍出版社2000年版。

⑤ 同上书，第112页。

己的谦虚，但也却是实情。我们看完全书会感觉到其借鉴胡适的《五十年来中国之文学》较多，在作家作品选择及阐释上也颇类同，这从章节上就可以看出。该书共九章，开始于戊戌变法，止于革命文学。对于新文学运动，他也只是如胡适那样简略地介绍了文学革命为什么会发生以及发生的过程，而具体的作家作品很少绍介。但是，正如他在《自序》中所说："讲义初拟用胡适之先生所著《五十年来之中国文学》而略附鄙见；继以其为《申报》五十年纪念而作，故分划时代不得不如此，又以其偏重白话文学，故立论不得不如彼；与鄙见颇有出入，始别为讲稿。随搜集材料，随联缀成文。"① 这就说明他尽管在材料上与胡适等人有相同之处，但是"剪裁始出鄙见"，他述史的逻辑和立场还是有不同于胡适之处，这表现在以下几个方面。

首先，胡适的文学史是从1872年《申报》的创立开始书写，但陈子展在该书《一、近代文学从何说起》中认为近代文学应该从1898年开始说起，这个时间段与他当时演讲时间正是30年之隔。最重要的原因还是，这一年戊戌变法"是中国从古未有的大变动，也就是中国由旧的时代走入新的时代的第一步。总之：从这时候起，古旧的中国总算有了一点近代的觉悟"。② 而随着这一时势的改变，当时的社会、文学思潮也发生了两个重要的变化："第一，这个时候才知道要废八股，文人才渐渐从八股里解放出来"；"第二，这个时候才开始接受外来的影响"。③ 1898年这个时间节点在后来成为20世纪文学史划分的一个重要时间起点，最初的源头就来自陈子展的这部文学史中。其实，从胡适和陈子展这两人文学史起点的划分，我们也看出这种文学史起点确定的个人性，即根据文学史家所倡导的文学观和文学史观以及文学史讲稿所规定的时间长度，我们可以将文学史的时间起点进行适当的调整。而这一文学史书写的"模式"在后来的文学史书写中也存在，例如20世纪90年代就有朱德发编写《中国新文学

---

① 陈子展：《中国近代文学之变迁》《最近三十年中国文学史》，上海古籍出版社2000年版，第3—4页。

② 同上书，第6页。

③ 同上书，第6—8页。

六十年》[1]、谢冕编写了“百年中国文学史”[2]等。

其次，陈子展的叙事立场是客观中立的。一方面表现为，他没有如胡适那样认为白话文学是活文学，而文言文学都是死文学。他认为戊戌变法之后一系列的文学革新与“五四”文学革命有着渐变的过程，而不是如胡适那样是一种断裂性的突变。所以在他的文学史叙述中，梁启超所倡导的“三界革命”得到了正面书写，认为这为后来的文学革命进行了预备工作。另一方面表现为，他在文学史叙述中并不强调自己的一己之见，而是更多地借鉴其他文学史家及文学史著的研究成果。他借鉴胡适的观点笔者这里不需再叙。他在书写晚清小说时借鉴了鲁迅的《中国小说史略》；在叙述新文体时参考了梁启超的《清代学术概论》；在讨论章士钊“逻辑文学”时引用了罗家伦的《近代中国文学思想之变迁》；在论述“黑幕小说”时多借鉴周作人的观点；在叙述林纾所作“传奇”时摘取的是郑振铎的《林琴南先生》……这说明他的文学史书写不重在自己的研究成果的发布，更多是中和众多研究成果，尽量科学客观地书写这段历史。

最后，他对胡适在《五十年来中国之文学》中所说的“这五十年的词”“很少有价值”的观点表示了异议。他认为，晚清以来的词，虽然多少中了梦窗（吴文英）派的毒，但词人们肯把全副精力用在历来被正统派文人轻视的词的创作、搜集、翻刻、传播上，这说明词在文学上的价值已愈益被人们所认识，他们对词的提倡功不可没；同时，他也指出晚清之时戏曲的作者很少，但关于戏曲的研究，于元、明、清人的杂剧传奇的收集、翻刻、流传上，有不少的人努力。这里，他列举了王国维的《宋元戏曲史》和《曲录》、董康的《盛明杂剧》、吴梅的《顾曲麈谈》以及他所编的各种关于戏曲的讲义等，于是戏曲的文学价值也受到了人们的注意。可见，陈子展是从诗词、曲、古文、小说、翻译等各种体裁来探讨这时的文学态势的逐渐近代化的过程的，这比胡适单单关注白话文学要更加全面。

---

① 朱德发：《中国新文学六十年》，春风文艺出版社1996年版。
② 谢冕：《百年中国文学总系》，山东教育出版社1998年版。

正因为如此，胡全章认为，“胡适《五十年》既是陈子展编著《变迁》的主要参考材料，又是其所要超越的对象”①，这是有一定道理的。但笔者更倾向于这样说，胡适的文学史更重在文学史的“文学”，以书写历史而倡导自己的文学观，而陈子展则更重在文学史的“历史”，以梳理文学的变迁来凸显文学的科学规律，这是两种不同的学术路径，各有自己的优缺所在。

陈子展在《最近三十年中国文学史》中对《中国近代文学之变迁》进行了扩展，更加繁富，但主要的撰史理路还是基本不变的，最大的变化是书写了《敦煌俗文学的发见和民间文艺的研究》，这实际上是学术研究方面的介绍。而其在新文学方面介绍很为简单，多是借鉴赵景深《中国文学小史》中对新文学的介绍，具体的作家作品解读并不多，这里不再赘述。

综上所述，我们发现，附骥于中国古代文学史或将近现代文学史合并在一起的中国新文学史书写有几个特点：其一，书写立场多比较中立客观，他们论及文学革命的发生注重到了多重原因的复杂合力，将其视为梁启超等人在晚清之时所推动的“三界革命”之后的继续，胡适和陈独秀的功绩得到了确认，但认为他们并不是开天辟地的“英雄”。其二，重视探求文学自身的规律性，文学赏析得以加强。其三，新旧文学之间的对立并不是那么明显，但是他们还是强调新文学是中国文学发展的正途。

第三节　“鸳鸯蝴蝶派”小说家的新文学史书写

在20世纪20年代撰写小说史的有张静庐的《中国小说史大纲》（1920年）②、鲁迅的《中国小说史略》（1923年）③、范烟桥的《中国小说史》（1927年）④。鲁迅在1932年底编《两地书》时对最后一

① 胡全章：《陈子展与中国近代文学史建构》，《苏州教育学院学报》2010年第3期。
② 张静庐：《中国小说史大纲》，泰东书局1920年版。
③ 鲁迅：《中国小说史略》，新潮社1923、1924年版。
④ 范烟桥：《中国小说史》，苏州秋叶社1927年版。

信做了删改，增加以下一段："例如小说史罢，好几种出在我的那一本之后，而凌乱错误，更不行了。"① 可见他对范烟桥的小说史评价较差，现在的学者对范烟桥的小说史评价也并不高，认为其"引用过多缺少分析论证，其独创性见解甚少，更遑论超越鲁迅"。② 意即其史识欠缺，导致其"只给了《红楼梦》四页篇幅……没有对于人物性格、故事情节和语言结构的分析，更没有概括说明《红楼梦》在文学史上的重要地位"③，却对一部二流的公案小说《彭公案》给予了很高的评价，认为"其意境、其文笔皆以前所望尘莫及者，且类皆出于科举时代，在文学极受束缚之下，而能有此等特异之作，虽谓为清代文学之结晶，中国小说之成功者，非过也"④。或许从整个中国小说史的编撰来裁断范烟桥的这部小说史，这些评价都是妥帖之言，但如果从新文学史书写的角度去评判的话，我们会发现范烟桥的小说史有其他小说史所不及的地方，当然这三本小说史中只有范烟桥的《中国小说史》在书写古代小说史之时附录述及当时白话小说。

范烟桥本就是"鸳鸯蝴蝶派"中的代表作家，1922 年曾经在苏州创建通俗文学社团——星社。在这一背景下我们再来看他的小说史书写，就会觉得其代表着小说史编写的另外一条路径。因为文学史的创作首先就是其文学观的体现，作为一位传统通俗文学家来看，范烟桥认为《彭公案》"正是平民之读物，而能保存宋代平话之色彩者也"⑤ 就理所当然了，这就意味着其在书写新旧文学交替之时的小说史时有着不同的风姿和态度。

首先，许多"鸳鸯蝴蝶派"的作家为范烟桥的《中国小说史》作序，宣告了他们这一文学群体的小说观和小说史观。包天笑在《弁言》中说道，"吾国之有小说。自有其悠远之历史。讵稗贩舶来之

① 鲁迅：《两地书》，《鲁迅全集》第 11 卷，人民文学出版社 1981 年版，第 315 页。

② 刘克敌：《鲁迅与民国时期的中国古典小说史》，《中国现代文学研究丛刊》2015 年第 10 期。

③ 同上。

④ 范烟桥：《中国小说史》，苏州秋叶社 1927 年版，第 193 页。

⑤ 同上。

品。摹拟蟹行之文。以为斯业所之足传。闻君博搜广罗。以成是书。达二十万言。必能溯源穷委。推阐无遗。则此书将为不朽之盛业欤”。[①] 在包天笑的心目中，他认为中国小说具有与外国文学不同的精神品质与文化内涵，所以他希望范烟桥的小说史能将其予以发掘。而胡寄尘在《序一》中则强调了研究文学及撰写文学史尤其困难，因为：“一则年代甚久，变化太多；二则以前的材料，都没有人整理过；三则因地理历史人民习尚的种种关系，文学自走了一条路，和西洋的文学走的路不同，我们不能拿研究西洋文学的现成方法来，研究中国文学；尤其是中国文学史。”[②] 接着他就以《三国演义》和《水浒传》为例，说明它们或者是剧本、或者是话本，重在演或重在说，所以叫“演义”，“直到《红楼梦》以后，才由演义变而为描写，这是一个极重要的关键”。[③] 而“演义”这种文学体裁在西洋是没有与它相当的体裁相比较的，所以中西小说不能相提并论。相比包天笑认为中国小说史整体与西洋小说不同，胡寄尘是从中国小说体裁的独异性这一具体事实来说明中国小说不能用西洋小说研究的方法对其进行研究。黄觉在《序二》中则对小说的艺术价值和社会价值进行了简单论述，指出：“故小说言。不以艺末而卑。不以辞废而汩。时古相传。卓然而成家。安得以琐敝而鄙之哉。”[④] 所以，他认为小说史的书写是可以使那些精严的作品能够传之后世的，而范烟桥的小说史可以达到这一目的。赵眠云在《序三》中简短地叙述了小说的历史及他的小说观，他认为小说“亦（是）著作之一种。不过欲自异乎古人。冀出奇而制胜。恐陈陈相因而不足以动人耳。初意亦在劝善惩恶。而行其牖世觉民之志也”。[⑤] 这正是中国传统的文学功能观。江红蕉的序言为《我的感想》，他认为：“我以为做小说，是抒情的一种表现。做小说史，是整理学术的一种手腕……抒情是极容易的事，

---

① 包天笑：《中国小说史·弁言》，范烟桥著《中国小说史》，苏州秋叶社1927年版。
② 胡寄尘：《中国小说史·序一》，范烟桥著《中国小说史》，苏州秋叶社1927年版。
③ 同上。
④ 黄觉：《中国小说史·序二》，范烟桥著《中国小说史》，苏州秋叶社1927年版。
⑤ 赵眠云：《中国小说史·序三》，范烟桥著《中国小说史》，苏州秋叶社1927年版。

整理一种学术，从散漫而编成系统，不是普通人在短促的时期，浅薄的经验中，所敢轻易动手。"[①] 在这里，他对当时已有的小说史进行了批评："关于小说史和小说的评论，小说的作法一类著作，坊间也有十多种可买。但是有的支离舛误、有的收罗不广、有的门户之见太深、有的竟以日人所著的为蓝本，能虚衷逻辑，成为完善的很少很少。"[②] 而他认为编写小说史的态度应该是温和、不激烈的，否则会误导读者。很明显，他这里暗中批判了鲁迅的小说史编写，牵涉到鲁迅小说史"涉嫌抄袭"的问题。范烟桥自己还在多篇序言之后有篇《引》，介绍了自己创作的经过，重要的是谈及了自己的文学观、文学史观和编撰理念。他写道："金鹤望师即《孽海花》之造意者，尝诏余，小说实包括，戏曲弹词也，盖戏曲与弹词，同肇于宋元之际，而所导源，俱在小说，观其结构即可知，有韵无韵不过形色上之分别犹之文言与白话，其精神则一也，窃承其指，乃纳戏曲弹词于其间，故较以前一切中国小说史书为广漠。"[③] 可见，他的文学观强调了戏曲弹词的文学性质，同时他也指出，文学上的白话和文言之分只是形式表现的不同，而精神则是一致的。这就强调了新旧文学的同一性多于其差异性。

在正文开始之前，范烟桥邀请了许多"鸳鸯蝴蝶派"的作家为其写序，除此之外，他自己还专门写了《引言》，实际上这都带有一种目的，那就是表明他们与文学革命的胡适、鲁迅等人相异的文学观和文学史观：中国小说是与外国小说相异的，因此不能套用外国研究法；小说史书写需要严谨认真，文学史立场应该客观平和，而绝少激烈攻击之气；文学虽有新旧形式之分，而文学精神同在"劝善惩恶""牖世觉民"。这些观念的实质是他们站在通俗文学的立场上，针对新文学对其的批判而进行的反批判，而强调"鸳鸯蝴蝶派"文学与新文学并无二致，甚至以"鸳鸯蝴蝶派"文学才是中国传统文学正

① 江红蕉：《中国小说史·我的感想》，范烟桥著《中国小说史》，苏州秋叶社 1927 年版。

② 同上。

③ 范烟桥：《中国小说史·引》，苏州秋叶社 1927 年版。

宗自命，这就将当时的新旧文学之争转换成了中西文学之别了。所以说范烟桥小说史中的这些序言是“鸳鸯蝴蝶派”文学观及文学史观的集中体现，也是他们对新文学运动的一次“反攻”。

其次，该部小说史框架比较合理，最后一节《清》中书写晚清文学状态比较详细，他特别凸显了“鸳鸯蝴蝶派”作家在晚清的文学贡献。该小说史的编撰体例是第一章为《总说》，包含三节：《小说之定义》《中国小说在之起源》《中国小说在文学上之地位》。第二章为《小说混合时期》，包含一节《周秦之际》。第三章为《小说独立时期》，包含二节：《汉》《魏及六朝》。第四章为《小说演进时期》，包含四节：《唐及五代》《宋》《元》《明》。第五章为《小说全盛时期》，包含二节：《清》《最近之十五年》。这样，以朝代更替为准，同时，还有小说从“混合”到“独立”“演进”，直至最后的“全盛”，两条叙述线索相互补充，整个文学史的构建还是比较科学的，基本实现了其“以时代为纲，以著作为目，而以作者经纬之”① 的编撰体例。

该小说史第五章第二节《最近之十五年》书写的是民国建立以后的文学，这与清朝一起构成了“小说的全盛期”，也是与众不同的，范烟桥特别注意晚清文学样态的变化。他介绍了清季之时何诹的《碎琴楼》，认为“当时文言小说，什九摹拟林琴南，唯此书独能自树壁垒，故论者推为晚近文言长篇之眉目”。② 他也介绍了林纾的翻译，还有众多小说杂志的创建。他介绍说《小说月报》在宣统二年创刊，当时为王西神主编，“始定投稿酬金之例，虽中经数变，然至今犹赓续弗已，历18年，为中国现存小说杂志之名宿矣”。③ 他还指出小说杂志兴废的原因在于“主编者不能随时代而变其取舍之目标；发行者不能就社会群众之心理以使其方术，迄今犹未有措之余裕，立于不败之地者”。④ 而“日报附刊小说，始于时报”，这时为陈冷血、包天笑主持，而“其时为光绪三十年，有短篇小说，其章句之构成，与意思

① 范烟桥：《中国小说史·引》，苏州秋叶社1927年版。
② 范烟桥：《中国小说史》，苏州秋叶社1927年版，第228页。
③ 同上书，第259页。
④ 同上书，第259页。

之表示，在中国为首创，盖已受域外小说之刺激，而打破从来小说之传统规律，然其作风，屡有变迁”。①接着他介绍了陈冷血的《马贼》、包天笑的《张天师》。他指出，“短篇小说之在清季虽已多发见，然作者不过数人，就中以许指严为最能生发，且喜拾里巷传说之故事，而其所作，文过于质，盖以词章为小说者”。②他认为，许指严“虽不一其体，而所作以《南巡秘记》最为人称道，盖以短篇小说之方法，写杂记小说之资料，有事实可资参证，有结构引人入胜也”。③他也书写了晚清白话剧的兴起：“白话剧来自日本，其始仅国人之留学于彼邦者演之，及后乃在海上大张旗鼓，亦曾有一时期之勃兴。白话剧之剧本，有翻译、有自著，唯不逾数年，即见衰落，编剧只有幕表，剧本束之高阁矣。徐卓呆译迈依休之《遗嘱》，与清末及纪元初，颇流行于东南。”④他评价徐卓呆“所著短篇亦甚多，以滑稽态度说哲理，后复为笑舞台新舞台编剧与搬演，为一艺术的小说家。”⑤他介绍陈大悲、刘艺丹、陆子美诸人也撰写白话剧本，他们因为“京剧之不中理论，谋取而代之，然京剧自有其存在之价值，白话剧反归于失败。且京剧曲本不尽粗陋，近梅兰芳程砚秋诸伶所演，多出自京华名士之手，故能远压昆曲，近败话剧，汪笑侬且能自出心裁”。⑥

范烟桥在清朝小说中叙述了“鸳鸯蝴蝶派”的众多作家，实际上有着他自己的文学史意图。他力求表明“鸳鸯蝴蝶派”小说是中国传统小说的正统继承者，而“五四”新文学则是来自西洋的文艺，并不是中国传统文学的演化正途。这样，我们就不难理解在前面的众多《序言》，都在强调中国小说与西洋小说有着不同特色和历史，需要不同的研究方法了。这是因为“五四”新文学的开始就将“鸳鸯蝴蝶

① 范烟桥：《中国小说史》，苏州秋叶社1927年版，第259页。
② 同上书，第262页。
③ 同上书，第263页。
④ 同上书，第241页。
⑤ 同上书，第244页。
⑥ 同上。

派"树成为"假想敌"，在"新文学"与"旧文学""人的文学""游戏的消遣的金钱主义的文学观念""进步的大众文艺"与"封建的小市民文艺"等一系列二元对立的价值高低的等级秩序中，"鸳鸯蝴蝶派"被一次次予以丑化乃至妖魔化。范烟桥与他的同道对此并不认同，他们则以"传统文学"与"西洋文学模仿者"这样的价值评判进行回击，于是在他的文学史中，"鸳鸯蝴蝶派"小说有着自己的历史渊源，甚至也参与白话创作，而且创造小说刊物，为新文学诞生提供了条件。当然，他并没有将晚清小说的地位抬得太高。他认为，虽然清朝时有皇帝下诏禁毁小说，但绝少令行禁止，仍佳作不断。只是到"清末书贾悬酬以沽小说，而其值又不足以使作者从容生活，于是小说乃成一种工匠之制作，不能如以前作者之尽毕生心力于一书，而其成功也不能如以前之伟大矣"。[①] 范烟桥自己就曾以文谋生，其对小说市场买卖关系的了解，使得他对清末小说的成就评判有着自己的深刻体会。

在《最近之十五年》中，范烟桥重点介绍了民国以来的旧派小说，实际上就是以"鸳鸯蝴蝶派"文学为主。他强调了中华民国建立对中国小说的巨大影响，"最要之一点，即向时小说，受种种束缚，不能自由发表其意志与言论，光复后，既无专制之桎梏，文学已任民众尽量进展，无丝毫之干涉与压迫。故小说在此十五年内，非常发达，最近之十五年，谓为中国小说史全盛时期之沸点，亦无不可"。[②] 他认为这十五年中，"于'杂记''传奇''戏曲''弹词'，皆告休止；盖以制作时之艰辛，观摩时之探索，与现时代之环境不相容。于是'章回小说'与'短篇小说'，乃特见进展。唯以世界思潮如阵云四合，有一时代与一部分起强烈之感应，几使中国小说呈一裂痕，至今未有吻合之可能，或者须经若干时期，乃有统一之局面"。[③] 这里他认为章回小说和短篇小说的繁荣实际上就包含了文言小说和白话小说，而他所说的中国小说出现了裂痕，应该是暗指新旧文学之间的争斗不断，但是他预想若干时期之后，二者会彼此理解得以统一，现在来看，正如其言。他介绍了徐枕亚

① 范烟桥：《中国小说史》，苏州秋叶社1927年版，第267页。
② 同上。
③ 同上。

的《玉梨魂》《雪鸿泪史》、吴双热的《孽冤镜》、李定夷的《賈玉怨》，还提到了王无生、蒋箸超、许一厂、俞天愤。而哀情小说最杰出的，他认为是苏曼殊的《断鸿零雁记》。写哀情的还有云间二雏，即姚鹓雏、朱鸳雏。章回小说中他认为最著名的是李涵秋和毕倚虹。他重点介绍了李涵秋的《广陵潮》，也罗列了他的大量作品，并指出他受到周瘦鹃、胡寄尘的高度评价，但被胡适认为其没有结构。他认为："因当时小说界，有新旧之冲突，涵秋所作与新小说派之主义不同，故有一部分人加以攻击，唯多数尚以为此类作品，有若干之价值。"① 他认为毕倚虹于文学"有深造，属词空灵，故能曲状物情，似浅实深"。② 他还提及张春帆、向恺然、叶楚伧、朱庚菊、包天笑、程瞻庐、赵焕亭、陆士锷、黄士恒、杨尘因、梁启超、沃邱仲子、程小青、陈蝶仙、恽铁樵、王纯根、江红蕉、吕伯攸、李常觉、何海鸣、冯叔鸾、陈小蝶、许廑父、张枕绿、张舍我、赵苕狂、顾明道、严芙孙等通俗文学作家，也提到了苏州的通俗文学社团星社和上海的青社。介绍这么多"鸳鸯蝴蝶派"的作家作品，对一些作家作品还进行了精到点评，说明范烟桥对自己所从事的文学类型的一片衷情，其要为之在中国小说史中争得一定位置是必然的。而从中国文学史编撰史的角度来看，正是他为我们保留了较早的"鸳鸯蝴蝶派"的文学史资料，其最早为之撰史，意义颇为重大。

范烟桥在其文学史中强调了"鸳鸯蝴蝶派"作家的翻译小说，这也为很多文学史所忽视。他意在凸显"鸳鸯蝴蝶派"小说家并不是故步自封的，他们也在小说的主题、技巧等方面扩开视野，面向欧风美雨而能与时俱进。他认为包天笑的"翻译自日文颇多，然能移其风俗人情于中国，泯然无迹"。③ 范烟桥还提到短篇小说的翻译，他说道："以前翻译域外小说，多数为长篇巨制，且亦仅以诸名家所作为限。民六周瘦鹃译欧美名家短篇小说为丛刊三册，于是域外小说之大概，与短篇小说之精义，国人稍注意矣。"④ 他还介绍了余天游、蒋

① 范烟桥：《中国小说史》，苏州秋叶社 1927 年版，第 283 页。
② 同上书，第 284 页。
③ 同上书，第 294 页。
④ 同上书，第 304 页。

景缄等人的翻译。而一些“外人来华归而著为小说，以炫其闻见之异，于皮里阳秋之处，自较国人为无所顾忌，故光复后转译为中国文字者渐多”①，这样的作品翻译一般文学史很少介绍。在这里，他列举了孟宪承译的《太平天国外记》、陈霆锐译的《慈禧写照记》、陈泠汰与诒先译的《慈禧外记》《庚子使馆被围记》、刘半农译的《乾隆英使觐见记》、陈曾穀译的《丁格尔步行中国游记》。

最后，范烟桥也简单提及了“五四”新文学，但是很少评价。他指出：“民九以后，国内有新文化运动，对于中国小说界，起重大之波浪，有‘文学研究会’之组织，其意旨以介绍域外作风，与整理中国小说，主张‘语体文欧化’。”② 他介绍了“文学研究会”的《宣言》及《小说月报改革宣言》，并对一些作家作品进行了罗列：其中有周作人、郑振铎、沈雁冰、郭绍虞、朱希祖、瞿世英、蒋百里(其误为蒋百英——笔者注)、孙伏园、耿济之、王统照、许地山、谢冰心、庐隐、鲁迅、晓风、朱自清、谢六逸、唐性天、耿式之、张毓桂、瞿秋白、邓演存、汪馥泉、高真常、潘家洵、李青崖、顾一樵、张闻天、刘大白、熊佛西、傅东华、侯曜、朱湘、丰子恺、落花生、张志澄、梁宗岱、高君箴、樊纵予、叶劲风、华罗琛、徐志摩、田汉、金本基。他也简介了“创造社”，认为其“主张多创作，一时长篇之创作小说，渐有发见，盖已将介绍整理之过程撇去，而剔辟一新途径矣。然在此数年间，合中国出版物而计之，长篇之创作，亦不逾十种，其最著者为：张资平之《苔莉》与《冲击期化石》”。③ 看来他对“创造社”没有如“文学研究会”那样主张研究整理文学并不以为然，他对整个中国新文学的成就也很失望，因为长篇太少。他看好张资平的创作并予以引录，并评价汪静之的《耶稣的吩咐》、落花生的《空山灵雨》“亦有相当之价值，不可谓非最近之成功”④，但他对鲁迅、郭沫若等人只是予以点名，或许是因为他还不习惯他们的表现

① 范烟桥：《中国小说史》，苏州秋叶社1927年版，第307页。
② 同上书，第311页。
③ 同上书，第318页。
④ 同上书，第325页。

方式，而张资平似乎与他们更是同路人的缘故吧。他还介绍了小说批评家胡适、叶小凤、胡寄尘以及当时盛行的关于小说的理论著作。而在剧本中也介绍了戏剧协社以及欧阳予倩、王仲贤、洪深等人的作品。电影剧本也在该小说史中，他认为“民十以后，电影甚形发达，其剧本亦为中国小说之变体”①，这里他摘引了洪深的《申屠氏》。

我们发现，范烟桥或许还欠缺赏鉴新文学的能力，他更在行的是其所擅长的那种文学类型，他从鲁迅、郁达夫、郭沫若等人的作品中没有发现激动人心的东西，独从张资平的小说中看见了自己所愿看见的趣味，所以，他的新文学书写始终只是在进行点录式的书写，而欠缺细致的文本批评。就是在他所擅长的“鸳鸯蝴蝶派”的小说分析中，我们看见其也多是强调故事的曲折、情感的哀惋、文词的清丽，作者和主人公的对应关系以及具体遭际是他愿意花费笔墨之处，而文学史规律性的提炼总结他还不能如鲁迅那样发聋振聩、一针见血，所以该文学史没有留下经典性的文学史论断以流被后世。而且范烟桥自身对文学史书写这种现代性的学术工作还没有进行充分的文学理论准备，他将戏曲弹词，乃至后面要提到的戏剧剧本和电影剧本都视为小说而写在小说史中，可见他心目中的“小说”实际上就是“文学”的统称，而不是“文学”这一艺术门类中的一种体裁。正由于这些原因，范烟桥的这部小说史影响并不大就在所难免了。

总之，范烟桥的这本小说史带有为“鸳鸯蝴蝶派”小说正名及争抢话语权的味道：“一方面，他们从通俗性的角度，否定新文学的欧化风格与思想上脱离民众接受水平，为风行一时的鸳蝴‘名家名作’加上为读者即‘为民众’的合法外衣；另一方面，在这些‘鸳鸯蝴蝶派’自谱家世的追溯中，往往将自己视为晚清小说/中国古典小说的正宗嫡传，自称是‘旧派’，其实是以继承中国传统来确定自己的合法性。”② 同时他们还不忘记宣扬自己也曾在文学期刊创办和域外小说翻译等方面立下的汗马功劳，这就使得“鸳鸯蝴蝶派”在小说

① 范烟桥：《中国小说史》，苏州秋叶社1927年版，第334页。

② 胡安定：《认同的策略：论鸳鸯蝴蝶派的自我确认》，《西南大学学报》（社会科学版）2009年第3期。

史的书写中得以经典化与合法化。而从中国文学史的书写来看，其更重要的意义是其揭示了被大部分新文学史家所有意忽略的一部分文学史事实，即晚清民初之时的文坛正是新旧并立乃至相互混合的状态。这样看，范烟桥的文学史立场正如他所说，更加"公正客观"，而与之前的文学史家对旧文学采取有意识的遗忘形成了鲜明对比。这种态度在20世纪30年代，他在东吴大学讲授文学史的时候依然保留，他此时撰写的讲义在20世纪60年代以《民国旧派小说史略》[①]之名出版，其间就是坚持新派小说和旧派小说之分，只不过不再述及新派小说而专书旧派小说了。

第四节　新一代年轻人的新文学史书写

难能可贵的是，20世纪20年代出现了专题文学史，1928年培良的《中国戏剧概评》[②]是较早的一部中国戏剧文学史，1929年草川未雨出版了最早的新诗诗歌史《中国新诗坛的昨日今日和明日》[③]。这两部文学史著都是新一代年轻人所作，他们通过戏剧诗歌专史的写作，表达了他们自己的戏剧观和诗歌观，同时也表露了他们希望新文学运动应该继续向前进，而不要走回头路与旧文学相妥协的理想。

一　培良的《中国戏剧概评》

培良即向培良，他在1926年《狂飙》杂志上分5次发表了《中国戏剧概评》[④]，后将其结集出版。该著内容广泛，关注到整个话剧运动的全部。其中第一章是总述，第二、三章是评述知名的剧作家及作品，第四章是论述舞台、灯光、化妆、观众等演剧条件，第五章是

① 范烟桥：《民国旧派小说史略》，魏绍昌编《鸳鸯蝴蝶派研究资料》（上卷　史料部分），上海文艺出版社1984年版。

② 培良：《中国戏剧概评》，上海泰东图书局1928年版。

③ 草川未雨：《中国新诗坛的昨日今日和明日》，海音书局1929年版。

④ 此文从1926年12月5日在《狂飙》上连载五次，分别为第9、10、14、15、16期，1927年1月23日载完，后结集于1928年出版。

对正在兴起的国剧运动进行评述，最后是他对未来的中国话剧运动的建议。

第一章是《总述》，向培良简单阐明了自己撰写该著的目的与策略，交代了中国话剧的发生史，并评说了中国话剧现状。撰写该著是因为他认为“真正的戏剧还未曾好好教育，已经遭到谋害，遭到暗杀了。似乎，戏剧是什么东西，在中国还是许多人不能明瞭的问题，而一方面旧剧正借着狡猾的好看的面具，想要用‘国剧’这样一个动听的名字，来盗窃戏剧的地位”。[①] 这段话表明了他的书写原因，就是他认为过去的中国话剧的成绩如此低劣，在真正的戏剧观念和创作还没有被创设起来之时，而旧剧却又要以“国剧”的名义卷土重来，这种危机感使得他不能不“在可能范围以内，稍微说明一下这漆黑一团的情形，并且想努力把几个曾经负有声名或负有声名以及一些努力工作而尚未得到他们工作的收获的作家分析或批评一下；并且，我希望我能够，指出一些通行的观念和理论底错误，给以相当的辩证；最后，我要结算一下，看看这种现象的根本原因是怎么样的，或者说还要说一点我个人对于将来的希望”。[②] 接下来他指出，从最初引进外国剧本到“现在”近三十年的历史中，剧本创作的成绩非常可怜，而在舞台建设方面也是一片空白，专门负责戏剧教育培养戏剧人才的学校虽然有人艺戏剧专门学校，但是已经失败、崩溃、败坏了。而“旧戏在社会上的势力还是很大，不独流行于普通群众间，就是所谓学者文士们，也沉溺在里面”[③]，他们进取的思想已经有所退化甚至堕落了。然后，他从文明戏开始介绍这三十年的中国话剧历史。他指出文明戏中的剧本都是“幕表制”的改编，其代表作是陈大悲的《英雄与美人》。文明戏共同的趋势是“改良社会和唤醒民众”，这是与“当时革命潮流平行的”，“所以所描写的题材，大半是攻击政府，攻击法律和道德以及对外交失败的自觉”[④]，而后来的话剧家们“都

① 培良：《中国戏剧概评》，上海泰东图书局1929年版，第2页。
② 同上书，第3页。
③ 同上书，第7页。
④ 同上书，第11页。

始终没有超出文明戏的水平线”。[①] 向培良接着介绍文明戏之后胡适之、熊佛西、侯曜等人响应易卜生的社会问题剧，同时他指出，郭沫若、田汉、郁达夫等人，可以代表另一种创作风格，那就是“教训与感伤”，而丁西林是许多剧作家中“比较漂亮者，但他始终葬送在他的漂亮和他卑劣的趣味里”，近来的余上沅、赵太侔“一方面攻击话剧，尤其是社会问题剧，（另）一方面尊崇旧剧，在文学上是反对自然主义者”。[②] 于是，在第一章的最后，向培良指出当时中国话剧所处于的危难境地：“一方面没有脱出文明戏的轭，（另）一方面又要进一步负起旧戏的枷来了。”[③]

第二章是《从陈大悲到丁西林》，向培良对一些讲究激起感官趣味的较重要的剧作家作品进行了分析。在第一小节《陈大悲底成功及其失败》中他对陈大悲的话剧史地位进行了辩证分析。他认为“陈大悲在戏剧上的地位是和胡适之在文学上差不多的，虽然他的影响没有后者远大，而且不久就被人们厌弃了”。[④] 陈大悲同他一班人的功绩，“第一是从幕表制改变成正式的剧本，而最初有了中国人自己创作的剧本”，“第二是在民众间确定了戏剧的地位，将旧剧从文明戏分离而独立起来”。[⑤] 这类剧作家他分析了陈大悲、蒲伯英、汪仲贤、欧阳予倩，还有陈晴皋、万籁天、李朴园等作家。

在第二小节《胡适之之类》中，他分析了胡适之、熊佛西、侯曜等人，评价他们“继承着新青年的精神，但不幸他们都只袭了一些皮毛，忘记了真的精神，而宣传了一些口号”。[⑥] 胡适之的《终身大事》“无论是对话、动作、人物底描写，都非常笨拙、累坠，而且可笑”。[⑦] 熊佛西创作技术上比胡适稍好，他知道用一些方法以及离奇动人的故事题材来吸引观众的趣味，但是他所创造的人物，“是没有个性，没有灵

---

① 培良：《中国戏剧概评》，上海泰东图书局1929年版，第12页。
② 同上书，第15页。
③ 同上书，第16页。
④ 同上书，第18页。
⑤ 同上书，第22页。
⑥ 同上书，第30页。
⑦ 同上书，第31页。

魂，只是借用作发出某种声音的留声机；而这些声音还不能说是作者的话，因为是那样的浅薄而平庸。作者所惯用的方法似乎是‘揭破秘密’；因为揭破人家的秘密而觉悟而得救……这种揭破秘密的方法大抵是笨拙的、不自然的……我们很容易看出作者毫无计划、毫无方法，只是平空把他所创造的人物放在某种困难中，又平空用作者的力量给他们以解救，以逼出作者所要求的结果，发出他所要阐明的思想”。[①] 接着，他重点批评了熊佛西的《长城之神》在人物、情节方面的可笑及荒唐，批评了侯曜“也是惯于把死伤争斗之类的事件直接刺激他的观众。因为缺乏技巧和聪明，他的剧本是，既不使人感到兴趣，也不能令人动情，一切所有的只是一些枯燥的事件底集合体而已”。[②]

在第三小节《趣味底创造者》中，向培良重点分析的是丁西林。他认为“丁西林的剧本是能够使你高兴，供你茶余酒后底消遣的”[③]，他严厉批评丁西林的剧本中“像人生，忠实的情绪现实底再现，在他的剧本里面是，无论如何，也看不见一点痕迹的”。[④] “供给人们赏玩，满足人们虚伪的和卑劣的欲望”[⑤]，是他的创作剧本的目的。而他的“剧本内容是完全空虚的。除掉接吻、拥抱和男女间一些亲密的关系之外，只充满了一些漂亮的对话”，但“实际上，这些话都可以完全不说的。因为既不能表现某人的个性，又不能显示真实的情绪，而且与剧中的情节或情调毫无关系——什么意义都没有”。[⑥] 同时，向培良也批评了如丁西林一样“能够以狡猾巧妙的方法欺骗读者的白薇女士”，她“用许多复杂的、烦难的、综错的穿插同情节来迷乱读者的眼光，使他们捉不到真正的意思（其实本来就没有真正的意思），于是相信作者真的给了他们一些东西”。[⑦] 这一类型的他认为还有苹影的《圣的喜剧》。最后，向培良总结到，从陈大悲到丁西林共

① 培良：《中国戏剧概评》，上海泰东图书局1929年版，第32—33页。
② 同上书，第41页。
③ 同上书，第43页。
④ 同上书，第44—45页。
⑤ 同上书，第45页。
⑥ 同上书，第46页。
⑦ 同上书，第49页。

同的性质就是“趣味底创造”，“趣味是他们的艺术（若是这也可以叫作艺术的话）的出发点，也就是他们艺术的终结。在他们所作的剧本里面，随处都可以发现无目的、无意义的玩笑来；但是丁西林比他们谁都巧妙，所以更加受人欢迎了”。①

在第三章《教训与感伤》中，向培良主要分析批评的是“创造社”的作者，如田汉、郭沫若、郁达夫等。在第一小节《咖啡店之一夜》中，他认为“创造社”的剧本与之前的那些剧作家不同，“在于他们对于艺术的态度……已经从文明新剧的浅薄的趣味里脱出来了”②，但他们却走到了错误的途径上去了，那就是教训和感伤。田汉和郭沫若都忘不了那人道主义和社会主义者的面目，田汉“竭力找机会在他的剧本里装进一些教训去的。他和郭沫若的分别是，郭沫若是预定了一些教训——他的主要目的——才去作剧的，而田汉则在动手写剧本以后才竭力设法装一些进去”。③ 向培良也提到张闻天的《青春的梦》，认为这“比之田汉，更走到粗糙和错误的途径上去了。他在那个剧本里提出很强烈的反抗，这种反抗，是从作者所创造的傀儡里吐出来的”。④

在第二小节《所谓历史剧》中，向培良主要评论的是郭沫若的历史剧。他认为“郭沫若的特色，不在于他作历史剧，而在于他的教训”，“在他，戏剧是完全无所轻重的东西，主要的是那中间所含着的教训”。⑤ 向培良认为历史剧应该既是历史的，也是剧的，是历史的就应该尊重历史真实，“我们没有权利借历史上的人物发挥 20 世纪的新思想”⑥，而郭沫若的历史剧中参加了“许多‘非历史底’东西进去，至少所谓‘历史’是已经完全失败了”⑦。而作为历史剧的戏剧这方面，向培良也认为郭沫若是失败了，“因为他不是一个剧作家，他不能了解戏剧底独立和尊严，所以他所写的，或者是诗似的东西，

① 培良：《中国戏剧概评》，上海泰东图书局 1929 年版，第 51—52 页。
② 同上书，第 55 页。
③ 同上书，第 58 页。
④ 同上书，第 64 页。
⑤ 同上书，第 65 页。
⑥ 同上书，第 70 页。
⑦ 同上。

或者是宣传主义的小册子”。[①] 他认为郭沫若作剧，“只是因为剧中的人物可以张开嘴大说话罢。所以一切剧中人的嘴，都被他占据了，用以说他个人的话，宣传他个人的主张去了。而这种态度是如此明显、如此偏颇，所以我们绝对不能在他的剧本里看见他所创造的人物，（是）有生命的、有个性的：只看见一些机械底偶像，被作者指挥着走作者所要他们走的路；一些机械的嘴，代替作者说他所要说的话。而且，他底作剧，是预定了目标——就是，他预定了在某一剧里给他的读者以某一定的教训，这些教训是借剧中人物的行为作例子或径直由剧中人物的嘴宣讲出来”。[②] 所以，“我们把他的剧本里换上一些别的人物，而毫不会变更他剧中的精神。这理由很明显，作者本只要一种机械式的宣讲，我们当然可以变更一个留声机而不破坏宣讲的内容”。[③] 向培良还点评了杨荫深的《一阵狂风》、顾一樵的《荆轲》和《项羽》、伯颜的《宋江》，认为他们都只有教训而没有剧，“但我们却先需要剧，没有剧之前，是绝不会有历史剧的”。[④]

在第三小节《感伤者》中，向培良评论的是郁达夫和白薇女士的剧本创作，他认为他们虽然以不同的方式和情境作剧，但是感伤的性质却是相同的。他认为“感伤者是，有着对于自己底柔弱的自觉，而同时又有超越别人的矜持。因为有了超越别人的矜持，所以常感到现在底不满足，感到自己受了比自己所应得的要底下的待遇，感到孤寂和不被了解，感到人们的不公平、社会的压迫和虐待——但这一切都并不是真实地感到，只是从自己的矜持同错觉里发出来的。因此，他们骄傲、夸大、而且放荡。同时他们又感到自己底柔弱，所以他们不敢反抗、不肯奋斗、不能前进，成为时代的落伍者，而他们很清楚地自觉到这个。他们决不用自己的力量去改变他们所认为不满足的环境的，只是发出牢骚和不平；一些咒咀、一些怨语、一些伤怜的话；于是从现实逃避了（他们本来没有正视现实的勇气），逃避到他们自己

① 培良：《中国戏剧概评》，上海泰东图书局1929年版，第71—72页。
② 同上书，第72页。
③ 同上书，第73页。
④ 同上书，第76—77页。

所创造的虚伪的、借引的、假的艺术之宫里面去。在感伤者的作品里，我们看见聪明，但是没有天才；看见矫饰的虚美，但是没有艺术”。[①] 针对有人认为郁达夫的作品是颓废的，向培良并不认同，他认为感伤和颓废都是自我意识极强者，但是“颓废是基于强的精神、毁灭一切的勇敢、向下的决心同一切因袭传统之破坏。感伤者的全灵魂里，没有强和生命，没有勇敢和执着一切之心。我们在郁达夫的作品里，只看见衰弱和浅薄的自己怜伤、低能者的怪语与咒咀。这只是堕落的感伤，连自己都忘掉了的东西”。[②] 他认为感伤的色彩有几个很鲜明的特点，那就是他们所用的故事，一定是传奇的；“悲壮的或者是感慨的，而大都是恋爱的故事。失恋、别离、夺情、爱人底死、惨伤的遇合——一些所谓诗人的悲剧，都是他们所喜用的题材。里面所有的人物，一定是才子、诗人、艺术家、富有天才的美丽的妇女，或者从前曾经是这样过来人；美好；多情，Sentimantal，而都是被压迫的。里面情节是离奇的，富有诗意的，就是，把他们弄成与曾经是诗的那样的东西相似。教训的剧作家自认为比一切人都高超，而感伤的剧作家则自认为比一切人都优美；他们同样不能给他们所创造的人以独立的生命，剥去他们的自由，而强制他们的嘴给作者说话。感伤者也正和教训者一样，我们可以把他们的创作归纳到几个公式之下，并且可以随意代他们挪动的”。[③] 对于同是感伤者的白薇女士，向培良评价同样不高，他认为她的《琳丽》《访雯》只是“用聪明的手段（但不如说是用狡猾的手段还要更确实一些）装上许多所谓有诗意的东西，堆砌许多美丽的字句，结果是成了一些炫目的可厌的东西，没有真实情绪的虚伪的东西”[④]；白薇女士“忘记了美和诗是只能从真正的情绪发出来；没有真的情绪，只硬装进一些所谓美的有诗意的东西——诗物——进去，不过增加那作品恶劣的程度罢了”[⑤]。

---

① 培良：《中国戏剧概评》，上海泰东图书局1929年版，第78—79页。
② 同上书，第80页。
③ 同上书，第80—81页。
④ 同上书，第83页。
⑤ 同上书，第86页。

在第四小节《其他的作家》中，向培良对一些不那么著名，但确实有着较好的天才、较忠实的态度的剧作家进行了点评。他认为从陶晶孙的《黑衣人》和《尼庵》中可以看出他的天才来，“在他的剧本里，漂流着一种热烈而又凄冷的情绪、幻灭的美丽。这种情绪的表现，在别的剧本里还未曾看见过”。① 而王新命的《蔓罗姑娘》“实在可以算作一个较好的剧本，在里面我们可以看得出被压迫者的灵魂，同被压迫者的灵魂底孤苦奋斗以及奋斗后失败的破灭”。② 而曹靖华的《恐怖之夜》并不成功，徐葆炎“是一个颇有希望的作家，他有着优美而清新的情调；他的缺点是还缺乏更深刻的观察，不能发现更深刻的意义底优美和清新”。③ 尚钺的《我错了》“写青年对于爱情的烦闷和懵懂是一个很了解青年精神的人写出来的，但比他的小说差得多，倒像他最初发表的几篇还未成熟的东西”。④ 朋其的《她的兄弟》和《刮脸之晨》“充满他特有的锐利深刻的讽刺，但在剧本里面，他的讽刺却往往为他趣味的精神所破坏，这一点是他的戏剧没有他的小说那样成功的原因”。⑤ 杨晦的《庆满月》和《磨镜》都不及之前的《来客》，但在《来客》中，“第四幕完全是不必需的。作者想增加悲剧的色彩，故加上这样激动感情的一幕，造出不意的大雨来，却不知道他反而破坏悲剧的情调了。然而作者在前面写的却很好。那沉默的、忍受的，把一切悲哀和苦难和怨楚都搁在自己肩上而带他们到井里去的女主人是我们戏剧里的一个创作”。⑥ 成仿吾“很能够改编人家的剧本——据他自己宣传——却不能创造剧本”。⑦ 张资平的《军用票》“是同他的小说一样，装在一种规定的典型里面的东西”。⑧ 王统照的《死后的胜利》非常笨拙，“他写剧本是用的编新闻的方法，

① 培良：《中国戏剧概评》，上海泰东图书局 1929 年版，第 90—91 页。
② 同上书，第 91 页。
③ 同上书，第 94 页。
④ 同上。
⑤ 同上书，第 95 页。
⑥ 同上书，第 96 页。
⑦ 同上。
⑧ 同上书，第 96—97 页。

所以他把许多不重要和无聊的东西都弄到舞台上去了”。[①] 余上沅在他创作的《白鸽》里“呈露了他非常笨拙的手段”，而《兵变》“则呈露了他的创造趣味的气氛”，“他只是一个既无天才又不聪明的不很值得注意的剧作家”。[②] 他还提到了顾千里创作了《画家之妻》、孙俍工创作了《死刑》、孙景章创作了《宝珠小姐》、张鸣歧创作了《雷雨之夜》。但“他们是不必详细讨论的。他们大抵都是技术很生疏，没有真实了解戏剧是什么东西，但也没有什么必须提出来攻击的毛病”。[③]

在第四章《我们的舞台》中，向培良重在论述当时的舞台设备及效果。他认为剧作家“虽然是很枯窘的、不成熟的，但是一转眼看看我们的舞台，则会觉得我们的舞台还丢在这枯窘的、不成熟的剧本后面呢，我们的舞台是一直到现在还没有超出这文明戏的水平线之上”。[④] 接着，他以北京的舞台为例，批评了当时的演员、导演、布景、光线、化妆、音乐、剧团、观众等的幼稚可笑、简陋无知，这为我们了解最初的话剧表演环境提供了详实真切的资料。在这里，他提出自己的舞台演剧的标准，“我们的舞台是，应该先有人，然后才能有戏剧。演剧这东西，也和别的艺术一样，需要相当的练习。在未曾成一个演员、成为一个剧本中的人物、表现出作者所要求的人格之先，应该是一个人，而且永远应该是一个人，应该人似的站起来，然后才能传达人的情绪，表现人的生命；应该坚定地立着成为一个真实，然后才能显示出真实（应该知道戏剧和其他艺术一样，永远是表现人底和真实的呀）”。[⑤]

在第五章《论国剧运动》中，向培良全面批判了当时国立艺术专门学校戏剧系中赵太侔、余上沅等人倡导的“国剧运动”。他认为：“国剧是一班国家主义者所要求的，其根本则在东西文化之区别。在

---

① 培良：《中国戏剧概评》，上海泰东图书局1929年版，第97页。
② 同上。
③ 同上书，第98页。
④ 同上书，第99页。
⑤ 同上书，第123页。

理论上，他们是要建设一种程式化的戏剧；表面上他们说要改良旧剧，但实际上则要求整个儿的旧戏。他们的国剧就是旧戏，异名同实的东西。旧剧是民族卑劣精神的产品，以性底侮弄和残酷底赏玩为出发点，旧戏是没有改良的余地的；国家主义者也并不要求改良。旧戏应该全部推翻，而程式化的戏剧是不可能，即从旧剧以外再建设一个别的程式化的戏剧也不可能。国家主义者的根本观念、东西文化之区别是错误的，从这里所引出来的尊崇中国固有的东西这主张也是错误的。我们应该抛弃旧的东西，重新创立我们的戏剧，表现我们自己的精神的戏剧，但是却不要加上国剧这样的名目。艺术是没有国界的。"①

第六章为《结论》，向培良再次指出，中国戏剧"剧本是非常浅薄（的）。舞台是非常空虚（的），而一般为戏剧作工的人又没有忠实的努力"，"这灭落的道路是，旧的幽灵之再现"。② 所以，他提出新的戏剧观念和新的使命："戏剧是，较之从前，更其沉着地与人生密接了。戏剧是显示人类行为和思想的竞争，倾吐出人类的活动和忍受来……戏剧是，在更高的意义上，表示出人生内和外的奋争。向习俗、道德、法律、制度以及从遗传所受到的压力挑战，在这些之下挣扎着的、求生的人性。"③"戏剧是一种与人生最切近的艺术，在这里面描写人生的争斗，心灵间的、个人间的、个人与环境及社会间的，以至于阶级间的，而戏剧是一种艺术，创造和传达人底情绪的艺术。戏剧的使命在于创造和传达情绪的，不在于显示事件。只显示事件的东西，将成为历史或新闻或供宣传用的小册子之类，并不是艺术。"④

向培良的《中国戏剧概评》将中国话剧的嬗替线索予以了粗线条勾勒，而且将重要的剧作家作品分为趣味的、教训的和感伤的三大类别，并一一进行了分析批判，而其评价基本上是以否定为主，有时能一针见血、切中肯綮，有时又显得十分偏激。原因是其在书写这段戏

---

① 培良：《中国戏剧概评》，上海泰东图书局 1929 年版，第 148—149 页。
② 同上书，第 150—151 页。
③ 同上书，第 151—152 页。
④ 同上书，第 159 页。

剧历史之时有着自己鲜明的戏剧观：一方面，他继承了《新青年》胡适等人所倡导的话剧观念，主张应该推翻中国传统旧戏，而对当时的“国剧运动”进行猛烈抨击；但是他又不赞同将种种主义及道德理念直接凌驾在戏剧之上，使得戏剧不成为剧，而成为宣扬个人的主义和感伤的传声筒，也不希望剧作家一味去取媚于观众，单单激发观众的感官而引起卑劣的兴趣；这一点他类似于那种为人生的艺术观，希望戏剧中能表现真的人生和真的人，使得剧中人物的性格和命运本身能成为典型，抒发真实的人生和真实的情感。另一方面，他又认为戏剧不必表现事件，而重在人物情绪的表达，提出了他独特的“情绪表现”的戏剧艺术观。可见这时的向培良在这两种戏剧观之间进行着过渡。这从他自己的戏剧创作中也可以看出。向培良在 1925 至 1926 年间先后完成的《离婚》《不忠实的爱情》《继母》三个多幕剧，就带有他自己在这部著作中所批评的“趣味、感伤和教训”的味道，但他已开始注重“情绪表现”的创作手段。1926 年之后他的创作就开始全面突出“情绪表现”。[①] 所以我们说，向培良的这部著作既是对中国戏剧第一个十年来的总结，其对一些剧作家作品的披剖颇具影响。实际上这也可以说是他对自己戏剧观的一个清理，这中间有着过渡的痕迹，真正的转向还在于他之后的创作实践。

二　草川未雨的《中国新诗坛的昨日今日和明日》

草川未雨（张秀中，1905—1944 年）在中国新文学史上并不出名，他的《中国新诗坛的昨日今日和明日》[②] 历来评价不高，朱自清对其就不以为然。朱自清在编选《中国新文学大系 · 诗集》时在《选诗杂记》说道，草川未雨的《中国新诗坛的昨日今日和明日》“那么厚一本书，我却用不上只字”。[③] 朱自清为什么对草川未雨的这

① 洪宏：《唯美而激越的“情绪表现”——论向培良的戏剧创作》，《戏剧艺术》2003 年第 1 期。

② 草川未雨：《中国新诗坛的昨日今日和明日》，海音书局 1929 年版。

③ 朱自清：《选诗杂记》，《中国新文学大系 · 诗集》，上海良友图书印刷公司 1935 年版。

部诗歌史评价如此之低，我们并不奇怪也不强求其大力颂扬，因为这部诗歌史同样没有对朱自清的诗歌进行评价。朱自清在当时的诗坛应该是比较出名的，他参与了发起新文学史上第一个诗歌团体“中国新诗社”和创办第一个诗歌杂志《诗》月刊等工作，1921 年参加“文学研究会”，1922 年商务印书馆出版了“文学研究会”8 位诗人的合集《雪朝》第一集，其中就收入朱自清的诗作 19 首。1923 年朱自清在《小说月报》第 14 卷第 3 号发表了近 300 行的抒情长诗《毁灭》，这是“五四”时期著名的抒情长诗。但是草川未雨在该部诗歌史中对朱自清只字未提，朱自清性格淳厚，不好明加批评，只能用一种委婉的说法表达了自己的不满。但是朱自清的这种评价影响了当代学者对该部诗歌史的分析：黄修己就说该书“没有什么科学性，没有什么学术价值可言了。”① 赵卫认为“草川未雨对新诗道路上探索的诗人否定多肯定少，经他肯定的参照对象又多为海音社成员，这样一种先抑后扬的做法，显出批评与审美天平的失衡，使人读过这部著作之后，会觉得与纯粹的学术研究还存在一定距离，颇似一份厚重的广告。因此，朱自清不用只字也可以理解”，但“他并不成熟的批评态度与预言，可为研究者参照和反省”。② 龙扬志则认为“此书作为新诗史上第一个专门的历史文本，作者采用草川未雨的笔名，实际是为历史自我叙述而采取的隐身术，经过乔装打扮的叙述者在权力话语建构过程中不再羞答答，明白无误地宣告了个人对历史话语的书写欲望。可能正因如此，朱自清才觉得不甚可靠，用不上只字”。③ 其实朱自清及后来的研究者都不是从草川未雨的诗歌观的角度，来理解他的诗歌史对诗人诗集的选择及阐释。他们或者是从自己的诗歌观念和诗歌史书写规则，去要求草川未雨的诗歌史写作；或者从我们现在已

① 黄修己：《中国新文学史编纂史》（第二版），北京大学出版社 2007 年版，第 20 页。

② 赵卫：《论中国新诗史上第一部新诗批评著作》，《长沙理工大学学报》（社会科学版）2003 年第 1 期。

③ 龙扬志：《新诗史的书写与差异——以 20 世纪 30 年代草川未雨和徐芳的新诗史为中心》，《海南大学学报》（人文社会科学版）2012 年第 1 期。

经定型的诗歌史叙述，来批评草川未雨的这本诗歌史批判了很多作家和遗漏了一些作家（例如闻一多），而褒奖了并不重要但与草川未雨有关的诗人诗集（如张秀中和谢采江）。这并没有回到历史现场之中去进行理解同情，而是以一种“当下的”诗歌观进行“后见之明”的批评，自然会觉得这部诗歌史错谬百出。但如果我们从草川未雨的文学经历与诗歌观念出发，倒会发现一些亮点。

首先，草川未雨1929年出版的《中国新诗坛的昨日今日和明日》框架体系比较科学合理。其共分为四章，重在诗歌理论分析和诗集批评两方面。

第一章《新诗坛的萌芽期》重在介绍早期白话诗的诗歌理论，对其进行评点。这一章分为两部分：一是《论打破旧诗与提倡新诗》，这里介绍了胡适的《谈新诗》、刘半农的《我之文学改良观》《诗与小说精神上之革新》、康白情的《新诗底我见》、俞平伯的《诗的进化还原论》、梁实秋的《读诗的进化还原论》、周作人的《诗的效用》等关于新诗理论的文章；二是“新诗内部诸问题”，涉及到宗白华和郭沫若等的《三叶集》、宗白华的《新诗略谈》、康白情的《新诗底我见》、叶绍钧的《诗的泉源》，重在讨论新诗人的五种修养、新诗的作法、新诗的文字等问题。在这里，草川未雨谈到了一次诗歌争鸣事件，是后来诗歌史少有书写的。那就是俞平伯的《诗的进化还原论》发表后，梁实秋发表了《读诗的进化还原论》进行回应，周作人以《丑的字句》与梁实秋进行讨论，而梁实秋再发表《读仲密先生的丑的字句》，围绕这个问题还有虚生的《诗中丑的字句的讨论》、柏生的《关于丑的字句的杂感》、景超的《一封讨论丑的字句的信》、东峦的《让我来搀说几句》等。这一章对我们了解当时的诗歌理论还是很有用的。

第二章《草创时期》也分两部分。其一《鸟瞰中的昨日的诗坛》对这时的诗歌态势和总的方向进行了分析。草川未雨认为，这时诗歌在内容上主要表现“社会与性爱”①，自由的精神跑到诗里面，对

① 草川未雨：《中国新诗坛的昨日今日和明日》，海音书局1929年版，第45页。

新旧社会、新旧习俗的批评或赞颂在这时期的诗歌中普遍存在，所以说明与演说的色彩比较浓厚。性爱是指歌颂爱情的诗歌特别多。此时诗歌在形式上主要是小诗，草川未雨用周作人的《论小诗》讨论了小诗的特点，并指出中国小诗的发展受到中国古诗和外国印度及日本的影响。草川未雨对此时诗歌的总方向还是有一定切实把握的。但他认为中国小诗有两派，即“冥想与现实，前者以冰心女士的诗为代表，后者以谢采江的《野火》为代表”①，这确是他的独见，此后很少看见这种分类法。其二《诗集分评》就是草川未雨对当时出版的诗集的批评。他选取的诗人诗集有胡适的《尝试集》、康白情的《草儿》、郭沫若的《女神》、汪静之的《惠的风》、徐玉诺的《将来之花园》、冰心的《繁星》《春水》、谢采江的《野火》、宗白华的《流云》、胡思永的《胡思永的遗诗》。这章的最后，草川未雨表露了自己的选择和阐释诗人诗作的自信，他认为他“决不至有出色的好诗埋没了去，这是敢自信的。除此之外，诗集中的诗均不外以下三类：第一类，作新诗摆不开旧诗的圈套的。第二类，写着抒情诗又发挥道理的。第三类，或者作的是新体诗，然而不知说的是什么的。这三类诗在新诗园是一种过渡中难免的现象，也是在新诗坛中必须扫除的流弊”。②

第三章《进步时代》也分为两个部分。其一是《鸟瞰中的今日的诗坛》，对近五年的诗坛进行了扫描。他认为因为诗人不再努力地真正去认识人生社会自然的缘故，这期间是新诗的寂寞时期。这里他提到了当时几种重要的诗歌理论：闻一多等人在《晨报诗镌》中讲音节和格律；周作人在《扬鞭集》序言中提出“融化之说”；张秀中提出的“漫画式的文艺”；海音社发起了“短歌丛书”；郭沫若的《论节奏》；穆木天的《谭诗》；王独清的《再谭诗》。其二是《诗集分评》，选取的诗人诗集有徐志摩的《志摩的诗》、刘半农的《扬鞭集》（上中）、李金发的《微雨》《为幸福而歌》、焦菊隐的《夜哭》、

---

① 草川未雨：《中国新诗坛的昨日今日和明日》，海音书局1929年版，第50页。

② 同上书，第114页。

白采的《白采的诗》、海音社的《短歌丛书》、谢采江的《荒山野唱》。

在第四章《将来的趋势》中，草川未雨进一步论述了他对未来诗歌创作的理论要求，也分为两部分，其一《外形方面》重在论说诗歌的形式，他认为新诗在形式上“不能不扫除有定规的诗体，不能不指斥定规来作新诗的人!”① 其二在《内容方面》要时时刻刻在破坏，时时刻刻在创造，不可总是沉闷的停顿着，要表现新时代新生活。最后还再次评析了谢采江的《不快意之歌》和张秀中的《动的宇宙》两本诗集。

从该部诗歌史的章节体系来看，其注重到新诗的萌芽、草创、进步等三个不同时期，梳理了新诗的昨日、今日和明日的发展曲线，关注了新诗代表性的理论主张，并赏析、品读了具有代表性的诗集、诗歌，这样的框架体系还是比较科学的。特别是这是第一部诗歌史，还没有可以借鉴之作以供参考，这说明草川未雨在诗歌史的编排组织方面还是很动了一番心思的。

其次，草川未雨的诗歌史写作与向培良的戏剧史写作有着类似目的，意图通过臧否已有的诗人、诗歌，来表达自己的诗歌观念。得到草川未雨赞扬的诗人非常少见，最能体现他的诗歌理念的应该是其对众多诗人的否定性评价，这与前述的向培良评价中国戏剧几乎一样，他笔锋所向，各位诗人、诗集都纷纷落败下马。他的诗歌观念在第三章《进步时代》的《鸟瞰中的今日的诗坛》中得以阐发。他非常自信，将自己的诗歌观点和海音社的“短歌丛书”当作“进步时代”新诗坛的重大事件，与闻一多、周作人、郭沫若、穆木天、王独清等人并列，并通过介绍自己为谢采江的《荒山野唱》所撰写的引论，来介绍自己及海音社的诗歌主张：“1. 艺术的意义（或云对于艺术的认识)：凡是美的东西，全是模糊的，模糊的才是整个的、统一的。艺术趣味的真实，就在‘可望而不可即’；艺术的真生命是情感之移

① 草川未雨：《中国新诗坛的昨日今日和明日》，海音书局 1929 年版，第 253 页。

入而非占有。"[①] "2. 诗是吟出来的——每首诗要全带歌咏的调子（直接的口气），不搀一个死字，诗中要有自然流露的音节……以外还用符号象征诗的意境。"[②] "3. 所谓'漫画式的文艺'——'诗的艺术不但是简练，不但是要用具体的写法，还要进一步，便是艺术是最经济的，用几个字表现出一种极浓烈的情感，一种生命的活跃、力强、潇洒，纯是即兴的表现，所以才富诗的趣味。中国有写意，西洋称漫画，新艺术中所谓象征，是取其写出来的部分少，但是因此可以想见全体，在文艺上称之为漫画式的文艺，就是不要枝蔓的细腻描写、无益的琐碎材料。所标出之三要点是：A. 形式简洁单纯，内容丰富，深沉。B. 捉住要害处，写到适可的程度。C. 力强地活跃自然与人生的真生命。"[③]

草川未雨还解释了海音社所提倡的北方的乡土文学口号。他认为，中国北方乡土文学是慷慨悲歌，南方文学是缠绵悱恻；北方文学粗豪，南方文学温柔；北方文学似英雄，南方文学是美人……因为海音社的重要成员都是北方人，艺术自然是粗豪的，这样就更能强力地表现出自然与人生的真生命。对北方乡土文学的提倡，是因为草川未雨认识到，"有个别特色的文艺，才是真实的文艺"，"能走到极端，短处便是特长，若在艺术中讲调和，必让英雄变成美人，那便是胡闹"。[④]

介绍完海音社的诗歌主张后，他又专门谈到了编辑出版《短歌丛书》的缘由："1. 提倡现在时髦派的大文学家们所不屑道的新体小诗，还希望它在文艺上占一个相当的位置"；"2. 我们确信'伟大藏在琐碎里'，觉着从这零星事物现象中歌咏出点人生的真美的小诗，有它独立存在的价值"；"3. 把这些毫无讳饰的心底里的呼声唱给不相识的朋友们听，既以自慰，亦以慰人"。[⑤]

---

① 草川未雨：《中国新诗坛的昨日今日和明日》，海音书局 1929 年版，第 125 页。
② 同上书，第 126 页。
③ 同上书，第 126—127 页。
④ 同上书，第 127—128 页。
⑤ 同上书，第 129 页。

最后，理解了草川未雨自己及海音社的诗歌理念，我们就会发现草川未雨正是用这些诗歌理念来对中国新诗坛进行诗歌史梳理的：

第一，草川未雨主张诗歌应该“力强地活跃自然与人生的真生命”①，实际上就是说诗歌应该反映现实人生，特别是应该揭露当时的黑暗现实并与之斗争，乃至应该有阶级性。所以他批评胡适《尝试集》中的《新婚杂诗》《应该》《我们的双生日》，“充满了低级趣味，造作，在新文艺的园里就没有存在的理由”。②他评价康白情的《草儿》贡献在纪游上，“尤其以《路上纪游》里自十六至二十三，纪五老峰的探险，写得最精彩”。③ 他认为徐玉诺的《紫罗兰与蜜蜂》实际上应该是“人生的‘享受’与‘工作’的机会不均等。因为社会上有一部分人只在一边苦工作，疲乏劳苦得不到聊生，而社会上的另有一部分人，只是在一边享受，寄生于千万个奴隶的血汗以上，于是这种的享受，也不是真正的，便失去了享受的意义与价值。这样，于是工作的得不到享受而疲乏了，享受的不去工作而乏味了。可以说前者是蜜蜂，后者是紫罗兰。不过在这首诗里没有暗示到这层深意，只是以蜜蜂比作青年男子，紫罗兰比作柔情，也可以说是女子，这样一来，便陷于肤浅而俗陋了”，作者“便是完全失败了”。④ 冰心女士“作品中唯一的基本思想，便是爱”⑤，但只有母子的爱和家庭间的爱，对于两性的爱“她的作品中向来不曾明瞭表示过态度”⑥。冰心女士的诗歌“都可以归为一类的警戒式的言词，告诉人的只是‘应该如何作’（How to do），并没有暗示给人‘是什么’（What is），因为在‘应该如何作’的意思之中究竟没有含着具体的暗示，这种的诗在文学的本质上讲是不相宜的，按思想上讲是没有着落的”，她的诗歌表现是“犹疑恍惚的，是模糊的，对于人生、社会及自然未曾敢

---

① 草川未雨：《中国新诗坛的昨日今日和明日》，海音书局1929年版，第127页。
② 同上书，第50页。
③ 同上书，第56页。
④ 同上书，第74—75页。
⑤ 同上书，第78页。
⑥ 同上书，第89页。

肯定过一下儿，只是站在一旁说话，因之不敢肯定，所以说出来的诺多是离开现实的玄想，因之走到恍惚的路上”。[①] 他认为谢采江的诗歌相比冰心同样是小诗，但是是另外一种风格，冰心是冥想的，而谢采江的是现实的；他的《野火》“不但深切的指出 How to do，并且还有那个 What is 在暗示给了人，这 What is 便是前一句的‘沈寂黑暗的旷野中’，这种暗示的力量在谢采江的诗中处处如是”[②]；读冰心的诗，多是“想躲在世间以外去的”，读谢采江的诗歌，“觉得立刻人在人世中想去做点事”[③]；冰心的理想是现实以外的，而谢采江的理想则是“根据了现实范围以内的，从生活中写出来的，所以是实际的反射”[④]。他认为徐志摩的诗“像天足妇女又穿上了一双大花鞋”，只是“讨厌而已”[⑤]；他的诗歌“一个是情感的‘滑’，（另）一个是思想的‘杂’，他的情感一直滑到情的分线上可就变成了滥调，显露出了中国旧的玩情态度，好像是旧戏中的。雪花的快乐完全露出那种装腔作势的丑态，臭架子来！”[⑥] 刘半农的诗歌“用散文写的到了《猫和狗》的地步和用分行写的到了《教我如何不想她》的地步便已入于诗之境界”[⑦]，刘半农的诗歌短处和弱点“便是表现得不深刻（和）浓烈力强，色彩上总是淡一些儿，一个人的作品不能够放在整个的人生中是称不起伟大的，笔下没有十足的振动读者的魄力是不能感动读者、烘动起人的，准此这类的诗就是不提出来，也并觉不到如何的缺憾，在现在喘息的生活之中，一个作者的作品不能摇动人的生活，也足见其表现没有刺到人们的皮肤，当现在的生活中也许是麻木性过劲了，非一针见血感觉不出痛来的！”[⑧] 而对于早逝诗人胡适的侄子胡

---

① 草川未雨：《中国新诗坛的昨日今日和明日》，海音书局 1929 年版，第 80—81 页。
② 同上书，第 95 页。
③ 同上书，第 96 页。
④ 同上书，第 97 页。
⑤ 同上书，第 142—143 页。
⑥ 同上书，第 147 页。
⑦ 同上书，第 154 页。
⑧ 同上书，第 157 页。

思永的诗，草川未雨认为“不是什么成功的作品”①，但是在“作者受了病与爱的两种猛烈的刺激后，其情感也浓了，作品也有力多了，这真是所受刺激愈深作品愈精呢!”②。海音社谢采江的《荒山野唱》被草川未雨重点评说。他认为这部诗集分为三部，“第一部分是向社会多方面去写的，如烟气迷漫，是沈闷；第二部分则如电光之一闪，是活跃；第三部分就起了火了，所以称为血色的爆发，完成了漫画趣味的作品”。③ 而谢采江的“《不快意之歌》这本诗集，却含着‘如鲠在喉’的苦闷，给人一种不可名状的莫可如何的不快意之感，使人欲笑不得、欲哭不能，这种作品给人以一种莫可如何的印象”，“再进一步观察这诗的表现，与其说是挣扎中苦闷的表现，还不如说是挣扎中的厌恶的表现”。④

第二，草川未雨认为“凡是美的东西，全是模糊的，模糊的才是整个的，统一的”⑤，诗歌应该“用符号象征诗的意境”⑥，这就意味着他注重形象、暗示，强调万物融合、意境的整体性。所以他对胡适的《尝试集》批评毫不留情，他认为胡适的功劳“只是限于提倡，他的诗集的成就也只是在于尝试，说到真正的作品上，以评诗的眼光看去，他是没有作品上的成绩，他的诗并且没有一首能称得起完全的新诗体，也就没有一首使人满意的”⑦；他批评郭沫若的诗“吵嚷的慌!”⑧ 其失败的原因之一在于“用了抽象的写法”。⑨ 草川未雨为什么对郭沫若的诗歌评价如此之差，是因为他认为“人格底伟大，不在所明喊出所崇拜的是如何大的东西来，”而在“人底人格能否将真的情感移入于对象”，如果只是喊：“‘我崇拜太阳呀!’‘我崇拜万里长

① 草川未雨：《中国新诗坛的昨日今日和明日》，海音书局1929年版，第110页。
② 同上书，第113页。
③ 同上书，第202—203页。
④ 同上书，第263—267页。
⑤ 同上书，第125页。
⑥ 同上书，第126页。
⑦ 同上书，第50页。
⑧ 同上书，第62页。
⑨ 同上书，第63页。

城呀!’‘我崇拜心脏呀’或‘我崇拜一切的一呀!结果呢，太阳还是太阳，万里长城还是万里长城，心脏还是心脏，一切的一还是一切的一，你还是你，你和太阳，万里长城毫无关系，这类的诗只是平凡肤浅，是一具无聊的诗的外形与干燥乏味的名词的堆积而已”。[①] 宗白华的长处“只在于意境的幽深与流动的情绪”，而他所受的泛神论思想在他的诗歌中却是最失败的，“因为未曾把自我打入对象中”。[②] 李金发诗歌长处在于“有独有的想像，异国情调的描绘，近于用浑然的情调传染给读者”。[③] 汪静之的《蕙的风》则是“一部幼稚的作品”[④]，他“虽然把一切看成了活的，仍是零散的，死板的，所以也变成一种流弊，成为‘花儿姊姊，草儿妹妹，这边一个什么，那边一个什么’的没意思的套语，便觉得讨厌了”[⑤]。草川未雨认为自己的《动的宇宙》和《血战》，创造了一种“动”的意境，“都是表现着生活中的‘速’和‘力’的旋律，这是一种新的自由的表现，故能腾跃于纸上”。[⑥]

第三，草川未雨认为“艺术是最经济的，用几个字表现出一种极浓烈的情感”[⑦]，诗歌就应该注重文字的简练、精悍、通俗。所以他批评郭沫若写诗“是艺术的不经济”[⑧]，汪静之的《蕙的风》中“助语词如‘呀、么、呢、啊、哟、了’等字，用的太多了，使诗松懈无力”[⑨]。李金发诗歌缺点在于“文白夹杂，如‘之’‘矣’‘也’‘然’‘吁’等字，破坏全文统一，造句太文言化，生硬，因之减去诗之色彩”。[⑩]

第四，草川未雨认为“诗是吟出来的——每首诗要全带歌咏的调

① 草川未雨:《中国新诗坛的昨日今日和明日》，海音书局1929年版，第68—69页。
② 同上书，第106页。
③ 同上书，第161页。
④ 同上书，第70页。
⑤ 同上书，第72—73页。
⑥ 同上书，第265页。
⑦ 同上书，第126页。
⑧ 同上书，第63页。
⑨ 同上书，第73页。
⑩ 同上书，第161页。

子（直接的口气），不搀一个死字，诗中要有自然流露的音节”。[①]所以他提倡自然格律，反对新诗格律化和旧诗。他认为《晨报诗镌》中的一些人讲音节、讲格律是新诗错误的道路，“这种四行成一节啦，每句的字数都是一般多啦，看起来如刀子切的一般，这不是离开新诗相去万里了，这样便演成了千篇一律的方块板诗，盗去了一部分新诗的领域，几乎送了新诗的生命，此派作者以闻一多、饶梦侃、朱湘、刘梦苇、于赓虞、徐志摩等人为代表，他们的重要言论有两篇：一是《新诗的音节》，（另）一是《诗的格律》，并且他们还都是能说、能行、很经心的践行他们的理论”。[②]可见他不是不知道闻一多等人的新诗理论及书写实践，但是他认为：“新诗的兴起，第一的要求便是不能不先打破那一切束缚精神的枷锁镣铐，然而打破了旧的枷锁镣铐又带上了新的枷锁镣铐，前面也说过新诗之所以不受人的欢迎，是内容空虚之故；并非是因为没有一定的死规律可守，文学上一切的形式、格律、声调等，都是创作者在创作时偶然流露出来的，不是预先定出来的，一任受规律支配。新诗所讲的形式是合于自然的，不是拘于定形的、死板的规律，如第一章第二节新诗内部诸问题中所说过的那些作诗方法、具体写法、注意涵蓄、选意、布局、环境化以及诗的文字上去加以扩大，使之充分的发展，这才是新诗的进化，反之再去讲起新格律便是退化，便是骸骨的迷恋！”[③]“岂不是与余上沅、赵太侔、熊佛西等提倡‘国剧’一样的胡闹？”[④]看到这里，我们感觉其似乎在呼应向培良在《中国戏剧概评》中的观念，认为新诗、戏剧都要在“五四”的基础继续前行，而不能再回到之前所打倒的旧形式中去，他们无形中成了一路人。

第五，因为草川未雨认为“有个别特色的文艺，才是真实的文艺”[⑤]，他还对穆木天、王独清为代表的象征派理论及诗歌进行了评

① 草川未雨：《中国新诗坛的昨日今日和明日》，海音书局1929年版，第126页。
② 同上书，第120页。
③ 同上书，第122—123页。
④ 同上书，第244页。
⑤ 同上书，第127页。

价。他认为穆木天的《谭诗》和王独清的《再谭诗》“论调算是很高的，而且还有很对的；不过，只是穆、王二人的诗多是拟摹外货，尤其是王独清出版的诗集中有些抄袭套弄的毛病”。[①] 所以针对外国诗歌的借鉴问题，他在介绍了一系列诗歌翻译之外，也谈了自己的看法：“外国人的名诗，可以介绍，而不可以抄袭；可以受影响，而不可以仿摹，因为文学（诗）的对象是宇宙与人生，要生产出有生命的作品，还须了解自己的生活，去诚恳的认识人生，忠于生活而去努力，绝不可以拘于某一种死板的一定的形式，要痛切地、澈底地废除旧格律、平仄、押韵等无味的削足适履的拘束，要大胆地去表现、创造人生！”[②] 这应是对当时的格律诗派和象征诗派的统一态度。

第六，草川未雨认为诗歌的形式可以分为长诗、散文诗与小诗。所以他要“提倡现在时髦派的大文学家们所不屑道的新体小诗，还希望它在文艺上占一个相当的位置”。对于散文诗，他认为焦菊隐的《夜哭》诗集中的《夜哭》《银夜》《夜的舞蹈》可谓甲等，而《母亲的病》《早晨的愁云》《死的美丽》《新月》应该归于乙等，“其余表现力薄弱、牵强，有的松散不能成为诗，如随感或杂记之类的东西”。[③] 这里，他还对散文诗进行了理论探讨，指出散文诗的“短”不是文少或行短，而是“诗中的字句是极涵蓄浓烈而不容有废字的”；而散文诗较其他诗歌“长”，“然这长绝不是如小说的细密描写，如散文的平淡的叙述。其职务只是把事实中的可歌可泣的地方写出来，或说是吟咏出来……使人读了起一种活跃的影像和强烈的情感”。[④] 白采的长诗《赢弱者的爱》获得了草川未雨的认可，他认为，“长篇的诗结构上的铺张不只是横长，同时更要纵的一方面的进展，长诗所以难的地方，是必须使情感涵蓄、停留，结构上既比较费工夫，而且还得有深刻而美的思想做全诗的血肉。新诗兴起后，合于这样的长诗的创作更是少而至于将无，所仅有的就是这篇《赢弱者的

① 草川未雨：《中国新诗坛的昨日今日和明日》，海音书局1929年版，第140页。
② 同上书，第273—274页。
③ 同上书，第168页。
④ 同上书，第170页。

爱》了”。[①] 他还认为白采的这首诗“受尼采‘超人主义’的影响”。[②] 而短歌他则认为自己和谢采江的诗歌为上乘。他对如何做小诗提出了自己的看法，他认为小诗并不容易写，“要达到感染读者的效果，除了那笼统的真实简练，也是有着几种手法，不外：一具体的写法，(以部分示全体) 二是暗示，(象征比喻)，以外则如文字的组织，声调用字对于表现上都有莫大的关系”。[③] 而海音社的诗歌主张更是他撰写该诗歌史时的评判标准。

草川未雨年纪轻轻为什么就如此“胆大妄为”，敢于创建自己的诗歌理论并挑战当时诗坛权威？这与他的求学经历和文学生涯有关。他原名为张毓坤，本名张秀中，是河北省定兴县人。16 岁（1921 年）考入保定育德中学二十九班（法文）读书，1925 年中学毕业，育德中学的 4 年学习培育了他的文学观与价值观。

育德中学在中国历史上有着辉煌的历史，20 世纪 40 年代以前在北方各省很是有名，堪称“河北革命青年运动摇篮”。1917 至 1920 年，育德中学开办了留法勤工俭学高级预备班，共办 4 期，毕业生 213 人。刘少奇、李维汉、李富春、张昆弟等老一辈无产阶级革命家曾在此就读。[④] 1919 年，北京爆发“五四”运动之后的次日上午，育德中学就在吴玉章之子吴震寰的组织领导下开展了各种爱国救亡运动。1920 年，育德中学成立了保定较早的宣传新文化运动的进步团体——“文学研究会”，在保定各大中学校中广泛吸收会员，组织会员阅读新文化和进步书刊，举行各种专题讲演会和讨论会，研究探讨新文化运动和进步思想，在保定学界产生很大影响。1921 年，革命家张兆丰（曾经在育德中学读书）在参加了李大钊发起的“马克思主义研究会”之后，从天津回到保定，在育德中学担任教务主任。他公开向学生们介绍俄国十月革命和马克思主义的基本观点。1921 年 3 月，邓中夏受以李大钊为首的北京共产主义小组的委派，每周到保定

---

① 草川未雨：《中国新诗坛的昨日今日和明日》，海音书局 1929 年版，第 174 页。

② 同上书，第 187 页。

③ 同上书，第 189 页。

④ 李振军：《历史上的河北省私立育德中学》，《档案天地》2015 年第 6 期。

讲演一次，传播马列主义、介绍俄国十月革命，他还将《新青年》《少年中国》《新潮》等革命期刊带到保定在学生中传阅。同时，邓中夏还指导和帮助育德中学的进步师生建立了一些进步团体。1922年2月，中国社会主义青年团保定地方执行委员会宣告成立，地点就设在育德中学，对外称“社会问题研究会”。当时保定共有团员23人，其中育德中学的团员约占总数的一半（11人），在12个执委中，育德中学的团员也占一半以上。书记王其彭、王锡疆均为育德中学的学生。1924年4月，以育德中学党团员为骨干的保定党团组织，直接领导了直隶女二师维护自身权益、驱逐反动校长的斗争。到1925年“五卅运动”时，育德中学的革命师生成为保定党团组织中人数最多、力量最强的核心和中坚。中国共产党保定市委还把育德中学学生创办的革命刊物《晨钟》作为市委的机关刊物，宣传马列主义，并由育德中学的张廷瑞、孙有曾担任主编。① 此间，北京大学的何孟雄、施天伴、潘梓年等也先后到保定育德中学任国文教员，他们在课堂上公开宣讲《共产党宣言》，宣传俄国十月革命的伟大意义。

可见，张秀中在育德中学读书期间，正是育德中学政治气氛非常浓厚，文学思想也比较激进的时期，这自然孕育、催生了其文学思想的形成。特别是邓中夏在育德中学用马克思主义观点，分析了文学、社会、革命之间的关系，告诫大家研究文学，莫忘了社会，更莫忘了社会改造，对育德中学学生影响巨大。当时，正在育德中学任国文教员的谢采江和学生张秀中等，多次聆听邓中夏的讲演，思想受到很大启发，他们参加了当时育德中学的“文学研究会”。张秀中从1923年起，从事新诗歌习作。从1924年开始，谢采江更积极倡导新文学教育，提倡白话文，选编鲁迅、郭沫若、高尔基等作家的文学作品，深受广大学生的欢迎。1925年谢采江和张秀中自动退出育德中学“文学研究会”，开始创建海音社，创办《微声》旬刊。海音社章程中就规定了其创作主张：“本社社员共同遵循‘为人生的艺术’的宗旨，

① 王胜国、张焕琴：《河北早期青年运动的摇篮——育德中学》，《河北青年管理干部学院学报》2002年第2期；申春：《海音文学社始末》，《新文学史料》1993年第3期。

确立‘漫画式文艺’的办社方针，我们宣言：漫画式的文艺——形式简洁单纯，内容丰富深沉。捉住要害处，写到适可的程度。力强地活跃自然与人生的真生命。”① 海音文学社成立后异常活跃，他们也参加当时中共的政治斗争，但更多时间是从事文学活动：坚持举办不定期的文学讲座；规定社员业余时间必读鲁迅、刘半农、郭沫若等名家作品，组织传阅《小说月报》和《京报》副刊；办好社刊《微声》。②

1925年秋，张秀中在中学毕业后与同学甄永安（柳风）等前往北京，在北京大学作旁听生，选听鲁迅等人的文学课程，开始追随鲁迅的文学主张，同时将海音社移到北京。1926年筹备创办海音书局，张秀中的第一本诗集《晓风》出版。2月8日，他写信向鲁迅请教，连同诗集，经同学甄永安（即柳风）交去，这一天鲁迅日记上记有“甄永安来，不见，交到张秀中信并《晓风》一本”。③ 1929年，张秀中以草川未雨的笔名出版了《中国新诗坛的昨日今日和明日》。1929年秋，海音社由于经济困难而解体，张秀中接受了马列主义思想根本转变了他的文艺观，于1930年前后在北京加入中国共产党，积极投身于左翼文艺运动，曾两度兼任北方左联党团书记。

这样，草川未雨的诗歌主张中既有“文学研究会”“为人生而艺术”的诗歌观念，也有邓中夏所提倡的文学应该改造社会的因素，追随鲁迅的文学脚步则使得他对文学自身的特性有所保留。他没有紧跟当时革命文学的号召，将诗歌变成革命的传声筒，而是希望文学在为人生、社会服务的同时，坚持个人情感的真实性，并将这种情感用象征、形象的方式经济地表现出来，这实际上已经有了后来左翼现代主义者的某些影子。而且他对新诗格律化和象征诗派提出了不同的意见，尽管这些意见在后来的文学史中很少有人提及，甚至被人误解，但现在来看，草川未雨能以一个年轻诗人的身份提出自己的诗歌观念，并就当时的各种诗歌主张，对各位诗坛大腕提出批评，这种勇气

---

① 申春：《海音文学社始末》，《新文学史料》1993年第3期。

② 同上。

③ 王世家、止庵编：《鲁迅著译编年全集》（柒），人民出版社2009年版，第50页。

和自信让人刮目相看。

针对草川未雨对谢采江和他自己的诗歌的评价，当下学者并不认可。赵卫就认为谢采江的《野火》和《荒山野唱》“不过是冰心小诗模仿者中的一员，他的诗歌也多从自然景物中表现瞬间体悟，如《野火·十一》‘月亮！/不要骄傲；/那些闪闪的星儿们/本体都比你大！’也有与冰心同名的《春水》‘冷默的，/柔动的，/美人传情似的/汪洋的/缓慢的，/流去的春水哟！’也有写爱情的，如《病中》《可怕》《星》，不过是汪静之风格的模仿。描写现实的一些诗如《伤兵》《新兵》等较有特色，多采用白描的方式。被草川未雨极力称赞并在著作中多次引用的《弹簧上》，是八十首不分行的短句组成的描写单恋的诗篇，并无特别之处”。① 但是我们发现，草川未雨在选用并解读谢采江的诗歌时，带有强烈的选择性，他并不是对谢采江的诗歌进行全部解读后进行诗歌史定位，而是为了阐明他自己的诗歌观念而进行解读。所以他在强调诗歌应该反映现实生活的时候，谢采江《荒山野唱》中的《伤兵》《新兵》《老妇人》，诗集《不快意之歌》等受到他的重视；为了凸显诗歌应该讲求声调自然、意象丰富、用字经济的时候，他就列举那些歌颂个人情感和爱情愁闷的诗歌，而这些诗歌有时也能映射出社会的黑暗。或许草川未雨与谢采江亦师亦友的关系，使得他能对谢采江的诗歌进行种种意在言外的阐释和“诗歌本意”的挖掘，而这恰恰不是后来读者完全琢磨诗歌字句所能理解的。草川未雨抬高谢采江的诗歌地位并对其进行阐释，讽刺郭沫若的《女神》，批判闻一多、徐志摩的格律诗派以及对穆木天、王独清等象征诗派的攻击等，更多是为了宣扬海音社及他的诗歌主张，文学史成为他们手中的工具。而朱自清、黄修己、龙扬志、赵卫等则是从文学史研究的“客观性”来要求文学史书写的“全面性”“真理性”，自然与草川未雨的诗歌选择和阐释出现了不一致之处。一个以凸显自己的诗歌观念来进行文学史评判，另一个是要求文学史书写要寻求客观真

① 赵卫：《论中国新诗史上第一部新诗批评著作》，《长沙理工大学学报》（社会科学版）2003 年第 1 期。

理，二者远隔时空进行了错位对话，因为双方的研究目的、志趣方向迥异不同，误会就在所难免。

向培良和草川未雨都受到了“五四”新文学运动的启蒙，但是在他们撰写新文学史之时，新文学在戏剧上出现了国剧运动、在诗歌上出现了格律诗派、在学术上出现了整理国故运动。由于担心新文学回到历史的老路上去，他们纷纷撰写戏剧史和诗歌史，对新文学以来的戏剧、诗歌进行了种种批判性的分析，进而提出了自己的戏剧观和诗歌观，以表明新文学应该继续前行而不能走回头路来向旧文学妥协。当然，他们也有通过撰写文学史攻击文坛前辈以扬名立万的功利心，但这不是他们的错，这应该是当时及以后文学界、学术界通行的“躁动症”，他们的前辈不正是如此来掀起文学革命并进行历史书写的吗?之后采取同样的策略播散自己的文学观、文学史观的“同仁”也不少！但是，时过境迁，文学革命的破坏潮流已过，新的革命文学浪潮他们没有赶上，他们没有带动时代潮流转向以推动自己走向潮头浪尖，所以他们的文学史著尽管是第一部戏剧史、诗歌史，但并没有受到后世学者的重视，赢得更多的却是误解或冷淡。

本章小结

通过对 20 世纪 20 年代中国新文学史书写的介绍，我们发现本时期的中国新文学史书写存在以下几个特点：

第一，这一时期中国新文学史的书写基本上是简介性质，带有文学批评的性质，可谓是中国新文学史书写的酝酿期。此时的中国新文学史还没有单独进入大学课堂，但是随着现代的“文学”及“文学史”观念已经在大陆高教体系中得以确立并成为正式学科，于是中国古代文学史纷纷成为大学正规课程，中国古代文学史出版众多，很多老师会在自己的古代文学史课堂上附带讲述中国新文学史，一些中国古代文学史著中会附骥中国新文学史，这就是中国新文学史较早进入中国文学史著中的原始样态。

第二，此时的中国新文学史书写基本上有四种立场：第一种是突出新文学成就，叙说新文学顺应历史潮流，文学革命乃是历史的必然。他们都希望以新文化文学运动来开启民智，促进社会的变革，所以态度坚决，而反对新文学维护旧文学的人士成为他们嘲笑讥讽的对象，这以新文学运动的发起人罗家伦、胡适等人为代表；第二种是以大陆的刘贞晦、谭正璧、赵景深等为代表。他们基本上站在中国传统文学的立场来看待中国新文学的发生发展，认为新旧文学各有自己的优点，二者应该取长补短，不能互相攻讦。这种书写常常不带偏见地书写新旧文学或各种文学类型的优劣长短，态度相较前者激烈的主观倾向性而比较超然中立。他们已经将中国新文学史吸纳进中国文学史整体中进行叙述，他们在叙述这些新文学史的时候再也没有叙述同时的旧文学和通俗文学，这说明他们采取的也是新文学的立场与态度。第三种是以“鸳鸯蝴蝶派”作家范烟桥为代表。他基本上站在通俗文学的立场来看待中国新文学的发生发展，强调了通俗文学的文学史地位，宣称通俗文学才是中国文学的正统，其对新文学的成长也立下了汗马功劳。他的这一文学史书写为后来通俗文学重归学术界埋下了契机。第四种是以文学史撰写阐述自己的文学理论与文学观念，如向培良的戏剧史和草川未雨的诗歌史都带有这种味道。他们以自己的戏剧观念或诗歌理论对已经出现的新文学作家作品一一进行抨击，进而提出自己的观点，这与罗家伦、胡适等人一样，批判前辈学人学术以建立自己的文学史地位，他们相当于“继续革命”的一代人，要求新文学继续前行而不能走回头路。

第三，尽管有四种不同立场，但这一时期新文学史书写受到进化论的影响最大。很多新文学史的述史理路就是按照过去、现在、将来的模式去进行，一些著作和论文的标题就是如此。以“昨日、今日、明日”的标题命名的就有：刘梦苇的《中国诗底昨今明》，其以此提出中国新诗要“创造新的音韵，新的形式与格调”[①]；草川未雨的《中国新诗坛的昨日今日和明日》[②]；画室（即冯雪峰）所译升曙梦

① 刘梦苇：《中国诗底昨今明》，《晨报副刊》1925年12月12日。

② 草川未雨：《中国新诗坛的昨日今日和明日》，海音书局1929年版。

的《新俄文学的曙光期》于 1927 年 2 月由北新书局出版，其中有一篇《俄国诗坛的昨日今日和明日》；而向培良在书写《中国戏剧概评》的时候也谈到自己想写的是“中国戏剧的昨日、今日、明日”[①]。这种叙事模式最大的好处就是能以此解释过去、叙述现在、推测未来，使得三个时间段的文学发展能够构建成一个有机的进化链条，从而为“现在”的文学主张提供充分的理论证明。其中胡适的文学进化观几乎代表着时代主要的文学史观，“活文学”“死文学”分别成了新旧文学的代称。这样的新文学史观包含了两个进化层级，即中国古文学应该向白话文学进化，中国白话文应该向西方现代文学学习、进化，不能跳过其中的某个阶段超前发展，这自然是机械僵化的西方中心主义心态的表现。

第四，20 世纪 20 年代的中国新文学史书写尽管人数众多，文字也不少，但以胡适的《最近五十年之文学》影响最大，此后的学者基本上以其为中国新文学史书写的权威版本。而刘贞晦、范烟桥等人的文学史书写路径则被忽视，现在来看他们的书写很具文学史学史意义。其一，他们应该是较早对“鸳鸯蝴蝶派”进行文学史书写，既有全国视野，同时也兼顾新旧文学的现状；其二，其尽管在文尾认为新文学浪潮不久就会取旧文学而代之，体现了文学进化的观点，但是其在叙述当时的文坛之时，还是实事求是地论述当时的文坛是新旧并存的混杂状况，而不是如胡适和后来文学史家那样，只叙述新文学发展状况，而不顾及旧文学实际上也是不绝如缕并随时代而前进。其实新旧文学并存在中国文学史长期存在，尤其是在 20 世纪 20 年代中，这种状况非常明显。如河南开封在 1925、1926 年所出的十多种报纸中，仍以文言为主，没有新文学副刊，到 1925 年才有《豫报副刊》登载新文学作品。[②] 而贵州的新文学运动进展也很为缓慢，“五四时期在贵州境内还没有公开出版的新文学报刊，就连公开出版的报纸也极少，较有影响的是军阀势力控制的《贵州公报》和贵阳学术界的

---

① 培良：《中国戏剧概评》，泰东书局 1929 年版，第 1 页。

② 周启祥：《河南现代诗歌从二〇年代到三〇年代的发展》，《三十年代中原诗抄》，重庆出版社 1993 年版，第 517—518 页。

《铎报》，这两家报纸经常有散文、诗歌、小说发表，但以文言文居多，以白话文形式发表的散文、小说也有，但极少，新诗还未见到。到了30年代，贵州的新文学才开始发展”。[①] 1926年冬，张静庐去江西南昌观光的时候发现“新文化运动虽有7年的历史了，这样重要的省会似乎都还没有被普及到。我们到达南昌之后，在许多新式的、旧式的书店里居然找不出一本‘新’的书籍和杂志，因而感觉到推动文化的工作，还正有待于努力”。[②] 这还是省会城市，在偏远的县城新文学普及的程度就更加可想而知了，余英时的回忆就说明了这点，“我是出生在‘五四’发生的十几年以后的，根本没有受到‘五四’的直接冲击”。“抗战的末期，我曾在桐城县住过一年，那是我少年时代唯一记得的‘城市’，其实也是闭塞得很。桐城人以‘人文’自负，但仍然完全沉浸在方苞、姚鼐的‘古文’传统之中。我在桐城受到了一些‘斗方名士’的影响，对于旧诗文发生了进一步的兴趣。但是我从来没有听人提到过‘五四’。当时无论在私塾或临时中学，中文习作都是‘文言’，而非‘白话’。所以我在十五六岁以前，真是连‘五四’的边沿也没有碰到。”[③] 这种新旧文学并重的文学史叙述方式，尊重了文学史原貌，体现了新文学史书写不一样的开端。

第五，此一时期对中国新文学史的命名还没有统一，新旧文学之间没有截然分明的裁断，“民国文学”“新文学”“二十年来文学”“近来文学”“最近之十五年”“现代文学”等命名都有所体现。一方面是因为中国新文学还没有正式成为大学课堂的学科，所以其名称还没有统一；另一方面也与大家还没有意识到新文学将独立成史，而旧文学从此不再入史有关。另外，这与此时的新文学还是“当代文学”有关。文学史书写者基本上都是历史当事人，还欠缺一定的时间、空间及心理距离来审视新文化运动、文学革命及“五四”运动，它们

① 陈锐锋：《抗战时期的贵州文学》，《安顺师专学报》（社会科学版）1995年第3期。

② 张静庐：《在出版界二十年——张静庐自传》，上海书店出版社1984年版，第133页。

③ 余英时：《现代危机与思想人物》，生活·读书·新知 三联书店2012年版，第72—73页。

的历史意义还没有显现出来，所以这时的文学史名称以及时间分期也不好统一。但这种命名的混乱在后来不同的时期又会以不同的形式多次浮出历史地表，以此对正在流行的主流文学史概念及叙事理念进行反思和重构。

第六，这一时期新文学史书写在经典化方面进行了以下工作：一是文学革命的发生过程得到了强化，基本上以胡适的夫子自道为准；二是文学革命发生的原因也分别从文学的内部外部因素进行了详尽的解释，但多是从语言工具的推广使用来阐释，而具体文学内容的革新还不被文学史书写所重视；三是文学革命前的古文革新也得到了承认，在某种程度上书写了文学革命的前夜；四是此时文学史的作家作品选择及阐释还没有经典化，例如鲁迅、郭沫若等人的作品还没有受到经典化的重视和解读。

第七，文学史著的出版在中国内地已经成为生意。20 世纪 20 年代，中国的大学教育制度已经由开创走向逐渐成熟，大学各类学科都已开始具备现代的学科体系。大学教育的正规化自然需要大量的大学教材供给，大学生方能人手一本进行常规学习，而初创时期这种教材的编订基本上都是各大学自主编写，由本大学的印刷部进行印刷，然后散发给学生使用。经过老师多次上课使用之后，一些讲义就逐渐地正规出版。例如胡适的《国语文学史》就是其多次授课讲义的修订出版。而著名大学教授的讲义又会被其他大学教师所借用，更会被其他大学学生列为学习教材，于是这些大学讲义就成为出版市场上的“畅销书”了。中国文学史成了中国文学学习的主要教材，大量的中国文学史得以出版，而中学也需要这样的文学史教材，所以赵景深的《中国文学小史》更是一版再版。

教科书及文学史成为出版市场的“畅销书”现象应该是现代社会独有的文化现象，因为在古代的知识体系中，书院和私塾的讲义都不是大规模翻印，而知识的拥有者更是将其当作独占的智慧，以此享受自己的“先知”地位所带来的荣誉和利益。但是在 20 世纪 20 年代，大量的教材讲义被出版，一方面是因为这样可以带来丰裕的经济利益，出版社和大学教授都可以在这种出版行为中获利颇多，所以大学教授乐意将自己的讲义出版；另一方面还因为1928年中央教育法令颁布了《大学教员资格条例》，条例将大学教员分为教授、副教授、讲师和助教四等，并对每等教员的任职条件、激励机制等做了规定，出版学术著作情况是大学教师职称评聘中的重要环节。[①] 在高校职称等级评聘的压力下，大学老师也不得不主动与出版社建立良好关系，将自己的学术成果及早印行于世。当然，也不能否定大学教授讲义的出版在进行学术普及的同时，也奠定了教授自身的学术地位以及学术美誉度，而这又会带给教授们更多无形的象征资本。正因为以上几种原因，我们看到现代的知识体系和运转系统在20世纪20年代逐步建立，中国文学史教材已经在其中成为重要的一环。在20世纪30年代中，中国新文学史的写作与出版只是作为“后来者”加入这一知识建构的体系，此时的一些书写样态应该是为他们后来的加入进行了探路与前期调查。

① 李瑞山：《民国大学讲义出版生态扫描》，《中国图书评论》2014年第2期。

第二章　“五四”文学的重评与革命文学的历史化（20 世纪 30 年代）

随着新文学的发展，20 世纪 30 年代新文学史开始独立编撰，此时，国际国内政治局势的变化导致革命文学成为时代的主潮。在这一文学新潮的视野下，曾经的文学革命、“五四”文学都成为了重评的对象，而革命文学自身也得以历史化。这一期间同样有四种不同的文学史观：其一是以唯物论为指导的新文学史书写，他们认为“五四”文学运动是资产阶级和小资产阶级反对封建阶级的文学运动，而革命文学运动是更进一步的发展，是无产阶级领导的反对资产阶级和小资产阶级的文学运动。他们运用马克思主义文艺观点，根据阶级性质和政治趋向对一系列作家作品进行了细致分析。其二是周作人以循环论为指导的新文学史书写，他认为中国文学史就是“言志派”与“载道派”的轮流循环，而“五四”文学运动并不是之前文学运动的进化，而是晚明以来“公安派”言志文学经过清朝“载道派”文学之后的循环，同时他暗中讽刺当时的革命文学为载道文学。其三是以钱基博为代表的以保守主义为信念的新文学史书写，他认为以“革命”为口号的文学运动使得社会动荡、民心浮躁，而没有对“革命”之后的建设进行长远的考虑。他认为文学革命和革命文学都是操之过急，而损害了中华民族的文学文化传统。其四是以王哲甫等人为代表的中正客观的立场，他们坚持文学研究的科学性，而进行文学规律的探求，并力争反映新文学历史的全面性。

第一节　唯物论的新文学史叙述

如果说20世纪20年代文学界重在关注人生问题，那么20世纪30年代则重在社会问题，马克思主义逐渐成为分析社会性质的主要工具，革命文学成为时代的文学新潮，唯物论在新文学史研究及书写上取代进化论成为最时髦最先进的武器。这首当其冲的自然是以“创造社”和“太阳社”的领袖人物为代表，因为他们走在时代的前沿，是最早掀起革命文学浪潮的弄潮儿。赞同他们观点、拥护革命文学的人士也不乏其人，这使得唯物论的新文学史书写成为这一时期最主要的代表。

一　“创造社”与“太阳社”的新文学史书写

1928年，“创造社”成员为提倡“革命文学”发表许多文章掀起了“文学革命论争”，这些文章为倡导“革命文学”而在新文学史书写上与之前有着明显的不同，其中最具代表性的文章是成仿吾的《从文学革命到革命文学》[①]、李初梨的《怎样地建设革命文学》[②]和钱杏邨所写的《死去了的阿Q时代》[③]。侍桁通过成仿吾的文章看出他们的用意，“是想替他们现在所提倡的革命文学找一个社会的基础，找一个历史的基础，证实了这两点，然后他们这次的运动，才不是无中生有”。[④]但是侍桁认为他们太心急了，因为“革命文学在中国尚没有发生丝毫底影响，你们便把他看成历史的主要章节，这是什么道理？小孩子还没有生下来，便办理汤饼会，天底下有这种可能吗？”[⑤]在1928年里，侍桁这番话的确击中了成仿吾等人的要害。事过两年后的1930年，情形已经变化，此时“创造社”和“太阳社”都已经

① 成仿吾：《从文学革命到革命文学》，《创造月刊》第1卷第9期，1928年2月1日。
② 李初梨：《怎样地建设革命文学》，《文化批判》第2号，1928年2月15日。
③ 钱杏邨：《死去了的阿Q时代》，《现代中国文学作家》，上海亚东图书局1932年版。
④ 侍桁：《评〈从文学革命到革命文学〉》，《语丝》第19—20期，1928年5月。
⑤ 同上。

关闭或解散，其成员多集合在1930年3月成立的中国左翼作家联盟之中。“左联”创办了很多文艺期刊，如《文艺讲座》《巴尔底山》《五一特刊》《世界文化》《前哨》和《北斗》等来宣传他们的文艺主张和艺术趋向。于是之前的“创造社”和“太阳社”同仁们就大张旗鼓地书写“革命文学”史，因为它们的确已有历史了，而且也有必要展示他们的功绩，这主要体现在《文艺讲座》第一册中。“创造社”和“太阳社”成员的这些“重写”新文学史的文章对中国新文学史书写的转向意义重大，这里我们来看其具体表现。

《文艺讲座》第一册于1930年4月10日由冯乃超主编、上海神州国光社发行，笔者所依据的是上海文艺出版社出版的“中国现代文学史资料丛书（乙种）”《文艺讲座》第一册影印本。这是一个论文集但又有杂志的意味，在当时影响巨大，超声曾在《艺术月刊》上对此书进行过介绍：“在文坛上，第一，使我不能不先讲到《新兴文艺讲座》，这是一种文学讲义编辑法的撰述，由冯乃超、钱杏邨、沈端先、三君主编、鲁迅、蒋光慈、叶沉、画室、幸之、华汉……诸君分任撰稿，内容趋重于文学上基本原理的讲述，而同时及于技巧论、史论、中外作品的述评各方面，共计百万言，分六期出完，每二月一期，由神州国光社担任出版，第一期现已付印。”① 超声这里所说的《新兴文艺讲座》就是《文艺讲座》，当时将“革命文学”称之为“新兴文艺”，实际上就是“革命文学讲座”，但不知是什么原因，这里改名为《文艺讲座》了。超声介绍该书计划出六期，但实际上只出这一期，就没有再印，具体原因也有待考察。

《文艺讲座》的内容是比较全面的，其发表的大都是关于革命文学的文章，包含有三方面内容：一是关于马克思主义文学理论的介绍。有冯乃超的《艺术概论》《艺术家托尔斯泰》《马克思主义艺术理论的文献》《日本马克思主义艺术理论书籍》、朱镜我的《意识形态论》、彭康的《新文化概论》、洪灵菲的《普罗列塔利亚小说论》。二是翻译以苏联为主的外国无产阶级文学理论及文学史的文章。有鲁

① 超声：《一九三〇年开展中的文坛与剧坛》，《艺术月刊》1930年（创刊号）。

迅所译本庄可宗的《艺术与哲学·伦理》、雪峰所译冈泽秀虎的《以理论为中心的俄国无产阶级文学发达史》、M·戈理基的《劳动阶级应当养成文化的工作者》、许幸之所译傅利采的《艺术上的阶级斗争与阶级同化》、蒋光慈所译傅利采的《社会主义的建设与现代俄国文学》、冯宪章所译的《蒲列汉诺夫论》《一周间》、沈端先所译的《〈艺术论〉〈艺术与社会生活〉——蒲列汉诺夫与艺术》《〈恋爱之路〉〈华茜丽莎〉及其他——所谓〈苏联的性文学〉问题》。三是对中国的新文学运动及革命文学运动进行文学史书写的文章。有麦克昂《文学革命之回顾》、华汉的《中国新文艺运动》、钱杏邨的《中国新兴文学论（第一章）》。这三篇文章主要是“创造社”与“太阳社”成员以马克思主义文学理论为“革命文学”书写历史，同时以此为基点，“重写”中国新文学史。这实际上引导了20世纪30年代的中国新文学史书写的转向。

（一）麦克昂（郭沫若）的《文学革命之回顾》

麦克昂是郭沫若的笔名之一，他的这篇《文学革命之回顾》是对文学革命的历史进行“重写”，许多观点都是针对胡适的。该文分为四节，以下我们对每节进行介绍。

在第一节中，郭沫若首先批判了胡适关于文学革命的观念，并从社会性质的角度提出他对文学革命的新观点。他指出：“中国近年来的文学革命，一般人的认识以为是由文言文改变为白话文，有的更兢兢于在那儿做《白话文学史》，其实这是最肤浅最皮相的俗见。白话文不始于近代，更切实的说，则凡各国文字的起源——即是最古最奥的‘死文学’——本来都是白话，都是当时的白话。所以白话文的抬头不足为文学革命的表示；历来用白话所写的文字，如宋儒的语录、元明的词曲、明清的小说，也不是我们现代的文学”。[①] 这是用一种流动的白话观念来批判胡适的静止的白话观。在批判胡适的文学革命的观念之后，郭沫若马上提出自己关于文学革命的概念：“我们眼目中的所谓文学革命，是中国社会由封建制度改变为近代资本制度的一种

① 冯乃超：《文艺讲座》（第一册），上海神州国光社1930年版，第73页。

表征。社会的经济制度是一切社会组织及一切观念体系的基础。基础一动摇，则基础上面的各种建筑便随之而崩溃。”① 他是根据马克思主义理论来看待文学这一上层建筑与经济基础的关系。正因为如此，他认为“文以载道”并不是错的，“道就是时代的社会意识。在封建时代的社会意识是纲常伦教，所以那时的文所载的道便是忠孝节义的讴歌。近世资本制度时代的社会意识是尊重天赋人权，鼓励自由竞争，所以这时候的文便不能不来载这个只有平等的新道。这个道和封建社会的道根本是对立的，所以在这儿便不能不来一个划时期的文艺上的革命”②，“所以第一义是意识的革命，第二义才是形式的革命”③。这就从经济基础影响上层建筑的角度论说了两种不同时代的社会意识，从而导致文学形式的变革，还是很有说服力的。接着他指出，“文言文不必便是不革命或反革命，白话不必便是革命。文言自身是有进化的，白话自身也是有进化的”。④ “时代不断地在创造它的文言，时代也不断地在创造它的白话，而两者也不断地在融洽，文学家便是促进这种创化，促进这种融洽的触媒。所以要认识文学革命的人第一须打破白话文与文言文的观念。”⑤ 郭沫若这是从文学语言的角度提出作家创作并不能在文言与白话之间划出界线来，而应该努力促进它们的融合，这种文学语言观的确比胡适等人单单强调白话文写作更要符合文学创作实际，当然他有意忽略了胡适在当时倡导白话文的重要意义。

在第二节中，郭沫若将文学革命的源头追溯至晚清，实际上是将近代文学和新文学予以联系起来书写，是将它们都定性为资产阶级的文学。他指出：“文学革命是资产阶级革命的一种表征，所以这个革命的滥觞应该要追溯到满清末年资产阶级的意识觉醒的时候。这个滥觞时期的代表，我们当推数梁任公”⑥，“其他如严几道、林琴南、章

---

① 冯乃超：《文艺讲座》（第一册），上海神州国光社 1930 年版，第 73 页。
② 同上书，第 75 页。
③ 同上。
④ 同上。
⑤ 同上书，第 76 页。
⑥ 同上。

行严诸人都是这个时期的人物”[①]。“在阶级的立场上看来，胡适之无殊于章行严，章行严亦无殊于梁任公，虽然他们的花样不同，党派稍稍也有点差别，然而他们同一是资产阶级的代言人！他们有时候也在互相倾轧抨击，那是他们的封建思想的沾染还没有清算干净。”[②] 他认为晚清时期的《官场现形记》《孽海花》《老残游记》都是用白话写出来的小说，已经与封建时代的《水浒传》《西游记》《红楼梦》等迥然不同，已经反映了时代的变动，但是“近来嗜谈白话文学的人对于封建时代的几部旧小说极力加以表彰，而对于封建社会崩溃期中的几种暴露小说却置之度外，这可以说是那表彰者的数典忘祖，也可以证明那表彰者的头脑受封建社会的毒染实在并未清除。什么‘整理国故’，什么‘新式标点’，要之，不外是把封建社会的巩固统治权的旧武器，拿来加以一道粉饰，又利用为巩固资产阶级的统治权的新武器而已”。[③] 很明显，郭沫若在这里所嘲讽的正是胡适及其所代表的“整理国故”这一思潮。他认为“文学革命的泉水经过了一段长久的伏流时期，在五四运动（1918 年）的前后才暴发了出来，成为一个划时期的运动”[④]，而“那时的那个文化运动其实就是资本社会和封建社会的意识上的斗争”[⑤]，而《新青年》所号召的“德先生”和“赛先生”正是近代资本社会的两大明神。接着郭沫若指出了文学革命的局限性，他认为“对于封建的所谓自由只是新兴资产阶级的自由，对于贵族的所谓平民是以新兴资产阶级的暴发户为代表，所以当年《新青年》所标榜的‘自由的平民的文艺’，再进一个阶段仍不外是‘新封建的新贵族的文艺’”。[⑥] 在这一节的最后，郭沫若进一步对胡适的“八事”提出了批评。他认为胡适所说的“有什么话说什么话”，“这根本是不懂文学的人的一种外行话。文学的性质是暗示，

① 冯乃超：《文艺讲座》（第一册），上海神州国光社 1930 年版，第 76 页。
② 同上书，第 77 页。
③ 同上书，第 78 页。
④ 同上。
⑤ 同上书，第 79 页。
⑥ 同上书，第 80 页。

用旧式的话来说便是要有含蓄，所以它的特长便在言语的经济，别人要费几千百言的，它只消一两句，别人要做几部文存的，它只消一两篇。‘有什么话说什么话’的那样笨伯的文学，古往今来都不曾有，也不会有。又譬如他说的‘不用典故’，这也不免是逐鹿而不见山。用典是修辞的一种妙技，新文学也有新文学的典故，即如胡适之做文章也在引用孙悟空翻筋斗的典故，你可以知道他的话究竟正确不正确”。[①] 郭沫若自己是文学天才，深知文学创作的三味，所以他从创作实践来抨击胡适文学主张中的偏颇可谓入木三分，这样胡适的文学观点倒成了“错误”主张。

在第三节中，郭沫若指出，中国资产阶级革命是一个畸形的革命，这种畸形自然影响到文学上来。接着他分析了中国资产阶级、封建势力和无产者集团这三种社会力量的强弱态势，他认为：“中国的资产阶级在未能遂行其打倒封建势力以前，它便不能不和利害较近的封建势力妥协苟合，而向同阶级的帝国主义者投降。就这样，中国的资产阶级革命便不能不成为一个畸形的革命。”[②] 这表现在文学上就成了这样一种状态：“中国的所谓文学革命——资产阶级革命的一个表征——其急先锋陈独秀，一开始就转换到无产者的阵营不计外；前卫者的一群如周作人、刘半农、钱玄同辈，却胶固在他们的小资产阶级的趣味里，退回封建的贵族的城垒；以文学革命的正统自任的胡适之和拥戴他或者接近他的文学团体，在前的‘文学研究会’、新出的新月书店的公子派以及现代评论社中一部分的文学的好事家，他们倒真确的在资本主义的大旗之下或有意识地或无意识地在那儿挣扎。然而文学革命宣告成功以来已经十余年，你看他们到底产生出了一些什么划时代的作品？这一团人的文学的努力刚好就和整个的中国资产阶级的努力一样，是一种畸形的。一方面向近代主义（Modernism）迎合，另一方面向封建趣味阿谀，而同时猛烈地向无产者的阵营进攻。”[③] 而各个不同阶级的文学命运及未来就有着显著的不同：

① 冯乃超：《文艺讲座》（第一册），上海神州国光社1930年版，第81页。
② 同上书，第82页。
③ 同上书，第83页。

“中国的封建势力在帝国主义的羽翼之下庇护着长久的维系其生存，同样，中国的封建趣味的吃茶文学长久的也有它那不生不死的生存”；“中国的资产阶级受着帝国主义的束缚不能成遂其应有的生长，同样，中国的有产阶级的文艺也只好长久的在那儿跳跃着一个三寸的侏儒”；“中国的无产阶级受着国内国外的资本主义压迫着而猛勇的长成，同样，中国的无产阶级的文艺是只有爆发、爆发、爆发，爆发到它成遂了它的使命的一天，即是打倒帝国主义的一天，消灭尽阶级对立的一天。”① 这样，郭沫若对三种不同阶级所拥有的力量强弱和面临斗争进行了细致分析，从而推导出了革命文学发生和推广的正当性，并表现了他对无产阶级文学的必胜信心。

在第四节中，郭沫若对他所领导的“创造社”进行了批判。开始，他论及了“创造社”的成立以及其在文学革命运动中的地位，他认为“创造社”“他们的运动在文学革命爆发期中又算到了第二个阶段。前一期的陈、胡、刘、钱、周主重在向旧文学的进攻，这一期的郭、郁、成、张却主要在向新文学的建设，他们以‘创造’为标语，便可以知道他们的运动的精神。还有的是他们对于本阵营的清算的态度。已经攻倒了的旧文学无须乎他们再来抨击，他们所攻击的对象却是所谓新的阵营内的投机分子和投机的粗制滥造、投机的粗翻滥译。这在新文学的建设上、新文学的价值的确立上、新文学的地位的提高上是必经的过程。一般投机的文学家或者操觚家正在旁若无人、兴高采烈的时候，突然由本阵营内起了一支异军，要严整本阵营的部曲，于是群议哗然，而‘创造社’的几位分子便成了异端。他们第一步和胡适之对立，和‘文学研究会’对立，和周作人等语丝派对立，在旁系上复和梁任公、张东荪、章行严也发生纠葛，他们弄到在社会上成了一支孤军”。② 这样，郭沫若就对“创造社”创立之初为什么被称为“异军特起”进行了解释，这无形中提高了他们的文学史地位，而其中所包含的委屈也溢于言表。接着，他对初期“创造社”所属的阶

① 冯乃超：《文艺讲座》（第一册），上海神州国光社1930年版，第83—84页。
② 同上书，第85页。

级性质进行了分析，“其实他们所演的角色在创造季刊时代或创造周报时代，百分之八十以上仍然是在替资产阶级做喉舌”。[①] 但是，在“五卅”前后，他们之中的郭沫若，把方向转变了，“同样的社会条件作用于他们，于是‘创造社’的行动自行划了一个时期，便是洪水时期——洪水半月刊的出现。在这时候有潘汉年、周全平、叶灵凤等一批新力军出头，素来被他们疏忽了的社会问题的分野，突然浮现上视界里来了。当时的人称为是‘创造社’的‘剧变’，其实‘创造社’大部分的分子并未转换过来，即是郭沫若的转换，也是自然发生的，并没有清晰的目的意识”。[②] 接着，他就书写了自己和郁达夫的对立是“无产派和有产派的对立”。[③] 而在1928年，“创造社”随着中国社会的“剧变”迎来了“剧变”，而新锐的斗士朱、李、彭、冯从日本回来，“以清醒的唯物辩证论的意识，划出了一个《文化批判》的时期。“创造社”的新旧同人，觉悟的到这时候才真正的转换了过来，不觉悟的在无声无影之中就退下了战线。“创造社”是已经蜕变了，在到1929年的2月7日他便遭了封闭”。[④] 最后郭沫若总结道，“创造社”的十年，“它以有产文艺的运动而产生，以无产文艺的运动而封闭。它的封闭刚好是说无产文艺的发展、有产文艺的告终”。[⑤] 经过郭沫若的梳理，“创造社”由孤军而斗士、而英雄的历史演化得以清晰，而他自己及“创造社”的文学史地位则得以凸显。

郭沫若对文学革命的回顾主要是从阶级立场的角度论述其属于资产阶级、小资产阶级与封建阶级的斗争，这与晚清时期梁启超等人的文化运动是同一类型，这就对文学革命的性质和历史地位进行了不同于胡适等人的改写。其对“创造社”十年历史进行的书写表明未来新文学的命运在于无产阶级的文学，而“创造社”是这次时代主潮中的领导者，他自己则是这次新潮中的先知、先觉者，这说明新的新

① 冯乃超：《文艺讲座》（第一册），上海神州国光社1930年版，第85页。

② 同上书，第86页。

③ 同上。

④ 同上书，第87页。

⑤ 同上书，87—88页。

文学史书写模式及逻辑将会出现。这与胡适在《五十年来之中国文学》中所拥有的那种以时代英雄自居的叙述立场几乎类似，大都以“重写”文学史的方式再次确定所处时代文学的主潮及领导人，历史不仅仅是过去的历史总结，更是现实中的权力话语的争斗。

（二）华汉（阳翰笙）的《中国新文艺运动》

华汉是阳翰笙的笔名，他的这篇文章分为七节，依次为：《前言》《五四新文学运动》《浪漫主义文艺运动》《自然主义文艺运动》《革命文学运动》《无产阶级文艺运动》《结语》。从这些标题上就可看出，其对“五四”以来的新文学运动基本上都予以介绍，实际上是一个比较完备的文艺运动史纲要。

在第一节《前言》中，华汉首先说，中国在短短时间里经历的事变不亚于欧洲的几个世纪，而在文坛上也出现多次文艺运动，然后，他疑虑研究这些文艺运动“怎样才能得到个正确的理解”①。他提出：“第一，我们要有正确的方法”，即“社会的‘物’支配着社会的‘心’，文学，它只是一种社会的‘心’（观念形态或意识形态之一种），我们要说明文艺的变动，只有着眼于支配着它的社会的‘物’”；“第二，我们要理解文艺的阶级性”；“第三，我们要求得理论和实际之辩证法的统一”。② 最后，他强调只有在这些方法的指导下，文艺运动的研究才会取得正确的结论。他的这篇文章正是在这三个必要前提下书写的，这也正是唯物论文学史研究的核心关键。

在第二节《五四新文学运动》中，华汉重在解释“产生这次伟大运动的社会的根据是什么？它的历史的意义在那点？”③ 对前一个问题的解答，他主要引用李初黎的《怎样地建设革命文学》中对文学革命爆发时期的国内外政治局势的分析，而对后一个问题的解答他提出了两条：“第一，我们要认清楚，这次的文学革命运动，只是中国新兴的资产阶级的文学运动，只是新兴的资产阶级的意识形态（Ideologie）在文学上的反映”；“第二，我们要看明白，这次的文学革命运动的任

---

① 冯乃超：《文艺讲座》（第一册），上海神州国光社 1930 年版，第 114 页。

② 同上书，第 114—115 页。

③ 同上书，第 116 页。

务，是要在形式上变革文学的工具，是要在意识上变革文学的内容，也就是胡适之所说的要创造‘国语的文学，文学的国语’。这很分明的：是要以资产阶级的Ideologie的文学去和封建的Ideologie的文学作殊死斗”。[①] 接着他又分析了为什么会出现“整理国故”思潮以及《新青年》杂志的内部分歧。李初黎认为这是在于资产阶级向封建势力的妥协、投降，二者合流消失了他们的革命能力，所以官僚化的《新青年》右派才会去“整理国故”。对此华汉并不同意，一方面他从时间上予以更精确地划分，指出：“五四以后和五卅以前的中国资产阶级都还没有完全消失他们的革命作用，都是帝国主义和封建势力的对抗派!”他们的革命作用“是动摇于五卅的高潮，而消失、妥协、投降，反动于一九二七年中国大革命快要成功的前夜”。[②] 另一方面他从方法、工具的角度来探讨“整理国故”，认为“五四时代用所谓科学的方法和实验主义的态度去整理国故，有它消极的作用。我们现在用唯物辩证法的方法和马克思主义的立场去研究国故，也自有相当的意义”；“要知道，这是两个不同的阶级在两个相异的时代所用的工具不同，因之也就各有各的意义和作用”。[③] 可见，华汉对这两种方法并没有厚此薄彼的偏见，更多的是具有辩证思维的特点，这在当时还是很难得的。最后，他总结到：“五四的新文学运动，是资产阶级反封建势力的文学运动。它的本来面目是如此，它所得的结果也是如此。”[④]

华汉认为，“在文学革命运动的高潮中，同时掀动起来的两股洪流，便是自然主义的文艺运动和浪漫主义的文艺运动”[⑤]，他在第三节中介绍的就是《浪漫主义的文学运动》。首先，他承认“‘创造社’当时所倡导的在客观的事实上确实是‘为艺术的艺术’的浪漫主义的文艺运动，这是千真万确的不可否认而且也不必否认的事实”。[⑥]

---

① 冯乃超：《文艺讲座》（第一册），上海神州国光社1930年版，第118页。
② 同上书，第121页。
③ 同上书，第122页。
④ 同上。
⑤ 同上书，第123页。
⑥ 同上书，第124页。

他将郭沫若的创作分为三个时期，分别为“从五四到五卅”“从五卅到一九二八”“从一九二八到现在”。他认为郭沫若的第一个时期是他的文艺创作的黄金时代，这时候，他的创作“反映了资产阶级的意识形态，他成了资产阶级的文艺上的战士!”① 而郁达夫的全部作品，“可以说赤裸裸的反映了这一没落的士绅阶级的意识形态。达夫是这一没落的士绅阶级底最澈底最大胆的代言人”。② 为什么这两个相反阶级的意识形态都提倡“为艺术而艺术”呢？华汉接着分析道，因为郁达夫所属的“没落士绅阶级的前途，既是那样的暗淡阴惨、绝望悲观，他们的生活又是那样的颓废堕落、消极浪漫，难怪他文艺上的代言人要嘲世骂俗、逃避斗争，而高叫‘为艺术的艺术’，反对艺术上的功利见解了”。③ 又因为郭沫若所属的“当时的资产阶级虽然已经觉醒，他在社会上的组织力量却还异常的薄弱，致使他的文艺上的代言人不想马上就去参加现实的斗争，不想马上就打出艺术上的功利的见解的旗帜，而宁肯容留在‘为艺术的艺术’的旗帜下，去做自己的艺术活动”。④ 可见，在郁达夫和郭沫若之间，华汉是赞同郭沫若的，这自然与后期“创造社”内部的纷争有关。

第四节是《自然主义的文学运动》。华汉首先引用“文学研究会”的耿济之、茅盾的话来说明自然主义文学运动的理论主张，然后讨论了三个问题。其一，自然主义旗帜下产生了什么样的作家？这里他分析了鲁迅、叶绍钧、茅盾三个代表。他认为鲁迅的《呐喊》和《彷徨》中有两种倾向，分别是“反封建”和“人道主义”⑤，而人道主义的同情是一种小资产阶级的立场，再加上鲁迅的反封建残余“没有新兴阶级的眼光，他虽然在大声的‘呐喊’，但是他的态度却仍旧有些‘彷徨’”，因此鲁迅“仍旧是一个小资产阶级的立场”。⑥

① 冯乃超：《文艺讲座》（第一册），上海神州国光社1930年版，第129页。
② 同上书，第131页。
③ 同上。
④ 同上书，第132页。
⑤ 同上书，第135页。
⑥ 同上书，第136页。

叶绍钧描写的主人公都是小资产阶级，而且他的立场也是在“替那些城市小资产阶级‘诉苦’”，对于那些被命运摆布的下等人，“他也和鲁迅一样，是抱着满腔酸泪很同情于他们的”[①]，因此，“叶绍钧是一个小资产阶级的文艺战士”[②]。为什么“自然主义文学运动”会产生两位小资产阶级的文艺战士呢？华汉认为这是因为“五四”时代的小资产阶级“对于封建势力、帝国主义和国内的资产阶级，他们虽然也很有许多不满，但他们总有些动摇、彷徨，一句话：他们总不坚决”。[③] 这种阶级状况反映在文艺理论上来，“只能叫人家去描写悲惨的人生，去表现黑暗的不良社会；而他的文艺作家，也只能以人道主义者立场，去替他们诉苦，诉苦又诉苦对于封建势力、资本制度，多多少少的去替他们表示不满意”。[④] 而茅盾所体现的小资产阶级并不一样：“一九二七年的末和一九二八年的初，中国的社会变革运动遭了严重的惨败，小资产阶级的智识分子处于阶级对立的那样尖锐化的情况中，既无勇气向左转，也无胆力朝右去，于是只好在此不左不右的中间，徘徊又徘徊，犹豫复犹豫，这样的结果，只有逼着自己的信仰的动摇，只有感到自己所企图的光明的幻灭。在这动摇和幻灭之后，他们便陷落在消极悲观的泥潭中，索性一步踏到以酒精、肉感来变相的自杀的路上去。”[⑤] 很明显，这种阶级属性的评判是建立在对茅盾的《蚀》三部曲《动摇》《幻灭》《追求》的评价上的，所以华汉认为“章秋柳主义其实就是矛盾主义！”[⑥]

在第五节《革命文学运动》中，华汉回忆到，“五卅”运动之前蒋光慈曾主张过革命文学，但影响不大，“五卅”之后，郭沫若发表了《革命与文学》，成仿吾发表了《革命文学和他的永远性》，蒋光慈又出版了很多作品，于是形成了普遍全国的革命文学运动。接着，

---

① 冯乃超：《文艺讲座》（第一册），上海神州国光社1930年版，第136页。

② 同上书，第137页。

③ 同上。

④ 同上书，第138页。

⑤ 同上。

⑥ 同上书，第139页。

他分析了这一运动产生的国内外的政治经济形势，他强调了1923年的国民革命运动、1925年“五卅”运动、1927年中国大革命等系列政治事件中中国无产阶级艰苦的斗争，认为这最终掀起了全国反帝国主义和反封建势力的革命运动，于是才有普及全国的革命文学运动。但是他认为：“这一时期的革命文学运动，一因资产阶级动摇，二因小资产阶级的革命化，三因无产阶级尚与资产阶级结成联合战线，因之无产阶级的意识也就不鲜明，反映在文学上来，于是便形成小资产阶级气味儿很浓的‘混合型’的革命文学。”[①] 他认为这种“混合型”革命文学的突出代表就是蒋光慈的作品。

在第六节《无产阶级文艺运动》中，华汉介绍的是“一九二七年之末和一九二八年初，在中国的文坛上曾经掀动起一个很大的浪潮，这浪潮曾经摇震了中国的全文坛，波浪滔滔的激荡着全中国一直滚流到现在”[②]，这就是无产阶级的文艺运动。他引用了李初黎对无产阶级文学为什么会发生的政治斗争形势的分析，还将普罗文艺的发展分为三个阶段：第一个阶段“在理论上是在坚决的和中国的既成文坛斗争，在这一斗争的过程中，虽然不免犯着一些理论上的或左或右的毛病，然而正因为有了这一坚决的斗争，才奠定了普罗文艺运动的基础，才展开了它自身发展应走的前路”。[③] 这一阶段，普罗文艺在作品中出现两种坏的倾向：“一种倾向是只侧重于无产阶级的自然生长性的生活的描写；(另)一种却只去表现无产阶级的前卫的英雄行动。前者写得好的，至多只能替无产阶级‘诉苦’，后者写得坏的却形成了被敌人所嘲骂的所谓‘标语口号文学’。”[④] 普罗文艺的第二个阶段，“在理论上是在自己纠正自己或左或右的毛病，在作品的意识上是在努力克服自己小有产者的意识的残余，在作品的形式上是在变革命的罗曼谛克为普罗列塔利亚的写实主义”。[⑤] 华汉认为正在进行

---

① 冯乃超：《文艺讲座》(第一册)，上海神州国光社1930年版，第142页。
② 同上。
③ 同上书，第145页。
④ 同上。
⑤ 同上书，第146页。

的是普罗文艺的第三个阶段，“是在中国全文坛的大部分左倾和无阶级的解放运动的复兴的新的历史条件下展开的，现在中国的普罗文坛才开始踏上这一阶段，这一阶段的特点，是要求我们的运动要扩大群众的对象，不要永远的停留在小资产阶级的群众中，要进一步的伸展到工农群众中去。因此，也就要求我们的文艺家，别要再像从前那样浮游太空，要积极的、切实的、脚踏实地的去参加无产阶级的一切解放运动。至少至少要把自己的生活无产阶级化，至少至少要锻炼自己成为一个战斗的无产阶级”。[①] 按照华汉的对第三阶段普罗文艺的要求，他是在要求无产阶级文艺作家投入实际的无产阶级革命运动中去了，这正体现了他们当时的激进的冒险主义精神。

在第七节《结语》中，华汉将整个文章进行了总结，他认为十余年的中国文艺运动就是十余年千变万化的中国社会史的反映：第一，“因有民族资产阶级（主要的是工业资产阶级）的阶级的觉醒，于是才有五四的新文学运动”；第二，“因有士绅阶级的没落，于是才有以颓废堕落为中心的浪漫主义文艺运动”；第三，“因有小资产阶级的贫困化，于是才有‘人生派’的自然主义文艺运动”；第四，“因有无产阶级领导了各阶级的联合战线的革命运动，于是才有‘混合型’的革命文学运动”；第五，“因有无产阶级的阶级斗争激烈化和尖锐化，于是才有无产阶级文艺运动”。[②]

总之，华汉将中国的新文艺运动与中国现代政治事件的发生予以勾连，认为每一次政治运动必然就会带来文艺思潮的转换，并将每一文学思潮运动与当时中国的阶级运动紧密联系在一起进行划分，这无疑有太过简单化之嫌。因为政治事件对文艺运动的影响往往不是那样直接，他的简单机械也是早期马克思主义理论在文学分析上的普遍现象。但是华汉对整个中国新文艺运动的几大潮流还是把握很准的，其对一些现象的分析还是有着正确的一面，这为后来的新文学史书写提供了借鉴。

---

① 冯乃超：《文艺讲座》（第一册），上海神州国光社1930年版，第146页。

② 同上书，第147—148页。

(三) 钱杏邨的《中国新兴文学论(第一章)》

钱杏邨计划中的《中国新兴文学论》应该包括五章，从他的《总目》上看分别是："一，《中国青年时代》(一九二三—二七)"、"二，《创造月刊》与《太阳月刊》时代(一九二八)"、"三，关于《新流月报》(一九二九)"、"四，《拓荒者》与左翼文艺(一九三〇)"、"五，指导理论的发展(一九二三—三〇)"。这五章应该是分别论述"革命文学"萌芽、发生、发展的几个重要阶段与代表刊物，最后一章是对"革命文学"理论的变迁进行归纳。这五章原打算在《文艺讲座》将出版的六期上得以连载，但实际上该篇长文并没有完成，只完成了第一章，或许因为《文艺讲座》本来也就出了一期。

钱杏邨自己说，他的第一章主要是介绍"在一九二八年形成整个运动以前的自然生长的普罗列塔利亚革命文学的萌芽时代，我能够发现的那时的不纯熟的作品以及比较接近的作品"。[①] 所以，在文章开头从一个女诗人写农女的诗歌谈起，引出一个问题："新文艺运动开始以来，我们有过不少的男女诗人，他们对于劳动者，究竟有若何的理解呢？理解劳动者究竟到了若何的程度呢？他们也都是怕农女折断了腰，'寂寞了'他们画布上的风景么?"[②] 这个问题实际上就是该章写作的主要线索，即通过梳理文学革命以来对劳动者的书写，来分析作家的创作态度，从而阐明"革命文学"对劳动者的态度。

在第一节，钱杏邨主要分析的是新文学诞生期间对劳动者的塑造。他认为，胡适、康白情、刘大白、周作人、邓仲澥、田汉、孙少侯、刘半农、顾颉刚、徐玉诺、徐志摩等在新文学初期的诗歌都只是同情劳动者，并为其诉苦，却没有战斗的调子。对劳动者的同情只有到"二七"惨案后才有转变，"才从怜悯和同情之中，唤起了强烈的反抗意识"。[③] 他认为从郑振铎对于"二七"和"五卅"的两首诗看来，"虽然他的思想比同时的其他的作家发展得较快，充满着反抗的情热，但是，很显然的，这两首诗告诉了我们，作者始终没有走入对

---

① 冯乃超:《文艺讲座》(第一册)，上海神州国光社1930年版，第195—196页。

② 同上书，第152页。

③ 同上书，第159页。

于劳动者的了解，始终是站在人道主义的立场上出发去哀怜‘我们的兄弟’，去咒诅人类的相互残杀”。[①] 在列举新文学诞生之时的文学现象之后，钱杏邨开始提问，为什么从“五四”到“五卅”这6年之中的“作家们对于劳动者的了解如此的隔膜迟钝呢？为什么表现的意识是如此的模糊呢?”[②] 他从社会阶级、政治经济的角度对此进行了解答：“这是因为整个的‘五四’的意义，只是开始生长的资产阶级的社会意识和封建社会意识的斗争的原故，这是因为中国资产阶级的意识遭受了战后的国际资本主义的摧残而没有成长起来，才陷入这种畸形的了解的原故。也可以说是工人阶级虽在‘二七’时代就已形成，但没有得到普遍的开展，引起广大的注意的原故。由于这种种的情形，所以，反映到当时作家的作品里的对于劳动者的了解，遂不免如此的幼稚和贫乏了。”[③]

在第二节，钱杏邨主要分析了郭沫若的诗集《前茅》和蒋光慈的诗歌《新梦》。他认为郭沫若在新文学诞生之初所写的劳动者诗歌如《雷峰塔下》，与前述大部分诗人一样，也是对劳动者表示同情与崇拜的，但是其1923年所写，后来汇集在《前茅》诗集中的部分诗歌如《上海市上的清晨》《黄河与扬子江对话》《留别日本》《太阳没了》《前进曲》则“表现了他对于普罗列塔利亚的革命的认识，并显示了他的普罗列塔利亚的倾向”，他成为“初期的对于中国普罗列塔利亚的革命的预言者”。[④] 郭沫若所以能够转变到这种地步，“除开中国国内工人阶级的形成的一种原因而外，还有俄罗斯革命以及他个人的生活的压迫的两种主要动力存在”。[⑤] 钱杏邨认为蒋光慈于1921—1924年所写，后来汇集在《新梦》中的诗歌，在当时，“不啻是一颗爆裂弹”。[⑥]“这颗爆裂弹带来了不少的关于‘世界革命’的消息！这

① 冯乃超：《文艺讲座》(第一册)，上海神州国光社1930年版，第161页。
② 同上书，第161—162页。
③ 同上书，第162页。
④ 同上书，第163页。
⑤ 同上书，第165页。
⑥ 同上书，第169页。

颗爆裂弹，惊醒了许多左倾的青年，把他们从沉梦中拖了转来！这颗爆裂弹告诉我们，只有‘世界革命’是我们的唯一的出路!”[①] 这部诗集有如此之大的影响是因为它的出现，“是在中国的工人阶级已经形成，而且通过了香港的海员罢工、京汉路的罢工的时代，出版以后，又值‘五卅’惨案爆发了起来，接着是来了‘省港罢工’，正是中国的工人阶级充分的表现了自己的力量的时候，所以发行以后，所得到的结果是不像郭沫若那时的‘应者寥寥’，（而）是展开了很广大的影响，给予当时的左倾青年以强有力的推动”[②]，“这是当时的旗帜最鲜明的一支文艺上的生力军”[③]。接着钱杏邨分析了该部诗集中的《太平洋的恶象》《莫斯科吟》，他认为“蒋光慈的诗表现了对于‘世界革命’的非常的乐观，他这时的诗没有伤感的气氛的存在，他所能意识到的只有光明的前途。所以，在《新梦》里有不少歌颂‘将来’的诗”。[④] 蒋光慈也特别注意到中国，“注意到帝国主义铁蹄下的半殖民地的中国，注意到军阀混战的局面下的中国”[⑤]，如他的《中国劳动歌》。

在第三节，钱杏邨主要分析了蒋光慈的诗集《哀中国》和刘一声在《中国青年》上发表的诗歌。他指出：“蒋光慈的第一期（一九二一—二四）的诗歌的尖端要素，是对于‘世界革命’‘十月革命’的讴歌。到了第二期（一九二五—二七）却不然了，从他的第二个诗集《哀中国》看去，是把中心落在‘打倒帝国主义’一顶点上了。所以然有这样的转变，当然是由于产生诗歌的环境变易了的原故。《新梦》作成的环境是苏联，是‘十月的血雨’下的新生的国度，是一切都使我们的作者感到愉快和欢欣的国度；《哀中国》却作成于国际帝国主义在积极的压迫的殖民地的中国，却作成于‘二七’与‘五卅’和‘沙基’等等惨案发生的期间，却作成于中国军阀作了国际

① 冯乃超：《文艺讲座》（第一册），上海神州国光社 1930 年版，第 169 页。
② 同上书，第 168—169 页。
③ 同上书，第 174 页。
④ 同上书，第 171 页。
⑤ 同上书，第 172 页。

帝国主义工具的时候。这样的环境使作者不得不变易了他的愉快的情调，而成为悲愤的哀音，而渗入了伤感的情调，不得不使他把诗歌的尖端要素，集中于帝国主义的打倒。”[①] 他认为《哀中国》中两个主要的口号就是“第一是要打倒帝国主义，第二就是反对军阀的混战”，“确实是代表着当时的小资产阶级的左倾的青年的整个倾向，与当时的革命的现实的要求”[②]，但是“作者的精神太注意于‘哀’中国了，所以乐观的、战斗的调子，远不如《新梦》里所表现的强烈，悲愤伤感的情绪这时似乎占据了作者的内心的主要地位，这一部诗集是远不如《新梦》的能以获得广大的积极的影响”。[③] 而《中国青年》（1923—1927年）虽然一贯提倡“革命文学”，但是其发行了100期，其中“所发表的诗歌，完全的没有站在普罗列塔利亚的革命的立场上说话。一直到刘一声的诗发表，才表示了它的一个正确的倾向”。[④] 在这里，钱杏邨分析了刘一声的《奴隶们的誓言》《革命进行曲》《十月革命》，他认为，“在群众力量的发现上，在革命的主力的认识上，在革命情绪不渲染着悲伤的色调上，刘一声是超过了郭沫若和蒋光慈，走入了对于革命的了解”。[⑤]

在第四节，钱杏邨分析了新文学运动以来的“散文”，他这里的“散文”可能包含小说和散文，是一个宽泛的概念。他认为“五四”时代的“散文”，“步调是和当时的诗歌一样的。因着当时的社会的条件，充其量，也只表现了对于劳动者的同情”。[⑥] 在这里，他列举了鲁迅的《一件小事》、郁达夫的《春风沉醉的晚上》《薄奠》、田汉的《午饭之前》、叶圣陶收在《稻草人》中的一部分童话。他认为就是在《中国青年》刊行的最初3年里，接近普罗列塔利亚的革命文学的作品，也非常之少，唯有瞿秋白的《那个城》表现了非常正确的倾向。接着就是

① 冯乃超：《文艺讲座》（第一册），上海神州国光社1930年版，第175页。
② 同上书，第179页。
③ 同上书，第179—180页。
④ 同上书，第180页。
⑤ 同上书，第182页。
⑥ 同上书，第184页。

蒋光慈的《少年漂泊者》，“他是坚决地相信革命可以解决一切问题的……看到的前途是希望的、光明的”。[①] 接着钱杏邨围绕《少年漂泊者》主人公汪中分析了三个问题，首先，汪中是一个什么样的人？他认为汪中“是一个个人主义的英雄主义的人物，他是为着自己的不幸的命运而战斗。虽然在他的人生哲学中，也有包含了一些为社会而努力的意义，这种意义，到底没有克服住他的个人主义的精神”。[②] 汪中“他并没有怎样亲切地了解到普罗列塔利亚的本身以及它的革命的要求，与被压迫的普罗列塔利亚的唯一的出路”。[③] 其次，汪中这种性格的形成与“五四”时代有何关联？这是因为“他的前期的生活是反封建的生活，是适应于‘五四’时代的资产阶级新提出的‘解放’的要求，是适应于当时的反对屈服，主张‘奋斗’的信条，是在‘五四’解放运动中生长了他的积极反抗性。到了‘二七’惨案发生以后，也可以说是在他的实际生活的体验中，他是似乎对普罗列塔利亚运动有着局部的理解。全书是在这个时期终结了”。[④] 最后，《少年漂泊者》是不是普罗列塔利亚的革命文学？钱杏邨认为它是比较接近革命文学的。因为“普罗列塔利亚怎样的受着压迫，怎样的在压迫中感到痛苦，怎样的从痛苦中有了觉醒，有了对于资产阶级的仇恨，而自己站了起来奋斗，在这部中篇里是被描写了”，所以，可以说它是“普罗列塔利亚革命文学的萌芽时代的一部实录”。[⑤] 然后，钱杏邨又分析蒋光慈的《鸭绿江上》，认为其比《少年漂泊者》更得到读者的注意，“因为这时的‘打倒帝国主义’，‘解放被压迫的民族’的口号，在中国是提得更高了”。[⑥] 除此之外，钱杏邨还点到了龚冰庐的《炭坑里的炸弹》，他认为“从这一个短篇里，是使我们感到，被压迫的普罗列塔利亚已经到了不得不干的时候了，危机已迫到眉睫……”[⑦]

① 冯乃超：《文艺讲座》（第一册），上海神州国光社1930年版，第187页。
② 同上书，第188—189页。
③ 同上书，第189页。
④ 同上书，第190页。
⑤ 同上书，第191页。
⑥ 同上书，第194页。
⑦ 同上书，第195页。

最后部分，钱杏邨简单叙说了自己书写这一章的用意，并认为从 1923 至 1927 年的革命文学可以说是《中国青年》的时代。

综上所述，我们发现，钱杏邨是从中国资产阶级和工人阶级的力量构成以及发展态势来对作家作品中所反映的劳动者进行分析的。在政治经济与作家作品之间的联系方面，他的观点太过直接、简单，这与他主张“文学为政治服务”有密切关系。列宁在《党的出版物与文学》提出，“文学活动应当是新兴阶级工作的一部分。它应当是工人阶级前卫军所推动的大机器当中的一个轮齿。文学应当成为集团的工作的一部分，（是有）组织的、计划的、统一的、与革命的”。[①] 这种观念对此时钱杏邨的影响应该非常大。他在 1930 年曾经宣称：“新兴阶级的文学，是新兴阶级的战斗的武器，是它的政治运动的一翼，它要用思想与感情去宣传大众、组织大众。它要在这些地方完成它的任务。”[②] 但是钱杏邨的这些观点是马克思主义文学理论较早在新文学史书写中的应用，其意义还是不容低估。瞿秋白在 1932 年反驳胡秋原时就曾经说道：“钱杏邨比起胡秋原先生来，却始终有一个优点：就是他总还是一个竭力想替新兴阶级服务的小资产阶级知识分子，他的东拉西扯之中，至少还有一些寻找阶级的真理的态度……钱杏邨虽然没有找着运用艺术来帮助政治斗争的正确方法，可是，他还在寻找，他还有寻找的意志。”[③] 在这篇文章中，他紧紧抓住作家对劳动者的态度这一核心关键，能够较合理的梳理革命文学的发生、发展这一文学史现象，揭示了革命文学与社会革命之间反映与被反映的关系，视野足够开阔，现在来看仍然具有一定的理论性和史料性。而他有意彰显“太阳社”及其成员蒋光慈等人在新文学史中的重要性，也是我们可以感知的。

---

① 钱杏邨：《怎样研究新兴文学》，《阿英全集》第 5 卷，安徽教育出版社 2003 年版，第 8 页。

② 同上。

③ 易嘉：《文艺的自由和文学家的不自由》，苏汶编《文艺自由论辩集》，上海书店出版社 1933 年版，第 80 页。

二　陆侃如、冯沅君的《现代的中国诗》

陆侃如和冯沅君合著的《中国诗史》① 出版后，影响甚大。鲁迅在1933年《致曹靖华》的信中推荐"可看"的文学史共5种，其中就有该部文学史著。而另外4种是：谢无量的《中国大文学史》、郑振铎的《插图本中国文学史》、王国维的《宋元戏曲史》、鲁迅的《中国小说史略》。在此后的年代里，《中国诗史》不断受到众多学者的交口称赞，并多次出版，已经成为20世纪中国文学史著的经典。② 这部文学史著能够取得如此显著成就，在于其能将唯物史观和进化论融为一体，对中国诗歌历史进行辩证而又创新的解读和梳理。

陆侃如在《序例》中介绍了该书体例，《中国诗史》分为三卷三个时代：卷一为古代诗史，自中国诗的起源讲起，至汉代止，以诗经、楚辞及乐府为主。卷二为中代诗史，自汉末讲起，至唐代止，以五七言古近体为主。卷三为近代诗史，自唐末讲起，至清代止，以词和散曲为止。而卷三末有附论，略述现代白话诗和无产诗的运动。可见他们将中国诗歌史划分为古代、中代和近代三个不同时代，这里的近代含义与我们当下是不同的，但是该著认为民国之后的文学是与之前的文学大不一样的，所以要附录讲述，以使得这部《中国诗史》能够名实相称。在附论《现代的中国诗》中，他们就表示出这种观点，即已经研究了中国古代、中代和近代的中国诗，不可不再看一看现代的诗。

《现代的中国诗》是从1911年辛亥革命之后写起的。他们也提到了之前"诗界革命"中所倡导的"新学诗"，但是评价不高。他们说道："当清代的末叶，士大夫们模模糊糊的接收了点西洋文化，在诗歌里用了点新的名词或术语，于是便称之为'新学之诗'。但这种作品是无甚价值的。上焉者如黄遵宪辈，所谓'能熔铸新理想以入旧风格'者，虽然有几篇值得一读的作品，然要想使诗史变色，则还差得

① 陆侃如、冯沅君：《中国诗史》（下），大江书铺1931年版。

② 张可礼：《陆侃如、冯玩君先生〈中国诗史〉的主要贡献》，《文史哲》2002年第2期。

很远。”① 所以该诗歌史主要叙述的是白话诗的运动和无产诗的运动。他们认为白话诗运动尚未收效，而无产诗运动还在萌芽，所以他们只叙述二者的基本理论，而对具体的诗歌作品则存而不论。

对于白话诗运动的兴起原因，他们是从经济基础的变动开始说起的。他们指出，随着中国内部发生产业革命，中国社会开始猛烈地剧变起来：首先，是政治制度方面，1911年的辛亥革命便是明证；其次，是思想方面，如反对孔教、攻击旧道德的文字在民国初年是很多的。不就便轮到文学上。然后他们介绍了胡适的《文学改良刍议》《历史的文学观念论》《谈新诗》等文章及《尝试集》，还有陈独秀对胡适的《科学与人生观》进行应答的文章《答适之》。这样就介绍了文学革命的起源、理论、诗歌主张以及所受到的反对和最终的成功。他们对白话诗的成绩评价不高：“就量的一方面看来，确可证明这种尝试的成功，虽然质的方面不能令人满意。”②

对于无产诗的运动他们认为：“无产诗的运动是无产文学运动的一部分，而中国的无产文学运动乃是全世界的运动的一个支流。因此，它的形势与白话诗运动不大相同。无产文学的基本理论有二：一、历史的唯物论，二、科学的美学。”③ 他们认为无产文学的普遍发展是在1928年至1929年间，这表现在无产文学运动理论书籍及文艺作品的大规模介绍、文艺刊物的大量发行和文艺团体的组建，如左翼作家联盟和艺术剧社的成立等。从该诗歌史对无产文学运动的介绍，我们可以看见他们对这一文学运动的拥护，并认为这终将是文学运动前进的方向，并将取得巨大的成就。但是对当时无产诗歌的成绩他们还是进行了很实在的评价：“无产诗在俄国已有很好的成绩，介绍到中国来的有新俄诗选等。但在中国方面，一因提倡者注重小说与戏剧，一因时间短促，故至今尚无显著的成绩。”④ 可见他们对现代诗坛的现状并不满意。

---

① 陆侃如、冯沅君：《中国诗史》（下），大江书铺1931年版，第1419—1420页。
② 同上书，第1424页。
③ 同上。
④ 同上书，第1428页。

陆侃如和冯沅君还对当时的诗坛进行了批评和展望："现代诗人既不能在体裁上彻底解放，居然还有人提倡什么'新格律'，而内容方面尤其是千篇一律的伤春、悲秋、失恋、狂欢！体裁的解放，提倡过了，思想的改新，渺不可期！文学革命的使命，白话运动只完成了一半，还有一半却有待于无产运动。我们不但要求新的瓶，并且要求新的酒！虽然现在团体解散了、杂志封闭了、书籍禁售了，整个的无产文学运动都受打击了。然而历史上必然的趋势是无法抑遏的，我们相信有新形式与新内容的完美的诗，不久必将出现，来替中国诗史开创个新的局面。我们抱着无限的希望，来写这诗史之最后一页。"①从这番话中，可以看出陆侃如和冯沅君的诗歌立场，那就是坚持无产文学运动的方向，并认为这才是中国新诗发展的正确方向，而"新格律诗派"却是诗歌的歧途，是中国新诗的歧途。这又让我们想到草川未雨的诗歌观点。而且他们认为白话运动只完成了文学形式的解放，内容的解放需要由无产文学运动来完成，这样中国诗歌才有新形式与新内容。面对当时无产文学运动遭受的打击，这二位学者表示了不屈服的斗争精神，并对其美好未来进行了展望。

尽管陆侃如和冯沅君的《中国诗史》只是在附论中讨论了现代的中国诗歌，其认为当时的诗歌分为白话诗运动和无产诗运动，看到了不同诗歌时代的转换。他们对无产诗歌充满了期待，但是对其成就并不满意，对其未来发展则充满了憧憬，这都是走在时代前面的。当然其对"新格律诗派"的批评也与他们的诗歌观念和政治立场有关，对此我们不能苛求。

三　贺凯的《中国文学史纲要》

贺凯的《中国文学史纲要》由北平文化学社于1931年印行，这里讨论的是2015年的版本。② 该部文学史著具有几大特色：

首先，唯物史观与该文学史分期。贺凯是较早运用唯物史观研究

① 陆侃如、冯沅君：《中国诗史》（下），大江书铺1931年版，第1429页。

② 贺凯：《中国文学史纲要》，三晋出版社2015年版。

中国文学史的学者，他在《导言》中指出，之前的很多文学史，无论是“通史”“断代史”，还是“评传”，“都不过是叙述了各时代的花样翻新的文学演变的遗迹，并没有找到文学变化的社会背景和产生的经济条件”[①]，而“现在我们所要求的新时代底文学史，是从社会进化的阶段中寻求文学的推演与转变，由物质生活所反映的意识形态中，而求出文学的产与生存在的价值。所以本编重在社会经济基础的变迁，因为文学是社会基础最上层的建筑”。[②] 正是由于这种唯物论的文学观，使得贺凯根据中国社会的性质对中国文学史进行了分期。因为“中国的社会依然停滞在长久的半封建社会中，所以中国的文学，是适应封建生产关系而产生的意识形态，停留在半封建社会的中国，直到前清道光二十年鸦片战争以后，中国封建农村的碉堡，开始被资本帝国主义的商品所摧毁，于是中国社会便向资本主义的路上前行，这是中国社会经济基础的转变，因此反映到文学上也是一个大变化”。[③] 这样，该部文学史就分为上下两编，上编为《封建社会的文学推演》，讨论的是西周至清鸦片战争以前的文学，下编为《帝国主义侵入后的文学转变》，讨论的是鸦片战后至“现在”的文学。这种体例编排是从社会性质着手，自然有其道理，但是从文学成就来看，这应该是对近代之后的文学进行了拔高，它们成了能够与中国古代文学并行对等的文学史了。而在篇幅上，下编占住了整个文学史的三分之一，这种比例的安排现在很少见。

其次，贺凯对新文学非常重视。从前面的体例介绍来看，我们会以为贺凯会从鸦片战争之后的近代文学进行叙述，然后依次介绍到文学革命。但下编的首章第七章却是《新文学运动的主因》，这章介绍了文学革命发生的原因，在于以下原因：第一，海禁开放后外来的刺激：外患频仍的反映、康梁等的政论文、新文学的种子；第二，西洋文学的输入：梁启超的介绍新思想、严复林纾的翻译西籍；第三，政治革命的影响：新文学运动和欧洲文艺复兴、时代的转变造成了新文

① 贺凯：《中国文学史纲要》，三晋出版社2015年版，第21页。
② 同上书，第22页。
③ 同上书，第22—23页。

学运动。贺凯这一章实际上是在论述近代文学，但是其标题和叙述逻辑却是在解释“新文学运动的主因”，这说明他的立场是站在新文学之上的，而近代文学的价值只是为新文学的发生提供了准备。这也可以从后面几章看出。

第八章为《新文学运动的经过》，贺凯依次介绍了如下内容：第一，《文学革命的先锋：民国初年的守旧派、胡适之的“八不主义”、陈独秀的“三大主义”》；第二，《反对派的论调：新文学运动的阻碍、林纾反对新文学的谬见、蔡元培对于林纾的纠正、梅光迪胡先骕的反对论调》；第三，《新文学会社团体的组织：文学研究会、创造社》。第九章为《新文学的演进》，第十章为《新文学的作家》。从上述的篇章结构来看，该文学史对新文学的主因、发生、经过、演进及新文学作家作品的介绍是非常详尽的，而近代文学只是作为新文学发生的原因进行介绍，新文学与中国古代文学在框架结构上已经是并驾齐驱了，这都体现了贺凯对新文学的偏爱和重视。

最后，该文学史著对新文学作家作品的经典化处理得当。第九章《新文学的演进》依次介绍了如下内容：第一，《新诗的成立：新诗是顺着文学进化顺序而产生、新诗的讨论、新诗的变迁》；第二，《小说的革新：小说为古代文人所轻视、讨论革新小说的论文、新体小说的特殊风味》；第三，《新剧的讨论：讨论戏剧的论文、新剧的作品》。这一章主要介绍了新诗、小说与新剧三种文体的出现及与之前的不同，特别是介绍了当时对这些文体进行讨论的文章。如胡适的《谈新诗》、周无的《诗的将来》、俞平伯的《诗的进化的还原论》、康白情的《新诗的我见》都是讨论新诗的代表性文章；黄仲苏的《小说之艺术》、胡适的《什么叫短篇小说》、沈雁冰的《自然主义与现代小说》、郁达夫的《小说论》、孙俍工的《小说作法讲义》、傅斯年的《戏剧改良各面观》与《再论戏剧改良》、欧阳予倩的《予之戏剧改良观》、宋春舫的《近世名戏百种目》、胡适的《文学进化观念与戏剧改良》、周建侯的《近代剧和世界思想》、蒲伯英的《戏剧之近代意义》、知非的《近代文学上戏剧的地位》、沈泽民的《民众剧院的意义与目的》、余上沅的《戏剧论集》与《国剧运动》等都在该文学史中予以提及，这显示了贺凯不仅关注了新文学作家作品，而且还重视新文学文体理论建设，这也是与很多文学史不同之处。

第十章为《新文学的作家》，贺凯在众多新文学作家中挑选出最重要的十几个人进行专章分析，这应该是较早对新文学进行经典作家作品选择及阐释，而之前的文学史更多是将众多作家并列介绍。这里依次介绍的有第一，《鲁迅的思想及其创作》；第二，《周作人的趣味文学》；第三，《叶绍钧的写实主义》；第四，《茅盾的三部曲作》；第五，《郭沫若的诗》；第六，《郁达夫的颓废文学》；第七，《张资平的恋爱小说》；第八，《徐志摩的诗》；第九，《冰心女士》；第十，《熊佛西、丁西林、田汉的戏剧》。从这些作家作品来看，贺凯当时的选择即使在现在也并不过时，他们依然是文学史讲述的重点，这显示他对新文学大家的选择是目光如炬的。

在第十章中贺凯用马克思主义方法对作家作品进行了分析解读。一方面，他能根据时代的演变、作家思想的变动来陈说作家创作的变迁，强调经济基础的变化引起上层建筑的变动，这是典型的马克思主义文艺方法。他认为：“从‘五四’以后到现在，这十年来中国的社会正在一个剧变中，文学上的花样翻新，正反映了中国社会的转变。新兴资产阶级的宝塔，已被时代的洪流所撼动，建筑在宝塔上层的新观念体系，已开始动摇。”① 他的意思是，“五四”运动是新兴资产阶级对封建阶级的战斗，而 20 世纪 30 年代已经是无产阶级对资产阶级的斗争，这两种不同的斗争就会导致不同的文学，有的作家在第一次斗争中走在了时代的前列，但是没有紧跟时代的转换，在第二个阶段的斗争却落伍了，反成为被斗争的对象，如周作人；当然有的作家虽有短暂的怀疑和苦闷，但又能转换方向迅速站在历史前进的正确道路上来，如鲁迅。按照这样的社会发展和思想嬗变的逻辑，他对一些作家作品进行了创作变迁的分析，甚至还对鲁迅、郭沫若、郁达夫等人进行了不同阶段的划分。例如他认为鲁迅的发展就经历了三个时期：第一，呐喊时代（1919—1923 年）；第二，彷徨时代（1924—1930

① 贺凯：《中国文学史纲要》，三晋出版社 2015 年版，第 309 页。

年)；第三，转变以后（1930—现在)。[①] 郭沫若的创作也经历了三个时期：第一，女神时代（“五四” — “五卅”)；第二，阶级意识觉醒时代（“五卅” —1928 年)；第三，开始第四阶级文艺时代（1928—现在)。[②] 郁达夫的创作也分为三期：第一，性的苦闷时代（1921—1925 年)；第二，经济与政治苦闷时代（1925—1927 年)；第三，新生命开展时代（1927—现在)。[③]

同时，他从作家的审美趣味、阶级立场来对作家作品进行细致的审美解读，这也是马克思主义文学批评的常用手段，即从作家的倾向性、阶级性来讨论作品的艺术形式与内容。贺凯应该是较早在文学史中对鲁迅进行高度评价的学者，他认为“新兴资产阶级揭起了‘离经叛道’的旗帜的‘五四’时代，抨击封建势力最勇敢而有力的便是鲁迅”，“他是站在‘五四’运动的新时代而描写了戊戌辛亥之间的中国社会”。[④] “从《狂人日记》到《不周山》，抨击封建势力最猛烈！《狂人日记》揭穿了‘礼教吃人’，《孔乙己》是同情于被农村封建势力所摧残的不幸者，《药》是歌颂为革命而牺牲者，《阿 Q 正传》是含泪的讥讽封建势力”。[⑤] 他评价周作人“是一个绝对的个人主义者，所以反抗一切权威，他不如乃兄的积极勇敢，他总是带有恬淡避世的态度，他熏染着名士习气，忠实的作了资产阶级的说教者！”[⑥] 他评价叶绍钧的创作到处都表现了“对人生的‘诅咒’‘失望’，对于生命的‘探求’‘怀疑’，这是小资产阶级没有认识了社会组织的‘唯心’呓语”。[⑦] 他批评茅盾的《幻灭》《动摇》《追求》“这三部曲作是革命幻灭与恋爱追求的心理相互剖解、映照，它所给予读者的映像是游移懦弱、悲观感伤，前途是灰暗！他没有把一九二七的狂风暴雨般的革命高潮的到临和整个的健全革命力量刻画出来，这是他创作

---

① 贺凯：《中国文学史纲要》，三晋出版社 2015 年版，第 312 页。

② 同上书，第 343—344 页。

③ 同上书，第 356 页。

④ 同上书，第 310—311 页。

⑤ 同上书，第 312—313 页。

⑥ 同上书，第 326 页。

⑦ 同上书，第 333 页。

的出发点根本不是以普罗阶级为对象的”。[①] 他认为郭沫若“在中国文坛上是一个成功的诗人，无论他的戏曲小说，都充满了新鲜的诗歌化的情调，他不失为一个革命的小资产阶级战士！他的奋斗反抗的一贯精神，是社会环境冷酷的刺激的反应，成功他第四阶级的文艺斗争的运动!”[②] 郁达夫的“颓废感伤的小说，正表现了‘五四’到‘五卅’之间的青年的病态心理，他给予青年的映像也只有幻灭消沉堕落死亡！没有好的映像!”[③]“张资平的小说对于两性间的恋爱心理的分解，极为深刻精细，尤其对于青年女子在春情发动时代，对于性的迫切要求和因性的想像而发生心理的变幻，最能引起读者的注意”，他是一个“自然主义技巧的成功作者”。[④] 徐志摩则是“代表了中国优裕的资产阶级的公子哥儿的生活，他的诗是谱着‘风花雪月’中的一折人生的新歌”，他的诗歌形式是“堆砌的，华而不实的，读时总觉得‘浓而不化’!”[⑤] 冰心女士“是一个新兴资产阶级的聪明女性作家，她觉得社会是谜、生命是谜、宇宙是谜，虽然过着悠闲美丽的生活，终于感到的现实生活的烦闷灰暗，引起了个人主义的虚无思想。她的作品中的人物，正反映了小资产阶级青年的生活矛盾”。[⑥] 从作家个人的阶级立场、个性气质和家庭出身来对作家作品进行文学审美分析，贺凯所把握的尺度还是比较适当的。

1953年，周扬视察贺凯所在的山西大学时高度评价了贺凯的这部文学史著：“贺教授在30年代师大时，写了一本《中国文学史纲要》，这本书是我们中国第一部用马克思主义观点分析我国现代文学的、具有划时代的价值的书。”[⑦] 周扬的这番评论是很有道理的。贺凯之所以能用马克思主义文艺观念来评价当时的现代文学，这与他自

---

① 贺凯：《中国文学史纲要》，三晋出版社2015年版，第340—341页。

② 同上书，第352—353页。

③ 同上书，第361页。

④ 同上书，第367页。

⑤ 同上书，第375—376页。

⑥ 同上书，第382页。

⑦ 山西省地方志编纂委员会编：《山西通志》第39卷（社会科学志），中华书局1995年版，第425页。

己早期的求学经历有关。他在 1922 年中学毕业入京就读北京师范大学的前后，一直是在共产党员高君宇的直接领导下（高君宇又在李大钊的领导下）开展团的工作，后来又在高君宇的介绍下加入了中国共产党，并担任过北京团地委委员和北京师范大学的党支部书记。在大学期间，他积极开展学生运动，编撰进步刊物，组织学生运动，与邓中夏等人都有着积极的交往联系。薄一波在回忆录《七十年奋斗与思考》上卷《战争岁月》中就专门提到了贺凯是早期共产党员，和他是邻村老乡。只是在大革命之后，革命处于低潮，他与党组织失去了联系，才走向了学者之路。① 正是因为贺凯早期轰轰烈烈的革命生涯使得他接触到唯物史观，并能用此工具对中国文学史进行研究梳理。

四　郑作民的《中国文学史纲要》

郑作民的《中国文学史纲要》于 1934 年 4 月由上海合众书店初版，笔者在这里探讨的是 1935 年的再版本。② 从其《编者例话》中我们知道，这是其在北京、上海等中学讲授中国文学史和中国文学常识所用讲义。他还指出本书并不是自己的个人书写，而是参集各书而成，并非编者创作。该书共有十二章，分别为：《绪言》《诗经及楚辞》《两汉的文学》《建安文学及太康文学》《东晋及六朝文学》《初唐的文学》《唐代文学上》《唐代文学下》《宋代文学》《辽金元文学》《明清文学》《当代文学》。其第十二章以“当代文学”命名新文学，这与胡云翼的文学史著③是一样的（下文论及）。下面我们来看其在这章是如何书写的。

该章第一节是《从文学革命说起》，郑作民指出“中国文学革命的远因，还在戊戌政变的时候”。这就指出康有为、梁启超等人都是文学革命的提倡者，可惜他们的主张只是“革其精神”，没有革其形式。④ 他对这些人的作品并没有细加评说，但是注意到文学革命与晚

① 郭汾阳：《贺凯先生早年革命事迹一二》，《党史文汇》2000 年第 12 期。
② 郑作民：《中国文学史纲要》，合众书店 1935 年版。
③ 胡云翼：《新著中国文学史》，北新书局 1933 年版。
④ 郑作民：《中国文学史纲要》，合众书店 1935 年版，第 229 页。

清文学主张的联系。接着他就书写到胡适、陈独秀的主张以及他们得到钱玄同等人的支持与林纾的反对。然后，他简短地对当时的作家作品进行了点录，还提到了一些白话期刊。

第二节是《创造社及革命文学》。郑作民并没有介绍“文学研究会”，但是他详细地介绍了“创造社”，并以此为标题，显示了他对这二者的不同态度。他对“创造社”的四根台柱郭沫若、郁达夫、成仿吾、张资平进行了点评，认为创造可分为两期：“前期的特点，就是天才，艺术的至上主义，感伤。但是虽在感伤中，却还有一些反抗。但到了后期，除了郁达夫一人仍孕着相当的感伤之外，其余三个人，大多是反抗的了。”① 他指出“创造社”后来都跑上了革命文学之道，并对革命文学进行分析，介绍了郁达夫如何分离出去，王独清、冯乃超又如何加入。还抨击了对文学革命进行对敌的“语丝社”和“新月社”，由此，可以看出他的倾向性来。他认为鲁迅在之前的《呐喊》《彷徨》都是努力之作，特别是《呐喊》写得惊人的成功②，“但是后来一直到今，他所发表的文学，不过是随感杂文而已，不过他的反对文学写得很晦暗，极尽冷嘲热讽的能事”③。可见鲁迅对于革命文学的态度，他并不认同。而新月派对于革命文学的攻击，郑作民认为只有梁实秋一人，他评价梁实秋是“一个古典主义的批评家，所以持论似有欠缺”。④

该章第三节是《新兴文学及其他》。郑作民指出：“一九二九年是中国文坛最兴盛的一期，当时关于世界新兴文学的巨著，及文艺理论上的译作，真是兴极一时”⑤，“当时左翼杂志也是风行一时”⑥。在新兴作家的创作方面，他认为蒋光慈的作品“最雄浑而带有感情”。⑦这里他所说的新兴文艺，应该是无产阶级文学，正是因为他对无产阶

① 郑作民：《中国文学史纲要》，合众书店 1935 年版，第 235 页。
② 贺凯：《中国文学史纲要》，三晋出版社 2015 年版，第 233 页。
③ 同上书，第 236 页。
④ 同上书，第 237 页。
⑤ 同上。
⑥ 同上书，第 238 页。
⑦ 同上。

级文学的拥护，所以他认为这一时期是“最兴盛”的时期，而蒋光慈的作品也受到他高度评价。他还指出当时作家有两大活动，分别是“自由运动大同盟”和“左翼作家联盟”的成立。然后他指出，新兴文学在1930年后被外界的恶势力所摧毁破坏了，而徐应鹏徐蔚南之流所倡导的民族主义文学运动因为“引不起青年的注意而致没落”。[①]

最后是《结论》，郑作民表达了他的文学观点。他指出一时代有一时代的文学，“固然我们并不是说新兴文学必定是比较过去的文学来得有价值。不过文学是随着时代的演进，这是历史所告诉我们的事实。所以为文学者要追随着时代的激流前进，不然，你若是观望不前的话，就要被它遗留成时代的落伍者；一个个被消灭在时代的巨轮之下”。[②]“我们应该用着时代的工具，来表现时代的意识。那方才是适合时代的文学。”[③] 结尾，他写出了自己的希望，深信黑暗之后光明终将到来。

从郑作民的新文学史书写来看，他是重在革命文学主张的，对“创造社”及蒋光慈等人的文学史地位非常看重，而对新兴文学的评价非常之高，这表明了他关于文学与政治之间的关系的思考，这既有时代的影响，同时也应该与他受到“创造社”等人的影响有关。

五 谭正璧的《新编中国文学史》

谭正璧的《新编中国文学史》于1935年在上海光明书局出版，笔者在这里讨论的是1936年2月再版本。[④] 该书共分七编，依次为《周秦文学》《两汉文学》《魏晋南北朝文学》《唐五代文学》《宋金元文学》《明清文学》《现代文学》。其中第七编《现代文学》讨论的是新文学，影响较大，以致后来陆敏车在其《最新中国文学流变史》[⑤] 中予以简化后全盘接受。

---

① 郑作民:《中国文学史纲要》，合众书店1935年版，第239页。
② 同上书，第239—240页。
③ 同上书，第240页。
④ 谭正璧:《新编中国文学史》，光明书局1936年版。
⑤ 陆敏车:《最新中国文学流变史》，汉光印书馆1937年版。

首先，我们来看该编的文学史分期。第七编《现代文学》分为三章，分别是《文学革命运动》《文学建设运动》《革命文学运动》。其认为“文学革命运动”重在理论上的斗争，重在破坏旧文学；1921年之后，两个文学社团的建立，就是“文学建设运动”时期，多重在文学技巧的更新；而后是“革命文学运动”，文学的内容得以重视，这时新文学才取得最终的胜利。[①] 这样的时间划分使得近二十年的文学史有了层次递升、进化发展的味道，新文学史的变迁有了逻辑规律。

其次，该编《文学革命运动》《文学建设运动》书写平实，意味着对这一时期的文学史书写已经形成共识，文学史书写者创新的空间并不太多。

第一章是《文学革命运动》，大致从社会政治和文学自身发展的角度论说文学革命为什么会发生，适当涉及晚清民初的“三界革命”，介绍胡适、陈独秀的相关文学革命理论，书写旧文学对新文学的三次反对，“五四”运动的爆发推动文学革命的发展，最终文学革命得以成功。这几个述史要素在这时的文学史书写中都会涉及，也很少有翻新之说。

第二章是《文学建设运动》。其中第一节是《引论》，介绍了当时“文学研究会”与“创造社”两个社团的成立以及各自的文学主张。其认为“文学研究会”的成就在于翻译、在于研究文学；而“在创作作品影响于全国青年思想一点上，‘创造社’的功绩实可首屈一指”。[②] 第二节为《诗歌》，这里又分为几个小节来书写，其中《〈尝试集〉及其同派》介绍了胡适的《尝试集》，还书写了谭正璧曾和胡怀琛探讨了“双声叠韵”，参与者有朱执信、朱侨、胡涣、王崇植、吴天放等人，这一历史事实其他文学史都未介绍，因为谭正璧曾参与其中，就将其予以书写，这也是为自己争得新文学史地位吧。然后他介绍了刘大白、刘复这两个诗人的身份履历和创作成绩，但没有

---

① 谭正璧：《新编中国文学史》，光明书局1936年版，第455页。

② 同上书，第433页。

作品鉴赏。在《无韵诗人》中，他介绍了康白情、俞平伯、郭沫若、汪静之、沈尹默、周作人、焦菊隐、闻一多以及“湖畔诗人”。在“小诗作者”中，他介绍了谢冰莹、宗白华、梁宗岱，并对其他小诗作者进行了点名。第三节为《小说》，在《鲁迅及其同派》中他介绍了鲁迅、许钦文、冯文炳、王鲁彦、黎锦明、胡也频。在《女性作家》中介绍了冰心、庐隐、沅君。在《叶绍钧、许地山……等》中介绍了叶绍钧、许地山、王统照、孙俍工、王任叔、顾仲起、许杰、王以仁等。在《创造社作家》中介绍了郭沫若、郁达夫、张资平、周全平、倪贻德、滕固、洪为法等。在《其他作家》中介绍了刘大杰、蹇先艾、杨振声、徐雉等。第四节为《戏剧》，他认为洪深所导演的《少奶奶的扇子》是中国戏剧从“文明戏”到“话剧”转变的重要枢纽。[①] 在《洪深、田汉及其他》中介绍了洪深、田汉、欧阳予倩、汪仲贤、谷剑尘。在《陈大悲、蒲伯英及其他》中介绍了陈大悲、蒲伯英、丁西林、熊佛西、侯曜。在《宋春舫、郭沫若……等》中介绍了宋春舫、郭沫若，还提到了胡适等其他剧作家。

最后，《革命文学运动》书写得较详细，有许多创新之处，特别是对最近的作家、作品进行了书写。第一节也是《引论》，谭正璧指出：“从文学革命到革命文学，乃是现代文学的一大转变。因为上一时期的文学建设运动，只重于文学的技巧方面，到这时期的革命文学，始着重到文学的内容方面。新文学到了这个时期，才达到了最后的成功。”[②] 这个结论应该是有问题的，因为在之前的文学运动中也有人道主义的文学内容的建设，而他说只有到革命文学之后才有内容的革新，这时候新文学才达到最后成功，实际上表明他自己对革命文学的态度，只有他自己认同革命文学的理论，所以才会以此为评价标准。他同样认为“创造社”是革命文学的先导者，特别是郭沫若的文学史地位得以强调。其按照政治取向将当时的文坛分为以中国共产党为主的“创造社”“太阳社”和左联，以中国国民党为主的民族主

---

① 谭正璧：《新编中国文学史》，光明书局1936年版，第451页。
② 同上书，第455页。

义文学运动，还有不以主义相标榜的第三派文学。

第二节是《诗歌》，也分为几个小节。在《徐志摩及其同派》中谭正璧介绍了徐志摩，评价他用欧化的白话加入中国的声韵写诗，实在是一种勇敢的尝试。而在内容方面则充满浪漫的气息，不脱为资产阶级诗人的代表者。① 此外，他还介绍了朱湘、闻一多、陆志韦、于赓虞，提到了其他诗人名字。在这里，他没有突出朱湘所代表的“象征诗派”和闻一多所代表的“新格律诗派”，但是介绍了蹇先艾的诗歌，评价他的诗有“美丽的文字，温柔的情感”②，这是其他文学史少有的。在《创造社诗人》中他介绍了王独清、穆木天、冯乃超等，提到了后二者有着象征派诗人的特色。在《李金发、戴望舒……等》中他介绍了李金发、戴望舒、姚篷子、白采、谢采江、卢冀野、高长虹、冠华、梦家等。

第三节为《小说》，谭正璧认为这一时期是小说的黄金时代，但是有着良莠不齐的现象存在，他将之归于书店老板为追求利润，可以影响一时文风所造成的。③ 这一节也有几个小节，在《沈雁冰、舒庆春与巴金》中介绍了沈雁冰的《蚀》《虹》三部曲和《子夜》，这应是《子夜》较早进入文学史中。他评价舒庆春是当代唯一的讽刺小说作家。他也提到了巴金的《家》，但是并没有予以点评。在《丁玲及其他》中，谭正璧对丁玲评价非常之高，认为这一时期最为出名的女作家是丁玲和冰莹，而丁玲的成绩尤为伟大。④ 这应该是丁玲较早在文学史中得以单列强调其文学史地位的书写。他还介绍了冰莹、苏梅、凌淑华、陈衡哲等同时期的女作家。在《革命文学家》中，谭正璧对蒋光慈评价很高，认为“他才是革命文学作家中站在最前线的先锋”⑤，“他的作品里充满了热血、愤怒、哀号、反抗等等的成分，对于现在社会的制度施以猛烈的攻击”⑥。他认为钱杏邨是“现代文

① 谭正璧:《新编中国文学史》，光明书局1936年版，第457页。
② 同上书，第458页。
③ 同上书，第463页。
④ 同上书，第465页。
⑤ 同上书，第467页。
⑥ 同上书，第468页。

艺批评家的权威”，他创作的小说“都是热情奔放，描写贫富阶级最有力的作品”。[①] 而洪灵菲则因为“亲历过下层阶级的困苦生活，所以写来更能亲切动人”。[②] 他对于孟超、华汉、杨邨人、戴平万、魏金枝等作家的评价也是很高，这表明谭正璧对革命文学是持赞颂立场的。在《恋爱小说家》中，谭正璧介绍了叶灵凤、罗西、金满成、叶鼎洛等作家，他认为他们这时的恋爱小说与上一时期不太相同，在恋爱的故事里都带着革命的气息。[③] 在《沈施与穆张》中，谭正璧评价沈从文和施蛰存都是以平静的作风著称的作家，而沈从文的作品宏富，其批评文章有“精审独到的观察与见解”。[④] 施蛰存被他认为是“一个中产阶级的作者”[⑤]，作品风格如静水一般。穆时英和张天翼则被他认为是新起的最有希望的两位作家，他们的作品都是“大众文学”。[⑥] 赵平复、赵景深、孙席珍、陈佺这里也被提及。

第四节为《戏剧》，谭正璧认为这时的戏剧中心由北京移到上海，剧社和剧刊都较多，但是戏剧创作并不多，这是因为新剧没有普及到民间去的缘故。[⑦] 第四节也分为几个小节，在《历史剧与革命戏剧家》中，谭正璧介绍了杨荫深的历史剧创作，并简介了革命戏剧家郑伯奇、杨邨人、李白英、袁牧之、胡春冰等人的剧作。在《白薇袁昌英与濮舜卿》中，谭正璧简介了白薇、袁昌英与濮舜卿等女剧作家及作品。在《向培良及其他》中则介绍了向培良、马彦详、余上沅、徐公美等剧作家。

总的来说，谭正璧的这部文学史在书写新文学史之时，按照三个不同时期、三个不同文学潮流进行书写，对 20 世纪 30 年代最新作品的介绍在当时的文学史中是比较突出的，但是其对这些作家作品的介绍多为客观的生平简历和作品名称的列举，很少有精到的文学赏析，这使得其资料性大于其文学性。而且其在对作家作品进行分类介绍的

① 谭正璧：《新编中国文学史》，光明书局 1936 年版，第 468 页。
② 同上书，第 469 页。
③ 同上书，第 470 页。
④ 同上书，第 472 页。
⑤ 同上书，第 473 页。
⑥ 同上。
⑦ 同上书，第 474—475 页。

时候，分类的标准比较含混有欠科学，这使得文学史规律性探索还不够深入。但是在其冷静书写的同时，我们也能看出其对革命文学的态度，这应该是他自己的主观性体现。这也表现在他的三个时期的划分之上，它们无形中有着一种进化演绎的色彩。

六　王丰园的《中国新文学运动述评》

王丰园，何许人也？中国现代文学研究发展至今，还没有对其进行详尽的研究，倒是其所留下的《中国新文学运动述评》[①] 却被研究中国现代文学学科史和研究史的学者所关注。例如黄修己就认为这部文学史时刻“有智慧之光在闪烁着”[②]；温儒敏也认为“该书虽然立场比较激进，立论也较多政治色彩，但评述中还是不乏允当和理解”[③]。经仔细考察，我们会发现，该部文学史基本上就是有前述《文艺讲座》第一册[④]中所收录的麦克昂的《文学革命之回顾》、华汉的《中国新文艺运动》、钱杏邨的《中国新兴文学论（第一章）》的糅合，还有之前出版的一些文学史的借鉴，或许这就是该文学史的一个重要特点。他自己在《前言》中也说道：“余年来读新文学书，积有系统之史实与论断，不下二十万言，今仅以其一部分，贸然刊布，而字之曰《中国新文学运动述评》，分章分节，秩然不紊，虽仅一班，全豹具焉。昔孟子教人：‘取人为善，与人为善’，吾之此书，未敢有以与人也，将以取诸人而已。”[⑤] 这番话表明王丰园的这部书多是选编于他的读书笔记，基本上是“取诸人”而汇编，如果王丰园的这部著作在现在出版，那一定会被视为剽窃，但我们现在已经不知道王丰园个人身世及编撰目的了。

华汉的《中国新文艺运动》这篇文章分为七节，依次为：《前

---

① 王丰园：《中国新文学运动述评》，新新学社1935年版。

② 黄修已：《中国新文学史编撰史》（第二版），北京大学出版社2007年版，第43页。

③ 温儒敏：《从学科史考察早期几种独立形态的新文学史》，《中国文化研究》2003年第1期。

④ 冯乃超：《文艺讲座》（第一册），上海神州国光社1930年版。

⑤ 王丰园：《中国新文学运动述评·前言》，新新学社1935年版，第1—2页。

言》《五四新文学运动》《浪漫主义文艺运动》《自然主义文艺运动》《革命文学运动》《无产阶级文艺运动》《结语》。王丰园在论述新文学几大运动之时借鉴华汉太多，变动只在于《浪漫主义文艺运动》与《自然主义文艺运动》的顺序不同，再就是将《无产阶级文艺运动》不再单列而都归于《革命文学运动》之中。我们具体来看王丰园文学史著的目录与构架。

王丰园的文学史记述了从戊戌变法到20世纪30年代新文学发展的历史。全书共有六章：在第一章《戊戌政变与文学的新趋势》中，王丰园认为戊戌维新之后的中国社会已经进入资产阶级觉醒的时代，所以这一历史阶段所有的变革改良也都属于资产阶级性质。而康有为、梁启超、章行严、林纾、严复等人的文学改革都属于这一性质。这种文学观念，郭沫若在《文学革命之回顾》中已经表达过，王丰园一定是受到其启发。这章内含八节，有《维新运动与文体解放》《维新前后的新诗运动》《章炳麟先生的文学见解》《文艺批评家王国维先生》《章士钊派的政论文章》《严复西洋近世思想的介绍》《林纾西洋近世文学的介绍》《小说的提倡与发展》。可见王丰园在具体作家作品的介绍上并没有新颖之处，大多在之前的文学史都已有过类似介绍。

第二章为《“五四”文学革命运动的总清算》。内含《文学革命运动的必然性》《文学革命的对象》《文学革命的滥觞时期》《〈新青年〉时代的文学革命》《五四运动与文学革命》《文学革命的反响》《对于〈新青年〉派文学革命的批判》七节。这章主要是借用“创造社”的观点对文学革命发动的原因进行分析，并介绍了文学革命的经过、主张以及所受到的三次攻击。而对文学革命的“批判”，也是认为其主要告诉了当时的人们“不要怎样”，但是没有告诉大家“应该怎样”，因为“他们在政治方面的不澈底性，所以也决定在文化上的不澈底性”，“他们不能提出积极的文化以代替这残骸朽尸”。[①] 这与“创造社”同仁的观点是一致的。

① 王丰园：《中国新文学运动述评》，新新学社1935年版，第90页。

第三章为《自然主义的文学运动》，内含《自然主义者的文艺理论》《文学研究会的前前后后》《自然主义文艺运动旗帜下的鲁迅》《“人生派”的创作家叶绍钧》《“人生派”的创作家茅盾》五节。

第四章为《浪漫主义的文艺运动》，内含《浪漫主义者的文艺理论》《“五卅”以前的“创造社”》《〈女神〉时代的郭沫若》《浪漫派作家郁达夫》《恋爱小说家张资平》五节。这两章在具体论述的时候几乎直接抄录华汉的观点，但没有注明，性质比较恶劣。这特别表现在其从阶级立场对鲁迅、叶绍钧、茅盾、郭沫若、郁达夫等人的文学分析上，基本上是华汉文学观点的翻版。但是其对当时“创造社”影响最大的原因分析还是比较独到的：“（一）新青年受了新思潮的洗礼，主张发展个性，他们看不惯‘文学研究会’的文学作品，‘创造社’高唱‘灵感万岁’‘天才万岁’，自然很适合他们的口胃；（二）鲁迅的作品，大都是描写封建社会的，且多取材于农村，那些生在城市的青年们，不明瞭农村景况，自然对于鲁迅的作品，不会感觉到十分的兴趣，他们所爱读的是张资平的恋爱小说，郁达夫的颓废作品，郭沫若的奔放诗集；（三）一般公子，少爷们，崇拜‘创造社’的‘自我表现’，也想把他们身边的琐事描写出来，像他们这般懒散的青年，哪能不拥护‘创造社’的‘天才’与‘灵感’的口号？因此：‘创造社’对于当时青年们的影响，算是极大了！”[①]

第五章为《革命文学运动》，王丰园在这里没有认同华汉在《中国新文艺运动》中称颂革命文学的观点，而是对其有所批评。其在第一节《革命文学的兴起及其演进》中对革命文学的理论主张进行了详细分析，但对他们的创作表示了怀疑，认为“理论是理论，他们能否做到他们所主张的，实为一大问题，我们只看到他们的作品，仍是身边琐事的描写，并且大部分是坐在洋楼上想象出来的”。[②] 他对“创造社”转变后的缺点也进行了列举：第一，“个人主义英雄主义的色彩浓厚”；第二，“认创造之人为非常之人；认革命之人，更为

---

① 王丰园：《中国新文学运动述评》，新新学社1935年版，第122页。

② 同上书，第154页。

非常之人”；第三，“没有忏悔自己的过去”；第四，“与‘太阳社’互骂，争文学领导权”；第五，“一味的攻击鲁迅”；第六，“他们的题材（尤其是诗）是空想的”；第七，“郭沫若的《一只手》，是中国旧小说团圆之梦，太幼稚了”。[①] 王丰园还对“太阳社”的文学理论进行了批判性介绍。在第二节《对于革命文学的非难者》中，王丰园将“非难者”分为两派进行分析：“一为嘲笑革命文学者的幼稚而不根本反对革命文学派；（另）一为根本反对革命文学派。前者以鲁迅和茅盾为代表，后者以梁实秋和民族主义的文艺作家为代表。”[②] 从王丰园对革命文学的态度来看，他的立场应该是与鲁迅和茅盾一样。可见，一方面，他借鉴了“创造社”对近代文学、文学革命、“文学研究会”“创造社”的文学史分析，另一方面，又吸收了鲁迅茅盾的观点对革命文学的创作进行批评。从这个角度来看，王丰园的文学史书写的确糅合了多种人的观点，而这种糅合正是该文学史的特点。

第六章为《左翼作家联盟以后的中国文坛》，内含《左翼作家联盟及其主张》《“大众文艺”问题的讨论》《“第三种人”问题的论辩》《“大众语”问题的论战》四节。王丰园对左联的主张和各个问题的论战始末进行了较为详细的介绍，也进行了自己的评价，例如他认为“大众语派这种意见是无谓的争辩。因为在文化程度较低的中国，你就是用大众语写出能看得明白、听得懂、读得懂的语文来，也不一定大家都能听得懂、看得懂、读得懂。我总觉得凡用笔写出来的文与大众口里说出来的话总不能完全符合，所以我以为问题在乎义务教育的实施，不在乎标新立异的空谈，况且谈大众语的人，毕竟是知识阶级，还有些简直是官僚买办阶级。他们是不经实际考察的空想家，对这些先生们，我只希望他们不要再写八股式的白话文同语录体罢了”。[③] 王丰园从义务教育的实施来谈大众语的确是一语中的且发现了问题关键，这说明他自己还是有一些见解的。

① 王丰园：《中国新文学运动述评》，新新学社 1935 年版，第 154—155 页。

② 同上书，第 157 页。

③ 同上书，第 184 页。

总之，王丰园的这部文学史引用别人的文字较多，他又没有标注，这使得我们很难区分哪些是他自己的观点，哪些是别人的观点。但其多方取舍，在取舍之间显示了他自己的文学史观，也算得上是一种创造。其对当时的文学运动的梳理、总结还是体现了当时的学术水准，可说这是一部集众家之长的文学史著吧。

七 吴文祺的《新文学概要》

吴文祺的《新文学概要》[①] 由中国文化服务社印行、亚细亚书局发行，于1936年4月出版，1989年上海书店将之收入“民国丛书”第一编文学类第58辑影印出版。该文学史分为两部分，分别为《总论》和《下编》。《总论》包含第一章《导言》、第二章《五四运动与文学革命》、第三章《文学革命的反响》、第四章《文学研究会与创造社》、第五章《五卅运动在文学上的影响》。《下编》包含第一章《诗》，这章分为两节，第一节为《第一期的诗论》，第二节为《第一期的代表作家》。从章节构思来看，该文学史著应该还没有写完就出版了，因为该文学史著前面是《总论》，这是对中国新文学的发生、发展及主要社团流派进行书写，在《下编》中应该是各文体的分论，这里只书写了有关诗歌的，还有关于小说、散文和戏剧的章节却没有完成。

该文学史著也注重从阶级斗争和政治经济的角度来书写中国新文学史。对“五四”以来的新文学的发生，他认为并不是突如其来的，因为“文学的进化也和社会的进化一样，是由渐变而至突变的。从渐变的过程看，便是所谓进化；从突变的过程看，便是所谓革命。假使没有先前的渐变，那后来的突变也不会发生。而且文学的变迁往往和政治经济的变迁有连带的关系。因此，我们要研究五四以来的新文学，一方面要知道五四以前的文学的演变，（另）一方面还要从政治经济的变迁中去探究近代文学的所以变迁之故”。[②] 既重视文学自身

① 吴文祺：《新文学概要》，中国文化服务社1936年版。

② 同上书，第1页。

的自律演变，又能同时考察政治经济变迁等文学外部的他律因素，吴文祺的文学史观点还是比较先进的。

正是按照这种观点，吴文祺在第一章《导言》中就叙说了鸦片战争之后帝国主义带来了资本主义的商品，同时也带来了资本主义的文化，戊戌维新运动就是资本主义运动，而康有为、梁启超、谭嗣同、夏曾佑、黄遵宪、林纾等人的文学主张和运动也具有资本主义性质，李伯元等人的谴责小说、王国维的文学批评都属于这类性质，所以"五四"文学的胎早在戊戌变法之后就已经孕育，而胡适、陈独秀等人只是接生婆而已。这种观点在前述的郭沫若的《文学革命之回顾》[①]中已经表述，这一点二人有相同之处。

在第二章《五四运动与文学革命》中，吴文祺介绍了文学革命的发生过程，而"五四"运动为文学革命的成功奠定了坚实的界石。他认为"'五四'是资产阶级对封建社会的总攻击，文学革命的目标，在内容上是反封建的，在形式上是反贵族的，当然适合于这新兴阶级的胃口"。[②] 在这里，他继续从阶级性质来强调文学革命的意义。同时，他批评郭沫若在《文学革命之回顾》中认为这次斗争的重心在思想、不在形式，文学上的白话文言之争是无关宏旨的小节是不正确的。"因为两千年来的文学，既脱不了封建思想的牢笼，旧瓶不能装新酒，形式上当然非另起炉灶不可，此其一；其次则白话明白清楚，可以作为思想斗争的有力的工具，这新兴的阶级当然要利用这新工具来作宣传自己主张之用的。"[③] 吴文祺对文学革命形式上的变革还是认同的，他并没有完全跟随郭沫若走，而坚持了自己文学史书写的独立立场，在这个问题上他与王哲甫在《中国新文学运动史》[④] 中的态度是不一样的。

在第三章《文学革命的反响》中，吴文祺介绍了针对新文学的三

---

① 麦克昂：《文学革命之回顾》，《文艺讲座》（第一册），冯乃超编，上海神州国光社 1930 年版。

② 吴文祺：《新文学概要》，中国文化服务社 1936 年版，第 28 页。

③ 同上。

④ 王哲甫：《中国新文学运动史》，北平杰成印书局 1933 年版。

次反对浪潮的代表人物：分别为林纾、学衡派和章士钊。他的态度明显是站在新文学运动这一边的，而对于反对派在言辞上则颇为讥嘲，对他们言之有理的地方也没有辩证分析。

在第四章《文学研究会与创造社》中，吴文祺认为新文学在建设阶段因为创作主张的不同分为两派：“一是写实派以‘文学研究会’为代表；（另）一是浪漫派以‘创造社’为代表。”① 同时，他分析了这两派之间的异同，“写实主义是暴露现实，浪漫主义是理想未来。其取径不同，但其反抗封建的文学则并无二致”。② 接着他引用弗理契的观点来说明这两种文学主张都属于资产阶级文学，因为“写实主义是资产阶级的艺术”，“浪漫主义实是资产者文学发达上的一个阶段”。③ 这就将文学风格及主张与阶级立场来挂钩了，显得有些僵化机械，因为写实主义和浪漫主义并不是一个阶级独有垄断的创作风格，在某种程度上它们甚至与作家的阶级立场无关。接着，吴文祺又介绍两个文学团体的成立、理论主张及分别受到的围攻。例如他认为“文学研究会”受到了三支人马的“围剿”，即“创造社”“留学欧美的绅士派”和“礼拜六派”。而对于“创造社”和“文学研究会”之间的矛盾他主要介绍了“创造社”攻击“文学研究会”垄断文坛和翻译外国文学的重译问题，吴文祺认为这都是冤枉了他们，他引用郭沫若的话来说明，这只是“文人相轻”和“行帮意识”的体现罢了。④ 而对于“创造社”当时受到更多青年的欢迎，他也进行了分析，大致与王丰园所论差不多，这里不再引述。

在第五章《五卅运动在文学上的影响》中，吴文祺认为“‘五四’是一个划时代的转变，‘五卅’也是一个划时代的转变”。⑤ 接下来，他详细论述了“五卅”对新文学的巨大影响：“因了五卅的刺激，唤醒了一部分文人的迷梦，使他们出了象牙之塔，走到十字街

---

① 吴文祺：《新文学概要》，中国文化服务社1936年版，第44页。
② 同上。
③ 同上。
④ 同上书，第55页。
⑤ 同上书，第59页。

头。另外一部分作者，在‘五四’时也是反抗旧思想的战士，但为自己的阶级所限制，不能跟着时代跑；因之对于新起的作家，起了一种反感，好像‘五四’时代的林琴南之对胡适、陈独秀一样。一个作家与社会生活不调和的时候，往往遁入艺术至上主义的宝岛。于是他们有的提倡新律体诗，疲精劳神于一字一句的推敲，而内容则离现实更远了；有的闭起眼睛来，做些除了作者自己以外没有人能懂的象征诗；有的提倡引人发笑的幽默小品；有的甚至于回过头去作五七言诗和格律严谨的词。总之，在‘五卅’以后，一般作家，显然走了两条不同的路：一是走到十字街头去斗争，（另）一是躲到象牙塔里去做梦。”① 在吴文祺的这番“五卅”运动之后的文坛描述中，我们发现他看见了“五卅”运动对新文学的巨大影响，这是与“创造社”等人的观点是一致的，这就将新文学以“五卅”运动为界分为了两期。很明显，他的态度是拥护那些走到十字街头斗争的。接下来，他又认为所谓十字街头的文学有着相反的两派，即“一是革命文学，（另）一是民族主义的文学”②，他这样不仅看到了它们的相同还看见了它们的相异，这与之前只注重这两派的相对立是不一样的，这也显示出吴文祺的独立立场。在对“创造社”和“太阳社”的介绍中，吴文祺批评了他们争夺文艺领导权的做法，而且他认为蒋光慈的作品技巧上很幼稚，而钱杏邨的作家作品论也并不正确，但是其对钱杏邨观点的引用则表明了革命文学论争有利于革命文学的源流考证，有利于历史资料的保存。然后他介绍了“左联”“民族主义文艺运动”的理论主张以及相关的文艺论争。而在逃避现实的文坛派别中，他介绍了“语丝社”“新月派”“象征派”诗歌以及幽默小品文学，将它们各自的流变进行了细致梳理，这应是当时文学史中较少见的。在这里，吴文祺再次引用弗理契的文艺观点来说明象征主义的阶级立场：“象征主义在本质上不外是唯美主义的印象主义之抒情诗的表现罢了。所以象征主义者们，一面也是纯粹的唯美主义者和纯艺术的口号之支

① 吴文祺：《新文学概要》，中国文化服务社1936年版，第59—60页。
② 同上书，第60页。

持者。他们在自己的诗中，不曾向着自身要求任何的功利的课题。社会的政治的动机，全然是与他们的诗无缘的。他们只努力于发现自己的我，但他们的我，却完全是个人主义的。"[①] 由此看来，他对象征主义文学还是比较排斥的。

在第六章《诗》中，吴文祺在第一节介绍了诗论，他选用的是胡适的《谈新诗》、康白情的《新诗的我见》、俞平伯的《诗底进化的还原论》、周作人的《诗的效用》，他也简短介绍了围绕"丑的字句"的讨论。在该章第二节中他主要介绍的是当时有代表性的诗人及诗作。他认为第一期的诗歌有两个特点：第一是"在形式上有两种相反的现象：a. 不脱旧诗词的影响。因为当时加入白话诗的尝试的人，大都是对于旧诗词用过一番工夫的人，一个不留心，旧诗词的鬼影即乘机出现。b. 有意要摆脱旧诗词的影响，使诗变成了白话的散文，以致诗味不免清淡一点。或者可以说不成其为诗，只是分行写的白话散文"。[②] 他认为这两种现象好像很矛盾，实际上是很自然的，因为"旧诗词的影响，是由于作者的无法摆脱，是无意的；等到作者有意要屏除旧的词藻时，便不免矫枉过正"。[③] 第二个特点是在内容上有"a. 人道主义的思想"；"b. 反对封建社会的礼教"；"c. 乐观的奋斗的精神"；"d. 诅咒现社会的黑暗"。[④] 接着他依次赏析了胡适、周作人、刘半农、康白情、俞平伯、傅斯年、朱自清、刘延陵、郑振铎、郭沫若、茅盾、沈玄庐、刘大白、汪静之等人的诗歌。在具体诗人诗歌的分析上，吴文祺多强调诗歌本身的艺术价值，而对其阶级性和政治立场较少涉及，这说明他注重到文学本身的艺术规律，而不是将其作为完全政治化的演绎。吴文祺对一些诗歌的解读也很有韵味，如他评价周作人的诗歌"不受旧诗词的影响，被人称为散文诗作者中最散文的一个。作风冲淡自然，充满着人道主义的色彩，他的《小河》，最有名，全般意义便在要求解放。他叙述小河被阻的无可奈何，实是

① 吴文祺：《新文学概要》，中国文化服务社1936年版，第78页。
② 同上书，第94页。
③ 同上。
④ 同上书，第95页。

说对于新潮流不应该加以阻碍。像此诗那样的细密的观察，曲折的理想，在旧诗词中是找不到的”。[①] 他批评康白情“虽长于描写，但记账式的毛病，有时也不能免”。[②] 他称赞朱自清的诗歌最善于利用“联绵字”“来帮助音节的和谐”。[③] 他惊叹郭沫若的《女神》与《星空》“笔致豪放，如骏马下坡，如山洪暴发，使读他诗的人都为他的笔力所震撼。但有些地方也不免失之粗暴。其对于社会与时代的认识，并不深刻，故思想上不免矛盾。如一方面对于现状感到不满，希望有一个新世界出现，但一方面又无条件的反对战争；有时有一点社会主义的倾向，但同时英雄主义的色彩仍非常浓厚；有时好像很积极，有时却逃避现实，渴慕古代恬淡无为的生活”。[④] 吴文祺对诗歌、诗人的分析虽然以简短点评为主，但时有精彩之论，遗憾的是其只书写了这一个小节。其在该章第二节应该是书写“五卅”运动之后的诗歌，但是并没有完稿，而其他体裁的文学作品也没有涉及，这使得该文学史成为“半成品”。

总之，首先，该文学史著用弗理契的文艺观点来论述各文学风格的阶级立场，这有失之简单的弊病。但这是其与郭沫若、华汉、钱杏邨等不同之处，都是从政治经济的立场去分析。吴文祺将阶级立场与艺术风格进行联系，而郭沫若、华汉、钱杏邨则是将社会政治势力、阶级身份与文学思潮相联系，这是两种不同的思路，但是有着共同的结论。这应该是马克思主义文学理论在20世纪30年代的初期运用，他们操作起来还不太娴熟，这是情理之中的事情。其次，他强调了“五四”和“五卅”这两次运动对文学的重大影响，并以此进行章节布局。特别是他对“五卅”运动及文学思潮的分析非常细致，尽管他主张革命文学立场，但是其对不同党派指导下的民族主义文学运动也并不批评，对逃避现实的“新月派”等也能予以完整介绍，这表现了一个文学史家应有的客观立场。最后，其在诗歌赏析中能够尽量

① 吴文祺：《新文学概要》，中国文化服务社1936年版，第102页。
② 同上书，第117页。
③ 同上书，第130页。
④ 同上书，第141页。

回到文学本身进行艺术分析，这坚持了文学史书写的艺术立场。

八 徐懋庸的《文艺思潮小史》

徐懋庸的《文艺思潮小史》于1936年由上海生活书店出版，以后多次重版，这里依据的是1946年大连大众书店出版的版本。[①] 该著分为十章，分别为《决定文艺思潮的力量》《上古和中世纪的文艺思潮》《文艺复兴》《古典主义》《从古典主义到浪漫主义》《从浪漫主义到现实主义》《所谓“世纪末”的文艺思潮》《二十世纪的种种倾向》《新现实主义》《中国文艺思潮的演变》。从作者的《前记》中可知，该著十章中的前九章都是他摘取外国人的文艺思潮著作而编成的，主要来自弗理契的《欧洲文学发达史》和柯根的《世界文学史纲》，而第十章《中国文艺思潮的演变》则是徐懋庸自撰。[②]

《中国文艺思潮的演变》叙述的是从“五四”运动至1936年间的文艺思潮。他这里仍是用唯物史观来对这段文艺思潮进行考察，他指出“五四”运动之前的两三千年的文学都是封建文学，随着民族资本主义的兴起，政治上才有辛亥革命和“五四”运动，文化上则有文学革命。他强调了“五卅”运动的重要性，民族主义文艺运动和“第三种人”的文艺主张都被书写成反左的文艺运动，最新的文学思潮是国防文学，而当时的形势是“第一，是日本帝国主义的侵略加紧”；“第二，是民族革命展现的扩大”。[③] 然后他指出，“在这种新形势之下，文艺界当然也克服了宗派主义，关门主义，共同以抗日救国为最大的目标，在这之下联合起来，进行斗争，建立国防文学”。[④] 可见他认识到国难以后的新文学成为一个重要阶段。

接下来，徐懋庸引用鲁迅和郭沫若的文字解释了国防文学：“国防文学，包含着各种各样的文学作品，从纯粹社会主义的以至于狭隘社会主义的。在这中间，进步的现实主义革命文学，不消说是依然存

---

① 徐懋庸：《文艺思潮小史》，大众书店1946年版。

② 徐懋庸：《文艺思潮小史·前记》，大众书店1946年版，第1页。

③ 徐懋庸：《文艺思潮小史》，大众书店1946年版，第106页。

④ 同上。

在，而且处于中心的地位的。鲁迅曾经说过：新的口号的提出，不能看作革命文学运动的停止，或者说‘此路不通’了。所以，绝非停止了历来的反对法西主义、反对一切反动者的血的斗争，而是将这斗争更深入、更扩大、更实际、更细微曲折，将斗争具体化到抗日反汉奸的斗争，将一切斗争汇合到抗日反汉奸斗争这总流里去。绝非革命文学要放弃它的阶级的领导的责任，而是将它的责任更加重、更放大，重到和大到要使全民族不分阶级和党派，一致去对外。这个民族的立场，才真是阶级的立场（《论现在我们的文学运动》）。郭沫若同样地说道：让我们推开窗子说句亮话罢。在目前的中国，只有进步的现实主义者才是真正的爱国主义者。而真正地有爱国热情的人，他所走的路也就是进步的现实主义的路，虽然他没有明确的意识（《国防·污池·炼狱》）。”①

徐懋庸得出结论：“总之，中国的大众，将通过民族革命的路而达到现世界最前进的国家所已实现的社会。”② 因此，中国的文艺将会发展到“一致的进步的现实主义的革命文学”。③

徐懋庸在这里引用了鲁迅和郭沫若关于国防文学的讨论，对于“两个口号”的论争他并不予以凸显，而只是将“国防文学”和“民族革命战争的大众文学”这两个口号予以融合，这实际上是对“两个口号”论争的模糊处理。一方面，这是表明他不想在读者面前暴露左翼阵营内部曾经出现重大分歧，发生过激烈争论，他想展示给读者左翼阵营是外敌当前、团结御侮的文学史形象。另一方面，我们也可以说，他故意不提及“革命战争的大众文学”这一口号，而是将这一口号的实际内涵挪移到“国防文学”中来，所以他在引用鲁迅原话之时进行了有意的裁剪。鲁迅在《论现在我们的文学运动》中对“民族革命战争的大众文学”进行了解释：“民族革命战争的大众文学，是无产阶级革命文学的一发展，是无产革命文学在现在时候的真实的更广大的内容。这种文学，现在已经存在着，并且即将在这基础

① 徐懋庸：《文艺思潮小史》，大众书店 1946 年版，第 106—107 页。
② 同上书，第 107 页。
③ 同上。

之上，再受着实际战斗生活的培养，开起烂漫的花来罢。因此，新的口号的提出，不能看作革命文学运动的停止，或者说‘此路不通’了。所以，绝非停止了历来的反对法西主义、反对一切反动者的血的斗争，而是将这斗争更深入、更扩大、更实际、更细微曲折，将斗争具体化到抗日反汉奸的斗争，将一切斗争汇合到抗日反汉奸斗争这总流里去。绝非革命文学要放弃它的阶级的领导的责任，而是将它的责任更加重、更放大，重到和大到要使全民族不分阶级和党派，一致去对外。这个民族的立场，才真是阶级的立场。”① 这一段话本是鲁迅解释“民族革命战争的大众文学”这一口号的内涵及外延，但是徐懋庸在这里引用之时，删除了前半截。于是就只出现了“新口号”及“新口号”的意义和目的，而这“新口号”是什么呢？由于“民族革命战争的大众文学”这一口号在徐懋庸的前文中没有现身，他多处提到的是“国防文学”这一口号，这使得鲁迅所说的“新口号”成了“国防文学”了。这样鲁迅就是“国防文学”这一口号的拥护者了。徐懋庸这部书的《前记》写于1936年11月，此书还没有出版，而鲁迅逝世于1936年10月19日，如果鲁迅此时还在人世，看到这样的引用，按他的脾气，他会不会再写一篇《答徐懋庸》呢？徐懋庸的用意何在我们就可想而知，何况他没有书写鲁迅已经去世这一当时的新文学史都会书写的重大事件也是事实。

或许，徐懋庸有意在掩盖他在“两个口号”论争中所扮演的角色。鲁迅的那篇《答徐懋庸并关于抗日统一战线问题》发表在1936年8月《作家》月刊第一卷第五期，也早在徐懋庸的这部书之前，他一定知道这篇文章的文学史地位，但是这里他予以了回避，这篇文章在该著中没有出现，而在当时其他文学史中却是一定会被论及的。

徐懋庸这样书写“国防文学”的深刻用意可能被后来的编者所察觉，所以在这之后的这部书的版本中，关于“国防文学”这些东西都被删除了，改成这样了：“到了一九三五—六年，由于中国形势的新变化，中国的文艺发展到了一个新的阶段——就是抗战文艺，左联

① 鲁迅：《论现在我们的文学运动》，《现实文学》1936年7月第1期。

于一九三六年自行解散，以便团结一切拥护抗战到底的作家。”

八年抗战锻炼了中国的作家。一九四二年毛著《文艺问题》给中国文艺界指出了正确的道路。在胜利后的今天，这个指示将益增其光辉。“为人民的文艺，其前途是无限远大的!”①

对这样的改动，编者曾在《前记》中进行了说明：“这次印行胜利后的第一版，可惜未能请远在北方的作者亲加修订，但第三、第十两章改动了某些字句及删削了两页多的文字，应在此声明。”② 其中的改动就是关于“国防文学”的那几段文字，而这种修改还不是徐懋庸亲自操刀，这说明编者对这段历史有着另外的看法。这之后，新中国书局（现名光华书局）于1949年6月的再版本就是这样的改动本，但1948年哈尔滨生活书店的版本还是老版本。1989年上海书店出版的“民国丛书”中也是原版本。笔者认为原版本可能更代表徐懋庸本人的观点和看法，也代表了他作为“两个口号”论争中的重要人物在书写这段历史的纠葛与尴尬。

九　李何林的《近二十年中国文艺思潮论》

李何林的《近二十年中国文艺思潮论》于1939年由生活书店出版，之后多次出版，版本众多，这里以近来流传广泛的1981年的陕西人民出版社的版本为准。③ 该文学史有以下特点：

首先，该文学史著的分期及分期标准比较独到。李何林认为近二十年的中国社会、文化、思想以及文学的大变化，有“五四”“五卅”和“九一八”三个划时代的日子作为界标，所以他按照这三个日子将1919至1937年差不多二十年间划分了三大段落，每个段落差不多占有六七年的时间，都有着不同的社会背景，而文艺思想也有着显著的转变，由此本书的内容就分为三编：“第一编——《五四前后的文学革命运动》：由一九一七年胡适发表《文学改良刍议》起，到‘文学研究会’和‘创造社’的对立及‘革命文学’思想的萌芽止

① 徐懋庸：《文艺思潮小史》，生活书店1947年版，第104页。
② 徐懋庸：《文艺思潮小史·前记》，生活书店1947年版，第2页。
③ 李何林：《近二十年中国文艺思潮论》，陕西人民出版社1981年版。

（即‘五卅’发生前）”；“第二编——《‘大革命时代’前后的革命文学问题》：由一九二六年郭沫若发表‘革命与文学’一文提倡文学革命起（但革命文学思想萌芽于‘五卅’前一二年），中经一九二八年对此问题的论争，到一九三〇和一九三一年进步的文艺理论及文学团体的建立止（即‘九一八’发生前）”；“第三编——《从‘九一八’到‘八一三’的文艺思潮》：由一九三二年文艺创作自由论辩和文艺大众化问题的提出讨论起，中经一九三四年的语文改革运动，到一九三六年的‘国防文学’和‘民族革命战争的大众文学’的论争以及鲁迅逝世前后的文艺界的团结止（即‘八一三’发生前）”。[①]

上述分期标准融合了政治、文化、文学等多种因素，体现了李何林的文学史观所受到的唯物史观的影响。他对前两个时期的划分在之前的文学史中就已有之，例如王哲甫的文学史就是以“五卅”为节点分为两个时期的，李何林这里又以“九一八”事变为界将后一时期分为两个时期，应该是他的创新。而之前谭正璧的《新编中国文学史》[②]也曾将新文学史分为“文学革命运动”“文学建设运动”“革命文学运动”三个时期，这是与李何林不一样的。这说明随着时间的推移，对新文学史的分期渐渐向三分法过渡，新文学的不断发展为文学史分期提供了另外的思考。

除了上述这种三分法之外，李何林还从文艺思想的阶级性来进行文学史分期，他认为这二十年的文艺界是受两种主潮支配着的：“即由一九一七年到一九二七年是资产阶级文艺思想较多和无产阶级文艺思想萌芽的时代；由一九二八年到一九三七年是无产阶级文艺思想发展的时代。每一时代又恰恰平均占有十年的时间。”[③]而且他还具体将每个十年分为初、中、末三期。

前十年的三个时期为：“初期（一九一七——九二〇年），即‘五四’前后的各一二年，是反封建文学的斗争时期，奠定了资产者的白话文和‘新文学’的基础”；“中期（一九二一——九二四年），

① 李何林：《近二十年中国文艺思潮论·序》，陕西人民出版社 1981 年版，第 9 页。
② 谭正璧：《新编中国文学史》，光明书局 1936 年版。
③ 李何林：《近二十年中国文艺思潮论·序》，陕西人民出版社 1981 年版，第 10 页。

为‘文学研究会’与‘创造社’的对立时期。这时资产者社会的文艺思想或创作方法论：写实主义与浪漫主义，‘为人生而艺术’和‘为艺术而艺术’，取着对立的形势而同时存在，反映了欧洲十八和十九世纪的资产阶级文学的意识形态”；“末期（一九二四——一九二七年），为浪漫主义的‘创造社’渐渐转变，由‘唯美’‘为艺术’而‘为人生’‘为社会’、而‘为革命’‘为无产阶级’。这转变开始于‘五卅’的前一二年（即一九二三年和一九二四年，也就是革命文学思想萌芽的时候）。‘五卅’后一年才正式提出了‘革命文学’的问题。到一九二七年以后这问题才引起了一次大的无产阶级文艺思想的运动，但那已属于后十年了。”①

后十年也被为初、中、末三期：“初期（一九二八——一九三一年），由一九二八年‘革命文学’或‘无产阶级文学’问题的论争，使文艺思想有进一步的发展起，至一九三〇年‘左联’的成立，及由此到一九三一年‘九一八’发生前反动的‘民族主义’文艺思想的昙花一现止”；“中期（一九三二——一九三四年），为‘左联’领导着文艺思想界，向实际问题上求解决、求发展的时期。如一九三二年的文艺自由论辩和大众文艺问题的讨论、一九三四年语文论战时的反封建文言文的复古运动、反欧化的白话文的论争、‘大众语’的讨论和‘拉丁化’运动”；“末期（一九三五——一九三七年），为左翼文艺思想作为主要的势力支配着‘新文学’的领域。反对派（封建的、资产阶级的）的文艺思想虽尚有其社会的影响与势力，但他们的理论已不足与左翼对敌。这时左翼方面（并非仅只‘左联’）为着文艺与现实社会政治联系的口号问题，遂自行论争起来；就是一九三六年的‘国防文学’和‘民族革命战争的大众文学’的论战……在鲁迅逝世前，有感于国难日急，新旧各派已有团结御侮的表示了。”②

李何林按照文艺思想阶级性的发展来进行划分，明显可以看见之前的文学史分期对他的影响。这种文学史分期非常具体，当然也会让

① 李何林：《近二十年中国文艺思潮论》，陕西人民出版社1981年版，第10页。

② 同上书，第10—11页。

人感觉太过琐细和机械，这是由他自身的政治立场和阶级归属所决定的，他重在梳理无产阶级文学思想在萌芽时期与资产阶级的斗争以及到最终成为文坛主要思潮的历史发展规律。

其次，该文学史著资料丰富但不是排列资料，而是注重各个作家之间的思想碰撞。李何林在1981年的《重版说明》中曾对这部书的编写方式进行了说明，他认为这本书，严格点讲，“不能算是近二十年中国文艺思想斗争史，因为我没有总结出它的‘史’的发展脉络或规律，我只稍稍提到每次斗争的社会政治背景和原因，以原始资料为主。因此，只能叫作文艺思想斗争史资料‘长编’，不是‘史’。所以就仿照《欧洲近代文艺思潮论》这书名，名为《近二十年中国文艺思潮论》，是我在‘论述’这二十年间文艺思想潮流的状况，以潮流的本身表现为主”。[①] 这段话正说明了该思潮史著作的一大特征，那就是他主要是资料“长编”，是“以潮流的本身表现为主”，而少总结“‘史’的发展脉络或规律”。但是，这种资料性的总结与张若英所编的《中国新文学运动史资料》还是有着不同，李何林并不是全文录入排列，这从他的编写体例也可见一斑。该书每编之中都有《绪论》，是对一时段的社会背景进行介绍。每编第一章是《概论》，是对这一时段的文艺思想界进行概述。接下来的章节就是书写出每时段的主要文学思潮主张，然后分别是各派代表性人物对这一文学思潮的回应。这种编排体例注意到各种观点之间的斗争碰撞，并比较出他们的差异性和共同性，还对他们所讨论的话题追根溯源，清查出问题的起因，并对此问题发表自己的看法，这种文学史体例还是非常科学的。

在这里，我们从其第一编《五四前后的文学革命运动》的书写就可以了解其编写体例。该编《绪论》是“由‘五四’到‘五卅’的文艺思潮之社会背景”，这章主要叙说新文化运动是中国资本主义文化反对封建思想，但是“中国资本主义有先天后天的缺陷：先天的缺

---

① 李何林：《近二十年中国文艺思潮论·重版说明》，陕西人民出版社1981年版，第1页。

陷是资本主义不能全靠自力诞生，而必须靠外力促成；后天的缺陷是新兴工业在外压力的松懈中兴起，一等到大战平息了，旧有的外压力回复以后，中国的工业化过程是遇着最大的暗礁了，停滞了”。[①] 这种先天不足、后天夭折的中国资本主义经济反映到新文学运动上来，“是先有代表封建古文势力的林纾、‘学衡派’（梅光迪、胡先骕等）及‘甲寅派’（章士钊等）的进攻，后有新文学运动的首脑人物的投降、胡适等‘整理国故’去了。这新文化运动的阵营内的分化：一派向着整理国故的路上走，（另）一派向着科学的世界观的大道上迈步前进，代表着社会阶层的两种势力；一种是投降于封建势力的资产阶级，（另）一种是进步的小资产阶级的知识分子（他们当时自然仍是资产阶级的思想意识），劳动阶级的势力是要到‘五卅’才抬起头来的”。[②] 这是从资本主义经济和不同阶级的文化主张来论述当时的社会背景的。

该编第一章就是《概论——从一九一七年到“五卅”的中国文艺思想界》，介绍当时的文坛整体形态，分别书写了《文学革命的经过》《林纾的反对》《“五四”推动了白话文的发展》《“学衡派”的反对》《整理国故问题》《“甲寅派”的反对》《文学研究会与创造社的对立》。从这些标题上可见，这是对这一时期的文学史事实进行介绍。

该编第二章是《文学革命运动的“思想和形式”的主张》，这章重在介绍陈独秀、胡适、钱玄同、刘半农等人的文学革命主张。该章包含五节，前三节是介绍文学革命的内容：《“历史的观念”和进化论的思想》《反“文以载道”和反封建的思想》《主张“写实文学”和朦胧的社会思想》；后两节是介绍文学革命的形式：“反文言文的不彻底”“白话文不与口语接近”。李何林从三个方面来陈说文学革命的内容主张，从两个方面来论说文学革命的形式主张，很少有文学史这样细致的分析。他认为：“五四时代文学革命运动的理论主张方

① 李何林：《近二十年中国文艺思潮论》，陕西人民出版社 1981 年版，第 6—7 页。
② 同上书，第 7 页。

面，虽然有它不可泯灭的功绩——在形式方面的反封建的解放斗争上，表示了前进；但在思想内容上则表现着模糊或朦胧。即在形式方面也流露出非常动摇、游移和妥协的态度。这结果，一方面是给文言文留下了许多底盘，而另一方面却在白话文内部也混进了文言文的成分。这就是以后‘白话文言化’和一九三四年汪懋祖等‘文言复活’运动的根源，而这根源正是五四时代白话文运动者有意无意种下的。虽然除此以外也还有它的封建残余的社会根源。”① 李何林从文学革命的理论主张本身来说明后来“文言复活”的历史原因，看出了文学革命理论主张中犹豫游移之处，这还是有一定新意的。

该编第三章书写的是《与反对者的论争》，这里分为三节，依次为《林纾》《“学衡派”》《“甲寅派”》，介绍了反对文学革命的三次浪潮。第四章是《文学研究会与创造社》，这章分为四节，依次为《写实主义与浪漫主义同时存在的社会基础》《写实主义的文学研究会》《浪漫主义的创造社》《对立的统一与“革命文学”思想的萌芽》。在这里，每个小节都对每一个社团和派别的具体理论主张以及相互之间的驳难进行了介绍。

李何林的这部书能够产生长久的较大影响，与他采取的这种文学史叙写方式分不开，他“系统地收集、整理屡次文学论争以及各种代表性创作观念等方面的材料，由此还原与返观历史”②，再现了当时各文学流派的论争和对话态势，这在中国新文学史编撰史中还是第一次。

最后，李何林的文学史事实分析总体上是以“左联”作家的文学史结论为主，但也有着自己的倾向性。例如，在对文学革命爆发原因的分析以及对整理国故运动、“新月派”文艺主张、民族主义文学运动等评价上，李何林都是站在“左联”的文学立场上进行批评，实际上他是将郭沫若、华生、钱杏邨、鲁迅、茅盾、瞿秋白等人的意见予以综合后加以书写，具体来讲，是革命文学之前的论述是按照郭沫

① 李何林：《近二十年中国文艺思潮论》，陕西人民出版社1981年版，第46页。

② 温儒敏：《40年代文学史家如何塑造“新文学传统”》，《中国现代文学研究丛刊》2003年第4期。

若、华生、和钱杏邨等“创造社”和“太阳社”的观点去进行论述，而革命文学本身及评价则是按照鲁迅、茅盾、瞿秋白、冯雪峰等人的论点进行裁断，这是当时很多新文学史书写的主流。在这些人之中，李何林最认同的应该是鲁迅和瞿秋白，他在书的前面专门凸显了这两个人的文学史和思想史地位，将两人的大幅照片予以印制，并命名为“现代中国两大文艺思想家”，可见他对这两人的推崇，所以该文学史对这两人的文艺观点多所引用，并予以赞同。

李何林的文艺观点基本上是“左联”的文艺观点，这在许多方面有所体现。例如，他指出：“鲁迅、茅盾和所谓‘语丝派’的其他作者之间对革命文学或无产阶级文学虽有态度和识见之差，但大体讲来，实非普罗文学的真正敌人。因为大家（连‘创造社’‘太阳社’在内）同是‘革命的小资产阶级作家’，斗争的对象应是帝国主义或资产者的‘意识代表’及封建文人，是不应该作‘内讧’的。”① “中国革命的性质，注定了革命的小资产阶级的历史任务之一，就是反欧化绅士的文人学者，而欧化绅士的文人学者对于革命文学运动，也不会放松他们的历史所赋予的斗争任务的。在当时《新月》月刊上发表的《‘新月’的态度》和梁实秋的《文学与革命》两篇文章，也就是这斗争的宣言。”② 可见，李何林是将文学思想的不同视为两种不同阶级的生死搏斗，这样“新月派”的徐志摩、闻一多、梁实秋、胡适、沈从文在李何林的这部文学史中就成了负面受批斗的文学史形象。同样遭受这种命运的当然还有“民族主义文艺运动”③ “创作自由”“第三种人”等文艺主张，李何林都是站在“左联”的文艺立场上的。

尽管李何林始终是以鲁迅和瞿秋白为精神领袖，但是其在书写鲁迅深陷其中的“两个口号”的论争时，还是指出：“在中国，‘宗派主义’或者‘小集团主义’是和‘私人关系’分不开的；因此这一次口号之争的原因，学术地讲起来固然‘宗派主义’从中作祟，但

① 李何林：《近二十年中国文艺思潮论》，陕西人民出版社 1981 年版，第 226 页。

② 同上书，第 227 页。

③ 同上书，第 263 页。

是私人间的‘纠纷’或‘芥蒂’也起着很大的作用。”[①] 而他对这两个口号的各自内涵和意义也进行了清晰的剖析。

十 朱维之的《中国文艺史略》

朱维之的《中国文艺史略》于1939年由合作出版社出版，1946年又由开明书店出版，这里讨论的是1946年的版本。[②] 该文学史分为九章，依次为:《序论》《北方现实思潮底发达（西周至春秋)》《南方浪漫思潮底发达（春秋战国)》《南北思潮底合流（秦汉魏晋)》《佛教思潮底勃兴（东汉至盛唐)》《社会问题和复古运动（盛唐、中唐)》《唯美主义底高潮（中唐至北宋)》《民族意识底抬头（宋、元)》《古典主义（元、明)》《浪漫主义（明、清)》《写实主义（清以来)》。

首先，该文学史著对新文学思潮的源头进行了追溯。在第九章《写实主义（清以来)》中，朱维之写出了清代以来的写实主义的发生、发展，分别为四个小节:《科学精神和实践思潮》《清代小说底写实倾向》《古文和诗底写实倾向》《“五四”以来新文学底主潮》。从这样的小节安排来看，朱维之是从整个清代以来的文学思潮来看新文学思潮的。他认为，从清朝以来的科学精神，一方面是由于明末王学反动的内因，另一方面是西洋科学精神的输入。这既注重到中国写实精神的自发出现，也考虑到外国科学精神的输入。他谈到了利玛窦、艾儒略、汤若望、南怀仁等对中国实践哲学和学术方法的影响，这就将新文学的源流追溯至晚明及清代了，这个思路与周作人有异曲同工之妙。一个是强调写实主义的科学精神和实践哲学，另一个是凸显“言志派”文学的发端。这样一来，我们就看见清朝本身就有浪漫主义文学思潮和写实主义思潮，而新文学是其写实主义思潮的发展。

其次，朱维之对二十多年的新文学思潮进行了概括。他认为:“二十年来的文艺思潮，是相当地紊乱的；但它底主潮却是写实主义。

① 李何林:《近二十年中国文艺思潮论》，陕西人民出版社1981年版，第513页。
② 朱维之:《中国文艺史略》，开明书店1946年版。

因为当“五四”运动时，初从旧思想、旧制度中求得解放，饥不择食的从西洋输进各种思想、各种主义来，一时形成混乱的现象；但从最初起，其中最雄大的主流，便已是写实的文学，后来又慢慢地齐起脚步来，走上新写实主义的大道。”[①] 这样他就将二十年的新文学思潮走向进行了提炼，即新文学思潮从写实主义走向新写实主义。朱维之认为新文学都是写实主义，这与梁实秋在《现代中国文学之浪漫的趋势》[②] 中将“五四”新文学定性为“浪漫”趋向的文学和不合常态的文学是截然相反的。如果将二者进行比较，会发现各自的立论依据和观点阐释的不同。

最后，朱维之针对一些具体文学流派，阐明了它们的写实主义的精神。他指出：“许多人说‘文学研究会’底写实是很明显的，但初期的“创造社”却是很浪漫的。其实不然，它们虽曾倾倒于西洋浪漫作家，但他们底作风仍多写实的倾向。如张资平小说底技巧，完全是写实主义的技巧；成仿吾论新文学底使命……这完全是自然主义的态度；郭沫若底牧歌情趣和郁达夫底被视为颓废派，确有浪漫的气味；但他们多取材于日常生活底实录，能正确地表现自己和时代。况且他们俩不久也改了作风，走上新写实主义的路了。”[③] 这里对“创造社”写实精神的阐释或许与许多文学史不一样，而这恰与当时“创造社”的自我认同有一定关系，他们也多次阐明自己的文学主张并不全是浪漫，而后他们与“文学研究会”的区别也并不是那样泾渭分明。

朱维之还指出：“一九二五年以后，各种思潮都受了检讨而扬弃了，除了少数作家以外，大家都有新写实主义的倾向，步伐愈走愈齐……因为在这转换的大时代里，大家都不能不注目看一看现实的炼狱，而加以分析、解剖。但也有少数的浪漫作家，仍旧只躲在象牙塔里而不愿多看几眼的。”[④] 这里的“新写实主义”应该就是革命文学

---

① 朱维之：《中国文艺史略》，开明书店 1946 年版，第 157 页。
② 梁实秋：《现代中国文学之浪漫的趋势》，《晨报副镌》1926 年 2 月 15 日。
③ 朱维之：《中国文艺史略》，开明书店 1946 年版，第 158—159 页。
④ 同上书，第 159 页。

运动。从这番话中也可看出，朱维之是主张新文学应该走向写实、关注现实、拥护革命文学的，所以他对徐志摩的文学主张及创作实践并不赞同。他接着指出：“其他逃避现实的诗人们，也渐渐消沉，或者转向现实方面来了，王独清便是个转向的好例。”① 对王独清的表扬、对徐志摩的批评，正彰显了朱维之自己的文学理念，这也体现在他对新文学未来思潮的展望中：“目下中国文坛底趋势，很明显的是以新写实主义为中心思潮，最近的将来也必继续这个主潮而发展，光明而灿烂的时期，不久便要到来了！”②

综上所述，我们发现，本时期以唯物论为理论指导的新文学史书写有以下几个特征：其一，是注重联系当时的国内政治形势、阶级斗争演变来进行文学运动和作家作品的分析赏鉴，资产阶级、小资产阶级、绅士阶级、无产阶级成为他们常用的名词概念，由此对应着不同的文学运动、文学流派及作家作品。其二，革命文学被书写为“五四”文学的进化阶段，前者是无产阶级的文学运动，是真正的大众文学，而后者则是资产阶级和小资产阶级的文学，属于贵族文学。后来，因为鲁迅等人的批评，革命文学自身的文学成绩并没有受到大家认可，但是他们对两种不同文学运动的性质划分仍被接受。其三，在具体文学史社团和作家层级上也有了不同区隔：在初期，郭沫若、蒋光慈的文学史地位得以抬高，而胡适的文学主张得以贬低，鲁迅的文学史形象变成呐喊彷徨之后的转变修正，“创造社”的地位高于“文学研究会”；在后期，其他变动不大，唯有鲁迅的文学形象再次变得辉煌，特别是其逝世之后。

第二节 以周作人为代表的循环论的新文学史书写

循环论历史观念在晚清民初颇有影响，梁启超就曾用过渡时代、

① 朱维之：《中国文艺史略》，开明书店 1946 年版，第 160 页。
② 同上。

革命时代、停顿时代这三个历史概念来讨论世界历史与中国历史的循环发展。[①] 而朱星元的《中国近代诗学之过渡时代论略》[②] 就套用这种历史观念进行诗歌史书写。他认为之前的诗歌都处于停顿时代，而“诗界革命”的“新学之诗”则是诗歌的过渡时代，此后的文学革命的白话诗则是诗歌的革命时代，白话诗歌之后就会进入停顿时代。一定时段之后，新一轮过渡时代、革命时代及停顿时代又会到来，这种回环往复的过程就构成了中国诗歌的发展历史。这种循环论的文学史观念在新文学史书写上则以周作人的《中国新文学的源流》为代表。

《中国新文学的源流》是1931年周作人受沈兼士的邀请去辅仁大学讲演《中国的新文学运动》的讲稿，邓恭三听讲后予以记录整理后由北平人文书店于1932年9月出版，1988年该书得以影印出版，这里以此版本为研究对象。[③] 该文学史具有以下特点：

首先，周作人提出了纯文学观点。在第一节《关于文学之诸问题》中，周作人谈了几个问题：“文学是什么”“文学的范围”“研究的对象”“研究文学的预备知识”“文学的起源”“文学的用处”。通过对这些问题的讲述，他提出了自己的纯文学观点。他认为：“文学是用美妙的形式，将作者独特的思想和感情传达出来，使看的人能因而得到愉快的一种东西。”[④] “文学和宗教两者的性质不同，是在于其有无‘目的’：宗教仪式都是有目的的，而文学则没有。”[⑤] “文学只有感情没有目的。若必谓为是有目的的，那么也单是以‘说出’为目的。”[⑥] “我们当作文学看的书籍，宗教家常要用作劝善的工具。”[⑦] 至于文学的用途，他认为“文学是无用的东西。因为我们所说的文学，只是以达出作者的思想感情为满足的，此外再无目的之可言。里

① 梁启超：《过渡时代论》（1901年），《饮冰室合集·文集之六》，中华书局1989年影印本，第27页。

② 朱星元：《中国近代诗学之过渡时代论略》，无锡锡成印刷公司1930年版。

③ 周作人：《中国新文学的源流》，上海书店出版社1988年影印版。

④ 同上书，第10页。

⑤ 同上书，第27页。

⑥ 同上书，第27—28页。

⑦ 同上书，第28页。

面，没有多大鼓动的力量，也没有教训，只能令人聊以快意一点，也可以算作一种用处的：它能使作者胸怀中的不平因写出而得以平息：读者虽得不到什么教训，却也不是没有益处的”。[①] 而就文学的研究范围来看，他并不是狭隘的纯文学论者，因为他觉得文学是一种金字塔的整体构造，金字塔的上层部分是纯文学、而下层部分分别为通俗文学和原始文学，他希望研究文学的都要注重。但他始终是以纯文学的观点来谈论中国文学史的，他自己也承认，“我便想以此点作为根据，应用这种观点以说明中国新文学运动的情形和意义，它的前因和它的后果”[②]。

其次，周作人以纯文学观点为标准对整个中国古代文学史和新文学史进行了新的循环论阐释。他认为文学从宗教分化出来之后有了两种不同的潮流：诗言志——言志派；文以载道——载道派。而“这两种潮流的起伏，便造成了中国的文学史”。[③] 这两派文学是相互循环，“在过去所走并不是一条直路，而是像一道弯曲的河流，从甲处流到乙处，又从乙处流到甲处。遇到一次抵抗，其方向即起一次转变”。[④] 按照这种文学史发展理念，他对中国文学在不同时代的风貌进行了描画。

在对中国文学史的循环发展线索进行概括之后，周作人才来考察中国新文学处在中国文学史循环发展的具体链条以及其在这一阶段的前因后果。他说道：“要说明这次的新文学运动，必须先看看以前的文学是什么样。现在我想从明末的新文学运动说起，看看那时候是什么情形、中间怎样经过了清代的反动、又怎样对这反动起了反动而产生了最近这次的文学革命运动。”[⑤] 按照他“言志派”和“载道派”相互循环的中国文学史发展线索，周作人这句话的意思是说，明末的“公安派”和“竟陵派”是“言志派”的文学时期，中间经过清代的

① 周作人：《中国新文学的源流》，上海书店出版社1988年影印版，第29页。
② 同上书，第28页。
③ 同上书，第34页。
④ 同上书，第35页。
⑤ 同上书，第36页。

反动，“载道派”又占据上风，而在“五四”新文学运动又成了“言志派”文学时期。对新文学运动属于“言志派”文学的判断，自然是周作人自己的文学观和文学史观的综合体现。所以在该部著作中，其在篇章结构中就按照这种叙事逻辑进行编排。第一讲《关于文学之诸问题》引出纯文学观念。第二讲《中国文学的变迁》将中国文学分为“言志派”和“载道派”，以此对中国文学史变迁进行简略梳理，然后重在对《明末的新文学运动》（他认为明末文学也有“新文学运动”——笔者注）中的“公安派”“竟陵派”及两派的结合进行介绍。第三讲《清代文学的反动（上）》重在讲述清末的“载道派”文学八股文；第四讲《清代文学的反动（下）》重在书写“桐城派”文学，他认为“桐城派”文学就蕴含着对八股文的反动。第五讲《文学革命运动》则论述文学革命运动对“载道派”文学的反动，而同时又和明末新文学运动根本精神之所以相同。从文学史叙述框架来看，周作人的《中国新文学的源流》和胡适的《白话文学史》《五十年来中国之文学》有异曲同工之妙，都是从中国文学史的发展潮流中推导出中国新文学运动发生的原因、源流，从而为自己的文学观和文学史观进行合法性论证。

但是，二者根本的不同就如前述，一是贵族的文言文学与平民的白话文学相互斗争，后者一直受到打压，最终平民的白话文学取得胜利，这是一种唯目的论的历史发展，平民的白话文学有如英雄一样经历过种种磨难最终赢得胜利的金杯，其中也隐含着胡适个人的文化英雄的自我想象；二是“言志派”文学和“载道派”文学的双线循环发展，二者彼此掣肘，“风水轮流转，各领风骚数百年”，这完全可以理解为，是与周作人在文学革命之后渐渐与其兄鲁迅开始占据文坛盟主地位这一形势有关。这一点早在1934年陈子展就对其予以揭露。陈子展认为周作人要说中国新文学的源流发源于公安“竟陵派”，“怕是他做了这次新文学运动的元勋之一还不够，再想独霸文坛，只好杜撰一个什么‘明末的新文学运动’，把公安竟陵抬出来，做这次新文学运动的先驱。而在这次新文学运动的元勋人物里面，只有他晓得讲什么公安竟陵，无疑的这次新文学运动的第一把交椅要让给他老先生，他老先生就很巧妙的争得中国新文学的正统什么了，文名就可以越发大起来；而且他平时收藏几部难得的公安竟陵派一类的偏僻书籍也无形涨起价来，可不是名利双收么?”① 当然，周作人自己在《小引》中对这种目的进行了掩护，他说这种循环论是他从说书人中受到启发的，“他们说三国什么时候，必定首先喝道：且说天下大势，合久必分，分久必合。我觉得这是一句很精的格言。我从这上边建设起我的议论来”②。

最后，周作人对胡适的文学观和文学史观进行了针锋相对的评说，并嘲讽了革命文学。如前述，周作人在中国文学史发展线索上，他不赞同胡适《白话文学史》中“以为白话文学是文学唯一的目的地，以前的文学也是朝着这个方向走，只因为障碍物太多，直到现在才得走入正轨而从今以后一定就要这样走下去”。③ 照周作人看来，“中国文学始终是两种互相反对的力量起伏着，过去如此，将来也总如此”。④ 从文学主张来看，周作人认为袁中郎所倡导的“信腕信口，皆成律度”“这八个字可说是诗言志派一向的主张，直到现在，还没有比这八个字说的更中肯的，就连胡适之先生的八不主义也不及这个字说的更得要领”。⑤“今次的文学运动，和明末的一次，其根本方向是相同的。其差异点无非因为中间隔了几百年的时光，以前公安派的思想是儒家思想道家思想加外来的佛教思想三者的混合物，而现在的思想则又于此三者之外，再加多一种新近输入的科学思想罢了。”⑥ 周作人还认为，“假如从现代胡适之先生的主张里面减去他所受到的西洋的影响，科学、哲学、文学以及思想各方面的，那便是公安派的思想和主张了。而他们对于中国文学变迁的看法，较诸现代谈文学的人或者还更要清楚一点”。⑦ 接着，周作人引录了袁中郎为江进之的《雪

① 陈子展：《不要再上知堂老人的当》，《新语林》1934年第2期。
② 周作人：《中国新文学的源流》，上海书店出版社1988年影印版，第4页。
③ 同上书，第36页。
④ 同上。
⑤ 同上书，第46—47页。
⑥ 同上书，第90页。
⑦ 同上书，第43页。

涛阁集》所作的序文中谈及的文学变迁观点，以此证明这比那些说"'中国过去的文学所走的全非正路，而只有现在所走的道路才对'要高明得多"。[①] 是哪些人说的这些话呢？周作人这里暗指的人中至少包含胡适，因为这种文学史观点的始作俑者就是他。

针对胡适所说的古文是死文字、白话是活的，周作人认为"古文和白话并没有严格的界限，因此死活也难分"。[②] 这样一看，似乎周作人并不主张白话文学，其实不然，周作人转而从诗言志的角度来论证白话文学盛行的必然：第一是"因为要言志，所以用白话"[③]，"想要表达现在的感情，古文是不中用的"[④]；第二是"因为思想上有了很大的变动，所以须用白话"，"由于西洋思想的输入，人们对于政治、经济、道德等的观念，和对于人生、社会的见解，都和从前不同了。应用这新的观点去观察一切，遂对一切问题又都有了新的意见要说、要写。然而旧的皮囊盛不下新的东西，新的思想必须用新的文体以传达出来，因而便非用白话不可"[⑤]。

而在作家作品的风格上，周作人还认为："胡适之、冰心和徐志摩的作品，很像公安派的，清新透明而味道不甚深厚。好像一个水晶球样，虽是晶莹好看，但仔细地看多时就觉得没有多少意思了。和竟陵派相似的是俞平伯和废名两人，他们的作品有时很难懂，而这难懂却正是他们的好处。"[⑥] 这样一来，新文学作家、作品就不是创新而带有复古的味道，这与胡适所自认为的文学史地位也不一样。

而在新文学与"桐城派"的关系上，周作人也与胡适不一样。胡适认为近代"桐城派"的影响，"使古文做通顺了，为后来二三十年勉强应用的预备，这一点功劳是不可埋没的"。[⑦] 而周作人则认为，

---

① 周作人：《中国新文学的源流》，上海书店出版社1988年影印版，第46页。

② 同上书，第103—104页。

③ 同上书，第105页。

④ 同上书，第107页。

⑤ 同上书，第111—112页。

⑥ 同上书，第52页。

⑦ 胡适：《五十年来中国之文学》，欧阳哲生编《胡适文集3》，北京大学出版社1998年版，第205页。

“桐城派”“到吴汝纶，严复，林纾等人起来，一方面介绍西洋文学，(另)一方面介绍科学思想，于是经曾国藩放大范围后的桐城派，慢慢便与新要兴起的文学接近起来了。后来参加新文学运动的，如胡适之、陈独秀、梁任公诸人，都受过他们的影响很大，所以我们可以说，今次文学运动的开端，实际还是被桐城派中的人物引起来的”。[①]周作人也认为二者有着不一样之处，那就是“桐城派”“他们的基本观念是‘载道’，新文学的基本观念是‘言志’，二者根本上是立于反对地位的。所以，虽则接近了一次，而终于不能调和”。[②] 他们二人，一个是淡化“桐城派”古文的文学史意义以强化文学革命的革命性，而另一个则强调其影响了新文学运动的发生，使得新文学运动的革命性有所减弱。

周作人与胡适对于晚清汉学家俞樾的臧否也不一样。胡适评价“俞樾的诗与文都没有大价值”[③]，但周作人却认为他是“以一个汉学家而走向公安派竟陵派的路子的”[④]。俞樾是俞平伯的祖父，又是国学大师章太炎的老师，章太炎又是周作人的老师，周作人又是俞平伯的老师，他们都是浙江人，这是否影响了周作人对俞樾的文学史评价远比胡适要高呢？

可见周作人和胡适的文学观有着根本的不同，一个注重纯文学，强调作家的情感和思想的抒发，以诗言志；另一个重在文学工具的变换，强调作家的身份与阶级属于贵族或平民。所以，他们在中国文学史的嬗变规律上有着进化论和循环论的不同演绎。但是他们有一个共同的立足点，那就是都在为新文学运动寻找逻辑性的源流起点，来对其发生、发展进行合法性论证。

周作人在讲演《中国新文学的源流》之时，正是革命文学大行其道之时，他不可能不对其进行臧否，只不过他的态度是比较隐晦

---

① 周作人：《中国新文学的源流》，上海书店出版社1988年影印版，第86页。

② 同上书，第87页。

③ 胡适：《五十年来中国之文学》，欧阳哲生编《胡适文集3》，北京大学出版社1998年版，第205页。

④ 周作人：《中国新文学的源流》，上海书店出版社1988年影印版，第89页。

的。前述他说，中国文学发展是“言志派”与“载道派”之间的循环，而“五四”文学是言志文学，按照这一循环论观念，接下来就是载道文学盛行，而接下来的正是革命文学，他实际上就是暗指革命文学是载道文学。他在讨论文学的用途也曾经说过：“欲使文学有用也可以，但那样已是变相的文学了。椅子原是作为座位用的，墨盒原是为写字用的，然而，以前的议员们岂不是曾在打架时作为武器用过么？在打架的时候，椅子、墨盒可以打人，然而打人却终非椅子和墨盒的真正用处。文学亦然。”[①] 可见，他对革命文学将文学视为革命工具的文学观念并不认可，但他在革命文学正当其盛之时没有公然树立起反对的旗帜，而是对其有意不予论及，这自然是他的“明智”之处。

总之，周作人的循环论文学史发展模式是不同于之前的文学史叙述的。之前，胡适的文学史著作多强调贵族文学和平民文学的并行发展，平民文学一直遭受压制，直到文学革命平民文学最终取得胜利。而唯物史观视野下的新文学史发展则是资产阶级的文学革命反对封建阶级的传统文学、无产阶级的革命文学又反对资产阶级的文学革命。这两种叙事模式都是进化的直线演进，而周作人则认为中国文学史的发展乃是“言志派”和“载道派”文学的相互循环，二者交替出现，此起彼伏，这与前两者都是不一样的。

第三节　保守论的新文学史书写

进化论和唯物论的新文学史书写都强调新兴文学是在原有文学基础上的进化，循环论在“言志派”和“载道派”文学之中也有着价值评判，二者交替出现实际上就是文学的兴衰发展，但是保守论却认为，文学的“革命”行动并不必然会带来文学的进步，反之，会引起社会的动荡与人心的浮躁，中国传统文学文化的精髓将会受到损伤。在20世纪20年代就有“学衡派”持这种保守的文学观反

① 周作人:《中国新文学的源流》，上海书店出版社1988年影印版，第31页。

对文学革命，在20世纪30年代则有卢冀野、钱基博以这种保守论进行新文学史书写。

一　卢冀野的《近代中国文学讲话》

1929年，卢冀野在上海光华大学讲授了一个学期的“近代中国文学”课程。俟课程结束，1930年5月，柳升祺、潘正译、周宸明、陆真如四位学生搜集整理的笔记在上海会文堂新记书局出版，名之为《近代中国文学讲话》。这里探讨的是2012年的在中国台湾出版的版本。[①] 该著凡四讲，体例按现代意义上的四大文类进行编排。第一讲《诗歌革命之先声》；第二讲《乔那律士姆与近代散文》（“乔那律士姆”，是英文Journalism的译音，可理解为报刊或报刊文章——笔者注）；第三讲《同光以来之小说家》；第四讲《剧坛之厄运及幸运》。从篇名可见其重在近代文学向新文学转换的历程，重在近代文学，所以在近代文学研究者眼中，非常重要。[②] 从中国新文学的书写上来看，也有几点值得我们关注：

首先，该著的时间划分不同一般。陈子展的《中国近代文学之变迁》认为近代文学开始于1898年，不同于胡适的《五十年来中国之文学》中的1872年，而卢冀野这本文学史著作与上述文学史著几乎同时出现，他的时期划分与这二人都不一样。卢冀野讲诗歌、散文、小说都是从同光时期说起，就是从同治、光绪年间开始，那就是从1861年到1908年间；而对近代戏曲的追溯则延伸到乾嘉时期前后，就是乾隆和嘉庆共同在位的时期，即1795—1799年间。这种文学史划分说明卢冀野并不认为四大文体有着统一的文学史分期，而是各自有着不同的特点，这似乎更符合各文体发展的实际情形。再就是这种文学史分期并不是以一个具体的年份作为精确的截止，而是给定一个长时间段的模糊空间，这说明，卢冀野认为文学的变化更动并不是忽

① 卢前：《近代中国文学讲话·散曲史——卢冀野论著两种》，秀威咨询科技股份有限公司2012年版。

② 胡全章：《卢冀野〈近代中国文学讲话〉的学术史意义》，《现代中文学刊》2010年第4期。

如一夜春风来，而是一个时代缓慢向前发展的渐进过程，这样可能更吻合文学史发生发展的原貌。

其次，该著非常重视文学文本的细读，类似我们现在的作家作品论的文学史著。这特别表现在其第一讲中。他点评了很多人的作品并进行纯文学性的鉴赏。例如，当时有人批评金和的诗歌“骨格凡猥”“口吻轻薄”，他却赞扬其“真能胆大的将整个的自己，无遮拦的表现出来了”，这就是“真挚露骨”的，但“今人（包括胡适——笔者附注）所最颂扬的”其用字通俗，卢冀野却认为这恰恰是金和“唯一的劣点”。[①] 这两种截然不同的评价，一是从诗歌的白话语言着眼的，二是从诗歌的诗味出发的。金和与蒋春霖被卢冀野认为是“能表现时代的诗人”，而“能表现近代中国人的生活，而且能表现得精细正确的，应当要推郑珍”。[②] 他认为郑珍的一些诗歌“都是中国人生活中之最有趣味，而且为人所知的琐碎。可偏是为一班诗人所忽视或欲言而不得言的。在精细的分析下来，我们不难看出他是完全脱胎于苏黄而直追韩杜的。但是他的诗又远非王、韦、柳一派徒骛遐想的所可比拟。有他那种对于当时社会深入的观照，又能驱使俗事以为诗料，更具描画入微的手段，所以《巢经巢集》这部诗集，实不愧为一面近代中国人生活的明镜了”。[③] 卢冀野的这番评论，既强调了诗人要做时代的诗人，又欣赏了诗人自家日常生活琐碎的诗性表达，其文学观念并不过时。他总结出黄遵宪诗歌创作的三个特点：能表现地方色彩和人情风俗；能合科学与文学为一；能运用平凡的物质生活以为诗。这表明“其所秉持的诗学标准，与梁启超‘以旧风格含新意境’的‘诗界革命’主张颇为接近，而与胡适的评价标准有较大差异——《五十年》只是在新诗的民歌化（代表平民文学的道路）和白话化（代表新诗的方向）等方面肯定黄遵宪诗歌的

---

① 卢前：《近代中国文学讲话·散曲史——卢冀野论著两种》，秀威咨询科技股份有限公司2012年版，第15页。

② 卢前：《近代中国文学讲话·散曲史——卢冀野论著两种·序言》，秀威咨询科技股份有限公司2012年版，第18页。

③ 同上书，第24页。

‘新光彩’”。①

最后，卢冀野对“五四”文学的态度根据不同文体会有不同表现，不是一味褒扬也不是一概否定。他自己也说，他虽然在某些方面借鉴了胡适的《五十年来中国之文学》和钱基博的《现代中国文学史长编稿本》，但却在“范围与立场”两个重要方面与之“有些不同”②，这表现在以下几方面：

其一，他强调了近代文学与新文学的衔接性和同一性。他认为胡适之所主张的“我要写什么便什么”，不过是黄公度的“我手写我口”的意思而已③；而梁启超所创“新文体”出现之后，中国才有报章文学，我们的文字才开始与民众接近，为后来语体文的根源。④他认为近代诗歌分为两派：“一派是保守的，其唯一的工作，还是模仿李白、杜甫的风度，迷恋着过去。另一派是改进的，其任务是向外国去找寻新的题材。极力介绍雪莱、拜伦，神往于西洋诗的风格。这两派各树一帜，互相反对，坚持不下。”⑤而“改进派”所采取的手段，他认为分为三步：“第一步，是材料方面，这和时代背景是有密切关系的。因为现在科学文明进化的缘故，所以才有黄公度会想到以电报、火车、照相等做诗料，这是‘非保守派’诗人所敢或所能尝试的。第二步，是工具方面。如胡适之主张用白话作诗，以为文言是古人的工具，已不复适于表现今人的思想和情感了。第三步，是体裁方面。最近像徐志摩、闻一多这班人，主张用西洋诗体做中国诗，就是纯粹的中国字句，来写外国诗。”⑥可见他并不认为黄公度等人的新体诗和胡适、闻一多等人有什么不同，而认为他们都是诗歌的“改进派”，只不过分别是从诗料、工具和体裁等不同方面进行改进的。而

---

① 胡全章：《卢冀野〈近代中国文学讲话〉的学术史意义》，《现代中文学刊》2010 年第 4 期。

② 卢前：《近代中国文学讲话・散曲史——卢冀野论著两种・序言》，秀威咨询科技股份有限公司 2012 年版，第 6 页。

③ 同上书，第 26 页。

④ 同上书，第 82 页。

⑤ 同上书，第 72—73 页。

⑥ 同上书，第 73 页。

从卢冀野自己曾出版的新诗集《春雨》[①] 和《绿帘》[②] 来看，他的新诗创作实际上凝结了新旧两种诗歌的特色，“不追求韵脚平贴，使用俗字俗语和新式断句方法；又不脱旧体词曲的痕迹，字句、典故的运用非常娴熟，重情致、营意境的手法与传统诗词毫无二致”，“所以他的诗集一出版，就有人对这种诗歌的归类提出质疑，认为不是纯粹的新诗，又和旧体诗差别很大”。[③] 旧的诗歌需要改革，但光改换为白话是不够的，还应回到诗歌的本质上来，在新旧之间调和以创造中国风味的诗歌，这才是卢前的诗歌理论与创作方向。

其二，他对文学革命及新旧争论进行了一种似乎中立实际贬斥的批评。在写胡适与陈独秀所发起的文学革命之前，他写下了这么一段文字：“自从清季以来，我国军事上外交上皆节节失败，于是国人对于西洋文化引起了相当的注意，这未尝不是一种好现象。而其末流一般青年，到外国跑了一趟，无论何事，皆崇拜西洋化，把人家的主义，生吞活剥，来改革我的固有，适足以造成一种非中国式的东西。文学界的文体改革运动，也便从此产生了。”[④] 这些“末流青年”暗指的是谁，我们可以从中猜到，更何况他接着写的就是胡适的“八事”和陈独秀的“三大主义”。他也写了林纾及“学衡派”等人的反对意见，特别强调了吴芳吉的四篇文章，其引用第四篇篇幅较大，俨然此人影响甚大，而实际上该人在其他文学史著中很少书写。最后他总结到：“文学革命，提倡者和反对者，皆持之有故；言之成理；孰是孰非，姑且不论。然而白话在今日已经成为一种很风行的体裁。不过白话在文学上有否价值。还是一个疑问。”[⑤] 这种观点在胡先骕评论胡适的文章《评胡适〈五十年来之中国文学〉》[⑥] 中就已表达，在1929 年卢冀野还来说这番话，我们倒觉得他心中有愤愤不平之感，

① 卢冀野：《春雨》，南京书店 1926 年版。

② 卢冀野：《绿帘》，上海开明书店 1934 年版。

③ 张勇、江倩：《新与旧的碰撞——论卢前的新诗创作》，《名作欣赏》2009 年第 17 期。

④ 卢前：《近代中国文学讲话·散曲史——卢冀野论著两种》，秀威咨询科技股份有限公司 2012 年版，第 86 页。

⑤ 同上书，第 92 页。

⑥ 胡先骕：《评胡适〈五十年来中国之文学〉》，《学衡》1923 年 18 期。

他对文学革命的排斥态度已经溢于言表了。

其三，他对新文学不同文类的成绩进行了不同一般的臧否。他批评了新诗的理论主张和创作成绩。他认为“没有一颗真的心灵在活跃着”，这是保守派诗歌“不复能得人心”“绝无希望”的唯一的理由[①]；同样，他批评胡适所主张的白话诗也没有成功。“第一，胡适之主张用白话写诗，这绝不是澈底的办法，要晓得白话、文言，只是作诗的工具。现在要把文言改做白话，只是把工具改换了，诗的本质自己，还是不曾更动。”[②] 那诗的本质是什么，我们从前述他对金和、蒋春霖及郑珍的评价中就可以看出他的主张。“第二，中国陈腐的诗之需要改革，是毋庸讳言，可是我们得记清，现在我们所要创造的，是中国的新诗体，可绝不是中国字写的外国诗。”[③] 看到这里，我们或许会想到草川未雨的主张。

对于散文，卢冀野批评了胡适对章士钊的“误解”。他认为章士钊“能够把中国的墨子、印度的因明、西洋的逻辑，镕冶于一炉；比较梁启超、胡适等一般人物要高一些”。[④] 接着他举了章士钊的短评《爵气》进行了赏析，并指出，“胡适以为他的文章，只见整严，而不及社会，没有效力。这是胡适不能欣赏他的文章!”[⑤] 卢冀野还认为章士钊的《五常解》“用西洋文化来解释中国文化”，来“说明仁义礼智信皆起于男女爱悦之情”，“不但在文学上有很高价值，而且在学术上也有很大影响，也可说是将来沟通中西文化之先声”。[⑥] 这样章士钊的文学史形象一下子高大起来，与他在其他新文学史中的顽固形象有着云泥之别。

卢冀野对新文学的小说表现出赞美之情。在第三讲《同光以来之小说家》中，卢冀野虽然没有介绍一部“五四”以来的小说，但是

① 卢前:《近代中国文学讲话·散曲史——卢冀野论著两种》，秀威咨询科技股份有限公司 2012 年版，第 73 页。

② 同上。

③ 同上。

④ 同上书，第 84 页。

⑤ 同上书，第 85 页。

⑥ 同上书，第 85—86 页。

对其还是极为赞颂的。他介绍了"《红楼梦》之余响及其反响""《三侠五义》之流行及公案之摹拟""李、吴两家之崛起""刘鹗的《老残游记》""东亚病夫之《孽海花》""小说界之曙光"。在这里，他借鉴胡适和鲁迅的观点较多，这或许因为卢冀野自己是一个诗人兼戏曲研究专家，对近代以来小说关注不多造成的；但他还是在《小说界之曙光》中介绍了林纾所翻译的大量西洋小说和苏曼殊的几部作品，认为其"剪裁结构描写，都有异于从前笔记小说的地方。从此章回体渐渐绝迹，小说界大放光明了"[①]，这就体现了他对"五四"小说的态度。

卢冀野重视戏剧的舞台性、戏剧性和群众性，所以他对话剧整体上还是很推崇的。他先介绍了李笠翁与蒋士铨两个人的戏剧，指出前者有曲而无戏、后者有戏而无曲，他认为，"以目今舞台艺术看来，李却胜蒋多多了"。[②] 接着，他列举了郑晓岚、杨潮观、徐鄂等蜚声一时的剧作家。他认为戏曲是一种舞台艺术，这继承了他的老师吴梅的戏曲研究路径，并且与王国维等人强调剧本的文学性是不一样的。接下来，卢冀野指出，在洪杨时代戏剧已经衰落，"不过大江南北，还可以听到昆腔。惜乎渐渐谱学绝灭，有新曲不能搬演了。间或有创作，如梁任公的《劫灰梦》《新罗马》等，非乖音律，既无排场，甚至张冠李戴，以旦托生，戏剧虽不亡，实际已亡了"。[③] 对于这一衰落，他指出了吴梅收集、研究戏曲的重要性，这有为其师唱赞歌之嫌，因为他没有提到王国维等其他研究戏曲的大家。然后，他从皮黄戏与昆曲各自的源流、演变过程及各自在声腔、题材内容等方面的特点、优劣进行了辨析，较好地阐明了此消彼长的原因。很明显，他的立场是站在源自"平民的野生艺术"皮黄戏这一边的，不仅认为戏曲是舞台艺术，还认为戏曲应该赢得更多的观众、听众，这与其师吴梅不尽相同。因为吴梅更偏爱昆曲，对民间戏曲乃至京剧不屑一顾，是一种崇雅拒俗的文

---

① 卢前：《近代中国文学讲话·散曲史——卢冀野论著两种》，秀威咨询科技股份有限公司2012年版，第119页。

② 同上书，第131页。

③ 同上书，第135页。

人趣味。

重视戏剧的舞台性和吸引广泛的观众，并不意味着戏剧放弃了自身的艺术性，而去迎合观众。卢冀野批评了文明戏有着良好的开始，但是只求卖座，“结果原意改革民间风俗和思想的话剧，反变为迎合社会流俗的心理去了”。[①] 正是在这样的戏剧兴衰流变的基础上，他认为熊佛西、田汉、洪深、欧阳予倩等提倡的戏剧运动，“对于戏剧的艺术上应当有着很大的贡献。他们的取材表情比较新颖些”。[②] 他称赞话剧的好处在于：“能描写内心的生活”“现代为对象”“在对话中富有诗意”。[③] 他也批评话剧的本意在于更广泛的接近民众，但是实际的台词和内容却“忘掉了中国民众智识的程度”，其实“只要戏剧本身含着提高民众思想的质地，言语粗俗些倒是无关紧要的”。[④] 可见他并不重言语细节的“洁净”，而更强调戏剧整体的效果。

卢冀野对新文学诗歌、散文的态度持批评态度，对小说和戏剧却有所称赞，这种态度看似矛盾，但实际上与他受教的大学和戏剧观有关。他中学就读于南京高师附中，后以“特别生”的名义，破格录取进东南大学文科，而当时的东南大学正是“学衡派”的学术阵地，所以其对文学革命及白话诗歌都有所微词，这就正常不过。而吴梅正是当时的国学大师，卢冀野跟从吴梅学曲，成为其最重要的学生之一，思想比较保守就可以理解了。但是他对新文学中的小说和戏剧却能看出新的曙光。一方面是因为他正年轻，撰写、出版这部文学史时才 25 岁，学术思想还没有定型，能够不断接受新鲜事物，而“五四”以来白话小说的成绩已经越来越大，也使得他不能对其予以更多批评，所以他就干脆不提了；另一方面也是因为他的戏曲观是接近民众、重视思想，这与“五四”以来的话剧和小说的本质是相吻合的，所以他能够接受、欣赏话剧，也就不足为怪。

---

① 卢前：《近代中国文学讲话·散曲史——卢冀野论著两种》，秀威咨询科技股份有限公司 2012 年版，第 139 页。

② 同上。

③ 同上书，第 139—140 页。

④ 同上书，第 140 页。

二　钱基博的《现代中国文学史》

钱基博的《现代中国文学史》写作于1917年，在1930年完稿。此时钱基博执教于无锡国学专修，1932年12月，无锡国学专修学生会油墨排印，名为《现代中国文学史长编》，当时只有30万字，后经过钱基博的增删达到40万字，并于1933年8月由世界书局出版，这就是影响至今多次出版的《现代中国文学史》，笔者这里讨论的是2007年的版本。① 从中国新文学史书写角度来看，该文学史著作具有以下几方面的特征：

首先，该著应是最早以《现代中国文学史》为名出版的文学史，但是他这里的“现代”与我们当下的“现代”所指时代不一致，这与其对整个中国文学史的分期有关。其在《编首》对中国文学史进行了上古、中古、近古、近代四个时期的划分：上古自唐虞始迄于战国，中古自两京始迄于南北朝，近古自唐始迄王元，近代是自明清始迄于现代。② 可见其近代包含了现代，而现代是不包含清朝的，其所说的“现代”实际上就是民国之后。钱基博在《绪论》中也道明了所题为“现代”，是“详于民国以来而略推迹往古者”，但是其为什么不名为“民国文学史”，是因为民国建设时间不长，“而一时所推文学家者，皆早崭然露头角于有清之末年，甚者遗老自居，不愿奉民国之正朔”，所以不能以“民国文学史”命名。③ 这样来看，该文学史书写的是民国建立以后的文坛状态，时间长度为1911年至1930年。这是一种比较“矛盾”的文学史时间概念，因为有的作家在民国之前就已出名，所以该著追溯至民国前的晚清文学了。

钱基博这样的文学史命名和时间安排实际上是蕴含深意的，这从该著的文学史体例及作家选择可以看出。该文学史主体分为上下两编。上编为《古文学》，分为四节。第一节为《文》，其中第一小节《魏晋文》中介绍了王闿运、章炳麟、黄侃、苏玄瑛；第二小节《骈

① 钱基博：《现代中国文学史》，上海书店出版社2007年版。

② 同上书，第9—10页。

③ 钱基博：《现代中国文学史·绪论》，上海书店出版社2007年版，第7—8页。

文》中介绍了刘师培、李祥、王式通、孙德谦、孙雄；第三小节《散文》中介绍了林纾、马其昶、姚永概、姚永朴。第二节为《诗》，其中第一小节为《中晚唐诗》介绍了樊增祥、易顺鼎、诗僧寄禅；第二小节为《宋诗》，介绍了陈三立、陈衡恪、陈方恪、陈衍、陈澹然、郑孝胥、郑孝柽、胡朝梁、李宣龚；第三节为《词》，依次介绍了朱祖谋、王鹏运、冯熙、况周颐、徐珂、邵瑞彭、王蕴章；第四节为《曲》，依次介绍了王国维、吴梅、童斐、王季烈、刘福梁、魏铁山、姚华、任讷。下编为《新文学》，分为三节。第一节为《新民体》，介绍了康有为、简朝亮、廖平、徐勤、梁启超、陈千秋、谭嗣同；第二节为《逻辑文》，介绍了严复、章士钊；第三节为《白话文》，介绍了胡适，黄远庸。从作家选择上看，该文学史中很多作家在胡适的《五十年来之中国文学》、陈子展的《中国近代文学之变迁》《最近三十年中国文学史》中也得以体现，只不过是放在新文学之前进行介绍。而该文学史则将这些作家放置在现代文学中来进行叙述。这样的文学史框架显示了钱基博的一种文学史观念，那就是民国之后的现代文学还不是“新文学”一统天下的文学时代，这时还有着“古文学”与它并驾齐驱。这样的文学史逻辑与胡适和陈子展的文学史是不一样的。他们也会提到那些“古文学”的作家，但都是放在民国之前的近代文学中进行叙述，然后用一种进化论的眼光叙述这些古文学之后新文学得以诞生和发展，但是，在钱基博的文学史中却是这两种文学得以并存发展。这说明钱基博对新文学的立场态度，他并不认为新文学就一定是文学史发展的必然，这其中还有着很多其他的文学类型并行存在。

这种情况也存在于下编《新文学》之中。他认为，“论今文学之流别，有开通俗之文言者，曰康有为、梁启超；有创逻辑之古文者，曰严复、章士钊；有倡白话之诗文者，曰胡适”。[①] 这几位作家及所代表的文体在胡适和陈子展的文学史书写中也同样提到。胡适的述史逻辑是，新民体和逻辑文都是古文中的创新，但还是挽救不了古文的

① 钱基博：《现代中国文学史》，上海书店出版社2007年版，第238页。

命运，古文终究成了死文学，而他领导的白话文才是真正的活文学，所以新文学是另辟蹊径而顺应历史进化的必然结果；陈子展的文学史则认为，新民体和逻辑文在文体的解放方面为白话文的最终出现并成功奠定了基础，它们有着紧密的继承发展关系，有如江河顺流而下绵延不绝，这也是历史进化发展的关系；钱基博的这种叙述方式则让读者感觉这是三种不同的但同时并存的“新文学”发展模式，三者之间并无明显的进化逻辑。

钱基博的这种文学史处理方式现在来看似乎有些牵强，但是却提供了一个思考的角度，即大多文学史书写更多关注不同文学思潮、作家作品的历时性发展，而他们的同时性并存却被有意忽略。文学史家可能更强调了时间之流不同浪潮之间的先后，或许忘却了不同浪头高潮与低潮的同时并存。例如，当下我们在书写新文学史之时都不再写民国之后还在继续创作的作家，我们在书写当代文学史之时也不再书写那些从现代走入当代的作家，写新时期文学史时候也同样如此！我们在书写寻根文学的时候就不再强调改革文学，写新写实文学的时候就不再凸显先锋文学等，而真正的文学史事实是怎样的呢？或许如钱基博这样才是历史的真实。这就反证了以胡适所开创的新文学史书写更多是以一种时代的主流文学、文学的进化为主线的文学史，这样的文学史书写在时间的断裂性和运动的方向性上比较单一，文学发展似乎更加符合逻辑性，这更多是一种文学史家主观的剪辑和规划性裁剪。钱基博的这种文学史书写似乎更多在意作家自己的生命存在和创作实践，或许没有那么整齐划一，但更切合实际。

其次，保守的文学史观中的微言大义。中国的文学史编撰是接受外国文学思潮之后的产物，在 20 世纪初，众多学者围绕文学、文学史展开了种种争论，最终文学史在 20 世纪 20 年代的大学教育体系中站稳脚跟，所以文学史著作的写法都以西洋文学史为准。但是钱基博的文学史著作更多借鉴中国自身的文史传统，从而能表现他自己的微言大义。

钱基博在该著的《序》中就道明了自己的文学史体例编排：“余读班、范两《汉书》，《儒林传》分经叙次，一经之中，又叙其流别，如《易》之分施、孟、梁、丘，《书》之分欧阳、大小夏侯，其徒从各以类此，昭明师法，穷原竟委，足称良史。”① 从《现代中国文学史》的体例来看，其基本上是按照《儒林传》的形式来编排的。《儒林传》重视的是儒士个人的生平、政治、文学思想、社会活动及创作成就，基本上就是儒士个人形象的全像刻画，文学只是其中之一，这是一种纪传体的历史书写。钱基博借鉴了这种体例，自然该文学史与之前文学史多强调作家的文学活动，特别是作品解读是大不一样的，他较多篇幅重在作家个人的全像描摹，以反映出该作家的全貌。

钱基博在《绪论》中强调了他的文学史观，这正是纪传体文学史的重要特征。他说道：“作史有三要，曰事、曰文、曰义”，“夫文学史之事，采诸诸史之《文苑》，文学史之文，约取诸家之文集，而义则或于文史之属有取焉”。② 简单地说，钱基博这里所谓的“事”就是作家个人的生世、人生重要活动；“文”即这些作家所创作的作品；而“义”即是“见历代文学之动，而通其变，观其会通者也”。③ 凸显作家生平事迹，辨析其文学作品并考察其流动变迁的规律，这就是钱基博的文学史观。而这种文学史观与当下作家论的文学史有着更多的相同之处，但更重在作家的全像描摹，与作家论文学史单单凸显其作家形象有着根本的不同，这也是作家论文学史与纪传体文学史相异之处。

钱基博不仅在文学史体例和撰写上借鉴了《儒林传》的写法，而且在文学史家的主观表现上借鉴了司马迁的《史记》。也就是说他并不认为文学史是客观科学地直书其事，而且还应该抒发出文学史家自己的人生见解、政治观点、价值判断，这类似于中国历代历史学家所强调的史家应具有“春秋笔法”。他认为“抑史家有激射隐显之法，其义昉于太史公”，“事隐于此而义著于彼，激射映发，以见微旨”。④ 钱基博在该著中主要是对晚清民初的一系列变革表达了自己的看法，

① 钱基博：《现代中国文学史·序》，上海书店出版社2007年版，第1页。
② 同上书，第6页。
③ 同上。
④ 同上，第2页。

这实际上在著后的《跋》已经表明。他认为康有为、梁启超、章士钊、严复等人，“革命成功，此诸公者，或推或挽，多与有力。然冒宠利以居成功者，所在多有，而曾不图革命之何以善其后”。[①] 唯独章太炎，而“自始于革命有过虑之谈，长图大念，不自今日”。[②] 康有为是“维新之先锋，而垂老有笃古之论”，“回首前尘，能无惘然”。[③] 梁启超“沾沾自喜，时欲与后生相追逐，与之为亡町畦，若忘老之将至，而不免贻落伍之讥，耗矣哀哉。”[④] 严复“早年声气标榜，抵掌图新，倡予和汝，而临绝哀音，乃力诋康、梁”。[⑤] 钱基博对当时这些名人的文章所造成的民心混乱是极端不满的，他认为“神器不可以一端窥，愚民不可以浮议扰”，“民不见德，唯乱是闻，觥觥诸公，高文动俗，徒快一时”。[⑥] 这说明他有感于晚清民初的政治混乱、民心浮动、社会始终动荡不安，而将这些罪过的缘由归咎于文人言政、文人干政、以文采迷惑民众。因为“女用色媚，士以文淫，所操不同，惑志一也”。[⑦] 所以他希望“知人不为，为之不惑，诸公已矣，来者监诸”。[⑧] 这样来看，无论政治改良、还是文学革命，都是他所反对的，他更强调文人要考虑到文章的社会效果，而不要去鼓动愚妄的民众进行抗争。这就是他贯穿于该文学史中的主要思想，这的确是比较保守的文学观念了。

最后，钱基博在下编第三小节《白话文》中对新文学予以了批判攻击。

第一，他为胡适的白话文学寻找到另外一个前行者，那就是黄远庸。他指出黄远庸和章士钊在讨论政治的时候就提出了应该提倡新文学，使得现代思潮能与普通之人生出交涉。黄远庸和朱联沅关系亲

---

① 钱基博:《现代中国文学史·跋》，上海书店出版社 2007 年版，第 395 页。
② 同上。
③ 同上。
④ 同上。
⑤ 同上。
⑥ 钱基博:《现代中国文学史》，上海书店出版社 2007 年版，第 395—396 页。
⑦ 同上书，第 396 页。
⑧ 同上。

密，二人也多次论及新文艺，但是二人都早早离世，使得他们的新文艺主张最终没有实现。在介绍完黄远庸之后，钱基博才开始介绍胡适和陈独秀所倡导的文学革命。这样一来，他们的首倡之功自然大打折扣，这与胡适等人所自认为的文学革命领袖形象是根本不同的。

第二，钱基博将胡适的文学思想进行了批判。他详尽地摘录了胡适的《尝试集自序》，认为这尽可代表胡适文学思想的发展历程。然后，他将胡适的文学主张分为三类：言八不主义的有《文学改良刍议》《建设的文学革命论》；言历史的文学进化观念者，有《历史的文学观念论》《五十年来之中国文学》；提倡文学试验精神的有《尝试集》。随之他提到了“双簧信”事件，并详尽地转引了胡先骕对胡适白话文主张中活文学与死文学、言文一致、诗体大解放、文学需要体现时代精神多加创造等诸多观念的批驳。迄今为止的新文学史书写，唯有钱基博的这部文学史较完整展现了文学革命反对派的反对意见，因为大部分文学史编撰者都是站在新文学立场书写历史的，而钱基博这样的大量摘引说明他是非常赞同胡先骕的意见。不仅如此，钱基博还直接对胡适予以批判：“启超之病生于妩媚，而适之过乃为武谲。夫妩媚则为面谀……武谲则尚诈取，贵诡获，人情莫不厌艰巨而乐轻易，畏陈编而嗜新说，使得略披序录，便膺整理之荣，才握管觚，即遂发挥之快，其幸成未尝不可乐，而不知见小欲速，中于心术，陷溺既深，终无自拔之一日也。”① 如果考虑到胡适重在文学工具的革命以及重在文学研究方法的提倡而最终在学术界获得大名，但其终能传世、经得住时间淘洗的学问、著作并不多，我们或许会认为钱基博所说也不无道理。

第三，钱基博嘲笑了胡适、鲁迅等被革命文学所攻击。他认为周树人所践行的“欧化的国语文”还不如章士钊之“欧化的古文”，前者词意拖沓，而后者谨严条达。而在文学成绩上，周树人、徐志摩等人号称为“平民文学”，但却被人认为是“小资产阶级文学”；后来新之又新者则是普罗文学，而胡适喜谈国故，则被人耻笑。于是钱基

① 钱基博：《现代中国文学史》，上海书店出版社2007年版，第392页。

博评论道:"波靡流转,莫知所届。向之诮人落伍者,转瞬而人讥落伍。十年推排,已成老物,身名寂寞,胡适盖不胜今昔之感。而逐林纾之后尘,以为后生揶揄云,又岂适始计之所及料也哉?"[①] 钱基博站在时代浪潮之外,看见他所钟爱的传统文化受到新文学的冲击自然将怨气发泄在胡适身上,而他看到革命文学诸人又对胡适进行嘲笑,他自然得以出气。当然他并不认为革命文学就一定是新文学的正途。因为按照他的这种理论主张来看,将来一定还会有人对蒋光慈、郭沫若所倡导的革命文学进行攻击和讥笑的,实际历史也的确是如此。正所谓太阳底下没有新鲜事物,何必以"新旧"之名相互攻击,钱基博的"保守性"或许正在如此。

第四节　中立的文学史叙述

在20世纪30年代除了以唯物论、循环论、保守论为基调的新文学史书写之外,还有更多的新文学史书写是以一种中立客观的态度来进行的。他们对各种文学论争能予以辩证分析,力求洞察其各自的优缺点,并总结出新文学史自身的文学规律。也许他们的著作没有其他文学史著那么轰动一时,但是他们客观冷静的态度则为我们描画了另外的新文学史面貌。

一　胡行之的《中国文学史讲话》

胡行之的《中国文学史讲话》[②] 初稿完成于1930年。从其《编者例话》中可知,该书系作者任教春晖中学高中部讲授国文时的讲义。当时他共编有三部讲义,即《中国学术思想变迁史》《过去传统文学的评价》《中国民众文学之史的发展》,以此来让学生对学术思想、传统文学和民众文学有个大致了解。后来,后两部讲义分别作为上卷和下卷被合编为《中国文学史讲话》予以出版。

① 钱基博:《现代中国文学史》,上海书店出版社2007年版,第394页。

② 胡行之:《中国文学史讲话》,光华书局1932年版。

首先，该文学史著是传统文学与平民文学并行的编撰体例。将中国文学史分为传统文学和民众文学，依据的是胡适的《白话文学史》中的文学分类法，即将中国文学分为贵族文学和平民文学进行讲述，这样平行并列的方式也体现了胡行之的独到考虑：“中国文学史的编著，向多注意一方，不是侧重传统文学，即是侧重白话文学，或者是混合的编辑；但都有偏倚或夹杂不清之弊。编者为欲使均等理解起见，故除学术思想外，另分两部，胪列既清，探究自易。且都用现代的眼光，作公平的衡量，一以便读者之追求史迹，一以便读者作比较研究，藉知文学真价值底所在。”① 这样的编排体例正体现了胡行之接受了贵族文学和平民文学的分类，但是他认为二者不可偏废，不能因看重贵族文学的价值而不提白话文学，也不能因高看白话文学而抹杀贵族文学的成就，所以他将二者予以并列，这样就能客观展现历史真实又能公正评价。

其次，该著同样采用贵族文学压迫平民文学、平民文学反抗的双方斗争的述史模式，这从文学史上卷的标题上就可以看出。第五章的标题是《传统文学极盛的唐朝》，第六章为《宋之传统文学》，其下有《词学的极盛》《古文运动的成熟》等小节，第七章为《元明传统文学底中衰》，第八章为《古文复兴的清》，第九章为《古文的末运》，其包含有《传统文学的死期》《古文学的余辉》《笔记小说的末流》《古文的末运》几小节。可见这一卷文学史的叙述主题就是传统文学的兴起、发展、繁荣、中衰以及死亡。而在下卷中其叙述了《中国民众文学之史的发展》，这卷的叙述主题则是民众文学屡遭传统文学的打击，但是仍然绵延不绝的发展，最终在文学革命时期取得全面的胜利，而革命文学更是民众文学发展的新趋势，“方才是真的以无产大众为对象的文学了”。②

最后，胡行之对革命文学的论争书写得比较详细，这应是文学史中书写较早的，这可能与他参考了霁楼所编写的《革命文学论文集》

---

① 胡行之：《中国文学史讲话·编者例话》，光华书局1932年版。

② 胡行之：《中国文学史讲话》（下卷），光华书局1932年版，第196页。

有关。他认为文学革命是反封建的资产阶级文学革命，而革命文学则是反资产阶级的无产阶级运动所带来的。但是“在中国的现状说来，革命文学是否能为无产大众所领悟尚是问题——或者还可以说是决不能领悟的——至于创作那是全不可能。所以无产阶级文学底作者，只是一部分将崩溃而同情于革命的小资产阶级智识分子。而干脆地说，这般人所作的普罗文学，实在可以如上面所述‘他不是替无产阶级建设他们的文学，而是他自己建设自己阶级的文学’这个解答，或者为最圆满的了”。①他认为革命文学的技巧“当然不是孤立的个人底描写，不可不是阶级的、集团的自我底描写”②。接下来，他对革命文学的源起、争论、派别及所创办的期刊杂志进行了简略书写。可见他对革命文学既不是排斥也不是拥护，而是将其作为研究对象予以冷静解剖，从而发现它们的优势与不足。

该文学史著在介绍第一个十年的翻译文学也比较详细，还单独强调了儿童文学。但其对新文学的作家作品多是列举，很少具体分析，这可能是受篇幅所限。

二　陈冠同的《中国文学史大纲》

陈冠同的《中国文学史大纲》③是高中中国文学史的教学纲领，在介绍近代文学时适当论述了新文学。其目录为：第一编《风谣时代——唐虞以前》、第二编《诗歌时代——秦以前》、第三编《辞赋时代——晋以前》、第四编《骈俪时代——唐以前》、第五编为《古文时代——元以前》、第六编《大众化时代——民国以前》、第七编《世界化时代——今日以前》。第七编论述的是近代文学，其中第三十二小节的标题为《革命文学——三民主义文学》，可见他认为这时的文学是从革命文学向“三民主义”文学转换的时期。

这也可以从他文学史的具体分期看出。他将这一段时期的文学分为两个时期，即第一，“日本化时期（《南京条约》以后—‘五四’

① 胡行之：《中国文学史讲话》（下卷），光华书局1932年版，第199页。
② 同上。
③ 陈冠同：《中国文学史大纲》，上海民智书局1931年版。

以前)”，他认为，在这段时间，国内人民都很羡慕日本维新的成就，一时争相模效。[①] 他以1842年《南京条约》的签订来作为世界化时代的起点，这是与众不同的，但是他没有解释原因，而《南京条约》之后，中国日渐被纳入到世界化体系之中，也是事实。第二，“欧美化时期（‘五四’以后—北伐成功以前)”。陈冠同认为这时胡适、陈独秀、周作人所倡导的文学革命在内容上“主张文学应随时代的社会意识，尊重天赋人权，鼓动自由竞争”；在形式上则要求“一种更平民更自由的文体来表现，‘语体文’‘散文诗’就是应付这需要的形式革命。他们又努力翻译西洋小说和剧本，采用西洋文体和名词。意识形式两方面都含有多少欧美气味”。[②] 可见，在陈冠同的眼中，他认为近代文学与后来的新文学是两种不同类型的文学，但是这又共同并列为“世界化时代”这一更大的文学时代中，二者并不是断裂关系。

接着，陈冠同对第一个时期的白话文学进行了简单介绍。他认为，中国白话文学自古就有。他简单回顾了白话文学的历史，然后介绍了黄遵宪、章实斋、民族主义的白话文学家陈天华、邹容，对于新文学作家则没有介绍，他认为这要等“现代文学”这门课程去介绍。

三 胡云翼的《新著中国文学史》

胡云翼的《新著中国文学史》于1932年初版，这里依据的是1933年的第四版。[③] 该部中国文学史共分十编，依次为《先秦文学》《汉代文学》《魏晋南北朝文学》《唐代文学》《五代文学》《宋代文学》《元代文学》《明代文学》《清代文学》《当代文学》。其中《当代文学》涉及新文学部分，为全书的第二十八章，命名为《最近十年的中国文学》。他认为“最近的”文学运动将旧的文学史截止清末民初，而最近的文学一切呈变异之色，开始了新的文学史时代。[④] 他

① 陈冠同：《中国文学史大纲》，上海民智书局1931年版，第178页。
② 同上书，第179页。
③ 胡云翼：《新著中国文学史》，上海北新书局1933年版。
④ 同上书，第299页。

看出两种不同文学时代的不同，这里将其命名为“当代文学”，也就是当下文学的含义，正说明此时近代、现代、当代等概念还没有明确的区分。

首先，胡云翼对整个新文学运动进行了客观概览。该章的第一节为《旧的时代是死了》。他指出：“骈散文诗词等正统派的文学，至清代而极盛，亦至清代而极弊。”① 然后他指出，民国初年虽有王闿运、吴汝伦、章炳麟等人的古文著称一时，虽有陈衍、陈三立、郑孝胥、樊增祥、易顺鼎等人的诗歌著称一时，虽有王闿运、况周颐、朱祖谋等人的词著称一时，但读者并不欢迎，他们对这类东西已经读厌了、读烂了。当时读者更欢迎的是《官场现形记》《二十年目睹之怪现状》《老残游记》《孽海花》《广陵潮》等类的东西，由此证明，旧的文学已经死亡而新的文学将会诞生。他的这番论述倒是说明了民国初年的文坛态势，的确是旧文学等占据主流；但他说读者不欢迎，似乎是直接下结论，我们看不出他所列出的证据。他书写旧文学的死亡和新文学的新生与胡适是差不多的逻辑。

该章第二节为《文学革命运动》。他介绍了胡适、陈独秀的文学革命主张，简短书写了其反对者的事实，然后论述新文学成功的三大原因：第一，中国数十年产业发达、人口集中、国民教育渐渐普遍，已经是需要白话文的时候；第二，受西洋语体文的影响，旧文学的缺点大露，再也站不住脚；第三，一千多年的白话文学的演进已经成熟。② 笔者认为，对于这些原因的分析，他借鉴了陈独秀和胡适的观点。这说明当时对解释白话文能够发生和成功已经有了共识，很难有新鲜见解。

该章第三节为《十年间的作品》。他认为这时期新文学最大特色“就是注重创造，注重创作的自由精神”。③ 对于文学团体，他列举了“创造社”“文学研究会”“语丝社”“南国社”，但他认为这些团体“都是私人感情上的结合，并不是文学上的派别，各个的作风仍旧各

① 胡云翼：《新著中国文学史》，上海北新书局1933年版，第299页。
② 陈冠同：《中国文学史大纲》，上海民智书局1931年版，第303页。
③ 同上。

不相同”[1]，“都是各人去追求各人的新路，不愿作跟随的奴才。故并没有一个可以支配文坛的中心权威”[2]。如果说这是他对新文学第一个十年的判断，倒是很为恰当的。接着他对革命文学等提出了自己的看法，他认为：“最近几年虽有‘普罗文学派’和‘民族主义文学派’在努力地驱使文学青年走向一条狭隘的路道，但归附他们的作者并不多。”[3] 他认为这两种文学主张虽有不同，但实际上具有共同性，它们是一种狭隘的路道，可见胡云翼对与政治斗争有关的文学主张并不赞同。他注意到近两三年的文学内容已经出现了比较共同的趋向：“颓废浪漫的作品已逐渐减少，许多作者已走出了唯美的象牙之塔，抛弃个人主义的立场，而求表现广大群众的生活意识。这，显然是受了当代的政治及经济环境的深重压迫而起的反应。”[4]

其次，他按照诗歌、戏剧、小说、小品散文的顺序对主要作家的作品进行了点评。他更多重在对文学艺术自身的特质进行分析，例如他评价早期的诗歌重在解放诗歌，称颂郭沫若以“肆放自由的笔调”写出《女神》和《星空》，“气象豪迈高旷，实为异军突起”，而其《瓶》则“一变而为缠绵华绝的作风”。[5] 其对于“格律诗派”徐志摩、闻一多的诗歌，“象征诗派”朱湘、王独清等人的诗歌也予以高度评价。对于戏剧，他评论早期的戏剧教训的气味太浓，不得知识阶层的认同，后来落入文明戏的弊端而就与艺术离婚了。他评价田汉的戏剧具有诗歌的气息，而郭沫若等人的历史剧是以现代人的意识灌注到古代人物身上，丁西林的剧作虽然不多，但都是成熟的作品。他认为十年来小说的成就最大，成果也最多。他首先介绍了冰心、庐隐、沅君、丁玲、陈衡哲等女作家的作品；然后简要分析了鲁迅、郁达夫、叶绍钧、茅盾、老舍、张资平、沈从文等作家作品。他认为在近代中国小说界中，最伟大的莫如鲁迅，他的《呐喊》《彷徨》被列入

① 陈冠同：《中国文学史大纲》，上海民智书局1931年版，第303页。
② 同上。
③ 同上。
④ 同上。
⑤ 同上。

世界文学名著中也毫无愧色；而最受青年欢迎的作家则莫如郁达夫。[①]在小品散文中，他认为周作人是小品散文的泰斗，他的作品清冲淡远、韵味悠然。俞平伯、朱自清、叶绍钧都受了他的影响。[②] 而鲁迅的散文则是长于骂人的艺术，尖酸毒辣、俏皮有余。[③] 他还对徐志摩、冰心、陈学昭、苏雪林等人进行了简要评价，并列举了许多作家。

最后，他对十年间的文学进行了总结，认为其虽不理想但也可以心满意足，未来成就将更大，因为我们的作家都还年轻，他们的生活内容和艺术技巧还将不断进步。

四　陆永恒的《中国新文学概论》

陆永恒的《中国新文学概论》[④] 是由克文印务局承印并于 1932 年出版的。此处“克文印务局承印”是印刷单位，不是出版单位，笔者见到的版本看不清楚具体出版单位，有待见到此书版本较好者详示。

首先，该文学史著是目前所发现的中国内地最早出版的新文学史著。陆永恒在《自序》中说明了自己撰写此书的起因经过。他说道：“中国自从新文学运动直到现在，出版界还没有一本理想的较系统的新文学史或新文学概论之类。其原因也许是为了‘新文学’是‘现代文学’，以‘现代人’而研究‘现代文学’，时间短促，未免有点看不清楚，得不到整个的真确的印象吧！所以十多年来的新文学运动，其中的枝节问题，虽有不少的人提出讨论，但整个的新文学运动，作有系统的研究、做成一个详细的报告，以供将来文学家有所借镜，这种工作，似乎还没有人肩任——至少我没有看见过。”[⑤] 他是有感于当时还没有专门的新文学史著而开始撰写这部著作的，正因如此，陆永恒的这本新文学史著应是中国内地最早出版的（中国台湾叶

① 陈冠同：《中国文学史大纲》，上海民智书局 1931 年版，第 307 页。
② 同上书，第 309 页。
③ 同上书，第 310 页。
④ 陆永恒：《中国新文学概论》，克文印务局 1932 年版。
⑤ 陆永恒：《中国新文学概论 · 自序》，克文印务局 1932 年版。

荣钟的新文学史应该更早)。

而他具体的创作动因是，“在民国十七年四月间，是为了当时在广州岭南大学学术研究会听过中山大学教授杨振声先生演讲《新文学的将来》之后，得到一些反感，就想动笔尝试；可是那时因为缺乏参考书，未能如愿。恰巧后来学术研究会要讨论‘新文化运动’这一问题，我便选了《十年来的中国新文学》来研究。当时和我一块儿共同研究这题的有会友何格恩君。在这时候，我们每天差不多都到图书馆去翻阅参考书——最主要的是《新青年》《新潮》《新中国》《每周评论》《文学周报》《北京晨报副刊》《创造月刊》《语丝》《现代评论》等杂志。研究的结果，我就写成《新文学运动后的戏剧概况》和《十年来的中国新文学》。前者曾在岭南大学学生会出版的《南风》第三卷第一号发表过，后者则在广州《民国日报·现代青年》发表过的，同时何君也写成了一篇《新思潮与新文学》”。[①] 这段话透露了几个方面的信息：一是新文学作家杨振声在广州进行新文学的演讲，他的努力使得新文学受到更多关注，这样的作家及行为在当时应该比较普遍。二是新文学作家的辛勤努力获得了回报，陆永恒这样的学生听到演讲之后就开始了新文学研究，并且将研究成果发表出来，这是新文学研究从北京、上海等文化中心地向其他地区散播的一个过程。三是各个地区（至少是广州）的图书馆关于新文学的期刊杂志比较丰富，已经能够为新文学研究提供足够的资料支撑。

其次，该文学史著内容比较全面，与一般的文学史著有着不同的体例。该文学史著分为两部分。第一部分属于个人著述，占全书90页。前五编都在介绍关于新文学的理论，如第一编《文学的定义》介绍了《中国历代的文学观念》《西洋的文学观念》《中国现时的文学观念》。第二编《新文学运动与旧文学的区别》介绍了《新文学是现代文学》《实质的区别——新文学以现代思想为核心》《形式的区别——新文学以根据造白话文的条件为体裁》。第三编《新文学的价值》说明了新文学《容易发表思想》《容易灌输知识》《容易促进文

① 陆永恒：《中国新文学概论·自序》，克文印务局1932年版。

化》。第四编《新文学的文体分析》介绍了《旧文学的文体分类》《新文学文体分类》。第五编分析了《新文学产生的背景》在于《国民教育渐渐发达的影响》《新文化运动的影响》《感受西洋语体文学的影响》《新文学运动》。这些内容已经并不新鲜,但吻合该著的书名《中国新文学概论》,他的确是对整个新文学进行一种概略性的论述。真正属于新文学史的书写是第六编《十年来的新文学作品》。在这编中,陆永恒对新文学十年来的作家作品进行了点评。第七编《新文学的危机》讨论了新文学面临着:第一,《新思潮衰落的影响》;第二,《文学革命家"开倒车"的流》;第三,《新文学自身的缺点》,然后他分别研究了《新诗的危机》《新剧的歧路》《小说的缺点》《散文的迷途》。第八编是《怎样改进新文学》。陆永恒所谈新文学的危机及改进的方向似乎也并没有什么新意,这里我们就不赘述了。

第二部分是第九编,附录了《新文学杂论》,分为《文学杂论》《新诗杂论》《戏剧杂论》《小说杂论》《散文杂论》,这实际上是分文体和论题来收集汇编一些重要的文献,所以本书署名为"陆永恒编"是有道理的。这种文献汇编较光明书局1934出版张若英编的《中国新文学运动史资料》和1935年出版的《中国新文学大系》都要早出二三年,陆永恒的文献选择还是很有眼光的。《文学杂论》选取了胡适《文学改良刍议》、陈独秀《文学革命论》、胡适《建设的文学革命论》、周作人《人的文学》。《新诗杂论》选取了胡适《谈新诗》、西谛《谈散文诗》。《戏剧杂论》选取了梁实秋《戏剧艺术辩证》、西滢《民众的戏剧》。《小说杂论》选取了黄仲苏《小说之艺术》、胡适《论短篇小说》。《散文杂论》选取了梁实秋《论散文》、周作人《文艺批评杂话》。

从这些章节来看,该文学史著构架全面而富有逻辑性,先探讨了什么是文学,然后确定了什么是新文学,它与旧文学的区别、它的价值何在、分类如何、产生的背景是怎样的,然后介绍具体作家作品、所面临着的危机以及以后如何改进。前面几编我们现在看来或许觉得啰嗦,但是考虑到这的确是中国内地出版的第一部新文学史著,我们就会理解这种编排也自有其合理之处,至少对于那些还不懂新文学为何物的读者来说还是相当不错的。

最后，该文学史著在新文学作家作品批评上坚持了纯文学标准，有着自己独立见解。正如他自己所说，他对新文学作家作品进行“介绍或批评他们的说话，纯取客观的态度，非敢存标榜，或有意攻击”。[①] 陆永恒对新文学的成绩有个大致的评析，并以此进行不同时期的划分。他认为在文学革命运动的初期，“新文坛的主要活动，仍是理论的斗争而不是文艺的创造”，“虽然有不少的人在写，但成绩总是不大高明的”，“那时的诗歌固然不能摆脱旧诗词的影响，小说亦还带着‘礼拜六派’的腔调；至于戏剧，不但试作的人很少，而且简直写得不成东西”。所以那时的作品，“不过是作者的热忱和勇气的表现罢了。讲到成熟的新文艺作品，还要在民国十年以后才产生出来呢!”[②]

正是按照这样的逻辑，陆永恒将“十年来的新诗”分为“尝试时期”“兴盛时期”“变化时期”。这与赵景深将新诗分为四个变迁(后来分为五个变迁——笔者注）是不同的。他认为“尝试时期”的作品，“都是感染旧诗词的影响很深，而不受其格律的束缚。故所作往往音节响亮，意味深长。这是初期诗坛的特色”。[③] 他对尝试期一些诗人的评价是毫不留情的，他批评道：胡适的《尝试集》“流行最广，负名最盛，其实流毒也很深”，其中一些诗“完全不能算是诗”。[④] 康白情《草儿》的好处只在游记和写景诗，“其实《草儿》里的‘点名册’，‘功课表’还很多哩”[⑤]。俞平伯“所长者也在写景；但声调造句，未免生硬；加以又好说理，有些诗噜噜哧哧翻来覆去的说话，令人生厌”。[⑥] 周作人的《过去的生命》“算是脍炙人口了”，它“表现着日本俳句的影响呢”。[⑦] 汪静之的《惠的风》《寂寞

① 陆永恒:《中国新文学概论·自序》，克文印务局1932年版。
② 陆永恒:《中国新文学概论》，克文印务局1932年版，第49页。
③ 同上书，第50页。
④ 同上。
⑤ 同上。
⑥ 同上。
⑦ 同上。

的国》"多是赞颂自然，歌咏恋爱。他不肯去做锤炼的工夫，所以无精细的艺术；但经胡适等一吹，便声价十倍，其实也是'尝试派'的高足罢了！"[①] 刘复的《扬鞭集》《瓦釜集》，"前者大都是从旧式的诗词脱胎出来的，而后者虽不能免此毛病，但已略具新体诗的雏形了"。[②]

陆永恒认为新诗的"兴盛时期"是"民国十一年至十四年"。[③] 他高度评价了郭沫若及其作品《女神》，他认为《女神》是这一时期"第一部有价值的诗集"，其作者"确是天才！"该作品"有丰富的想象，热烈的情绪和反抗环境的精神"[④]。他还对以下诗人的诗作进行了精到的评价：朱自清收入《雪朝》中的诗歌"词句秀丽，而声调如春风吹桃枝，真是精心之作"。[⑤] 刘延陵的《雪朝》（第七集）中的诗歌"含有丰富的想象力，能把自己的感情与眼前的景物融成一片"。[⑥] 或许陆永恒并不懂叙事诗，所以他对徐玉诺的《将来的花园》评价并不高，认为他"不讲一些声调，不独无诗的形式，即诗的精神也没有，随口胡诌几句，写在纸上，就当作诗。在我看来，这样的文字，在小说里面都要说是拙劣极呢！"[⑦] 陆永恒还评价冰心的诗歌如"粉片玉屑"，梁宗岱的诗有"自然的声调，飘逸的词句"，王统照的《童心》"以感情胜"，刘大白长于"悲歌慷慨"，李金发多为"深沉""隐晦""怪癖"，陆志韦的描写"富于理智"。[⑧]

陆永恒认为，新格律诗歌是新诗的"变化时期"，在这里，他称赞徐志摩"才华绮艳，艺术纯熟"，"情感丰富"。[⑨] 王独清的诗歌"充满了热烈又悲哀的气息，和谐而浏亮的调子，高妙而豪逸的风格，

---

① 陆永恒：《中国新文学概论》，克文印务局1932年版，第51页。
② 同上。
③ 同上。
④ 同上。
⑤ 同上书，第52页。
⑥ 同上。
⑦ 同上。
⑧ 同上书，第52—53页。
⑨ 同上书，第53页。

峻洁而藻丽的姿态”。[1] 于赓虞的诗歌“棉丽深切，字句与音韵，都是锤炼出来的”。[2] 穆木天的诗歌也是向于赓虞这个方向努力的。朱湘的《草莽集》“字句华丽，却不亢放”。刘梦苇“求格律铺叙，有些地方极其雄浑，有些地方略显勉强”。[3] 饶梦侃、梁实秋、徐志摩等人创办的《诗镌》“只注意形式方面的创造，形式到底不会活的，于是新诗中衰之势，便一天天地显明了！”[4]

陆永恒将“十年来的新剧”也分为三个时期：“讨论时期”“尝试时期”“新剧兴盛时期”。他认为“讨论时期”是在新文学运动初期，一般人对戏剧改革的两种意见：“一派以为旧剧根本要不得，绝无改良的余地。（另）一派以为话剧是贩来的东西，决不能代替固有的艺术。”[5]“尝试时期”他主要介绍了文明戏以及胡适、熊佛西、侯曜等人，陆永恒评价“他们的都是浅薄的观察者和尝试者，只成就了一些未成熟的仿制品而已”。[6] 而“民国十二年以后”，新剧转入了“兴盛时期”。“不幸初时的作品都嫌教训的气味太浓，艺术的成分太少，无论在扮演或阅读方面，都不能博得智识阶级的欢迎”，“最近几年来，乃有建设在艺术基础上的话剧运动”。[7]

陆永恒将“十年来的新剧”作家分为四类：社会问题剧作家、教训剧作家、感伤剧作家、诙谐剧作家，并对他们进行了评价。其观点参考向培良的《中国戏剧概论》较多，这里不予详引。

陆永恒认为“十年来的小说”是新文学中“成绩最美满”，“作品为最多”的。[8] 他按照“女作家”“男作家”“新兴的普罗文学派”三类来介绍这时期的小说，分类标准比较混乱。他对“女作家”进行了如下评价：冰心女士的“小说几乎就是诗”，但“读了她的作

① 陆永恒：《中国新文学概论》，克文印务局1932年版，第53页。
② 同上。
③ 同上书，第53—54页。
④ 同上书，第54页。
⑤ 同上。
⑥ 同上书，第55页。
⑦ 同上。
⑧ 同上书，第60页。

品，几疑此身不在人间”。[①] 庐隐是“体验过去生活上悲哀的历劫，和命运不幸的播弄，才能这样诚实地抒实出她的苦闷”。[②] 沅君“善于描写女性美和富丽而温柔的境地，与醉迷享乐的生活，有如一幅生动的绘画”。[③] 丁玲“她的作品能够超越女性文学的温柔，而用很工细深入的笔，大胆地书写两性间的心理”。[④] 冰莹女士的《从军日记》中“革命意识之强烈，时代氛围之浓厚，都使此书成为一九二七年中国革命斗争底最可重视的纪念作品”。[⑤] 对绿漪女士、陈衡哲、凌淑华、陶晶清陆永恒都进行了点名。

陆永恒对“男作家”进行了如下评价：鲁迅是“短篇小说的最早而可赞的”，他的《呐喊》“几乎每篇都有一种新形式”，而《彷徨》比《呐喊》有三点进步：“（一）由露骨的讥笑，而入于敦厚的讽示；（二）由热情的叫喊，而入于伤感的吁叹；（三）由事实的描写，而入于心理的刻画。”[⑥] 郭沫若的小说“在格调与技巧上都显出西洋小说的影响”，“大多是自叙性质的”，“往往感伤的情调过于浓厚，过于显露，而才子名士式的浪漫气概也往往钻出头来”。[⑦] 郁达夫描写的“永远是一个感伤而烦恼的病态青年的叫喊，最能激动青年的同情。但他的小说大多是自叙的，并且是穷酸的牢骚气太多，颓废的色彩太深，所以遗害青年不少。论他的天才，确令人佩服，文字亦清新流利，若行云流水之自如”。[⑧] 张资平“知道以男女青年作主人公，以封建的社会作背景，以性爱的故事作题材，这在敏感的现代青年看来，当然是觉得其味无穷了”。[⑨] 叶绍钧“所写的，大概是社会的普通现象，是一位写实主义的作家。作品多面丝毫不草率，处处细

---

① 陆永恒：《中国新文学概论》，克文印务局 1932 年版，第 60 页。
② 同上。
③ 同上书，第 61 页。
④ 同上。
⑤ 同上。
⑥ 同上书，第 62 页。
⑦ 同上。
⑧ 同上书，第 63 页。
⑨ 同上。

细琢磨。描写细腻畅达，没有一篇不是精心之作”。[①] 茅盾的《幻灭》《动摇》《追求》“以描写技巧论，他都用弛缓迂回的调子，致力个性的描写和心理的分析，兼有缠绵幽怨和激昂奋斗的情绪，结构大体谨严精炼，这是代表时代精神的作品”。[②] 许钦文“最能描写新的时代的青年，处于旧家庭旧社会的不自然的心理，其次为贫民劳动界的状况也很好。观察虽像是略浅薄，但别有一种奇突滑稽的风格”。[③] 沈从文“是一位最努力的短篇小说作家。他的作品，取材的方面甚广，写实的情调浓厚，但优劣很不一律”。[④] 王统照的短篇“都很有精彩处，文字细腻，内容明瞭”。[⑤] 此外，陆永恒还对一些作家进行了点评、点名。

陆永恒对“新兴的普罗文学派”评价并不高，这在当时的新文学史书写中比较少见，一般都认为革命文学应该比文学革命带来更多的成绩，很显然，他不这样认为。他说道：“在一九二八年，有班作家（‘创造社’的嫡系）自号为‘革命文学家’的普罗派就兴起了。不过在他们的作品里，我们往往得不到这一种感觉。他们的作品还是‘新兴’的东西，所含的热情每每只是口号与演讲之杂合物，所写的题材只是一些肤浅的观察。因此写法大多是一样，所写的题材也大多是一样；深刻的观察、严密的思索、技术的修炼，在这些作品里几乎是找不到的。”[⑥] 他认为革命文学作家“虽是有意作小说，却显然是不识小说为何物”，所以“这很轰动过的‘新潮’，到现在竟没有留下一部有生命的作品”。[⑦]

陆永恒将“十年来的散文”分为“小品文”和“文艺批评”两类。他认为“近十年来的中国散文，最可注意的发展，乃是周作人等

---

① 陆永恒：《中国新文学概论》，克文印务局1932年版，第63—64页。
② 同上书，第64页。
③ 同上书，第64—65页。
④ 同上书，第65页。
⑤ 同上。
⑥ 同上书，第67页。
⑦ 同上。

提倡的'小品文'。这一类的小品，用平淡的谈话，包藏着深刻的意味"。[①] 接着，他对如下作家的散文进行了批评：周作人的散文"虽只记日常生活，却很美丽，信笔写来，自成妙趣"。[②] 鲁迅的《热风》《坟》《华盖集》《而已集》《野草》《朝花夕拾》等散文集的好处在于"（一）冷隽的句子，（二）挺峭的格调，（三）含蓄半露的讽刺，（四）敏锐的感觉，（五）沉默的观察。如果说文学应当是'时代的反映'的话，那么他这些小品杂感里所反映的时代，是比他的创作小说还多着呢"。[③] 对鲁迅的散文进行如此细致的批评，应该是此前新文学史书写中没有的，原来多是强调其小说成就。徐志摩的小品文"简直是散文诗，字句的美丽与流畅，成了一种特殊的作风，处处表现着他的聪明灵巧，只可惜有点儿'浓得化不开'呢!"[④] 孙福熙、徐蔚南的小品文"如图画的素描，或漫画一幅幅地现在我们的眼前，令人流连不忍去"。[⑤] 落花生的《空山灵雨》是"几十幅心理的漫画"，"有的像寓言，三言两语，精巧玲珑，自是可人"。[⑥] 朱自清的小品文"是表现自己的作品，字句绮丽，情趣含蓄"。[⑦] 他还点评了章衣萍、冰心、学昭女士、绿漪等人的小品文，并对一些作家作品进行了点名。

对于"文艺批评"，陆永恒并不看好，他认为"这十年来批评人家作品的却也不算少，但多数是党同伐异的'骂人'非评论也"。[⑧] 他对以下评论家及批评进行了评价：胡怀琛的《尝试集讨论》"算是最初评论新文学的出版物了。唯其《尝试集》是无聊的；所以讨论者更无聊"，"这样的文评，不是味同嚼蜡吗?"[⑨] 闻一多、梁实秋的

---

① 陆永恒：《中国新文学概论》，克文印务局1932年版，第68页。
② 同上。
③ 同上。
④ 同上。
⑤ 同上。
⑥ 同上。
⑦ 同上书，第69页。
⑧ 同上。
⑨ 同上书，第69—70页。

《冬夜草儿评论》“算是平允的文评”，他们“自己还懂得诗”，“后来一多评《女神》，实秋评《春水》，《繁星》，也言之有当；但不过是看面子说话罢了！”[①] 周作人的《自己的园地》“是他自己欣赏文艺作品之后，得了天启似的发为言论，他的目的，不是指摘他人。这正是聪明人的办法，也是正当的办法。”[②] 成仿吾“是精明果断的人，说出话来有些重量；但是意气过盛，近于‘骂人’派的评论者”。[③] 钱杏邨所作的《现代中国文学作家》“简直是党同伐异”。[④]

陆永恒的这部文学史著在进行文学史分期之时注重到新文学成熟的时间段在20世纪20年代初，所以他的文学史著重在书写新文学由萌芽到成熟的过程，而作家作品分析也大致遵循这一线索。而他在进行文学批评之时能够以纯文学标准为准绳，勇于发表自己的观点，这对于他这样一个刚走出校门的大学生来说很不简单。因为这些作家在当时的文坛远比他更为出名，这种初生牛犊不怕虎的气概与向培良、草川未雨等人不相上下，单就这种学术勇气，就值得在中国新文学史学史上留下重重一笔。

五 王哲甫的《中国新文学运动史》

王哲甫的《中国新文学运动史》[⑤] 是他于1932年在山西省立教育学院讲授新文学时所用的讲义。该部著作有几个特点：

第一，该著资料翔实，体例比较庞杂、全面，对十多年的新文学历史进行了固化。除《自序》外，该书共由十章构成，各章标题分别是：第一章《甚么是新文学》，阐明了他不同一般的新文学观念。第二章《新文学革命运动之原因》，从“远因”和“近因”介绍了新文学运动为什么会发生。这种原因的分析在20世纪20年代都已分析透彻，王哲甫也都予以综合。在第三章《新文学革命运动之经过》，

① 陆永恒：《中国新文学概论》，克文印务局1932年版，第70页。
② 同上。
③ 同上。
④ 同上。
⑤ 王哲甫：《中国新文学运动史》，北平杰成印书局1933年版。

王哲甫比较了新文学运动与欧洲文艺复兴的异同，分析了当时的国内局势，介绍了新文学运动的发生发展和遭受的反对以及随之而来的“五四”运动，然后剖析新文学运动带来的影响。第四章《十五年来之中国文坛》，完整梳理了十五年的新文学历史，包含：《绪言》《新文学提倡时期》《五四运动与新文学运动》《文学研究会与创造社》《五卅以前的中国文坛》《五卅以后的中国文坛》《语丝派与现代批评派的笔战》《革命文学的提倡》《北平文坛的消沉》《创造社与语丝派等的论战》《上海的狂飙时代》《“左翼”作家联盟之成立》《民族主义文学派的反对》《大众文艺》《第三种人》《反帝文学的产生》。从这个简单的历史线索来看，其包括广泛，既有不同的社团派别，也有不同派别的论争。特别是注意“语丝派”与“现代批评派”“创造社”的论战，观察到文坛中心从北京向上海的转移，显示了他对文坛的敏锐观察。这种历史线索的梳理，我们发现其与朱自清的《中国新文学研究纲要》[①] 基本相同，不知道他是否看见过朱自清的讲义。如果没有的话，这意味着他们对十来年的文坛主线把握还是所见略同的。

该文学史著前面四章可算是概括性书写，后面第五至第八章则是分论当时的作家作品。其中第五章《新文学创作第一期》，介绍的是1917年至1925年间的新文学创作，王哲甫按照新诗、小说、戏剧、散文来介绍当时的文学创作，关注到每种文体的理论探讨，这也是当时文学史书写的共通点。这说明在20世纪30年代，什么是新文学、新文学四大体裁分别是什么含义，还没有成为通识，文学史书写者有必要进行专门理论说明，以进行基本的前提阐释。王哲甫在这一章介绍的新文学作家作品在之前的文学史著中大都已经介绍阐释，他的贡献是将其全部汇聚在一起，其中提到的作家有56位之多，这说明第一个十年的新文学作家作品已经全部历史化。第六章《新文学创作第二期》，介绍的是1925年之后的新文学作家作品，同样是按照四种体

① 朱自清：《中国新文学研究纲要》，朱乔森编《朱自清全集》（第八卷），江苏教育出版社1993年版。

裁进行介绍，这里介绍的作家达到51位之多，包含了一些当时新出现的作家。例如，诗人中有闻一多、刘梦苇、蹇先艾、王希仁、饶梦侃、于成泽、王独清、穆木天、谢采江、邵冠华、高长虹；小说家中有茅盾、巴金、老舍、丁玲、穆时英、张天翼、蒋光慈、钱杏邨、洪灵菲、杨邨人、魏金枝、戴平万、叶灵凤、罗西、施蛰存；戏剧家中有余上沅、徐公美、向培良、胡春冰、杨荫深、徐保炎、白薇、袁昌英、濮舜卿；散文家中有陈西滢、徐志摩、徐霞村、郑振铎。这些新人物的添加意味着新文学第二个十年的作家作品正在经历着历史化。第七章则是介绍《翻译文学》，在这里，他梳理了严复、林纾、包天笑、“尚志学会”“中华学艺社”“少年中国学会”“文学研究会”“创造社”、鲁迅、周作人、李青崖、赵景深、鲁彦、郑振铎、郭沫若、穆木天等人及社团的翻译，这是较早将近代以来文学翻译的沿革进行了完整的链条式的梳理，他对“鸳鸯蝴蝶派”的翻译也予以了重视，体现了他力求全面的文学史态度。在介绍完重要的翻译作家和社团之后，他还专门列举了《各国文学书中译本一览》，依次介绍了俄国、法国、英国、德国、日本、挪威、瑞典、芬兰、意大利、美国、波兰、比利时、西班牙、古希腊、印度、奥地利、匈牙利等国家文学的翻译。这样就将当时文学翻译的详细情形予以了展露。单从翻译文学的介绍来说，王哲甫应该是最为详细。在第八章《整理国故与儿童文学》中，王哲甫从《旧文学之整理》的角度，介绍了胡适对《红楼梦》《水浒传》的考证、汪原放标点旧书以及其他研究古代文学的成果及中国古代文学史的编撰；还介绍了“民间文学之整理”；而在“儿童文学”中则推崇了叶圣陶的《稻草人》，还分别列举了商务印书馆、北新书局、上海儿童书局等出版社出版的儿童文学作品。

该书后面两章是资料性的收录。其中第九章《新文学作家传略》，分别介绍的作家有鲁迅、郭沫若、郁达夫、周作人、沈从文、冰心、张资平、沈雁冰、徐志摩、陈望道、孙席珍、谢六逸、伍光建、田汉、傅东华、朱湘、闻一多、许地山、曾梦朴、曾虚白、汪静之、王独清、穆木天、白采、赵景深、蒋光慈、巴金、熊佛西、侯曜、孙俍工、濮舜卿、丰子恺、林纾、胡适、郑振铎。而第十章《附录》，则附录了“文学研究会”“创造社”“少年中国学会”“中华学艺社”“上海戏剧协社”“笔会”等成立的始末，还有作家笔名一览、文艺刊物调查一览、新文学创作书目一览等，资料详实。

通过全部章节的介绍，我们发现，该书资料性非常强，涉及的作家、作品非常多，文学史材料积累丰富。但作家、作品的解读和规律性的总结虽时有精辟之处，可多只是泛泛而论，也不是以此为中心，给人以资料堆砌的感觉，这与其体例有些庞杂不能融汇一体有很大关系。例如，前面章节论述了重要作家的创作情况和作品解读，第九章又再次述及他们的生平和创作情况，无疑有多余之感，而且很容易纠缠重复。在第二章论述了新文学运动发生的几大原因之后，在第三章书写新文学运动发生过程时又提及所受到的影响。这都说明王哲甫还没有很好地整合自己所掌握的材料，以形成比较科学的体例来涵盖自己的文学史资料和观点。1937 年，贾则复就批评《中国新文学运动史》是史料而非文学史[①]，这是有一定道理的。但从中国新文学史学史的角度来看，其地位还是不容忽视的，所以温儒敏认为“如此明确地把新文学作为相对独立的一个文学史段落来研究，且不论学术水平的高下，其本身就可以在学科史上占一席之地”。[②] 黄修已也评价其“在建国以前所出的、仅有的几部新文学史专著中，王哲甫这部也是流传较广、影响较大的”。[③] 这些评价都肯定了其学科地位。

第二，王哲甫的“新文学”观点调和了当时众多学者的观点。该著首先就指出：“新文学的取义，不过是对于昔日传统的旧文学而言，是中国文学上的一种革命行动。然而新文学与旧文学之间，也不容易划出一道鸿沟来，很精确地区分它们。在新文学运动的初期，有一般人以为白话文便是新文学，文言文便是旧文学……却不知道白话文的作品中，固然有许多是可以称做新文学的，然而不一定全是新文学、活文学……反过来说，文言文的作品，也未必全是旧文学、死文学。

① 贾则复：《评王哲甫中国新文学运动史》，《文化与社会》1936 年第 2 卷第 7、8 期合刊。

② 温儒敏等：《中国现当代文学学科概要》，北京大学出版社 2005 年版，第 21 页。

③ 黄修已：《中国新文学史编纂史》，北京大学出版社 2007 年版，第 32 页。

我们能把《九尾龟》一类的白话小说，称做新文学么？我们能把上海所谓‘蝴蝶派’的艳词丽语的小说称做新文学么？当然不能，因为这些小说虽然是用白话写的，却毫没有文学的价值，只可供报纸空页上补白罢了。因为白话文固然是新文学达意表情的工具，但必须有优美的思想、情感，想象为它的内容，方可为美妙的作品。反过来说，文言文的作品，也未必全是旧文学、死文学。我们能说林（林纾字琴南）译的《茶花女遗事》是旧文学、死文学么？我们读了沈复的《浮生六记》、贺双卿的《雪压轩词集》，能不为它们凄楚的情绪所感动么？你既然不能不为它们所感动，那么它们便不是旧文学、死文学。所以新文学与旧文学的区别，绝不是只白话文言的不同，乃在它们所含的内容本质的不同。”① 按照这一观点，他甚至认为《诗经》《楚辞》《史记》《李太白集》都不能说是旧文学和死文学，而当时流行市面的很多千篇一律的用白话写的“满纸亲呀、爱呀、高跟鞋、玫瑰色的双颊、蓬松的头发、密斯脱、密斯……”② 也不配称之为新文学。可见，对于胡适等人单根据文学的语言形式是白话还是文言，而判断文学是否新旧、死活的做法，王哲甫并不以为然，他认为除此之外，主要应考虑文学所含的内容本质的不同。这实际上包含着胡先骕等“学衡派”的文学主张。周作人在《人的文学》和《思想革命》等文章中强调内容的新、旧也应该影响了王哲甫，特别是郭沫若的《文学革命之回顾》对其影响更大，从二者可以看见相同的例子。

接着，王哲甫罗列了当时许多新文学运动参与者对新文学的解释，包括：“胡适的历史观念论及国语文学说”；“陈独秀的国民的写实的及社会文学说”；“沈雁冰的社会工具及平民文学说”；“周作人的人的文学及平民文学说”；“胡行之的死文学与活文学说”；“成仿吾的新文学之使命说”；“郭沫若等的革命文学说”等。在介绍完这些关于新文学的论点之后，王哲甫提出自己的新文学观念：

“第一，我以为文学本没有新旧之别，所谓新文学的‘新’字，

① 王哲甫：《中国新文学运动史》，北平杰成印书局1933年版，第1—2页。
② 同上书，第2页。

乃是重新估定价值的'新'，不是通常所谓新旧的'新'……第二，新文学在空间上说，它是为大多数人所能享受的很普遍的作品。因为新文学不只是供贵族特殊阶级者的享受，我们如能学白乐天作诗使老妪都能读的精神，其效力必定很大，影响于社会者必定很深。第三，新文学，在纵的一方面，要搜求研究中国固有的文学书籍，重新整理、分析、考证、标点而估定它的价值；同时要研究、创作、批评新文学的作品，使它开花结实茂盛起来。在横的一方面要介绍翻译欧美的杰作，与本国的作品比较、参考、以资借镜。第四，在外形上，新文学要用明显优美的文字、艺术的组织、自然的声韵表现出来。在内容里要有真挚的情感、丰富的想象、超乎时代的思想、反抗腐旧社会的精神。第五，新文学的取材，不仅限于如昔日的才子佳人、公侯贵人，或现今的老爷太太少爷小姐的生活；工厂的工人、街上的洋车夫、老妈子、优伶、舟子、庄稼汉以及于监中的囚犯、贫民窟里的叫花子……的生活，都有很好的材料供作家的采择。第六点，在体裁上说，它大别之可分诗歌（Poetry），小说（Novel），戏曲（Drama），散文（Prose）等数种。"①

王哲甫对新文学提出了如此众多的新文学标准，实际上，他是力求在"新旧"文学观念中进行调和。1934 年傅红蓼指责王哲甫"仍然是一个新时代的旧思想者……所以他对于新文学底见解，始终是那样彷徨的，甚或可以说是错误的"，因为"作者完全没了解文学革命后的用白话的真意义，同时，所谓新文学里底一种形式学技巧，和它底使命及精神"。② 傅红蓼看出了王哲甫新文学观中包含着"旧"的因素，而这种"旧"有着"学衡派"的影子，所以是他不能容忍的；但是他也看见王哲甫新文学观念中还包含着"新文学"的因素，所以他说王哲甫是"彷徨"的，这大致是不错的。傅红蓼当然希望王哲甫不要"彷徨"，完全投入到"新文学"的怀抱中来，于是对其进行批评，这就是站在新文学的立场上严苛要求王哲甫了，因为他本身

① 王哲甫：《中国新文学运动史》，北平杰成印书局 1933 年版，第 13—14 页。
② 傅红蓼：《中国新文学运动史》，《千秋》1934 年第 2 卷第 4 期。

就意在调和“新旧”对立以求并存。20世纪20年代“新旧并存”的文学观念比较普遍，并不是王哲甫个人的首创。他在自己的文学史著中也指出，自胡适的《建设的文学革命论》发表后，对其响应的人中就有反对的、赞成的、还有折中的。他特别介绍了持折中观念的任鸿隽、朱经农、黄觉僧等人的观点①，而对于赞成的和反对的意见介绍得并不详细，这种述史的选择本身说明了他的文学观念与他们相同。类似的选择策略在此前我们也见出很多，大致是赞成新文学的就多列举新文学观点，以表势如破竹，如贺凯；反对新文学的就多多排列“学衡派”的观点，以求鞭辟入里，如钱基博。

李朝平钩沉史料，发现王哲甫学生时代在1924年的《铭贤校刊》就发表了《我对于新文学的意见》，提出了“新旧并存”相互促进的文学观点。他认为“王哲甫的这种不以语言形式为限的文学史观念能帮助我们重新调整固化的认知框架，敞亮一个长期被遮蔽的研究空间”。② 但王哲甫在自己的新文学史书写中，并没有严格贯彻自己的新文学标准。他认为新文学不在于语言形式的文言与白话，而在于内容的“新”，那么鲁迅、郁达夫、郭沫若等人写的旧体诗词应该也算是“新文学”，应该写入这本文学史中来，但是王哲甫并没有这样做。这说明他并不是有意提出新鲜独特的见解并实践于自己的新文学史编撰中，他仍然是按照白话文学即是“新文学”的理念来进行新文学史书写。可见他对新文学的定义，只是将当时诸种新文学观点加以整理。通过此前新文学史书写的研究，我们还发现这种“新旧并存”的文学史观念在那时就已比较普遍。很多坚持客观立场的中国古代文学史编撰者大致都持这种文学观念，如前述的刘贞晦等人就是这样。这种新文学史观念应该在北京学术界占据了一定地位，1925年王哲甫预科毕业后升入燕京大学国文学系，受到此种学风熏染那是情理之中的事情。

第三，王哲甫积极拥护革命文学。王哲甫在新旧文学论争之中是

---

① 王哲甫：《中国新文学运动史》，北平杰成印书局1933年版，第40—42页。
② 李朝平：《王哲甫的中国现代文学研究》，《现代中文学刊》2016年第1期。

采取“新旧并存”的文学观点，但在革命文学论争中，他并没有采取调和的姿态，而是坚决地站在革命文学的立场上。所以他以“五卅”惨案为分界线，将十五年的文坛分为两个时期。他特别强调“五卅”前后的文学不一样，将之前的文学分为两大派：“文学研究会”的文学富于人道主义色彩，书写的是柔情美意的作品；而“创造社”则富于夸大的颓废的色彩，产生的是感伤主义的作品。这两派中除了郭沫若以外，都很少富有革命的精神。[①] 他认为革命文学是之前文学的一种进步，并将“革命文学”界定为：“革命文学是循历史进化的原则，随着经济社会的变迁而产生的一种新的文学，以无产阶级的思想与意识形态为它的内容，以无产阶级的大众生活为描写的对象，而能领导无产群众，向着最后的方向进行的文学。”[②] 同时他认为，革命文学虽然遭受到反动派的压制、打击，暂时受到了挫折，但一直在潜伏中继续活动，就中国的社会性质和世界文学的发展趋势，中国未来的文学会向无产大众的文学发展。[③] 正因为王哲甫同情革命文学，所以他对围绕“革命文学”的论战叙述详尽，而且还梳理了“创造社”三个不同时期的发展。他在评论诗歌作品的时候也认为“五卅”之前实际上需要斗争的诗歌、需要血泪的文学[④]，但描写社会民生痛苦的诗歌太少了[⑤]。这就贬低了第一个时期的诗歌而抬高了第二个时期的文学成绩。在小说方面，他认为第二期小说作家人数多，虽然小说技术没有进步，但是思想进步了，“革命文学”“普罗文学”“大众文学”已经侵入作家的思想之中，成为创作的主要成分。[⑥]

将王哲甫对“文学革命”和“革命文学”不同态度进行比较，我们会发现有趣的状况：对于“文学革命”，王哲甫认为语言是否白

---

① 王哲甫：《中国新文学运动史》，北平杰成印书局1933年版，第70页。
② 同上书，第85页。
③ 同上书，第94页。
④ 同上书，第111页。
⑤ 同上书，第134页。
⑥ 同上书，第219页。

话并不重要，“新文学”应该“新旧并存”；而对于“革命文学”，他认为这是思想的进步，是历史的必然。这二者实际上有着矛盾之处，因为“新旧并存”带有历史的调和味道，是一种客观中性的历史态度；“革命文学”“先进”是来自“革命文学”倡导者的理论指导，对此他没有进行理性思考，而是与其一起站在了历史的浪头，拥护历史进化论。这说明王哲甫已经陷入他自己都没有意识到的思想矛盾状况，而这恰恰是正在进行的社会历史思潮对一个文学史书写者在独立思考、坚持个人的理性判断方面提出的更高要求，王哲甫还没有来得及进行冷静地沉淀，就被裹挟进时代的潮流中。

另外，王哲甫的这部文学史在有些史实的书写上也有不错表现，例如，其较早分析“创造社”和“文学研究会”两个团体不团结的原因[①]；在散文首推鲁迅的杂文和《野草》，还提到了很多游记[②]；其书写王实味给《现代评论》投稿，声明必要三十元稿费，否则退稿，最后获得成功；[③] 他也书写了江绍原没有对梁启超予以尊称，引起徐志摩大怒等文坛轶事，这些都让读者在平实的资料阅读中感到兴趣盎然。

六　朱自清的《中国新文学研究纲要》

朱自清的《中国新文学研究纲要》[④] 是他从 1929 年至 1933 年在清华大学讲授“中国新文学研究”课程所用的讲义。期间他也曾在师大和燕京两校讲授，但 1933 年之后就没有再讲，该“纲要”也一直没有出版。1982 年，上海文艺出版社请王瑶（指导）和赵园将这些讲义予以整理，并在《文艺丛刊》上发表。据赵园介绍：“原稿本共三种，一为铅印，（另）一为油印，第三种虽有部分油印，但以手写为主。这第三种扉页上书有‘十八年’（一九二九年）字样，且内

---

① 王哲甫：《中国新文学运动史》，北平杰成印书局 1933 年版，第 62 页。

② 同上书，第 179 页。

③ 同上书，第 69 页。

④ 朱自清：《中国新文学研究纲要》，《朱自清全集》（第八卷），朱乔森编，江苏教育出版社 1993 年版。

容也较其他两本粗略，当为初稿。铅印本最为后出，但油印本上‘剪贴补正’之处颇多，其‘补正’时间，多在铅印本之后。油印本似为朱先生讲课时所用，并在讲授过程中随时有所补充。”① 他们“整理时以铅印本为主，而将其余两种稿本中‘剪贴补正’的内容，斟酌插入有关章节。同时，也作了一些校勘引文、订正误写的工作，并对部分引文的出处略加注释”②，可以说，我们现在所见的版本是这三个版本的集中汇编。朱自清是较早将中国新文学单独纳入到大学课堂体系中的现代作家。该《纲要》具有以下特点：

首先，从新文学史的书写体例及内容来看，朱自清的这部《纲要》有借鉴之前的新文学史叙述的地方，是之前新文学史书写的集大成者。该《纲要》分为《总论》《各论》两部分，共八章，叙述了从戊戌政变到1932年的新文学历史。《总论》分为三章，分别讲述新文学发生的《背景》《经过》和《〈外国的影响〉与现在的分野》。《各论》共分为《诗》《小说》《戏剧》《散文》《文学批评》五章。这样先有总论后有各体裁论述（包括文学批评），在之前的新文学史书写中我们见到的已经很多了，这已经成为20世纪30年代书写新文学史的一般情况，这里不一一列举。

在一些内容上的编排，朱自清也借鉴了同时代学者的观点：例如他在书写新文学背景之时重视了“戊戌政变”和“辛亥革命”，强调了两大政治事件的“积极意义”和“消极意义”，这在陈子展的《中国近代文学之变迁》中已有之；朱自清多次参考胡适的《五十年来之中国文学》，并引用其观点，在文中都明确标识；他凸显“礼拜六派”中包天笑与周瘦鹃的翻译，在范烟桥的《中国小说史》中也早已提到；其在各文体论中都书写了当时对这些文体的理论探讨，这在贺凯等人的文学史中也予以提及；其在诗歌论述中还附有“‘丑的字句’讨论”，并标明梁实秋和周作人的不同观点，这在草川未雨的《中国新诗坛的昨日今日和明日》中也有详论；更重要的是，其所选

① 赵园：《整理工作说明》，《朱自清全集》（第八卷），朱乔森编，江苏教育出版社1993年版，第124页。

② 同上。

取的作家及作品，大多也在之前的新文学史书写中有人论及。笔者这里标明朱自清所受同时代学者的影响，并不是说他的《纲要》没有独创性，而是为了说明，经历了较长时段的新文学史书写，朱自清的这份《纲要》已经成了当时新文学史书写总成绩的汇报，而这恰恰是这份《纲要》在中国新文学史学史的独特地位。

其次，朱自清对同时代学者的借鉴并不是全盘照收，他有着自己的客观中立的研究立场，这表现在以下几个方面。第一，他对文学没有雅俗之分，既承认“鸳鸯蝴蝶派”的文学翻译成就，也介绍民间文艺。这表现在第一章《背景》中，专节叙述了“礼拜六派”，依次介绍了“包天笑与周瘦鹃的翻译”和“《欧美名家短篇小说丛刊》”这两件与“鸳鸯蝴蝶派”文学家有关的文学事件。尽管这在范烟桥的《中国小说史》中曾得以详论，而朱自清这里将其予以重视，正说明他也是承认“鸳鸯蝴蝶派”有着创新图变的努力，并将之视为新文学诞生的背景。而其在“《欧美名家短篇小说丛刊》”之后特别标注“（周瘦鹃，1916年）”就是强调这些翻译是在新文学运动之前发生的。《欧美名家短篇小说丛刊》结集出版于1917年，收录的是周瘦鹃于1913—1916年所翻译的欧美作家的作品，狄更斯、哈代、司各特、莫泊桑、马克·吐温、托尔斯泰、高尔基、歌德等世界著名作家的作品均位列其中。鲁迅在给该书所作之序中也给予了很高评价，赞之“用心颇为恳挚，不仅志在娱悦俗人之耳目，足为近来译事之光……该书为弱小民族代言，乃昏夜之微光，鸡群之鸣鹤，殊堪嘉许也”。[①] 这说明朱自清同鲁迅一样是站在新文学的立场上，赞许“鸳鸯蝴蝶派”代表作家周瘦鹃的翻译对新文学的贡献，这与当时一些新文学作家视其为“时代的落伍者”大不一样。

朱自清不仅注意到“鸳鸯蝴蝶派”的文学成就，还留意民间文艺的发展。他在第六章《戏剧》中的《其他》中，书写了四个小节，分别为《改译》《〈狂言〉的介绍与模拟》《〈花鼓戏〉的改写》《〈木人戏〉的提倡》。其中《改译》是当时对外国剧本进行翻译改动后上

① 周瘦鹃：《欧美名家短篇小说》，岳麓书社1987年版，第1页。

演的剧本，现在很少有新文学史谈论这一概念。“改译剧有三个高潮，即文明戏时期、二十年代、三四十年代。改译剧在现代话剧剧本创作中起到过重要的示范作用，它所承载的救亡图存的爱国主义精神和西方的启蒙思想给当时封闭沉闷的社会带来了新的气息，它在如何对待外来文化和本土文化的冲突和融合方面做了许多有价值的探索。”①而“狂言”是日本把源于白居易的狂言绮语观作为重要的思想思潮与文学思潮引入日本后②，所形成的一种日本古典舞台戏剧艺术③，在当时又被作为庶民的戏剧再引进中国来的，于是朱自清予以介绍，现在的新文学史对此也很少叙述了。至于“花鼓戏”和“木人戏”则是中国地方剧种，朱自清这里予以书写，说明他对民间戏剧也是较为关注的。注重“鸳鸯蝴蝶派”和民间文艺也正说明朱自清的文学观念中雅俗的区分并不沟壑分明，他是能将二者同时并存的。

第二，他没有新旧文学之分，尊重文学革命反对者的意见。他在书写“文学革命”受到林纾和“学衡派”的反对之时，很详细地介绍了他们的反对意见。在《第一次反响》中，他列举了林纾和蔡元培各自的观点，也分门别类地介绍了胡先骕的《中国文学改良论》中的观点和罗家伦对该文的批驳；在《第二次反响》中他介绍了“学衡派”复古运动中所“揭橥”的“四义”，还提及梅光迪的《评提倡新文化者》和胡先骕的《评尝试集》。而在第四章《诗》中，该《纲要》还详细摘引了胡先骕在《评尝试集》中对《尝试集》的批评，并论述了他在该文中的“旧诗拥护论”。这都表明朱自清意在将不同意见予以并列相存，从而让他们各自的观点得以表露，而读者自己从这些观点中判明各自的优缺点所在，这正是客观中立的文学史立场的体现。

第三，他没有党派之分，对不同政治立场的作家及文学运动都能予以介绍，这特别表现在《总论》的第二章《经过》中，他对各种

---

① 刘欣：《论中国现代改译剧》，上海戏剧学院 2009 年博士论文。

② 刘瑞芝：《论白居易的狂言绮语观在日本文学史上的影响》，《外国文学研究》2005 年第 3 期。

③ 王鸿博：《日本狂言的叙事特色》，《北方工业大学学报》2011 年第 2 期。

文学团体和文学论争都进行了梳理，全面罗列了新文学运动发生至1933年的重大文学事件。特别是自1928年之后，中国新文学的政治味道开始浓厚，革命文学论争此起彼伏，然后是左翼作家联盟的成立，这些文学主张和社团的背后都有着中国共产党的身影。朱自清对此种文学的理论主张、社团组织都予以详细论述，更是将革命文学的代表蒋光慈从六个方面进行了较详细的分析。同样，在1930年，对于有着国民党背景的徐蔚南、朱应鹏等人发起的“民族主义文艺运动”，他也予以提及，尽管《纲要》没有多加列举，但很明显，朱自清视其为一种重要文学思潮，而且在第三章中的《现代的分野》里将其作为第五种文学代表与“无产阶级文学”“‘语丝社’及其追随者”“新月派”“郁达夫及其追随者”并列。这样，他就将两种不同政治立场的文学主张予以了列举。这种立场也表现在他对“‘文艺自由’的论辩”的态度上，他认为这场争辩的结果是“文艺创作自由的原则是一般地被承认了（指较进步的文学），左翼方面的狭隘的排斥异己的观念是被纠正了，‘武器文学’的理论是被修正到正确的方面了（广义的非狭义的）。‘第三种人’是被左倾宗派主义的铁门评出来的名词，本没有成立的必然和可能，不如取消”。[①] 在这里，他引用了苏汶的观点，可见他与当时“左联”的指导思想是有相当距离的，他同意“第三种人”的观点，这是以一个知识分子的身份保持着自己的理性判断。

最后，朱自清的文学史立场尽管有着客观中立的一面，但是也有着自己的主观情感和文学个性，这表现在以下两方面。

其一，在朱自清书写新文学运动遭到“学衡派”反对之时，只字不提“学衡派”的主将吴宓，而且也不提及以章士钊为代表的“甲寅派”对新文学的攻击，这是因为朱自清和他们的私情交谊。当时朱自清和吴宓二人同在清华任教，二人关系很好，他不好指名道姓地提及。1928年，吴宓兼任天津《大公报・文学副刊》主编，当他编古

① 朱自清:《中国新文学研究纲要》，朱乔森编《朱自清全集》（第八卷），江苏教育出版社1993年版，第82页。

典文学之时，就邀请朱自清编新文学。吴宓去欧洲旅游之时，朱自清还写了旧体诗《送吴雨僧先生赴欧洲》与他赠别。朱自清和章士钊应该有着师生关系。朱自清于1916年中学毕业后考入北京大学预科，1917年考入北京大学哲学门（后改哲学系），他用3年时间修完北京大学哲学系4年课程并于1920年毕业。而章士钊在1917年11月应陈独秀之邀任北京大学文科研究院教授，在哲学门讲授逻辑学，还兼图书馆主任，1918年其投身政治，离开北京大学。可见朱自清和章士钊在北京大学有过师生关系（章士钊和朱自清具体的交往、情谊还有待我们继续考证），所以他不便将其书写为新文学反对者。朱自清在《总论》第一章《背景》将苏曼殊与章士钊进行了并列书写，认为他的小说《双秤记》有着“政治的意味”和“真切的描写”，并剖析了这“二人间的共通点”。[①] 这样一来，章士钊在朱自清的文学史书写中出名不是因为逻辑文，也不因为其是反对新文学的“甲寅派”领袖，而是长篇小说《双秤记》。其形象不仅不是负面的，其文学地位竟然可以与苏曼殊并驾齐驱了，这种文学史安排应该是中国新文学史学史中独一无二的。

朱自清对新文学反对者的“暧昧”态度可能与其传统文学功底深厚、对传统文学有着发自内心的热爱有关。他在创作新诗的同时，就创作了很多旧体诗词，结集为《敝帚集》和《犹贤博弈斋诗钞》，而他所从事的文学研究，关于传统文学的著作也较多。从1925年任清华学校的国文教授起，他就已经开始将人生的重心转移到了学术研究，1928年他更是明确表示“国学是我的职业，文学是我的娱乐”。[②] 他一生创作了新诗60余首、旧体诗词230余首、散文约150篇，而各类学术论文则有180余篇（现代文学部分只占1/3）。这其中，新诗主要创作于他从事“国学职业”之前；而数量众多的拟古诗词、旧体诗则开始于他“国学职业”之后，这些作品本是他为了研究古

① 朱自清：《中国新文学研究纲要》，朱乔森编《朱自清全集》（第八卷），江苏教育出版社1993年版，第74页。

② 朱自清：《哪里走》，朱乔森编《朱自清全集》（第四卷），江苏教育出版社1993年版，第243页

典诗学而作的拟古练习。[①] 这样看来，朱自清他绝不仅仅只是一位现代文学研究者，他还是“国学”研究卓有成就者，而其对中国文学批评的现代转换所作出的贡献更是让当下的学者瞩目。[②] 正因为朱自清能够横跨新旧文学，所以他能同情理解“学衡派”和章士钊等人的文学主张，这也导致他对旧文学维护者吴宓、章士钊、林纾以及其他“学衡派”观点能够予以全面展示，而不是如有的文学史书写那样一概忽略。

其二，朱自清在作家、作品分析上重视文学性、艺术性的辩证分析。王瑶曾说过：“从《纲要》整体的章节安排可以看出，朱先生是以作家的创作成果作为主要研究对象的；《总论》部分讲述新文学运动的经过和发展，它的历史背景和外来影响，也都是从它同创作的关系着眼的。他很重视各种不同的创作倾向和流派的发展，而且非常注意作家的个人风格。”[③] 而这种对作家个人风格的注意就是朱自清对作家文学性和艺术性的特征归纳，显示了他独到的艺术品味。例如他对我们现在称之为“新感觉派”的三位作家的创作特点的归纳就很到位。他认为施蛰存的特点是：“个人的低回情调的诗意的书写”；“纯粹古事小说，不借古人的嘴来说现代人的话”；“思想言语俱不是现代才能有的，观察与手法却是现代的”；“二重人格的描写”；“心理分析、变态的幻象、弗洛依特、新感觉主义”。[④] 刘呐鸥的《都市风景线》的特点是：“恋爱的现代主义（暂时的，游戏的）”；“感觉主义与享乐——神经敏锐”；“忙与游戏”；“都市气氛”；“含蓄奢华的描写”。[⑤] 穆时英的《南北极》的特点是：“几千年封建制度破产之

① 王晓东：《朱自清学术思想研究》，暨南大学2009年博士论文。

② 邓乔彬、王晓东：《中国文学批评的横向研究与朱自清的贡献》，《江海学刊》2009年第2期；张健：《借镜西方与本来面目——朱自清的中国文学批评研究》，《北京大学学报》（哲学社会科学版）2011年第1期；陈国球：《从现代到传统：朱自清的中国文学批评研究》，《华南师范大学学报》（社会科学版）2015年第5期。

③ 王瑶：《先驱者的足迹——读朱自清先生遗稿〈中国新文学研究纲要〉》，朱乔森编《朱自清全集》（第八卷），江苏教育出版社1993年版，第128—129页。

④ 朱自清：《中国新文学研究纲要》，朱乔森编《朱自清全集》（第八卷），江苏教育出版社1993年版，第113页。

⑤ 同上。

下产生出来的个人主义的末路英雄，一条反叛上层社会的英雄好汉。中国型的流浪汉”；“作品本身意识形态上的缺陷。流氓无产阶级的意识”；“作者表现力是够的，描写明快有力”；“新的大众化的形式的探求”。[①] 从他对于这三位作家的分析，大致可以看出前两者已经显示出我们现在称之为“新感觉派”的艺术特征，而且他们各自的艺术特点基本上已成为当下的共识。

朱自清还敢于对一些作家作品的缺点进行直接批评。例如他批评叶绍钧的《倪焕之》“艺术上的缺点”在于：“头重脚轻”“穿插不恰当”“后半部给人以‘空浮的不很实在的印象’”“前半部说教的冗长的对话”。[②] 他批评“普罗文学第一期的倾向”在于：“革命遗事的平面描写”“革命理论的拟人描写”“题材的剪取，人物的活动，完全是概念在支配着”。[③] 他也批评华汉的《地泉》是“小说体演绎政治纲领”。[④] 吴组缃曾回忆，当朱自清上课的时候，“讲的大多援引别人的意见，或是详细地叙述一个新作家的思想与风格。他极少说他自己的意见；偶尔说及，也是嗫嗫嚅嚅的，显得要再三斟酌词句，唯恐说溜了一个字，但说不上几句，他就好像觉得已经超出了范围，极不妥当，赶快打住。于是连连用他那叠起的白手帕抹汗珠”。[⑤] 这恰好说明忠厚笃诚的朱自清不便自己臧否人物，但是会巧妙地借用他人的意见表达自己的看法，因为选择何种人物的评论本身就意味着选择者自身的选择。例如在评价普罗文学的缺点之时，朱自清就附录了《茅盾的批评》和《钱杏邨的批评》，而这二位应该是对早期普罗文学批评最严厉的了，或许朱自清与他们是英雄所见略同，所以就不惜大引而特引。

朱自清《纲要》中对诗歌的关注较多，这应与他自己就是诗人有

---

① 朱自清：《中国新文学研究纲要》，朱乔森编《朱自清全集》（第八卷），江苏教育出版社 1993 年版，第 114 页。

② 同上书，第 112 页。

③ 同上。

④ 同上书，第 113 页。

⑤ 吴组缃：《佩弦先生》，郭良夫编《完美的人格——朱自清的治学和为人》，清华大学出版社 2003 年版，第 144 页。

关。他关注了当时诗坛的最新动态，特别是对“新韵律运动”书写得非常详细。他依次介绍了《胡适说》《刘复说》《陆志韦说》《赵元任〈国音新诗韵〉(1923 年 11 月出版)》《俞平伯说》《〈晨报诗镌〉的主张》《陈勺水的〈有律现代诗〉》《杨振声说》。这样就将新诗运动以来关于新诗韵律的主要观点进行了历史性梳理，从而表明他对该问题的重视。随之，他对徐志摩与闻一多的诗也进行了详细解读，表明了他对新格律诗歌运动的称许，这和之前草川未雨、陆侃如、冯沅君对新格律诗歌的态度是不一样的。他还赏析了当时冯乃超所作的《红纱灯》、戴望舒的《我的记忆》、臧克家的《烙印》、卞之琳的《三秋草》等。还有“读诗与唱诗”的提倡等，他也予以关注。这都表明他与当时诗坛是紧密相连，随时关注其发展趋向。

总的来说，朱自清的《纲要》体现了 20 世纪 30 年代中国新文学史书写所达到的高度，其客观中立的立场与坚持文学性、艺术性的批评方法都是值得我们继承的，其“作为前驱者的足迹，《纲要》不仅有它的历史价值，而且仍然会给人以新的启发”。[①]

七 伍启元的《中国新文化运动概观》

伍启元的《中国新文化运动概观》于 1934 年在现代书局初版，这里介绍的是 2008 年黄山书社对初版本的翻印本。[②] 该书主要关注新文化运动的文化史、学术思想史，不是真正意义上的“新文学史”，但其中涉及新文学，特别是其对新文化的叙述情节与新文学有所不同，有助于我们扩展思路，不妨介绍之。

首先，该书体例比较明晰清楚，线索分明。其分为上下两篇。上篇主要介绍新文化思潮，分为七章，依次为《绪论》《社会的变革和思想的转变》《文学革命运动和新文化运动》《实验主义及其他》《疑古思潮的澎湃》《国故整理与其批评》《唯物的辩证法》。下篇介绍文化论争，依次为《引言》《人生观的论战》《东西文化的讨论》《文

① 王瑶：《先驱者的足迹——读朱自清先生遗稿〈中国新文学研究纲要〉》，朱乔森编《朱自清全集》(第八卷)，江苏教育出版社 1993 年版，第 133 页。

② 伍启元：《中国新文化运动概观》，黄山书社 2008 年版。

艺的论战》《政治问题的讨论》《社会史的论战》《结论》。这样的编排既重视了纵向的文化思潮的变迁轨辙，也强调了典型的文艺论争事件，整个新文化运动就得以主次清晰地被介绍，达到了该书的目的。

其次，该书在对新文化思潮进行介绍时，有着自己的述史逻辑。这特别表现在上篇之中，在《绪论》中他指出："本书就是指出现代中国思想界怎样的不可避免地依着世界主要思潮而转动。在《上篇》里，将指出中国思想界怎样的依着各国改革的过程，先把文字与语言打成一片（第三章）；怎样的再进一步把美国的主要思想方法——实验主义——介绍到中国来（第四章）；怎样的把这个思考方法应用到中国古史的探讨（第五章）和国故的整理（第六章）；和怎样的另一派的思想家把另一个科学方法——马克思的唯物辩证法提出，并和实验主义相对抗（第七章）。"[①] 这段话就表明了伍启元对中国新文化思潮的认识：第一，中国新文化思潮受到世界主要思潮的影响，与其有着类似的运动规律，先语言形式的革命，然后是思想方法，然后以此思想方法进行本民族文化传统的研究。第二，他认为整个新文化思潮引入的外国思潮在于两种，分别为实验主义和马克思的唯物辩证法。第三，他认为这两种主要的文化思潮是对抗的，而不是一方取代另一方，这体现在文学思潮上就是他并不认为"革命文学"比"五四文学"更加高明，二者都是对等的，这与当时一些学者一定要在二者之间进行个非此即彼的选择有着明显不同。

伍启元在《上篇》中论述的是中国新文化思潮所受到的两大外国思潮的影响，而在《下篇》中，伍启元介绍了整个新文化运动中的重要论争。最后他在《结论》中指出："把这十余年来中国学术思想的蜕变概括起来，可以分为四大阶段：（一）自觉主义的阶段，这阶段的代表人物是张君劢等；（二）实验主义的阶段，这个阶段的代表人物是胡适等；（三）唯物的辨证论的阶段，这个阶段的代表人物是陈独秀、郭沫若等；（四）东方文化的阶段，这个阶段的代表人物是梁漱溟等。这四个主义的彼兴此替，就代表了这十余年来中国学术思

① 伍启元：《中国新文化运动概观》，黄山书社2008年版，第3—4页。

想的变迁。不过有一点我们应要注意的，就是这四种思想在这十余年来都是有势力的，这里所谓‘某某主义阶段’，就是说在这阶段之内，某某主义是最盛行的吧。这四种主义除了第一种是渐渐的消沉下去外，其他三种直到现在还很兴盛的。”① 可见，其并不认为文化思潮的彼此消长可以互相代替，而应是同时并存、相互渗透和融合。这表明，伍启元既注重了新文化思潮前后演变的历史逻辑，又能够对不同文化思潮进行客观持平的分析比较。其既从文化思潮的演变来论述文学革命和革命文学，又能高屋建瓴地引导我们透过表象看清整个新文学运动演化的内在路径。

最后，伍启元的文学立场有着自己的选择。他在《上篇》的第三章书写了《文学革命运动和新文化运动》，在《下篇》第十一章《文艺的论战》写了革命文学论争，从这两章我们可以看出他的文学立场。在书写文学革命中，他认为“最先去提倡革新的，是王国维氏、梁启超氏、谭嗣同氏等”②，他还是强调近代文学为文学革命打下的基础。而对文学革命经过的书写，伍启元并没有提供什么新鲜材料。从字里行间可以看出，他书写了反对新文学的三次斗争，他的立场是站在新文学立场上拥护文学革命的，而对反对派的言论多不引用。

在写革命文学论争之时，伍启元对革命文学产生的缘由进行了说明：“近世西洋文化的中心——个人本位主义，自欧战以后，已渐渐失去一部分人的信仰；一切学术思想，都很明了地要转变到社会本位主义。（社会本位主义，早已萌芽，但直到战后才特别发达）中国的学术思想，既是跟着西洋的思想而转移，自然也受这种转变的影响。在文艺方面，所受的影响更深；于是‘革命文学’运动，就依着时代的需求而产生了。”③ 可见他认为革命文学的诞生有着西洋思潮的影响，这是时代需求的必然结果。接着他书写了在革命文学论争中，“创造社”和“语丝派”“文学研究会派”“新月派”等各自的论争。他将革命文学的主张进行介绍，之后指出“这一次论战的态度，比人

① 伍启元：《中国新文化运动概观》，黄山书社2008年版，第171页。
② 同上书，第27页。
③ 同上书，第103页。

生观论战的态度还坏。我们也不必记述那些没有价值的相骂了”。[①] 伍启元将反对革命文学的观点进行了详细列举，指出“他们所反对的，是‘创造社派’人抹杀‘革命文学’以外一切的文学的态度，而不是反对整个‘革命文学’的本身。他们尤其是要反对的，就是‘创造社派’的人的‘夸大狂’，他们再三的要问：‘所谓革命文学的历史根据在哪里？’‘他们有什么革命文学的产品？’‘革命文学对于社会起了什么影响？’”[②] 伍启元无疑是同意这些观点的，他认为，对于“这些问题，我们到了今天——革命文学运动发起了几个年头的今天——还要问呢！”[③]

伍启元也写了关于“第三种人”的论争，他认为这个问题是革命文学论争的继续，这是与众不同的。然后他列举了这次论争的四个焦点问题，但同时也指出，“他们两方，也不是没有共同承认之点的”。[④] 他引用苏汶的观点说明，这次争论的意义在于文艺创作自由的原则被承认了，左翼方面狭窄的排斥异己的观念得到了纠正。他自己则认为，“不论文艺之理论的争辩是怎样，一个客观的人，始终要说一句话：‘拿作品来’！”[⑤] 这正是鲁迅的态度，也是他个人的文学观点。

注意到革命文学论争的复杂性、特别是注意争论双方的观点并不是敌我分明，这是伍启元书写的基点，他的这种客观辩证的立场中又有着自己的文学见解，这在当时很难得。

八 《中国新文学大系（1917—1927)》中的新文学史书写

《中国新文学大系（1917—1927)》（以下简称《大系》）是从1935年至1936年初由赵家璧主编、上海良友图书印刷公司出版发行的一套丛书。《大系》共有十卷，分为理论、作品、史料三部分，分

① 伍启元：《中国新文化运动概观》，黄山书社2008年版，第107页。
② 同上书，第108页。
③ 同上。
④ 同上书，第111页。
⑤ 同上。

别由当时有代表性的作家所主编。具体情形如下：胡适编《建设理论集》、郑振铎编《文学论争集》、茅盾编《小说一集》、鲁迅编《小说二集》、郑伯奇编《小说三集》、周作人编《散文一集》、郁达夫编《散文二集》、朱自清编《诗集》、洪深编《戏剧集》、阿英编《史料·索引集》。全卷前有蔡元培所写的《总序》，每卷主编都为自己所编的这一集写了《导言》。1940年良友复兴图书公司将它们汇编在一起，命名为《中国新文学大系导论集》出版。笔者这里依据的就是该版本。[①] 将《总序》和这些《导言》汇合起来看，其无形中具有文学史意味。

（一）蔡元培的《中国的新文学运动》

蔡元培所撰《总序》名为《中国的新文学运动》，其从宏观整体上论述了“五四”新文化运动的意义，这就为编写该文学大系提供了理由。他将“五四”新文化运动与西方的文艺复兴进行了类比，由此阐明了其对中华民族的意义。他开篇就说道：“欧洲近代文化，都从复兴时代演出；而这时代所复兴的，为希腊罗马的文化；是人人所公认。我国周季文化，可与希腊罗马比拟，也经过一种烦琐哲学时期，与欧洲中古时代相埒，不能振发起衰；五四运动的新文学运动，就是复兴的开始。”[②] 可见，蔡元培将“五四”新文学运动的意义提升到了民族国家文化振作的高度来评价，流露了他对新文学未来的希望。为了说明中西文学文化的这种相似性，蔡元培就对二者的历史进行了简单梳理，以此进一步表明他的这种观点是有依据的。

在阐明“五四”新文化运动的意义和历史依据之后，蔡元培又解释了为什么改革思想“一定要牵涉到文学上？”[③] 这就是在分析文学革命的发生缘由了。他指出“这因为文学是传导思想的工具”。[④] 在这里，他引用了钱玄同的观点来说明提倡白话文的用意，并继续用西方的文艺复兴也是从语言变革开始的来佐证中国文学革命从白话开始

① 蔡元培等：《中国新文学大系导论集》，良友复兴图书公司1940年版。
② 同上书，第3页。
③ 同上书，第9页。
④ 同上。

的正当性。

蔡元培表明，中国的文学革命与西方的文艺复兴相比时间较短，但已在进行之中，有必要将已有的成绩进行总结，所以编撰整理《中国新文学大系》是很有必要的，这就是在说明《大系》的编撰意图和意义。

总之，蔡元培的《总序》多是强调“五四”新文化运动的意义，对具体的新文学史书写新意不够多，这里不再赘述。

（二）胡适的《新文学的建设理论》

胡适所写《导论》名为《新文学的建设理论》，与他之前的《五十年来之中国文学》有相同之处，都是在论述文学革命的发生史。他主要做了两点：“第一是叙述并补充了文学革命的历史背景（音标文字运动的部分是补充的）。第二是简单的指出了文学革命的两个中心理论的涵义，并且指出了这一次的文学革命的主要意义实在是文学工具的革命。”[①] 但此时的他已经在淡化陈独秀的功劳，更多地强调自己的主角作用。例如在《五十年来之中国文学》中，他还说，如果没有陈独秀的革命精神，那他提出的文学革命还不会迅速成功；而在《导论》中则没有这些谦逊的言语了，他更多在叙述自己如何“发明”了这一“革命”运动。温儒敏对此曾有精到评价，他认为胡适为《建设理论集》所作《导论》在论及新文学的发生时，“较多强调‘多元的、个别的、个人传记’的原因，大讲他个人在美国留学阶段对白话诗的讨论，以说明新文学运动的渊源，而相对淡化了文学革命所赖以发生的整个新文化运动背景，淡化了包括陈独秀在内的一代先驱共同营造的文化空间的整体性作用。这的确带有改写‘荣誉权分配方案’的味道”。[②] 温儒敏的确看到了胡适在时隔十余年后书写同样的新文学发生史有了不同的态度和评价，但为什么会有这种变化呢？温儒敏这里似乎还没有论及，其实这与之前的周作人和郭沫若有关。

周作人在1932年9月出版《中国新文学的源流》[③] 中已经消损了

① 蔡元培等：《中国新文学大系导论集》，良友复兴图书公司1940年版，第51页。

② 温儒敏：《论〈中国新文学大系〉的学科史价值》，《文学评论》2001年第3期。

③ 周作人：《中国新文学的源流》，上海书店出版社1988年影印版。

胡适的文学史地位，让读者觉得胡适的文学观点并不新鲜，或是古已有之、或是值得商榷的。他进行了这几项工作：提出了纯文学观点；以纯文学观点为标准对整个中国文学史进行了新的循环论阐释；对胡适的文学观和文学史观进行了针锋相对的评说。而胡适也不得不就此回应，这里的《导论》就对周作人的批评进行了反批评，这表现在以下几方面：周作人引录袁中郎为江进之的《雪涛阁集》所作的序文，表明在那时袁中郎已经谈及文学的变迁观点，以此证明这比胡适“要高明得多”。[①] 胡适在这里承认“文学随时代变迁”的观点在中国早已有之，最早倡导此说的是晚明的袁氏三兄弟以及清朝的袁枚、赵翼等人，但他自己那时还没读到三袁的集子，“但很爱读《随园集》中讨论诗的变迁的文章。我总觉得袁枚虽然明白了每一时代应有那个时代的文学，但他的历史眼光还不能使他们明白他们那个时代的文学正宗已不是他们做古文、古诗的人，而是他们同时代的吴敬梓、曹雪芹了”。[②] 胡适的意思就是说，古时之人虽然提出了“文学随时代变迁”的观点，但这只是一个理论的问题，而没有看出来文学最终的进化路线应该是向着白话变迁，当时的文坛主流只有吴敬梓、曹雪芹顺应了这种时代潮流，而看出这种文学潮流的只有他胡适。他强调这种文学史观的重要性：“我特别注重这个历史的看法，固然是我个人的历史癖，但在当时这种新的文学史简介不但是需要的，并且是最有效的武器。国内一班学者文人并非不熟中国历史上的重要事实，他们所缺乏的只是一种新的看法。”[③] 很显然，他依然坚持他的白话文学进化史的文学史观，这与周作人的循环论文学史观是大不一样的。而他对这种历史观在当时的意义还是归纳到位的，当然其中也有为后人所不理解的委屈与愤懑在其中。

针对胡适所说的“古文是死文字，白话是活的”，周作人认为，“古文和白话并没有严格的界限，因此死活也难分”[④]，他从诗言志的

---

① 周作人：《中国新文学的源流》，上海书店出版社1988年影印版，第46页。

② 蔡元培等：《中国新文学大系导论集》，良友复兴图书公司1940年版，第37页。

③ 同上书，第39页。

④ 周作人：《中国新文学的源流》，上海书店出版社1988年影印版，第103—104页。

角度来论证内容的变革方才导致白话文学盛行的必然[①]。而郭沫若也说“所以第一义是意识的革命，第二义才是形式的革命”[②]，这是从经济基础影响上层建筑的角度论说不同时代的社会意识，从而导致文学形式的变革，所以，郭沫若指出，“文言文不必便是不革命或反革命，白话不必便是革命。文言自身是有进化的，白话自身也是有进化的”。[③] 胡适在此则说明，他与陈独秀并没有忽视内容，“我最初提出的‘八事’和陈独秀提出的‘三大主义’，都顾到形式和内容的两方面。我提到‘言之有物’‘不模仿古人’‘不作无病之呻吟’，都是文学内容的问题”。[④] “但我们在国外讨论的结果，早已使我认清这回作战的单纯目标只有一个，就是用白话来作一切文学的工具。”[⑤] “所以我回国之后，决心把一切枝叶的主张全抛开，只认定这一个中心的文学工具革命论是我们作战的‘四十二生的大炮’。”[⑥] 胡适在这里强调了他攻击旧文学先形式、后内容有着策略性的思考，而“这个‘白话文学工具’的主张，是我们几个青年学生在美洲讨论了一年多的新发明，是向来论文学的人不曾自觉的主张的”。[⑦] 接着，他指出，利用这一新工具，把旧文学的一切弊病——陈独秀所指出旧文应该推倒的种种毛病，“……都可以用这一把斧头砍的干干净净”。[⑧] 按照胡适这个逻辑，只要用上白话作为文学的工具，旧文学所有毛病都会消除殆尽，看来他还是没有回答周作人和郭沫若所提出的问题——那就是用白话作的宣传封建礼教的文章算不上新文学。也许是忍无可忍了，胡适还是直接说出了自己的愤怒：“至今还有一班人信口批评当日的文学革命运动，嘲笑它只是一种‘文字形式’的改革。对于这班人

---

① 周作人：《中国新文学的源流》，上海书店出版社 1988 年影印版，第 105—112 页。

② 麦克昂：《文学革命之回顾》，《文艺讲座》（第一册），冯乃超编，上海神州国光社 1930 年版，第 75 页。

③ 同上。

④ 蔡元培等：《中国新文学大系导论集》，良友复兴图书公司 1940 年版，第 35 页。

⑤ 同上。

⑥ 同上书，第 40 页。

⑦ 同上书，第 36 页。

⑧ 同上。

的批评，我在十六年前早已给他们留下了答复了”[①]，接着，他引录了自己在《尝试集自序》中的话来说明。他又说，“我在十七年前也曾给他们留下更明白的答复”，又引录了自己在《谈新诗》中观点，最后他嘲笑道：“现在那些说俏皮话的‘文学革命家’为什么不回到二十年前的骈文、古文里去寻求他们的革命‘大道’呢？”[②] 很显然，他对以郭沫若为代表的革命文学派进行了讥讽。这些提倡革命文学的还是用的白话文学，却来嘲笑原来的文学革命，忽视他胡适的文学史地位，他自然非常不满意。

郭沫若等革命文学派在1930年前后对文学革命进行了重评，使得胡适的文学史地位遭到了消解。例如郭沫若在《文学革命之回顾》中就大谈陈独秀的贡献，在此之后才说及胡适：“这儿自然应该提到一位胡适之。幸、或者不幸，是陈独秀那时把方向转换了，不久之间文学革命的荣冠差不多归了胡适之一人的顶戴。”[③] 在这里，他将胡适在文学革命中的地位与作用归为一种附带性说明，而且认为这是一种运气使然，胡适只不过是将本该陈独秀所应有的桂冠“巧取豪夺”并戴在自己头上了。或许正因为这样的文学史评价，使得胡适在《导论》中不断论及他如何在海外“发明”了白话文学，他不得不再次详述自己的白话文学的历史进化论以及“国语的文学，文学的国语”等有关文学革命的理论，他自己的作用又是如何重要，而陈独秀的功劳自然不是他要关注的重点。

郭沫若的《文学革命之回顾》还从阶级斗争和政治经济的立场说明陈独秀、胡适等人所开展的文学革命是资产阶级反对封建阶级的革命。对此，胡适先评价陈独秀在《科学与人生观序》中的观点——从经济史观的立场上说明文学革命顺应时代的需要才获得成功——胡适认为这个原因的分析太单一，因为这“其中各有多元的、个别的、个

---

① 蔡元培等：《中国新文学大系导论集》，良友复兴图书公司1940年版，第46页。

② 同上书，第47页。

③ 麦克昂：《文学革命之回顾》，冯乃超编《文艺讲座》（第一册），上海神州国光社1930年版，第80页。

人传记的原因，都不能用一个‘最后之因’去解释说明的”。[①] 接着，他除了分别从中国白话文学悠久的历史、全国地区“官话”的通行、海禁的开放与世界文化的接触等文化方面的原因进行分析外，还从科举制度的废除、满清帝室的颠覆等政治原因进行了解释。这之后，他继续强调“白话文的局面，若没有‘胡适之陈独秀一班人’，至少也得迟出现二三十年，这是我们可以自信的”[②]，在这里，他再次列举自己在《逼上梁山》中的史料，以证明自己在文学革命上所起到的独特作用。由此他提出了自己的历史观：“治历史的人，应该向这种传记材料里去寻求那多元的、个别的因素，而不应该走偷懒的路，妄想用一个‘最后之因’来解释一切历史事实。无论你抬出来的‘最后之因’是‘神’是‘性’、是‘心灵’或是‘生产方式’，都可以解释一切历史：但是，正因为个个‘最后之因’都可以解释一切历史，所以都不能解释任何历史了！等到你祭起了你那‘最后之因’的法宝解决一切历史之后，你还得解释：‘同在这个‘最后之因’之下，陈独秀为什么和林琴南不同？胡适为什么和梅光迪胡先骕不同？’如果你的‘最后之因’可以解释胡适，同时又可以解释胡先骕，那岂不是同因而不同果，你的‘因’就不成真因了。所以，凡可以解释一切历史的‘最后之因’，都是历史学者认为最无用的玩意儿，因为他们其实都不能解释什么具体的历史事实。”[③] 从表面上看来，胡适是针对陈独秀的文章而发感慨，但实际上，他是对以郭沫若为代表的革命文学倡导者对他的文学史地位重评的反击。因为在郭沫若[④]等人的文章中正是将文学革命运动视为资产阶级的生产方式与封建社会的生产方式进行斗争的一种工具和形式，这与晚清梁启超等人并没有分别，而这在胡适眼中正是“最后之因”，它不能解释同在资产阶级与封建阶级斗争之下，胡适与胡先骕、陈独秀与林琴南的不同。

---

① 蔡元培等：《中国新文学大系导论集》，良友复兴图书公司 1940 年版，第 32 页。

② 同上书，第 34 页。

③ 同上书，第 35 页。

④ 麦克昂：《文学革命之回顾》，冯乃超编《文艺讲座》（第一册），上海神州国光社 1930 年版。

郭沫若还对胡适所提出的“八事”提出了批评。他认为胡适“提出了一些更具体的方案，他依据自己的方案也‘尝试’过一些文学样的作品，然而严正的说，他所提出的一些方案在后来的文学的建设上大抵都不实用，而他所尝试的一些作物自始至终不外是‘尝试’而已”。[①] 他具体批评了胡适的“有什么话说什么话”以及“不用典”。他认为胡适所说“不用典”是“是逐鹿而不见山”，因为“新文学也有新文学的典故，即如胡适之做文章也在引用孙悟空翻筋斗的典故”。[②] 胡适在《导论》中对此不得不承认，“我们那时谈到‘不用典’一项，我自己费了大劲，说来说去总说不圆满”[③]，表面上他是接受了郭沫若的批评。但他接着说，“后来，玄同指出，用白话说就可以‘驱除用典’了，正是一针见血的话”[④]，这倒显得“不用典”没有错，只是多余的话，只要大家都用白话，就不会用典，这样郭沫若的批评他是全不接受了。

总之，胡适在《大系》的《导论》中，重在回应周作人在《中国新文学的源流》和郭沫若在《文学革命之回顾》中对他的文学史地位的重评，由此提出了他的反批评。但是，20 世纪 30 年代正是革命文学狂飙突进的时代，郭沫若对胡适的文学史评价获得了更多人的认可，这表现在王哲甫、贺凯、霍衣仙等人的文学史书写中，这是胡适无可奈何之事。

（三）郑振铎的《五四以来文学上的论争》

郑振铎的这篇《导论》名为《五四以来文学上的论争》，从标题上我们可知，其主要是论及“五四以来”所有关于“文学”方面的争论，但实际上我们发现，其主要介绍了第一个十年中围绕文言与白话的争论，这就是三大争论：林纾与蔡元培、“学衡派”与胡适、章士钊为代表的“甲寅派”与鲁迅等人的争论，而其他方面的争论则

① 麦克昂：《文学革命之回顾》，冯乃超编《文艺讲座》（第一册），上海神州国光社 1930 年版，第 80 页。

② 同上书，第 81 页。

③ 蔡元培等：《中国新文学大系导论集》，良友复兴图书公司 1940 年版，第 36 页。

④ 同上书，第 36—37 页。

很少涉及。这是为什么呢？他自己在《导论》的结尾中道出了原因："三番五次的对于白话文学的'反攻'，乃正是白话文运动里所必然要经历过的途程。这只会更鼓励了我们的勇气，多一个扎硬寨、打死战的机会，却绝对不会撼惑军心、摇动阵线的。所以像章士钊乃至最近汪懋祖辈的反攻，白话文运动者们是大可不必过分的忧虑的——但却不能轻轻的放过了这争斗的机会！有时候不愿意重说一遍的话，却也竟不能不说。"①（着重号原本就有——笔者注）可见郑振铎的编选还是有着现实意义的。因为自南京政府成立后，蒋介石通过儒化孙中山的"三民主义"，将它说成是继承自尧、舜、文、武、周公、孔子以来的道统，极力推崇《大学》《中庸》，公然主张读经，并发起以"四维八德"为规范的新生活运动，于是浓厚的复古主义倾向充满了20世纪30年代。部分省份如湖南、广东竟然出现了强令学生学习文言文和读经的现象。特别是广东，不仅通过了强令学生学习文言、读经的提案，而且编纂读经课本，新文化运动以来的成果有了再遭颠覆的危险。这在文化界自然引起争论，1934年5月6日，汪懋祖首先在《时代公论》上著文，力辟白话文之非，主张中小学学习文言文并读经；吴研因在1934年5月16日《申报》上著文批驳汪懋祖的观点，之后胡适、柳诒征、容肇祖、任叔永、何鲁成、余景陶等也加入论争，由此又开展了规模宏大的"文白之争"，这次争论从1934年5月开始持续到8月才基本结束。② 郑振铎作为新文学的拥护者，看到文学革命已过去了近二十年，还没有取得决定性胜利，所以他再次号召"扎硬寨、打死战"就不足为奇，他所选择的关于"文白之争"的文章正是他不愿重说而又不得不再说的了。

郑振铎在《导论》中将这"伟大的十年"分为两个时期。"第一期是新文化运动和白话文运动。一方面对于旧的文化、传统的道德，反抗、破坏、否认、打倒，另一方面树立起言文合一的大旗，要求以国语文为文学的正宗。就文学上说来，这初期运动者所要求的只是

---

① 蔡元培等：《中国新文学大系导论集》，良友复兴图书公司1940年版，第80页。

② 罗玉明：《20世纪30年代文言白话之争及其影响》，《安徽史学》2004年第5期。

‘文学’的形式上的改革。虽然也曾提到过黑幕小说等等的问题，却未遑立刻和他们作殊死战。这时所全力攻击着的乃是顽固的守旧党和所谓正统派的古文家。讨论得最热闹的只是旧戏剧的问题，他们对于旧式戏剧的种种不合理的地方，曾极不客气加以指摘。”[①]“第二个时期是新文学的建设时代，也便是“文学研究会”和“创造社”的时代。不完全是攻击旧的，而且也在建设新的。不完全是在反抗、破坏、打倒，而也在介绍创作、整理。白话文的讨论已经是成了过去的问题，在这时候所讨论的乃是更进一层的如何建设新文学、或新文学向那里去的问题。于是便有写实主义和浪漫主义的岐向。这便是一种明显的进步的现象。”[②]郑振铎将第一个十年再分为两个时期，是按照文学团体和文学创作来划分的，这与革命文学倡导者们以 1925 年的“五卅”运动为界限还是有着不同的。将新文学第一个十年分为两个时期的文学史划分后来都很少用，大多是将视为一个整体，但是在 20 世纪 70 年代，中国香港的司马长风在他的《中国新文学史》中又有了这样的划分，这种划分的起源可以追溯至 20 世纪 30 年代。

郑振铎的《导论》大致梳理了中国新文学在这十年中的发生、发展以及所遭遇的重大事件，这种文学史书写在之前的叙述中早已成为定论，这里不再赘述。但在一些历史事实的细节方面，他有着自己的补充，让一些历史得到了圆满解释。例如在书写初期的文学革命讨论时，郑振铎列举了曾毅、方宗岳、余元濬等人发表的“折中论”，他批评这些人“都是‘改良派’，‘恐矫枉过正，反贻人之唾弃。急进反缓。不如姑缓其行’的人物。这些‘折中派’的言论，实最足以阻碍文学革命运动的发展”。[③]新文学史的书写一般都强调二元对立的新旧之间的“文白”之争，但是郑振铎为我们展现了在这二者之间还有“折中派”，尽管他站在新文学的立场上嘲弄这些言论，但他还原了当时的历史原貌，这是很多新文学史书写没有做到的。又如在

---

① 蔡元培等：《中国新文学大系导论集》，良友复兴图书公司 1940 年版，第 74—75 页。

② 同上书，第 77—78 页。

③ 同上书，第 59 页。

书写林纾反对文学革命的行动时，郑振铎强调了林纾当时写了两篇小说《荆生》与《妖梦》，这都是希望借助“外力”来压制这个新的运动。郑振铎也指出，当时北京大学里也有一派守旧的学生出版了月刊《国故》，发动拥护古典文学的运动，这就表明当时文学革命的讨论在北京大学内部也还没有取得压倒性胜利，“新旧”之间几乎势均力敌。郑振铎接着书写了“当时是‘安福系’当权执政，谣言异常的多。时常有人在散布着有政治势力来干涉北京大学的话，并不时的有陈、胡被驱逐出京之说。也许那谣言竟有实现的可能——假如不是‘五四运动’的发生”。[①] 这种历史细节的书写，表明当时的文学革命已经处在夭折与否的边缘，在传统势力占据统治地位的社会中，其随时就会遭到执政当局的扼杀。郑振铎接着书写道：“林纾的热烈的反攻《新青年》同人们，乃是一九一九的二三月间的事。而过了几月，便是‘五四’运动发生的时候，‘安福系’不久便坍了台，自然更没有力量来对于新文学运动实施压迫了。”[②] 最终，“白话文运动的势力在这一年里突飞的发展着。反对者的口完全的沉寂下去了”。[③] 看到这里，我们不禁为文学革命最终能够成功感到侥幸，历史的偶然性和必然性使得文学革命最终得以胜利。读者读到这里，不由得会猜想，如果没有“五四”的爆发、如果安福系没有倒台，文学革命什么时候成功或许成了未知数。当然，历史不能假设，但是历史可以书写，郑振铎的这种书写不经意间让我们看见了历史行进中的碎片间隙，这使得文学革命的成功带有传奇色彩，而这是后来的文学史书写很少注意到的，或许他们更多凸显了历史的必然性和目的性吧。郑振铎在书写“文学研究会”与“鸳鸯蝴蝶派”的斗争也是与众不同的。他强调了二者之间的争斗，以讽刺性的语言说“鸳鸯蝴蝶派”的作家们“感觉到自己的危机的到临，曾奋其酒色淘空了的精神，作最后的挣扎”，“但过了一时，他们便也自动的收了场。《礼拜六》《游戏杂志》一类的刊物，便也因读者们的逐渐减少而停刊了。然而在各日报的副

---

① 蔡元培等：《中国新文学大系导论集》，良友复兴图书公司1940年版，第62页。

② 同上。

③ 同上书，第63页。

刊上，他们的势力还相当的大。他们的精灵也还复活在所谓‘海派’者的躯壳里，直到于今而未全灭”。[①] 郑振铎的这番话改变了一般文学史所展现给读者的印象，那就是：“鸳鸯蝴蝶派”在新文学的攻击下没有马上成为历史陈迹，也没有销声匿迹，而是在一些副刊上有着强盛的体现，而他们的一些创作思想还在“海派”中得以继承，这就将“鸳鸯蝴蝶派”坚韧的生命力予以描画，这也是之前和之后的新文学史书写很少为之的。

（四）茅盾的《现代小说导论（一）》

茅盾的《导论》对“文学研究会”的小说进行了统计，详尽介绍了“文学研究会”的成立及理论主张。针对“创造社”成员批评他们“包办”或“垄断”文坛，他进行了解释，而且认为“文学研究会”的组织并不严密，最多大家认为“将文学当作高兴时的游戏或失意时的消遣的时候，现在已经过去了”[②]，而一些代表性作家的作品往往有共同的态度，那就是“文学应该反映社会的现象，表现并且讨论一些有关人生一般的问题”[③]。茅盾对“文学研究会”性质的说明，后来成为文学史的定论了。他同样将第一个十年的文学分为两个时期，从1917年至1921年的前五年，“总会觉得那时的创作界很寂寞似的。作者固然不多，发表的机关也寥寥可数，然而我们再看看那时期的后半的五年（一九二二到一九二六年），那情形可就大不同了。从民国十一年起（一九二二年），一个普遍的全国的文学的活动开始来到!”[④] 可见，茅盾是从创作成绩来对第一个十年进行文学史分期的，这与郑振铎从破坏与建设来区分还不一样，二者的时间界址也有细微区别，一个是1921年，一个大致是“文学研究会”创立起。

茅盾的文学史研究方法非常注重统计和调查，而不是凭感觉信口开河下结论。例如，他列举了1922年至1925年全国各地设立的大量的新文学社团和创办的刊物，显示了当时新文学运动在全国逐渐普及

① 蔡元培等：《中国新文学大系导论集》，良友复兴图书公司1940年版，第71页。
② 同上书，第87页。
③ 同上。
④ 同上。

开来，而且他指出，这些新文学的参与者都是“青年学生以及职业界的青年知识分子”[①]，这就从作家身份上说明了新文学开始之时的局限性。茅盾通过引用自己的文章《评四五六月的创作》中所分析的一百二十几篇小说得出结论：“大多数创作家对于农村和城市劳动者的生活很疏远，对于全般的社会现象不注意，他们最感兴趣的还是恋爱，而且个人主义的享乐的倾向也很显然。”[②] 他认为，大部分的恋爱小说主要存在两个最大的毛病：“第一是几乎看不到全般的社会现象而只有个人生活的小小的一角，第二是观念化。”[③] 而这也几乎是第一个十年前半期的缺点。接着，茅盾分析了当时存在这两大缺点的原因在于：“在客观上，当时，一则西洋文学名著被翻译介绍过来的，少到几乎等于零，因而所谓‘学习技巧’云者，除了能读原文，就简直谈不到；二则，普遍于全国的新文学大活动还没起来，广大的青年群众内的文艺才能尚未觉醒。在主观上，当时的青年作家大多数是生活单调的学生，（他们的）生活以及由生活产生的他们的意识，一方面既限制了他们的题材，另一方面又限制了他们的觅取题材的眼光。”[④] 这种不能反映广阔社会生活的现象在第一个十年的后半期有所好转，但是“‘五卅’前夜主要的社会动态仍旧不能在文学里找见”。[⑤] 他认为这个问题大概分两半截来看：“第一，假使承认‘五四’运动是反封建的运动，则此一运动弄得虎头蛇尾。第二，‘五卅’虽然激动了大部分的青年作家，但他们和那造成‘五卅’的社会力是一向疏远的——连圈子外的看客都不是。‘生活’的偏枯，结果是文学的偏枯：目前我们大概只能说到这里为止了”。[⑥] 茅盾对第一个十年的文学成绩总结还是实事求是的，得到的结论是：这些作品涉及面太逼仄、技术也还幼稚，所以有观念化的毛病，而这与当时的

① 蔡元培等：《中国新文学大系导论集》，良友复兴图书公司 1940 年版，第 92 页。
② 同上书，第 93 页。
③ 同上书，第 94 页。
④ 同上书，第 95 页。
⑤ 同上书，第 97 页。
⑥ 同上。

作家和社会现实有密切关系，作家远远没有深入社会生活，所以他们不能创作出伟大的作品。这表明，茅盾作为现实主义文学大家，是以现实主义文学标准来衡量那些以现实主义为宗旨的“文学研究会”作家之作品的。另外，茅盾对第一个十年文学成就的分析建立在数据统计和社会现实具体分析的基础上，科学而又足以服人，但其在一般的文学史中很少借用。大部分文学史都会强调第一个十年的文学成就之显著，这恰恰不符合新事物成长的规律，很难想象刚一出现的白话文学马上就有许多优秀的作品出现（鲁迅除外），也许这与大部分文学史书写喜欢运用乐观主义叙事风格有关吧。

茅盾分析了“文学研究会”重要的作家、作品，也彰显了几个发表作品较早而后来没有作品的作家。例如他介绍的利民、王思玷、朴园、李渺世、李开先这几个作家应是其他文学史书写没有提及的。但是茅盾强调，正是这几个作家在新文学前五年里涉及的社会生活面比较广阔，跨过了学校生活和恋爱关系的题材，所以他们的作品值得大家注意。在重要作家作品中，茅盾重点介绍了以冰心、庐隐、孙俍工、叶绍钧、王统照、落华生等人为代表的“问题小说”，以徐玉诺、潘训、彭家煌、许杰为代表的“描写农村生活的作家”。[①] 这是较早将当时两种不同题材的小说予以分类的书写，现在的文学史一般将其分为“问题小说”和“乡土小说”，而在鲁迅的《导论》中将有更明确的分析。茅盾对这些作家作品的分析在后来的文学史书写中成为重要的参考意见，这里不再赘述。

（五）鲁迅的《现代小说导论（二）》

鲁迅在《导论》中对自己的文学史地位进行了客观评价。他首先简要地述说了他发表小说之前的情形：当《新青年》“一九一五年九月中在上海开始出版的时候，却全部是文言的。苏曼殊的创作小说，陈嘏和刘半农的翻译小说，都是文言。到第二年，胡适的《改良文学刍议》（应为《文学改良刍议》——笔者注）发表了，作品也只有胡适的诗文和小说是白话。后来白话作者逐渐多了起来，但又因为《新

① 蔡元培等：《中国新文学大系导论集》，良友复兴图书公司1940年版，第114页。

青年》其实是一个论议的刊物，所以创作并不怎样着重，比较旺盛的只有白话诗；至于戏曲和小说，也依然大抵是翻译”。[①] 这说明，《新青年》当时发表的小说数量非常之少，而且白话小说更少，并多是翻译。接着他开始叙述自己的创作：“在这里发表了创作的短篇小说的，是鲁迅从一九一八年五月起，《狂人日记》《孔乙己》《药》等陆续的出现了，算是显示了‘文学革命’的实绩，又因那时的认为‘表现的深切和格式的特别’，颇激动了一部分青年读者的心。然而这激动，却是向来怠慢了绍介欧洲大陆文学的缘故。”[②] 接着，他将《狂人日记》中所受果戈理和尼采的影响予以了分析，道明《药》的收束分明留着安特莱夫式的阴冷，而鲁迅自己的《狂人日记》“意在暴露家族制度和礼教的弊害，却比果戈理的忧愤深广，也不如尼采的超人的渺茫。此后虽然脱离了外国作家的影响，技巧稍为圆熟，刻画也稍加深切，如《肥皂》《离婚》等，但一面也减少了热情，不为读者们所注意了”。[③] 最后，鲁迅总结道：“从《新青年》上，此外也没有养成什么小说的作家。”[④] 我们发现，鲁迅对自己的文学史评价有几个方面：其一，他是较早写作白话小说的；其二，他的白话小说“表现的深切和格式的特别”，在内容和形式上都有不错的成绩，因此显示了文学革命的成绩；其三，他的小说借鉴了西洋小说的技术，但又有自己的超越，而后技术更加纯熟，但是却不受重视了；其四，他的文章主要发表在《新青年》上。鲁迅的这种评价后来几乎成了对他小说的权威解释。

鲁迅的这番自我评价与当时正在流行的“创造社”等人对他的批评是不同的，可以说这是他对郭沫若、钱杏邨等人的回应。在他们的眼中，鲁迅所代表的阿Q时代已经“死去了”，他只是小资产阶级作家，他的创作历程大致为“呐喊”“彷徨”，这都是小资产阶级反抗封建阶级的固有路径，只有后来鲁迅“转变”为“革命”的文学家，

---

① 蔡元培等：《中国新文学大系导论集》，良友复兴图书公司1940年版，第125页。
② 同上。
③ 同上。
④ 同上书，第126页。

才重新跟上时代的步伐。所以在20世纪30年代的很多新文学史中都按照“呐喊”“彷徨”“转变”这三个时期来为鲁迅的文学历程进行分析，例如贺凯、霍衣仙等人的文学史就是这样。鲁迅对此显然不予认可，他根本没有从阶级立场上来进行自我分析，而是从白话小说的发端以及自己小说的内容和形式来着眼，他在冷静分析之中对自己的作品有着充分的自信。

鲁迅的《导论》回忆了众多与他有关的小文学社团的建立、发展、分发与变迁。这样的文学社有“弥洒社”“莽原社”“狂飙社”“浅草社”“未名社”“沉钟社”等。他对每个文学社团、作家作品的特征都能以简要的语言予以精确的刻画，语言优美和谐，有如其杂文一样力透纸背，而显示出所论作家作品的风格。例如他说：“一切作品，诚然大抵很致力于优美，要舞得‘翩跹回翔’，唱得‘婉转抑扬’，然而所感觉的范围却颇为狭窄，不免咀嚼着身边的小小的悲欢，而且就看这小悲欢为全世界。在这刊物上，作为小说作者而出现的，是胡山源、唐鸣时、赵景沄、方企留、曹贵新；钱江春和方时旭，却只能算作速写的作者。从中最特出的是胡山源，他的一篇《睡》是实践宣言，笼罩全群的佳作，但在《樱桃花下》（第一期），却正如这面的过度的睡觉一样，显出那面的病的神经过敏来了。‘灵感’也究竟要露出目的的。赵景沄的《阿美》虽然简单，虽然好像不能‘无所为’，却强有力的写出了连敏感的作者们也忘却了的‘丫头’的悲惨短促的一世。”① 这是鲁迅论述“弥洒社”及其期刊《弥洒》的评价，其既有作品的细读，又有文学观点的评说，还有作家个人的风格论述，这样的文学史书写风格有着中国传统的评点痕迹，夹带着西方印象式批评的因子，至今还余韵悠长。鲁迅的这种论述非常之多，几乎每行都是，不胜摘引。

鲁迅在《导论》中还有一大贡献，就是命名了第一个十年中的一个小说流派，即“乡土文学”。他说道：“蹇先艾叙述过贵州，裴文中关心着榆关，凡在北京用笔写出他的胸臆来的人们，无论他自称为

---

① 蔡元培等：《中国新文学大系导论集》，良友复兴图书公司1940年版，第129页。

用主观或客观，其实往往是乡土文学，从北京这方面说，则是侨寓文学的作者。但这又非如勃兰兑斯（G. Brandes）所说的“侨民文学”，侨寓的只是作者自己，却不是这作者所写的文章，因此也只见隐现着乡愁，很难有异域情调来开拓读者的心胸或者炫耀他的眼界。许钦文自名他的第一本短篇小说集为《故乡》，也就是在不知不觉中自招为乡土文学的作者，不过在还未放开手来写乡土文学之前，他却已被故乡所放逐，生活驱逐他到异地去了，他只好回忆“父亲的花园”，而且是已不存在的花园，因为回忆故乡的已不存在的事物，是比明明存在而只有自己不能接近的事物较为舒适，也更能自慰的……[①]鲁迅这里所提出的“乡土文学”的命名、含义以及与“侨民文学”的差异，都非常清楚明白。而这种“乡土文学”所涵盖的面其实不只鲁迅所说的这几个社团中所有，在前面，茅盾所论述的“文学研究会”成员所创作的农村题材的小说中也同样有之，所以后来的文学史基本上就将它们合并为“乡土文学”加以书写。而“乡土文学”经过鲁迅的这一“发明”，此后俨然成为中国新文学源流久长的重要文学流派，这也是鲁迅当初所没有想到的！

（六）郑伯奇的《现代小说导论（三）》

郑伯奇著作的《导论》主要是对“创造社”的成立缘由、经过、理论主张和代表作家作品进行分析介绍。他在这里借用美国心理学家史丹莱·霍尔的发生心理学的观点来说明文学史。霍尔认为：“人类的进化，是将以前已经通过了的进化过程反复一番而后前进的。文明人的儿童反复着野蛮人的过程，人类的胎儿又反复着动物的过程。这不过是一种臆说，而在教育思想上曾经发生过相当的影响。”[②] 郑伯奇将之借用、转化到中西文学历史的书写上，他说道：“文学不过是文化的一部门。因为它是生活和思想底交错的具象表现，它的进展也就容易看出反复的形迹来。近代资本主义文化成立以后，浪漫主义、现实主义、象征主义等，文学史上的几个巨大潮流，在不同的国度

① 蔡元培等：《中国新文学大系导论集》，良友复兴图书公司1940年版，第133页。
② 同上书，第145页。

里，用不同的姿态发生出来。文化落后的国家或民族，它的文学虽在一个新的潮流之中产生，而先进国所通过了的文学进化过程，它还要反复一遍，虽然这反复的行进是很快的。”① 郑伯奇的话表明，中国新文学的潮流是在反复西方已经过的种种文学潮流，这种反复的速度要远远超出西方自身曾有的那种速度。这番言论实际上是说中国新文学是对西方文学思潮的亦步亦趋，现在看来，在郑伯奇的观点中有着“西方中心主义”的因素，这也能部分说明当时中国新文学发展的实际情形。

郑伯奇接着详细论说了“创造社”的最初胎动及经历了种种波折而诞生。他主要引用的是郭沫若所写的《创造十年》中的回忆，这种书写“创造社”的方式，几乎与胡适回忆自己在海外如何萌发文学革命的逻辑一致。这充分说明，新文学的诸位作家都有着很强的文学史意识，他们都通过自己的回忆、信件以及文章来为自己的行动进行说明，并时刻有着历史沉淀的冲动。郑伯奇在对“创造社”的理论主张进行书写时，强调“创造社”并没有“为艺术而艺术”的思想，因为“真正的艺术至上主义者是忘却了一切时代的社会的关心而笼居在‘象牙之塔’里面，从事艺术生活的人们。‘创造社’的作家，谁都没有这样的倾向。郭沫若的诗、郁达夫的小说、成仿吾的批评以及其他诸人的作品都显示出他们对于时代和社会的热烈的关心。所谓‘象牙之塔’一点没有给他们准备着。他们依然是在社会的桎梏之下呻吟着的‘时代儿’”。② 郑伯奇认为他们“倾向于艺术至上主义的表示，其实，不过是不满于‘粗制滥造’而发出的一种高调。他们排斥模仿，鄙视不努力，要求对于艺术的严肃态度，不料旁人却给他们戴上‘艺术派’的帽子了”。③

郑伯奇对“创造社”倾向浪漫主义的缘故进行了分析，这也成为后来文学史书写所借用的。他指出：“第一，他们都是在外国住得很久，对于外国的（资本主义的）缺点和中国的（次殖民地）的病痛

① 蔡元培等：《中国新文学大系导论集》，良友复兴图书公司1940年版，第145页。
② 同上书，第154页。
③ 同上书，第155页。

都看得比较清楚；他们感受到两重失望、两重痛苦。对于现社会发生厌倦、憎恶。而国内、国外所加给他们的重重压迫只坚强了他们反抗的心情。第二，因为他们在外国住得很久，对于祖国便常生起一种怀乡病；而回国以后的种种失望，更使他们感到空虚。未回国以前，他们是悲哀怀念；既回国以后，他们又变成悲愤激越；便是这个道理。第三，因为他们在外国住得长久，当时外国流行的思想自然会影响到他们。哲学上，理知主义的破产；文学上，自然主义的失败，这也使他们走上了反理知主义的浪漫主义的道路上去。”① 郑伯奇从国家民族的落后、个人情感的纠缠、国际文学思潮的变动等多方面来说明“创造社”为什么会倾向浪漫主义，具有很强的说服力。

郑伯奇对“创造社”的四个代表作家进行了重点分析，即郭沫若、郁达夫、成仿吾、张资平。其中，他对郭沫若的小说分析是一般文学史很少有的。他认为郭沫若的小说有着两类：“一类是寄托古人或异域的事情来抒发自己的情感的，可称寄托小说；（另）一类是自己身边的随笔式的小说，就是身边小说。”② 这种分类也是很准确的，特别是“身边小说”这一文学史概念，也被后来一些文学史者所借用。除了这四位作家之外，郑伯奇还介绍了陶晶孙、何畏、方光涛、张定璜、滕固、周全平、倪贻德、叶灵凤、白采、王以仁、洪为法、楼建南、敬隐渔、淦女士等作家及他们的作品。

这篇《导论》还将“创造社”不同时期所创办的刊物以及在这些不同刊物上发表的作品进行了介绍，可以说，其是一篇“创造社”“简史”。

（七）周作人的《现代散文导论（上）》

周作人的《导论》基本上是将他原来发表过的文章予以摘选，然后就中国新散文进行了诠释，很多地方都是在重复他之前的观点。例如，他重复了其在《中国新文学的源流》中的文学史观点。与此类似的不再赘述。这里介绍他对小品文所进行的理论阐述和历史梳理。

① 蔡元培等：《中国新文学大系导论集》，良友复兴图书公司1940年版，第158—159页。

② 同上书，第160页。

首先，周作人对新文学中小品文出现得晚又能容易成功进行了说明。他解释了小品散文晚起的缘故：“小品文是文艺的少子，年纪顶小的老头儿子。文艺发生次序大概是先韵文，次散文；韵文之中又是先叙事抒情，次说理；散文则是先叙事，次说理，最后才是抒情。”① 所以说：“小品文则又在个人的文学之尖端，是诗言志的散文，它集合叙事说理抒情的分子，都浸在自己的性情里，用了适宜的手法调理起来，所以是近代文学的一个潮头，它站在前头，假如碰了壁时自然也首先碰壁。”② 至于晚起的小品文为什么又成功得比较容易，他认为这与中国小品文的传统有关，他说道：“现代的散文在新文学中受外国的影响最少，这与其说是文学革命的，还不如说是文艺复兴的产物——虽然在文学发达的程途上复兴与革命是同一样的进展。在理学与古文没有全盛的时候，抒情的散文也已得到相当的长发，不过在学士、大夫眼中自然也不很看得起，我们读明清有些‘名士派’的文章，觉得与现代文的情趣几乎一致，思想上固然难免有若干距离，但如明人所表示的对于礼法的反动则又很有现代的气息了。”③ 所以他认为，“中国新散文的源流我看是‘公安派’与英国的小品文两者所合成，而现在中国情形又似乎正是明季的样子，手拿不动竹竿的文人只好避难到艺术世界里去，这原是无足怪的”。④

其次，周作人再次表示了他对革命文学的态度。他说道：“我常想，文学即使不革命，能革命就不必需要文学及其他种种艺术或宗教，因为它已有了它的世界了。接着吻的嘴不要再唱歌，这理由正是一致，但是，假如征服了政治的世界而在别的方面还有不满，那么当然还有要到艺术世界里去的时候，拿破仑在军营中带着《少年维特的烦恼》可以算作一例。文学所以虽是不革命，却很有他的存在的权利与必要。”⑤

① 蔡元培等：《中国新文学大系导论集》，良友复兴图书公司1940年版，第187页。
② 同上书，第188页。
③ 同上书，第188—189页。
④ 同上书，第190页。
⑤ 同上。

再次，周作人对中国新散文的前进方向进行了指引。虽然他欣赏晚明“公安派”的小品文，但是他并不认为我们应该去模仿，因为“新散文里的基调虽然仍是儒道二家的，这却经过西洋现代思想的陶镕、浸润，自有一种新的色味，与以前的显有不同，即使在文章的外观上有相似的地方”。[①] 他认为，“中国现在所受的外来影响是唯物的科学思想，他能够使中国固有的儒道思想切实地淘炼一番，如上文说过，以科学常识为本，加上明净的感情与清澈的理智，调合成功一种人生观，‘以此为志，言志故佳，以此为道，载道亦复何碍’。论理，这应该是中国现文坛的普遍的情形，盖中国向无宗教思想的束缚，偏重现实的现世主义上加以唯物的科学思想，自当能和新旧而别有成就”。[②]

最后，他再次申明了他的文学观念，即文学无用论。他说道：“我觉得文学好像是一个香炉，他的两旁边还有一对蜡烛台。左派和右派。无论那一边是左是右，都没有什么关系，这总之有两位，即是禅宗与密宗，假如容我借用佛教的两个名称。文学无用，而这左右两位是有用有能力的。”[③]

（八）郁达夫的《现代散文导论（下）》

郁达夫的《导论》共分六节，其中前四节都是讨论散文的诸多概念，依次为《散文这一个名字》《散文的外形》《散文的内容》《现代的散文》。他大致从古今中外的文学史对散文这一体裁进行了辨析，而在《现代的散文》中叙说了现代散文的三个特征：“现代的散文之最大特征，是每一个作家的每一篇散文里所表现的个性，比从前的任何散文都来得强”[④]；现代散文的第二个特征是“它的范围的扩大”，这“也是近代散文超越过古代散文的一个长足的进步”[⑤]；“现代散文

① 蔡元培等：《中国新文学大系导论集》，良友复兴图书公司1940年版，第193页。
② 同上书，第194页。
③ 同上书，第196页。
④ 同上书，第206页。
⑤ 同上书，第209页。

的第三个特征，是人性，社会性，与大自然的调和”[①]。第五节是《关于这一次的选集》，郁达夫论说了自己参加《大系》编选的经过，缘由以及选集的原则。

第六节《妄评一二》主要是郁达夫对他所选的作家作品进行的评价，这一内容历来为文学史书写者所看重。例如，他认为，“中国现代散文的成绩，以鲁迅、周作人两人的为最丰富、最伟大，我平时的偏嗜，亦以此二人的散文为最所溺爱”。[②] 所以，他对周氏兄弟散文的评价，非常详细，而且富有文采，其评价几成定论：“鲁迅的文体简练得像一把匕首，能以寸铁杀人，一刀见血。重要之点，抓住了之后，只消三言两语就可以把主题道破——这是鲁迅作文的秘诀，详细见《两地书》中批评景宋女士《驳覆校中当局》一文的语中——次要之点，或者也一样的重要，但不能使敌人致命之点，他是一概轻轻放过，由它去而不问的。与此相反，周作人的文体，又来得舒徐自在，信笔所至，初看似乎散漫支离，过于繁琐！但仔细一读，却觉得他的漫谈，句句含有分量，一篇之中，少一句就不对；一句之中，易一字也不可，读完之后，还想翻转来从头再读的。当然这是指他从前的散文而说，近几年来，一变而为枯涩苍老，炉火纯青，归入古雅遒劲的一途了。”[③] “两人文章里的幽默味，也各有不同的色彩：鲁迅的是辛辣干脆，全近讽刺；周作人的是湛然和蔼，出诸反语。从前在《语丝》上登的有一篇周作人的《碰伤》，记得当时还有一位青年把它正看了，写了信……”[④] “其次是两人的思想了；他们因为所处的时代和所学的初基，都是一样，故而在思想的大体上、根本上，原也有许多类似之点；不过后来的趋向，终因性格环境的不同，分作了两歧。”[⑤] “鲁迅在日本学的是医学，周作人在日本由海军而改习了外国语。他们的笃信科学，赞成进化论，热爱人类，有志改革社会，是弟

---

① 蔡元培等：《中国新文学大系导论集》，良友复兴图书公司1940年版，第211页。
② 同上书，第218页。
③ 同上书，第216页。
④ 同上书，第217页。
⑤ 同上。

见一致的；而所主张的手段，却又各不相同。鲁迅是一味急进，宁为玉碎的；周作人则酷爱和平，想以人类爱来推进社会，用不流血的革命来实现他的理想（见《新村的理想与实际》等数篇）。”① “周作人头脑比鲁迅冷静，行动比鲁迅夷犹，遭了‘三一八’的打击以后，他知道空喊革命，多负牺牲，是无益的，所以就走进了十字街头的塔，在那里放散红绿的灯光，悠闲地、但也不息地负起了他的使命；他以为思想上的改革，基本的工作当然还是要做的，红的绿的灯光的放送，便是给路人的指示；可是到了夜半清闲，行人稀少的当儿，自己赏玩赏玩这灯光的色彩，玄想玄想那天上的星辰，装聋作哑，喝一口苦茶以润润喉舌，倒也是于世无损，于己有益的玩意儿。这一种态度，废名说他有点像陶渊明，可是‘陶潜诗喜说荆轲’，他在东篱下采菊的时候，当然也忘不了社会的大事，‘少时壮且厉，抚剑独行游’的气概，还可以在他的作反语用的平淡中想见得到。”② “鲁迅的性喜疑人——这是他自己说的话——所看到的都是社会或人性的黑暗面，故而语多刻薄，发出来的尽是诛心之论；这与其说他的天性使然，还不如说是环境造成的来得恰对，因为他受青年、受学者、受社会的暗箭，实在受得太多了，伤弓之鸟惊曲木，岂不是当然的事情么？在鲁迅的刻薄的表皮上，人只见到他的一张冷冰冰的青脸，可是皮下一层，在那里潮涌发酵的，却正是一腔沸血、一股热情；这一种弦外之音，可以在他的小说，尤其是《两地书》里面看得出来。我在前面说周作人比他冷静，这话由不十分深知鲁迅和周作人的人看来，或者要起疑问。但实际上，鲁迅却是一个富于感情的人，只是勉强压住，不使透露出来而已；而周作人的理智的固守，对事物社会见解的明确，却是谁也知道的事情。”③ “周作人的理智既经发达，又时时加以灌溉，所以便造成了他的博识；但他的态度却不是卖智与炫学的。谦虚和真诚的二重内美，终于使他的理智放了光、博识致了用。他口口声声在说自己是一个中庸的人，若把中庸当作智慧感情的平

① 蔡元培等：《中国新文学大系导论集》，良友复兴图书公司1940年版，第217页。
② 同上。
③ 同上书，第217—218页。

衡、立身处世的不苟来解，那或者还可以说得过去；若把中庸当作了普通的说法，以为他是一个善于迎合、庸庸碌碌的人，那我们可就受了他的骗了。”① 郁达夫对鲁迅和周作人的散文评价有文体、风味、思想、为人、性格、政治趋向等多方面的细致比较，从而将二人的散文乃至整个文学成就及其文学史地位进行了非常科学的裁断。

郁达夫对冰心、林语堂、丰子恺、钟敬文、川岛、罗黑芷、朱大枬、叶永榛、朱自清、王统照、许地山、郑振铎、叶绍钧、茅盾等的散文也进行了精要评点，文采斐然，精美可叹，不失为散文赏析之经典。

(九) 洪深的《现代戏剧导论》

洪深的《导论》在第一节就提出：“新文学运动，虽然开始在‘五四’运动前一两年，但实际上它的地位与力量，是通过了反帝的‘五四’运动，才为一般人所承认与信服的。”② 围绕这一观点，洪深阐释了“五四”运动爆发的国际、国内政治经济形势，以说明“五四”时代是中国的资本势力和知识分子得以合作造成的。在第二节，洪深从二者根本利益的一致来说明“五四”新文化运动与中国资本势力合作的原因。第三节是说资产阶级的意识、思想与情感等需要一种与之相适应的工具，而过去的文言已不适应这种要求，于是文学革命得以诞生。第四节则重在说明“从梁启超时代到民国六年，从事‘新戏剧’运动的，不是文人，而是旧的与新的戏子们”。③ 在这里，他介绍了汪笑侬、夏月润、潘月樵、春柳社、文明戏等。他指出：“传统的旧戏、改良的旧戏、文明戏——这三样是民六新文化运动时中国的戏剧底‘遗产’。”④ 这四节都是在说，文学革命之前的政治、文化与戏剧情形，以此为新戏剧的出现铺写历史背景。

洪深在第五节开始书写文学革命之时对于戏剧的理论探讨。他介绍了刘复在《我之文学改良观》中所阐发的戏剧改良观；钱玄同的

① 蔡元培等：《中国新文学大系导论集》，良友复兴图书公司1940年版，第218页。
② 同上书，第225页。
③ 同上书，第238页。
④ 同上书，第242页。

极端反对旧戏的观点；周作人所注意到的旧戏内容的不堪；宋春舫所主张可以保存旧戏的观念；胡适教人去学西洋戏剧的方法写作白话剧，改良中国原有的戏剧；傅斯年也同意胡适的“戏剧是工具”的主张，并且提出了编制剧本的六个条件。

洪深在第六节介绍了民众戏剧社的成立及所创办的《戏剧》杂志。他认为，他们的工作，一方面在破坏、反对“京派”和“魔术派”旧戏和当时流行的文明戏。另一方面提出了建设的理论：“第一是娱乐的重视；即是戏剧教导观众而外，给观众以正当的娱乐，也是基本要求之一”①；“第二，他们主张有‘舞台上的戏剧’；即是，仅有些‘纸面上的戏剧’，艺术的工作是还没有完成的”②；“第三，他们以为当时已经译成的西洋剧不能适用而主张改译或自己创作”③；“第四，他们主张剧场建筑和前后台的管理与组织的改善”④；“第五，他们主张戏剧的从业员，以演出进步的戏来增进伶界在社会上所处的地位”⑤；“第六，他们主张用非职业的戏剧，来改革商业戏剧的弊病”⑥。而在民众戏剧社的实践方面，洪深介绍了当时王仲贤所导演的《华伦夫人之职业》和蒲伯英1922年在北京创办的人艺戏剧专门学校。

洪深在第七节介绍，剧作家“不是从舞台而是从文学走向戏剧的，如田汉，郭沫若，成仿吾，叶绍钧等”⑦，他认为，他们与那些主要是从实践方面努力的王仲贤、陈大悲等人是不一样的。他认为，“创造社”等人“在那时他们虽也写作戏剧，但目的似乎注重在给人家阅读，而并不是准备自己实演给人家看的”。⑧ 但是洪深认为他们的功绩很大，因为“在那个年代，戏剧在中国，还没有被一般人视为

---

① 蔡元培等：《中国新文学大系导论集》，良友复兴图书公司1940年版，第256页。
② 同上书，第257页。
③ 同上书，第258页。
④ 同上书，第260页。
⑤ 同上书，第261页。
⑥ 同上书，第262页。
⑦ 同上书，第278页。
⑧ 同上。

文学的一部门。自从田、郭等写出了他们底那样富有诗意的词句美丽的戏剧，即不在舞台上演出，也可供人们当作小说、诗歌一样捧在书房里诵读，而后戏剧在文学上的地位，才算是固定建立了”。[①] 这就说明了当时戏剧逐渐从旧戏剧受人轻视的地位逐渐过渡到正式为人所重视的文学地位了，从这个角度来论说田汉、郭沫若等人的戏剧文学史地位，洪深应该是较早的。接着，他讨论了这些文人的戏剧作品，探讨了他们反封建的思想内容。他最后总结道：“凡是一个好的剧本，须能满足两重要求：可读与可演。这里几个文人底剧本，不但文词优美，而且都是可以演得动人的。长篇的或诗化的对话以及同时剧烈的身体动作的缺少，都不曾使得表演沉闷的——如果有一个真正理解剧本而富于方法的排演者的话！”[②] 可见，他对这些文人剧的排演还是很不满意。

在第八节中，洪深指出，从事戏剧的人比从事其他文艺的人更加难一些。一方面，是其他文艺写在纸上后就完成了所有工作，而戏剧还有更多的事情要去做，例如排演化妆、灯光道具、舞台设计等都需要人去完成；另一方面，是写在纸上的东西可以永远流传，而戏剧是舞台艺术，是没有法子保留的。这之后，他又介绍了欧阳予倩和他自己“在写剧方面固然努力，但他们更大的贡献，是在演剧人排剧方面”。[③] 他主要引用了这两人的回忆，如欧阳予倩的《自我演戏以来》和洪深的《戏剧的人生》，并分析了他们的剧本和排演经历。他强调了戏剧协社能够成功的原因。洪深认为最重要的是“社员们的感情融洽”，大家信任他，使得他能将其在西方学来的种种技术都能“获得了相当的满意的实践了”[④]，这样，他及其所在的戏剧协社的文学史地位得以凸显。最后，洪深反复引用了他关于戏剧技术的理论主张，如剧本与小说编制的不同，如何“做戏”等。

在第九节中，洪深对1924年后的戏剧史进行了简单书写。他认

---

① 蔡元培等：《中国新文学大系导论集》，良友复兴图书公司1940年版，第283页。
② 同上书，第287页。
③ 同上书，第288页。
④ 同上书，第301页。

为“民国十三年以后，环境很有利于戏剧创作：学校剧团以及小市民组织的爱美剧团，一天天增多起来了，他们都需要那可以上演的剧本；而各地的书店，因为有人购买戏剧单行本的缘故，也肯刊印创作的剧集了”。[①] 接着，他介绍了此时张闻天、丁西林、白薇、侯曜、谷剑尘等人的剧作品。然后，他介绍了1925年发生的于中国戏剧运动有重大关系的事件：第一件是北京美术专门学校添设了戏剧系，余上沅等人倡导国剧运动，《北京晨报》在副刊上创办了一个《剧刊》。对国剧运动洪深进行了评价：“余上沅所主张的国剧，好像是一种超人生的艺术，他不以‘利用艺术去纠正人心改善生活’为然的”[②]；“他们这个国剧，是希望建筑在旧剧上面的”[③]；“他们又曾为旧剧底图谱式的表演作辩护”[④]；“可是，这样运动过一阵，并没有什么成绩；因为戏剧是‘纯为娱乐的’这个见解，早已不为时代所许可的了”[⑤]。（着重号原来就有——笔者注）可见他对国剧运动的立场是客观的，但是对其成绩并不看好，这是因为他们的戏剧观念不合于时代而已。他还批评了熊佛西的《戏剧原理》一书，认为其不负责任，曲解了形式主义。第二件大事是“五卅”惨案的发生，“许多文人，因为这次事变，态度都转得更加积极了”。[⑥] 他在这里举了郭沫若所创作的《聂嫈》为例进行说明。

在第十节中，洪深指出：“民国十五、十六两年，是中国的戏剧运动‘后退两步’的时候”[⑦]，这时候的创作、理论及技术的讨论都没有进步。他分析了多方面的原因，如戏剧协社演戏亏本不得不借用别人的舞台，不得不迁就别人；社员的闹意气、抢主角、不刻苦，表演和管理都退步了；观众一天天少了起来，戏剧走入了追求票房的路上去了；“国制电影的兴起，而许多原来从事戏剧的人又多觉得电影

---

① 蔡元培等：《中国新文学大系导论集》，良友复兴图书公司1940年版，第309页。
② 同上书，第315页。
③ 同上书，第317页。
④ 同上书，第318页。
⑤ 同上书，第321页。
⑥ 同上书，第324页。
⑦ 同上书，第326页。

比舞台剧更能深入民众，是更好的教育社会的工具，大家都想在这方面试验一下”①。然后，他简单介绍了处于幼稚期的国制电影的状况。

总的来说，洪深对新戏剧的发生发展介绍得比较完整，其态度比较中立客观。这表现在其对早期戏剧讨论的各种主张都能予以介绍，他对国剧运动的分析也是中正平和的，他对两种不同类型的剧作者——重实践和重剧本——的介绍也能不因个人立场而歪曲他人，他对各种剧团、刊物、学校的介绍都予以来龙去脉的清楚梳理，这为后来的新文学史书写戏剧提供了充分的史料。

（十）朱自清的《现代诗歌导论》

朱自清的《导论》分为两部分，第一部分是对第一个十年的诗歌史进行梳理，第二部分是介绍自己选诗的经过、原则。新诗史重在第一部分，我们来看其特征。

首先，朱自清说明了新诗所受到的国内外的影响。他指出清末夏曾佑、谭嗣同诸人的“诗界革命”“对于民七的新诗运动，在观念上，不在方法上，却给予很大的影响”。② 这是中国自己的影响，“不过最大的影响是外国的影响”③，例如美国印象主义者对胡适的影响就很大。

其次，他将第一个十年来的诗坛分为“自由诗派”“律诗派”“象征诗派”三派依次进行书写。

第一，他指出胡适的《谈新诗》影响巨大，新诗运动多从诗体解放下手，“消极的不作无病之呻吟，积极的以乐观主义入诗。他提倡说理的诗。音节，他说全靠：（一）语气的自然节奏；（二）每句内部所用字的自然和谐，平仄是不重要的。用韵，他说有三种自由：（一）用现代的韵；（二）平仄互押；（三）有韵固然好，没有韵也不妨。方法，他说须要用具体的做法。这些主张大体上似乎为《新青年》诗人所共信；《新潮》《少年中国》《星期评论》以及“文学研究会”诸作者，大体上也这般作他们的诗。《谈新诗》差不多成为诗

① 蔡元培等：《中国新文学大系导论集》，良友复兴图书公司 1940 年版，第 329 页。
② 同上书，第 349 页。
③ 同上。

的创造和批评的金科玉律了”。[①] 他引用周作人的说法，评价这时候的诗歌“是古典主义的影响，却太晶莹透彻了，缺少了一种余香与回味”。[②] 他指出，“民七以来，周氏提倡人道主义的文学；……这也是时代的声音，至今还为新诗特色之一……胡氏后来却提倡‘诗的经验主义’，可以代表当时一般作诗的态度。那便是以描写实生活为主题，而不重想象，中国诗的传统原本如此。因此有人称这时期诗为自然主义。这时期写景诗特别发达，也是这个缘故。写景诗却是新进步；胡氏《谈新诗》里的例可见”。[③] 他还介绍了康白情的爱情诗、冰心的小诗、白采的长诗。他对郭沫若的诗歌评价很高：“和小诗运动差不多同时，一支异军突起于日本留学界中，这便是郭沫若氏。他主张诗的本职专在抒情，在自我表现，诗人的利器只有纯粹的直观；他最厌恶形式，而以自然流露为上乘，说‘诗不是‘做’出来的，只是‘写’出来的’。”[④]“看自然作神、作朋友，郭氏诗是第一回。至于动的和反抗的精神，在静的忍耐的文明里，不用说，更是没有过的。不过这些也都是外国影响——有人说浪漫主义与感伤主义是‘创造社’的特色，郭氏的诗正是一个代表。”[⑤]

第二，他介绍了“格律诗派”。他指出北京《晨报诗镌》的诗人“要‘创格’，要发见‘新格式与新音节’”。[⑥] 他也对格律诗注重声韵进行了溯源，指出“新诗形式运动的观念，刘半农氏早就有”，“后来也有赵元任氏作了《国音新诗韵》……应用起来倒很方便的”。[⑦] 然后，他评价了陆志韦的诗歌，认为“《诗镌》里闻一多氏影响最大。徐志摩氏虽在努力于‘体制的输入与试验’，却只顾了自家，没有想到用理论来领导别人。闻氏才是‘最有兴味探讨诗的理论

① 蔡元培等:《中国新文学大系导论集》，良友复兴图书公司1940年版，第349—350页。

② 同上书，第350页。

③ 同上书，第350—351页。

④ 同上书，第353页。

⑤ 同上书，第354页。

⑥ 同上。

⑦ 同上书，第354—355页。

和艺术的'；徐氏说他们几个写诗的朋友多少都受到《死水》作者的影响。《死水》前还有《红烛》，讲究用比喻，又喜欢用别的新诗人用不到的中国典故，最为繁丽，真叫人有艺术至上之感。《死水》转向幽玄，更为严谨，他作诗有点像李贺的雕镂而出，是靠理智的控制比情感的驱遣多些。但他的诗不失其为情诗。另一面他又是个爱国诗人，而且几乎可以说是唯一的爱国诗人”。[①] 接着他评价了徐志摩：“作为诗人论，徐氏更为世所知。他没有闻氏那样精密，但也没有他那样冷静。他是跳着、溅着、不舍昼夜的一道生命水。他尝试的体制最多，也译诗；最讲究用比喻——他让你觉着世上一切都是活泼的，鲜明的。”[②] 朱自清对闻一多、徐志摩的诗歌评价成为文学史定论了。

第三，他介绍了“象征诗派”，李金发、王独清、穆木天、冯乃超、戴望舒等都得到了他的正面称颂。他认为留法的李金发又是一支异军，他“讲究用比喻，有‘诗怪’之称；但不将那些比喻放在明白的间架里。他的诗没有寻常的章法，一部分一部分可以懂，合起来却没有意思。他要表现的不是意思而是感觉或情；仿佛大大小小红红绿绿一串珠子，他却藏起那串儿你得自己穿著瞧。这就是法国象征诗人的手法；李氏是第一个人介绍它到中国诗里。许多人抱怨看不懂，许多人却在模仿着。他的诗不缺乏想象力，但不知是创造新语言的心太切，还是母舌太生疏，句法过分欧化，教人像读着翻译；又夹杂着些文言里的叹词、语助词，更加不像——虽然也可说是自由诗体制”。[③] “后期‘创造社’三位诗人，也是倾向于法国象征派的。但王独清氏所作，还是拜伦式的、雨果式的为多，就是他自认为仿象征派的诗，也似乎豪胜于幽、显胜于晦。穆木天氏托情于幽微远渺之中，音节也颇求整齐，却不致力于表现色彩感。冯乃超氏利用铿锵的音节，得到催眠一般的力量，歌咏的是颓废、阴影、梦幻、仙乡。他诗中的色彩感是丰富的。”[④] “戴望舒氏也取法象征派。他译过这一派的

① 蔡元培等：《中国新文学大系导论集》，良友复兴图书公司1940年版，第355页。
② 同上书，第355—356页。
③ 同上书，第356—357页。
④ 同上书，第357页。

诗。他也注重整齐的音节，但不是铿锵的而是轻清的，也找一点朦胧的气氛，但让人可以看得懂；也有颜色，但不像冯乃超氏那样浓。他是要把捉那幽微的精妙的去处。姚蓬子氏也属于这一派；他却用自由诗体制。在感觉的敏锐和情调的朦胧上，他有时超过别的几个人——从李金发氏到此，写的多一半是情诗。他们和《诗镌》诸作者相同的是，都讲究用比喻，几乎当作诗的艺术的全部；不同的是，不再歌咏人道主义了。”①

最后，朱自清梳理了新诗发展的内在理路。他按照上述三派进行了新诗史梳理十分简明扼要。而之前的诗歌史书写十分繁复，对于诗歌发展史中的主要问题还没有得以彰显。朱自清将诗歌分成这三派，主要是按照诗歌的形式、内容、音节、韵调及诗歌所受外国影响等方面着手，这就注重了诗歌的本质与做法，很能贴近诗歌艺术发展所要面临的诸多问题，体现出他自己作为一位诗人对诗歌发展路向的思考。也正因为朱自清坚持了这种方式、方法与立场视角，所以他能对“格律诗派”和“象征诗派”的艺术性进行较高的评价，这两种诗派在革命文学倡导者的眼中都是没落的资产阶级逃避现实所创作的诗歌样式，属于被批判的诗歌潮流。而朱自清自己作为诗人，当时也是清华大学的教授，他能对这两种诗歌流派作如此之高的评价，甚至影响到了后来的新文学史写作。我们比较之前吴文祺和之后霍衣仙对“格律诗派”的评价就能发现他们的不同，这或许就与朱自清在这篇《导论》中的评价有关。

（十一）结语

总的来说，《中国新文学大系（1917—1927）》在当时工程浩大，参与者都是当时著名的新文学作家，所以他们的《导论》和具体作品的选择都影响了后来的新文学史书写，使得中国新文学史书写能够跳出革命文学倡导者的重评模式，从而能将新文学史书写回归到理性、客观与科学的轨道上来，这是其在中国新文学史学史中的重要意义。

---

① 蔡元培等：《中国新文学大系导论集》，良友复兴图书公司1940年版，第357页。

九 霍衣仙的《最近二十年中国文学史纲》

根据序之所写的《序言》和作者自己所写的《后记》可知，《最近二十年中国文学史纲》[①] 是霍衣仙在岭南大学附中任教之时编写的。他在此期间曾与同事合编《中国文学重要问题及名著提要》，他负责的是小说部分和新文艺部分，他还编写了《中国新文艺提要》和《中国文坛现状及其代表作》。正是在这两本书的基础上，他编写了这部新文学史著，这实际上是他和别人合编的《新编高中中国文学史》的续编。这说明，在广州的部分高中也已开始将中国古代文学史和中国现代文学史分开讲述了。该文学史著具有以下特点：

首先，该著受王哲甫的影响较大，但是在述史情节上又与之不同。黄修已曾说，“这时王哲甫的书已出，霍著大多搬用王哲甫的材料、观点，好像王著的简缩本，已无‘先’可言”[②]，这个判断是不错的。如果我们将两部书进行比较的话，就会发现霍著在框架结构、标题章节上都与之雷同，王著还有翻译文学、儿童文学和整理国故等方面的详细介绍，霍著虽然没有，但是其在《后记》中则介绍了这些内容，很显然他在借鉴王著的框架模式。但是在述史情节上霍衣仙与王哲甫还是不同的。王哲甫的文学史大致以“五卅”运动为界将新文学运动分为前后两个时期，第二期的革命文学是前期文学的进化。而霍衣仙这里却分为三个时期，分别为“五四”到“五卅”，“五卅”前后，“九一八”到最近，这三个时期分别在第二编《最近二十年文坛鸟瞰》第四、五、六章中予以介绍。他认为第一个时期是“文学革命运动发生了，中国文学才正式进入一个新阶段，旧文学的束缚完全打破，新文学新的建设和创造的精神，才正式出现在这个时代”。[③] 而“五卅”之后，著作人众多，书店、杂志、刊物都非常之

① 霍衣仙：《最近二十年中国文学史纲》，广州北新书局1936年版。

② 黄修已：《中国新文学史编纂史》（第二版），北京大学出版社2007年版，第55页。

③ 霍衣仙：《最近二十年中国文学史纲》，广州北新书局1936年版，第28页。

多，“文学的中心迁移到上海，形成了空前的狂飙时代”。①“‘五卅’以后的文坛如果说是全盛时代，那么‘九一八’以后的文坛就是变革（或蜕化）时代了”。②这样，霍衣仙的这部文学史就是按照发生发展、繁荣、变革（或蜕化）的三部曲节奏进行书写了，这是与王哲甫不同之处。

霍衣仙认为“最近”的文学是“变革（或蜕化）”时期，他对此从三个方面进行了分析。其一，他认为这是由于当时的政治局势造成的，前一个时期文学得以繁荣，是因为国共合作北伐成功。之后国共分家，两党开始互相攻击，于是中国“国民党掌握得政权，要用政治力量来统一思想界，当时凡最左或左倾的一切刊物都在查禁之列，当然所谓‘普罗’‘左翼’等集团大遭摧残，这是当时文学主潮到了全盛时代，终于昙花一现似的寿终正寝的主因”。③其二，他认为这是当时的思想主潮所决定的。因为“政治统制下的思想界，既不许左倾，当然得右倾了，于是有所谓民族主义文学出现。这一派的文学理论既不健全，作品的意识形态又很混杂，我们有‘九一八’‘一二八’那样重大的事件，本应当产生出伟大的民族文学来，但是当时所出的几本小册子，无疑地大大失败了。于是，向来是中立的读者群，对于这种文学大都厌弃的，民族主义文学既不能代替普罗文学成为时代文学的主潮，于是，文学界顿形一种徘徊无依的样子。‘九一八’事变是国难当头，‘一二八’惨案上海的文化界大受损失，于是，文坛上活动的人不得不暂告停歇”。④而当战事结束之后，文坛上又发生了种种争论，“表面看来是五花八门、光怪陆离，究其实是表示现时的文化界是走到了彷徨无路，对于文学的价值及以后应走的方向，要重新估价重新考虑了，于是，已成过去的问题又死灰复燃，幽默小品始终是纤巧的，如今作了时代的主潮，我们不能不说是文学又到了消沉沉时代。看看现时文学界的议论分歧，到如今还没有一种具体的

---

① 霍衣仙：《最近二十年中国文学史纲》，广州北新书局1936年版，第51页。
② 同上书，第53页。
③ 同上书，第54页。
④ 同上。

规定，不能不说是变革的蜕化时期”[①]。其三，他从经济角度指出当时文学的生产和消费并不景气。因为经济破产，购买力锐减，书籍销路成问题，出版商为了降低版税，就多翻印古人旧书；小书店老板也不得不出很小的册子，而变相的“鸳鸯蝴蝶派”的插图刊物也摆上了书摊，所以说“这时文坛的凄凉光景可算到了极点”[②]。霍衣仙从政治、思潮、经济三方面来论说“九一八”事变之后文坛走入衰落、蜕化很有道理，这种文学运动的分析方法也较为科学。特别他认为，中国国民党所主张的民族文艺运动不能反映时代变动，不能成为推动文学主潮的形成，还是很有见地的。尽管他认为当时的文学处于蜕化时期，但他还是认为新文学仍然有光明的前途。他认为：“依照文化演进的历程，蜕化之后是衰落，可是蜕化期有时和衰落期相连，但衰落期之后必有第二代思潮的启蒙期出现，这个是和秋花枯萎之后，到春天又重新发芽，开着鲜艳的蓓蕾的道理一样平凡。我们希望这次新兴的国难文学，给我们文坛上一种新生命，我们只有静看这般文学家的伟大作品出现了。”[③] 可见，他对随着抗日战争而起的国难文学满怀希望，这也是他认为第三个时期同时也是“变革”期的原因所在。霍衣仙对当时新文学第三个时期的分析，正表明他的文学观有着唯物史观的味道，强调文学应反映时代的主潮、回答现实的迫切问题。

其次，该著能对新近出版的作家、作品进行介绍，也算是其较大的贡献。例如，在诗歌中，他介绍了新近的臧克家、程鹤西、陈梦家、方玮德、曹葆华、卞之琳、施蛰存、李广田、丽尼等。“最近新近小说作家”中，他评价了章靳以的“天才也渐渐被人认识了。不过作者以写男女的爱情为多，连最近发表的《秋花》也是如此，在意识方面并没有什么新贡献”；“陈白尘最近写几篇监狱生活的小说，是不易多见的佳作”。[④] 他还评价了吴组缃、郭源新（郑振铎的化名）、欧阳山、艾芜、芦焚、周文、万迪鹤、何家槐、李辉英、王家

① 霍衣仙：《最近二十年中国文学史纲》，广州北新书局1936年版，第54—55页。
② 同上书，第55页。
③ 同上书，第55—56页。
④ 同上书，第96页。

域、蒋牧良、萧军、何谷天、徐盈、澎岛、舒群等。而在戏剧中，他介绍了较新的马彦详、袁牧之以及唐槐秋、戴涯等组织的中国旅行剧社。而对于最新的散文写作其介绍得也较多，如小默、徐懋庸、柳提、徐訏、老向、姚颖、周木斋、何其芳、李广田、陈子展、叶永蓁、简又文等。对“新近”作家的介绍，正表明霍衣仙比较关注当时文坛动态，他并不是全部照抄别人的文学史著。

最后，霍衣仙对一些文学思潮、流派以及作家、作品的论述也有自己的观点。例如，他对民族主义文学的观点进行了少见的分析，他认为，这“不在全国青年的卑弃，而在他主义本身的缺欠。他们承认艺术作品应当显示那艺术家所属的民族，但所谓民族是非常广泛的名词，就所包含的社会来论，是有种种阶级的不同，民族主义反对文学是阶级的产物，不能不说是根本的错误。因为社会既然分了阶级，文学家也必然要属于某一阶级，文艺也是阶级心理嗜好的诸条件而形成的，怎能否认文学是阶级艺术呢?”① 虽然霍衣仙在作家、作品评价上借鉴《中国新文学大系》中他人的观点较为明显，如他对一些小说作家、作品的评析可以看出鲁迅等人的影子。但是其在整体上还是注意到作家、作品评价的简约精炼和优美雅致，这里就不予列举了。而该文学史最看重的作家应该是鲁迅和郭沫若，他评价道：“在初期新诗作品里能够表现时代精神的，是郭沫若的《女神》与《星空》”，“作品中含着烈火一般的热情及雄壮的反抗精神，青年的思想多受他的影响”。② 而他对于鲁迅的评价也很高，他指出，新文学的启蒙家除鲁迅外都不是小说家，“只有鲁迅一人是当时小说的权威者和后来的领袖”③，接着他分析了鲁迅从《呐喊》到《彷徨》到后来的转变，这基本是按照之前的文学史论述进行的。

值得注意的是，这时对徐志摩、闻一多的“新格律派”和“象征诗派”的评价转为正面，这应该是从朱自清在《中国新文学大系》中开始的，而霍衣仙明显借鉴了这一说法，这与之前评价他们是资产

① 霍衣仙：《最近二十年中国文学史纲》，广州北新书局1936年版，第49—50页。
② 同上书，第69页。
③ 同上书，第80页。

阶级的代表、与封建阶级妥协是不一样的。

十 傅东华的《十年来的中国文艺》

傅东华于1937年所写的《十年来的中国文艺》①，主要叙述的是从1925年前后至1937年前后的文学态势，其书写立场是比较客观的，他自己说道：“笔者深信自己不是一个作家，又不曾为着任何主义去加入任何论争的营阵，本人并无一点立场，所以自信以下的叙述尚能保持一种无偏袒也不抹杀的纯客观态度。”② 所以该著的新文学史书写还是很有特点的。

在《一 北伐前后的革命文学》中，傅东华对早期革命文学发生的背景和理论起源进行了介绍，然后，他通过分析成仿吾和郭沫若的理论主张后指出，他们“既认文学的本质与感情相终始，那便是一种浪漫主义的见解，所以当时‘创造社’一派的革命文学理论，始终还是由它先天带来的浪漫主义的理论。这种理论和由这种理论产生的作品，在当时的一般青年当中确曾发生过很大的影响，其结果，是使得一般青年都戴上一幅浪漫主义的眼镜去看当时实际已发展到长江流域的国民革命，也怀着一幅浪漫主义的心情去期望国民革命。不但站在旁观地位的人是如此，就是亲身参加革命战争的人也是如此”。③这里他指出谢冰莹的创作心态就是典型的浪漫主义。傅东华对革命文学的浪漫主义并不看好，他认为“一切沉醉在浪漫主义里的健儿健女，终于造不成‘奥伏赫变’的奇观，而不免碰上了现实的坚壁。而有许多因这一下碰壁终于还碰不醒来，这才揭开了十年来中国文艺舞台的第二幕”。④ 能看出革命文学的浪漫主义，而且这种浪漫主义与“创造社”本身的浪漫主义有着承继关系，这是傅东华的独特之处，因为在其他人特别是“创造社”和“太阳社”作家所书写的历史中，

① 傅东华：《十年来的中国文艺》，《十年来的中国》，商务印书馆1937年版。

② 《中国新文学大系（1927—1937）·文学理论集一》，上海文艺出版社1987年版，第266页。

③ 同上书，第271页。

④ 同上书，第272页。

都会彰显革命文学是反映客观现实的、重视社会革命的文学。1932年，瞿秋白曾批评华汉的《地泉》有着“革命罗曼蒂克”的倾向，傅东华的这种文学见解或许对其有所借鉴，而这也成为后来文学史中对早期革命文学的固有评价。

在《二　清党运动与普罗文学》中，傅东华指出了革命文学发展的原因、经过和成果。他指出，国民党内部的清党，导致“武汉革命政府”崩溃了，革命文学家们就“离开了实际的政治战线，便都跑到上海，企图藉文学的武器打下一些未来政治生命的基础，因而极度加强了文学的政治性和宗派主义，并取消了以前‘革命文学’的名称，而从苏联搬来了‘普罗列塔利亚文学’（即无产阶级文学）的名称以相号召”。[①] 然后，他叙述了革命文学的发展过程，“创造社”“太阳社”以及“左联”的活动。他对“左联”旗帜下的文学进行了分析，指出这派的文学是“分成了浪漫和写实两种倾向的”，属于前一种的是以蒋光慈为代表的革命诗歌和革命小说，这些诗歌充满着悲哀感伤的所谓“反帝的情绪”，而小说则一例是口号的、抒情的、“恋爱与革命”公式的作品，这种作品最容易打动青年们的心，轰动起来是最快，忘记起来也最快。[②] 而这一派中的写实倾向的作品，则在题材上要求必须具有积极性。“积极性就是要暗示一条解决现实的路。解决现实的路就是‘反抗’，就是‘斗争’”，后来这种写法被自我检讨成“尾巴主义”或“公式主义”。[③] 傅东华将革命文学影响下的作品分为两类来批评，可以看出他对革命文学的成就并不认可。

在《三　民族主义文艺的理论》中，傅东华对民族主义理论的提倡者、期刊、理论主张进行了分析。他认为民族主义文艺之所以不能成功，有许多原因，除开其成员都是名不见经传的、没有固定的作家队伍外，还有三个原因：即“民族主义文艺的客观环境还没有成熟”“战斗的形势不利”“本身就不很健全”。从傅东华对左翼文学和民族

① 《中国新文学大系（1927—1937）·文学理论集一》，上海文艺出版社1987年版，第272页。

② 同上书，第274页。

③ 同上。

主义文艺运动的书写来看，他对这两个有着政治色彩的文学运动评价都不甚高，这表明了他客观中立的史学立场。

在《四 现实主义与超现实主义》中，傅东华赞扬了那些与政治意识保持距离的作家们，在这里，他赞扬了此一时期坚持现实主义写作的巴金、鲁彦、张天翼和茅盾等人。针对别人对茅盾的批评，他指出，读者已经认为茅盾的作品够得上文艺水准，他的作品在左右夹攻之下还能够站稳脚跟，可见现实主义已经战胜了一切。[①] 同样，他也表扬了包括徐志摩、闻一多、梁实秋、西滢、叶公超、余上沅、饶梦侃、凌淑华、胡适、沈从文等人的“新月派”，赞扬他们“真如一钩新月一般，孤冷凄清的出现于远隔尘嚣的天际”[②]，但是傅东华也奉劝这些理论家和创作家们，“倘使早一点忘记他们那些外国教授的讲义，而多嗅嗅本国泥土的气息，也许给人家算起命来会得灵验些”[③]。可见，他认为文学还是要面向现实、认真写作，而不要卷入理论的论争。

在《五 国难后的两大潮流》中，傅东华指出，“十年来的中国文艺，可以拿民国二十至二十一年的民族浩劫划成平分的两半”[④]，这应是较早认为 1930 年或 1931 年可以作为一个文学史分期的主张，后来的这种文学史分期在李何林的《近二十年中国文艺思潮论》中就成为现实了。但是他指出“九一八及一二八的之后，文艺的作者也曾有一时拿余痛未定的国难做题材”[⑤]，“但这并不曾成为一个潮流。这五年来中国文坛实在构成潮流的则有两派：一派是反映现实或至少以现实特著现象做题材的小说，就是以前的现实主义的发展，又一派是远承晚明文学传统的小品文”[⑥]。对前一派，他介绍了以施蛰存等为代表的“现代派”和茅盾、丁玲、沈从文等人的现实主义写作，

---

① 《中国新文学大系（1927—1937）·文学理论集一》，上海文艺出版社 1987 年版，第 284 页。

② 同上。

③ 同上书，第 286 页。

④ 同上。

⑤ 同上。

⑥ 同上书，第 287 页。

还重点介绍了自己所主编的《文学》纯文艺杂志，有很多左翼作家都在上面发表了处女作。傅东华称赞他们都是倾向于现实主义的，都以反映现实为任务。这说明傅东华对待左翼作家并不是一概排斥。他只是对于那些光有口号没有创作或者公式化创作带有反感，而对于那些属于“左联”但是忠于现实主义的作家却是倍加青睐的。[①] 同时他批评了国难前后的时代潮流，“正是左翼文坛的信念企图支配一切的一个局面”[②]；对于“第三种人”的要求，傅东华是认可的；对于鲁迅代表“左联”的答复，他并不满意，他认为“事实上，则当时的左翼文坛虽然自身也还受着压迫，却已经造成了一种实际的恐怖，不仅是未来的恐怖而已了”[③]。所以，他赞颂了由周作人等死抱住文学不放的人所倡导的小品文以及林语堂等人的幽默文学，他认为这才是一条康庄大道。[④] 可见，傅东华并不认可“左联”的文艺主张，他的立场倒是“死抱住文学不放”，这是站在纯文学立场上的，这或许与他也想做“第三种人”有关吧。

在《六　鲁迅逝世与西安事变之影响》中，傅东华书写了“两个口号”的论争，他对此并不热心，只是讥讽道：“这是‘左联’闭幕之前最热闹的一次内战，若不因鲁迅的逝世将它截断，说不定到现在还未休战的。而鲁迅的逝世，在十年来的中国文坛上当然发生了划时代的影响。”[⑤] 接着，他书写了两次政治事件对文坛的影响，其一是“绥远胜敌”，其二是“西安事变”。“前者的影响是使得大家明白，爱国是人同此心，并不是某一派一系包办得了，因而也不容某一特殊派系垄断领导爱国的特权。后一事件则证明了大多数人都爱惜‘现在’，都希望一个无限的‘将来’建筑在‘现在’的基础上，并不如少数人所想象的那样期待着‘奥伏赫变’”。[⑥] 可见，傅东华对

---

① 《中国新文学大系（1927—1937）·文学理论集一》，上海文艺出版社 1987 年版，第 289 页。

② 同上书，第 290 页。

③ 同上书，第 291 页。

④ 同上书，第 292 页。

⑤ 同上书，第 293 页。

⑥ 同上。

“两个口号”的论争及其争夺抗战文学领导权是不满的，对于“西安事变”的解读也体现了他自己维持现状的政治立场。

在《结论》中，傅东华认为通过这十年来的中国文学的考察，可发现三个大原则：“文艺上的任何潮流，都由时代所造成，也须由时代来移转，故尽管可以而且应该让它自由的发展，自然的生灭”；“凡是有地位的成功的文艺作家，都全靠平时的修养，与任何主义任何党派丝毫无涉”；“因而凡当文艺潮流转变方向的关头，就只有‘大人虎变’或‘君子豹变’，而不容‘小人革面’；而文艺的终极目的，也绝不是‘奥伏赫变’，却是‘黎民于变’”。[①] 这三个大原则应该是傅东华自己的文学观和文学史观的自白。他强调文学的自由发展，反对政治对文学的干预，并主张文学演进应有渐进性，以促进民众民族得以和谐生存，而不是将文学作为工具去使用。这三大原则也正是他对这一时段文学史现象臧否的原则标准。当大多数文学史书写都站在左翼立场之时，傅东华的这种文学史书写显得比较另类，但也正是其价值所在。

十一 杨荫深的《中国文学史大纲》

杨荫深的《中国文学史大纲》于1938年由商务印书馆出版，以后多次出版，这里讨论的是1947年的版本。[②] 该著共有三十章，前二十九章都是书写的中国古代文学史，第三十章为《新文学运动的起来》，书写的是中国新文学史，其从诗歌、小说、戏剧、散文、整理与翻译五个方面对新文学进行介绍，这种体例与王哲甫的文学史著有些类似，而从其介绍的作家、作品来看，也只是介绍第一个十年的作家、作品，对20世纪30年代的新文学很少介绍。

杨荫深在各文体分析上，对诗歌的介绍是按照“自由的解放派”“格律派”和“象征派”进行介绍的，这与朱自清在《大系》中的分类一致。他只介绍刘大白和徐志摩两位诗人。其在小说中的分类与众不同，他将小说作家分为三派不同的作风：一派以鲁迅、叶绍钧为代表，

---

① 《中国新文学大系（1927—1937）·文学理论集一》，上海文艺出版社1987年版，第295页。

② 杨荫深：《中国文学史大纲》，商务印书馆1947年版。

他们取材是古老社会里的人物，或讽刺或平述或幽默，用这些笔调写出。这一派有王统照、鲁彦、许钦文、沈从文、老舍、黎锦明、冯文炳、王任叔等人。第二派以郭沫若、茅盾为代表，他们用的多是新的题材，写社会间的不平，富有热情。这一派有蒋光慈、巴金、丁玲、张天翼、钱杏邨、魏金枝等。第三派以郁达夫、张资平为主，他们的题材是人生的苦闷、男女间的恋爱，笔调是柔软的，不激烈，不狂呼。这一派有滕固、施蛰存、叶灵凤、金满成、罗西等。接着，他就对这三派六个代表作家进行了介绍。杨荫深没有从文学社团而是从文学风格、取材范围来进行作家、作品分类，这与大部分文学史不一样。之前很少见到这样的文学史分类，也更见出其具有的独特性。在戏剧这一文体分类上，杨荫深介绍的是田汉、洪深与熊佛西。在散文这一文体中他重点介绍了周作人、冰心。在《整理与翻译》中，他介绍了梁启超、王国维、胡适、林纾、伍光建等人的学术成就和翻译业绩。

杨荫深在该文学史中对新文学史的书写成就并不突出，其只涉及到第一个十年的文学成就，而对作家、作品的书写多重在生平简历和作品名录，较少审美性的文学解读和文学规律的探寻。

综上所述，我们发现客观中立的新文学史书写在本时期呈现几个特征：首先是他们对文学的政治立场比较疏离，并不扬此抑彼，对两种不同政党背景的革命文学和民族主义文学都能予以书写，而且看出它们不同之中的共同。其次，他们对不同文学论争都能予以辩证分析，如“两个口号”的论争、“第三种人”的论争等，都能将论争的起因、双方的论点、各自的得失予以明确叙述，从而得出尽量公正的结论。最后，他们大多坚持文学的自主性，对作家作品的风格韵味多能细致品读，从而对新文学的经典予以真正的辨识和赏鉴，并归纳出新文学的发展规律。

本章小结

通过介绍20世纪30年代的中国新文学史书写，我们发现本时期的中国新文学史书写存在以下几个特点。

第一，本时期出现了多种文学史观，唯物论、循环论、保守论与中立论四种文学史立场在相互竞争。这四种新文学史观在立场都带有与上一时期胡适的进化论相辩驳的蕴意。但因唯物论符合时代的革命潮流，能够结合阶级立场和社会性质解释文学的历史，而且唯物论本身有着社会进化的因素，之前的进化论为其广泛的接受奠定了基础，所以唯物论成为此一时期的主流文学史论。但是唯物论在此一时期也经过了由激进到平稳的过程，在1930年郭沫若等人的文学史书写中，更多充满了战斗气息，但经过“左联”内部的平衡，唯物论影响下的文学史书写有所冷静，革命文学自身的成就受到诟病。

第二，此时的新文学史书写对第一、二个十年的文学史开始历史化，特别是对“五四”文学的历史书写基本上予以了固化。但重评文学革命与“五四”文学成为唯物论、循环论、保守论文学史观的首先任务，这几乎成了后来中国思想文化界的常态，所有新颖观点的出世都必须能够重新解释“五四”文学。而革命文学的意义，革命文学的发生发展史，革命文学的经典作家、作品选择及阐释，“左联”之后各种论争的发生、发展及各自的价值，在此时的文学史书写中又因为书写者不同的立场态度而呈现不同风貌。

第三，此时的一些新文学人物和文学事件的评价经历了一系列戏剧性变化。郭沫若在前一时期的文学史书写中地位还没有凸显，但是经过这一时期的革命文学论争，其在文学史书写中地位抬升不少，俨然成为革命文学的首创者。革命文学论争无疑加快了其偶像化进程，自此之后，郭沫若成为新文学史书写中的经典人物。鲁迅在第一时期的文学史书写中曾是最出色的作家，但是在革命文学论争中成为被攻击的对象，所以在20世纪30年代前半期的很多文学史中他被书写为经历了“呐喊”“彷徨”，最后完成了“转变”。这一曲线式的书写，重在强调其“转变”之后的业绩，而“转变”之前还具有“不彻底性”，于是，鲁迅的文学史形象受到损害。但是，在后来的新文学史书写中，这种书写被抛弃，特别是鲁迅逝世之后，他的文学史地位无人再能撼动。蒋光慈的文学史地位在20世纪30年代前半期得到强调，但也只是昙花一现，在后来的文学史书写中，其所占篇幅并不多。茅盾在此时的新文学史中受到特别注意，但还不成为经典作家，他的《蚀》三部曲成为他“幻灭”“动摇”“追求”的创作心路的标签，这恰与鲁迅的曲线式发展类似，或许这与他们都受到革命文学论者的攻击有关。可见，此时的文学史评价与革命文学论争有非常大的关系，之前与郭沫若等有关，而后来这种否定性评价的消失与“左联”的成立有关，其中鲁迅的影响很大。对“整理国故运动”与“新格律诗派”的评价，在此时期有了变动，上一时期都认为这是新文学运动的后退，是与封建主义文化传统的妥协，但是现在则认为，它们有利于新文学建设，是中国新文学的进一步发展。

第四，本时期新文学作家自我历史化与经典化现象非常明显，例如，革命文学论争中“太阳社”和“创造社”为革命文学领导权而争论，这种争论的背后有着许多考量，但从新文学史书写的角度来看，则是他们自我历史化与经典化的一种表现。此一时期还出版了许多回忆录、发表了众多回忆性文章，例如胡适、鲁迅、郭沫若、郁达夫、张资平、庐隐、沈从文、欧阳予倩、洪深等新文学作家都有自己的历史回顾或回忆其他作家的文章或书籍，这为新文学史书写提供了真实可靠的史料，但也抢占了历史话语权，会“干扰”此一时期新文学史的议题设置，并造成“以讹传讹”的病症。

第五，此一时期学校设置新文学史课程比较随意，一些大学有设置，一些中学也有设置，另外一些学校根本就不设置。据沈卫威的研究，民国时期大致有两大学统，北京大学、中山大学、武汉大学、清华大学、青岛大学、山东大学、台湾大学的人文学科为其一，这个学统多有求新、求变的学风和自由主义思想资源的发散，承继的是《新青年》和《新潮》两大杂志所张扬的科学与民主精神。而“学衡派”的学脉在南京高师、东南大学、中央大学、浙江大学、中正大学、中国文化大学等大学空间的分布则构成了保守的另一学统。这实际上是激进与保守在不同大学中的传承。[①] 这自然影响了新文学史课程的设

① 沈卫威：《现代大学的两大学统——以民国时期的北京大学、东南大学—中央大学为主线考察》，《学术月刊》2010 年第 1 期。

置，大约在较激进的院校都会设置新文学史课程，而在较保守的院校则不会设置此一类课程。这说明新文学第一个十年之中的新旧文学对立，在20世纪30年代已经成为教育界和学术界的两种相互抗衡的势力，这自然影响了中国新文学史的普及与推广，也影响了新文学史书写模式和具体诠释。

第六，正因为新文学此时还属于新鲜事物，所以在此时期，新文学史书写还需要专门解释什么是新文学？什么是小说、诗歌、戏剧、散文？这间接说明此时的新文学教育还没有普及、推广，新文学本身也还没有得以广泛接受，大量的学生在新旧文学之间过渡，所以有必要对新文学的基础概念进行阐释。而这些在现在的学生来看，或许是一种不证自明的概念，这就是时过境迁的原因。

第七，本时期对新文学进行评价、研究的文章著作渐多，这为本时期的新文学史撰写提供了良好条件。例如当贺凯编撰文学史之时，从他列举的参考书中可以发现，不仅古代文学研究的著作已经较多，而且新文学研究的著作也已经不少，这无疑为他的文学史撰写提供了帮助。例如，有黄英编、北新书局出版的《现代中国女作家》、钱杏邨所编、泰东书局出版的《现代中国文学作家》、李何林编、北新书局出版的《鲁迅论》、黄人影编、光华书局出版的《郭沫若论》、素雅编的《郁达夫评传》、史秉慧编的《张资平评传》等。这显示，在20世纪30年代，现代文学的重要作家都得到了较好研究，这为中国新文学史的书写提供了良好基础。同时，这也带来了一些弊端，如新文学史书写者可以辗转借鉴他人成果而不标注，让后来的研究者很难发现哪些是其独有的创意，哪些是借鉴他人的成果。

第八，在上一时期，中国古代文学史教材已经成为图书市场中的主力，而在这一时期，新文学史教材加入其中成为新的生意，在带来新文学史书写繁荣的同时，也带来了弊端。例如，很多新文学史书写在大量的辗转抄袭，不需要经过细致搜集、调查分析、品评解读就剪刀加糨糊开始拼凑新文学史，抄袭严重者还编制了一时的“经典”之作，这或许是每一个时代都会开放的奇葩。例如，1939年郭箴一在商务印书馆出版的《中国小说史》就涉嫌抄袭，但以后多次重版。

其在该书的《序言》中承认自己借鉴他人著作较多："在取材方面除根据鲁迅先生的《小说史略》外，尚参看其他书籍及各学者对于个别小说的意见和批评。"[①] 其《参考书目》中包含王哲甫的《中国新文学运动史》、郑振铎的《中国文学史大纲》、鲁迅的《中国小说史略》、赵景深的《中国文学史新编》、谭正璧的《中国小说发达史》《中国新文学大系》等，其新文学史书写借鉴王哲甫的《中国新文学运动史》、谭正璧的《新编中国文学史》也不少。该书出版不久就不断有人批评其过分抄袭。[②] 齐裕焜也批评其"是当时篇幅最大的小说史著作。这部小说史由于曾多次翻印，因而影响较大，但这部著作并没有多大的学术意义，基本上是抄袭鲁迅和其他一些研究者如胡适、郑振铎等人的东西，全书并没有多少自己的创见"。[③] 前述王丰园的《中国新文学运动述评》[④] 也在框架结构和评价分析上借鉴别人成果较多，这里不再赘述。郭箴一、王丰园的这些行为，正表明当时的文学史书写已经非常丰富，"有心人"只要采撷百家，就能有模有样地成为文学史家，并能拼贴出一本流行甚广的文学史著来。这些行为正意味着文学史这一知识生产已经出现流水线式的写作，而这一行动已经在危及文学史书写本身。

---

① 郭箴一：《中国小说史·序言》，中国社会科学出版社 2010 年版。

② 付详喜：《20 世纪前期中国文学史写作编年研究》，北京师范大学出版社 2013 年版，第 508—509 页。

③ 齐裕焜：《中国古代小说史研究概述》，《长江大学学报》（社会科学版）2006 年第 6 期。

④ 王丰园：《中国新文学运动述评》，新新学社 1935 年版。

第三章　再评"五四"文学与抗战文学的历史化(20世纪40年代)

抗日战争爆发后，大敌当前，如何寻得新的理论资源为民族存亡之战贡献力量，成了学术研究和政治理论的最重要任务。而再评"五四"文学、重建新文学史书写的逻辑架构，又再度成为新文学研究界的急迫需要。于是中国共产党、中国国民党及自由知识分子都站立在新的立场上提出了自己的看法与方案，还有一部分文学史书写者则以中立姿态或者对已有新文学史研究进行沉淀，从而推动新文学史书写进一步科学化，或者以抢救、保存史料为己任，将抗战文艺及时予以历史化。

第一节　中国共产党的新文学史书写原则及响应

抗日战争之际，毛泽东已经成为中国共产党的领袖，其对于国内、国际政治形势的分析，对中国现代文学文化的理论论述和历史剖析都深为党内外人士所服膺，特别是他的《新民主主义论》《在延安文艺座谈会上的讲话》已是当时重要的理论著作，并成为指导人们进行具体工作的锐利武器。但由于当时中国共产党的文学组织分别存在于国统区和解放区两大地域，他们所面临的任务都是截然不同的，所以他们在理解及运用毛泽东文艺思想方面有着各自不同的选择，这形成了两种不同的新文学史书写方式。国统区还有不是中国共产党党员但是认同毛泽东文艺思想的知识分子，他们根据自己对毛泽东文艺思想的理解而进行了不同的新文学史书写。

一　毛泽东有关中国现代文学文化及历史的论述

此时，毛泽东关于中国现代文学文化及历史的论述主要体现在《新民主主义论》和《在延安文艺座谈会上的讲话》中，这成为当时中国共产党员和进步知识分子书写中国新文学史的重要原则。下面我们来对其进行具体分析。

《新民主主义论》是毛泽东 1940 年 1 月 9 日在陕甘宁边区文化协会第一次代表大会上的讲演，原题为《新民主主义的政治与新民主主义的文化》，载于 1940 年 2 月 25 日在延安出版的《中国文化》创刊号。同年 2 月 20 日在延安出版的《解放》第九十八、九十九期合刊登载时，题目改为《新民主主义论》。这里依据的是 1991 年收录在《毛泽东选集》中的版本。①《新民主主义论》对新文学史书写的影响主要表现在：

首先，毛泽东确立了旧民主主义、新民主主义、社会主义的社会进化层级，这使得新文学史叙述得到一种新的文学史书写逻辑。他认为晚清梁启超等人的“戊戌变法”运动与“五四”运动都是资产阶级革命运动，这在 20 世纪 30 年代就已经出现，前述郭沫若的《文学革命之回顾》就是这种叙述逻辑，但是这二种革命有什么不同，那时还没有进行区别。当时只是说明革命文学是无产阶级革命运动，这是与资产阶级革命运动不同的。郭沫若作为文学家，对整个中国的前进方向还欠缺高屋建瓴的宏观视野，而那时革命文学和共产党思想都还没有成熟，所以也没有能力对其进行必要区别。毛泽东的《新民主主义论》形成于 20 世纪 40 年代，这是自他进驻延安之后，对中国系列重要理论问题与战略问题进行探讨后的重要结论，是毛泽东思想基本体系中的重要基础。毛泽东在该文中首先提出的问题就是“中国向何处去”，他的回答就是“我们要建立一个新中国”，可见，这是他对中国的前途进行展望后的一个新的历史发展模式的论述。这个模式就是梁启超等人进行的资产阶级革命是旧民主主义革命；而“现阶段”

① 毛泽东:《新民主主义论》,《毛泽东选集》(第二卷),人民出版社 1991 年版。

的革命是新民主主义革命；我们的目标则是建立新中国，那时候则是社会主义建设。这样三个阶段的历史叙述，成为后来特别是1949年之后历史叙述的主流模式，文学史叙述也基本上以这样的模式为主，那就是近代文学是旧民主主义文学，现代文学是新民主主义文学，当代文学是社会主义文学，这三个阶段的政治模式逐层递进，而文学性质乃至文学成就也是逐步提高的。①

其次，毛泽东重新评判了“五四”文学。他认为“五四”运动及文学是无产阶级开始登上历史舞台，是无产阶级领导的。20世纪30年代的学者都认为其是资产阶级领导的，无产阶级的力量还很弱小，只有到20世纪30年代之后，无产阶级的力量才占住时代主流，如李何林的《近二十年中国文艺思潮论》就是这种观点。但毛泽东认为，在“五四”运动以前，中国的新文化，是旧民主主义性质的文化，属于世界资产阶级的资本主义文化革命的一部分。在“五四”运动以后，中国的新文化却是新民主主义性质的文化，属于世界无产阶级的社会主义文化革命的一部分。在“五四”运动以前，中国的新文化运动和中国的文化革命，是资产阶级领导的，他们还有领导作用。在“五四”以后，这个阶级的文化思想却比它的政治上的东西还要落后，因而就绝无领导作用，至多在革命时期在一定程度上充当一个盟员，至于盟长资格，就不得不落在无产阶级文化思想的肩上。②

毛泽东还对“五四”运动前后两种不同的文学、文化性质进行了区分：在“五四”运动以前，中国文化战线上的斗争，是资产阶级的新文化和封建阶级的旧文化的斗争。那时的所谓学校、新学、西学，基本上都是资产阶级代表们所需要的自然科学和资产阶级的社会政治学说（说基本上，是说那中间还夹杂了许多中国的封建余毒在内）。在“五四”运动以后，中国产生了完全崭新的文化生力军，这就是中国共产党人所领导的共产主义的文化思想，即共产主义的宇宙观和社会革命论。“五四”运动是在1919年发生的，中国共产党的成

① 毛泽东：《新民主主义论》，《毛泽东选集》（第二卷），人民出版社1991年版。
② 同上。

立和劳动运动的真正开始是在1921年，均在第一次世界大战和十月革命之后，即在民族问题和殖民地革命运动在世界上改变了过去面貌之时，在这里，中国革命和世界革命的联系，是非常之显然的。由于中国政治生力军即中国无产阶级和中国共产党登上了中国的政治舞台，这个文化生力军，就以新的装束和新的武器，联合一切可能的同盟军，摆开了自己的阵势，向着帝国主义文化和封建文化展开了英勇的进攻。这支生力军在社会科学领域和文学艺术领域中，在哲学方面、在经济学方面、在政治学方面、在军事学方面、在历史学方面、在文学方面、在艺术方面（又不论是戏剧、是电影、是音乐、是雕刻、是绘画），都有了极大的发展。二十年来，这个文化新军的锋芒所向，从思想到形式（文字等），无不产生了极大的革命。其声势之浩大、威力之猛烈，简直是所向无敌的。其动员之广大，超过中国任何历史时代。[①]

毛泽东对鲁迅的文学史、文化史、思想史的地位进行了高度评价。他认为鲁迅，就是这个文化新军的最伟大和最英勇的旗手。鲁迅是中国文化革命的主将，他不但是伟大的文学家，而且是伟大的思想家和伟大的革命家。鲁迅的骨头是最硬的，他没有丝毫的奴颜和媚骨，这是殖民地半殖民地人民最可宝贵的性格。鲁迅是在文化战线上，代表全民族的大多数，向着敌人冲锋陷阵的最正确、最勇敢、最坚决、最忠实、最热忱的空前的民族英雄。鲁迅的方向，就是中华民族新文化的方向。[②] 按照这样的叙述，鲁迅成为了新文学史上最伟大的形象。在之前的文学史书写中鲁迅的地位也是非常崇高的，但这里，他成了无产阶级文化这一生力军的“民族英雄”了。

毛泽东还对整个新民主主义文化进行了阐释：“所谓新民主主义的文化，就是人民大众反帝、反封建的文化；在今日，就是抗日统一战线的文化。这种文化，只能由无产阶级的文化思想即共产主义思想去领导，任何别的阶级的文化思想都是不能领导了的。所谓新民主主

---

① 毛泽东：《新民主主义论》，《毛泽东选集》（第二卷），人民出版社1991年版，第697—698页。

② 同上书，第698页。

义的文化，一句话，就是无产阶级领导的、人民大众的反帝、反封建的文化。”[①] 这样，整个新文学史就是无产阶级领导的文学史了，这样的文学史性质与之前是不同的。

最后，毛泽东确立了各个不同阶级在新旧民主主义中的地位、角色、作用。他认为，文化革命是在观念形态上反映政治革命和经济革命并为它们服务的。在中国，文化革命和政治革命，同样有一个统一战线。这种文化革命的统一战线，二十年来，可分为四个时期。第一个时期是1919年到1921年的两年，第二个时期是1921年到1927年的六年，第三个时期是1927年到1937年的十年，第四个时期是1937年到“现在”的三年。[②]

在这四个不同时期中，不同阶级所代表的政治势力在不同政治运动中的表现以及所发挥的作用、所代表的情绪，都将通过一定的文学形式表现出来，而这也是毛泽东在这篇文章中所要论述的，这也成为后来文学史所要借鉴的。例如，毛泽东认为“五四运动，在其开始，是共产主义的知识分子、革命的小资产阶级知识分子和资产阶级知识分子（他们是当时运动中的右翼）三部分人的统一战线的革命运动。它的弱点，就在只限于知识分子，没有工人农民参加。但发展到‘六三’运动时，就不但是知识分子，而且有广大的无产阶级、小资产阶级和资产阶级参加，成了全国范围的革命运动了。‘五四’运动所进行的文化革命则是彻底地反对封建文化的运动，自有中国历史以来，还没有过这样伟大而彻底的文化革命。当时以反对旧道德提倡新道德、反对旧文学提倡新文学为文化革命的两大旗帜，立下了伟大的功劳。这个文化运动，当时还没有可能普及到工农群众中去。它提出了‘平民文学’口号，但是当时的所谓‘平民’，实际上还只能限于城市小资产阶级和资产阶级的知识分子，即所谓市民阶级的知识分子。‘五四’运动是在思想上和干部上准备了一九二一年中国共产党的成立，又准备了‘五卅’运动和北伐战争。当时的资产阶级知识分子，

① 毛泽东:《新民主主义论》,《毛泽东选集》（第二卷），人民出版社1991年版，第698页。

② 同上书，第699页。

是‘五四’运动的右翼，到了第二个时期，他们中间的大部分就和敌人妥协，站在反动方面了”。[1] 这种各个阶级的变动在后来中国共产党主导的文学史书写中就成为定论。

《在延安文艺座谈会上的讲话》是毛泽东于 1942 年 5 月在延安举行的文艺座谈会上的讲话内容，包括 1942 年 5 月 2 日所作《引言》和 1942 年 5 月 23 日所作《结论》两部分，并于 1943 年 10 月 19 日在延安《解放日报》正式发表。这里依据的是 1991 年收录在《毛泽东选集》中的版本[2]，其对新文学史书写的影响在于：

首先，毛泽东确立了文学的政治及社会标准：“文学问题的中心是一个为群众的问题和一个如何为群众的问题。不解决这两个问题，或这两个问题解决得不适当，就会使得我们的文艺工作者和自己的环境、任务不协调，就使得我们的文艺工作者从外部从内部碰到一连串的问题。”[3] 这成为新文学史书写中的重要文学标准和价值标杆。

其次，毛泽东在文学各个方面提出了新的要求。在如何为工农兵服务的问题上，毛泽东着重谈了普及和提高的关系。他认为：我们的提高，是在普及基础上的提高；我们的普及，是在提高指导下的普及。在目前条件下，普及工作的任务更为迫切。“所谓普及，也就是向工农兵普及，所谓提高，也就是从工农兵提高。”[4] 这就需要解决向工农兵学习的问题以及新的时代相结合的问题。关于文艺批评，毛泽东说：我们要求的是“政治和艺术的统一，内容和形式的统一，革命的政治内容和尽可能完美的艺术形式的统一”。[5]

最后，毛泽东确立了各具体作家作品、文学流派、社团组织的阶级属性和价值作用。他指出：为着剥削者、压迫者的文艺是有的。文艺是为地主阶级的，这是封建主义的文艺。中国封建时代统治阶级的

---

① 毛泽东：《新民主主义论》，《毛泽东选集》（第二卷），人民出版社 1991 年版，第 700 页。

② 毛泽东：《在延安文艺座谈会上的讲话》，《毛泽东选集》（第三卷），人民出版社 1991 年版。

③ 同上书，第 853—854 页。

④ 同上书，第 859 页。

⑤ 同上书，第 869—870 页。

文学艺术，就是这种东西。直到今天，这种文艺在中国还有颇大的势力。文艺是为资产阶级的，这是资产阶级的文艺。像鲁迅所批评的梁实秋一类人，他们虽然在口头上提出什么文艺是超阶级的，但是他们在实际上是主张资产阶级的文艺和反对无产阶级的文艺的。文艺是为帝国主义者的，周作人、张资平这批人就是这样，这叫做汉奸文艺。在我们，文艺不是为上述种种人，而是为人民的。我们曾说，现阶段的中国新文化，是无产阶级领导的人民大众的反帝、反封建的文化。真正人民大众的东西，现在一定是无产阶级领导的。资产阶级领导的东西，不可能属于人民大众。新文化中的新文学、新艺术，自然也是这样。[①] 在这里，他就对不同阶级的文学属性进行了具体区分，并列举了具体作家流派，这无疑是以后新文学史书写中重要的参考资源。

总之，毛泽东的《新民主主义论》和《在延安文艺座谈会上的讲话》，为之后特别是 1949 年后的新文学史书写提供了历史框架和述史逻辑，但是当时，中华人民共和国还没有成立，这种文学史模式也只是被中国共产党党员所接受，还没有成为占住主流的文学史模式，但已经引起了人们一定的注意。

二 解放区周扬的《新文学运动史讲义提纲》

1939 年 8 月，延安鲁迅艺术文学院开学，增设文学系，设立了"中国文艺运动史"课程。从 1939 到 1940 年，由周扬讲授此课，他因此编写了《新文学运动史讲义提纲》，（以下简称《讲义》）只是讲课用的提纲并不曾发表。"文化大革命"中其被作为"黑材料"存入周扬的档案中。在周扬得到平反之后，这份文献才被"发掘"整理出来，发表于 1986 年第 1—2 期《文学评论》。[②] 1939 年，周扬在鲁迅艺术学院开始讲授这门课时，毛泽东《新民主主义论》还没有正式发表，但是毛泽东曾将草稿交给周扬看过，请他提意见，所以该讲

① 毛泽东：《在延安文艺座谈会上的讲话》，《毛泽东选集》（第三卷），人民出版社 1991 年版，第 855 页。

② 周扬：《新文学运动史讲义提纲》，《文学评论》1986 年第 1 期。周扬：《新文学运动史讲义提纲》（续），《文学评论》1986 年第 2 期。

稿中很多地方受到了毛泽东《新民主主义论》的影响，但其仍能展现反映周扬“本人作为文学批评家的风格、批评观念和批评方法”。[①]值得我们这里予以细致分析。

首先，周扬的《讲义》有很多地方受到了毛泽东的《新民主主义论》的影响。例如，其对新文学的性质、新文学史分期，对新、旧民主主义革命的评价等方面。周扬的文学史分期，这与《新民主主义论》相同之处较多，他将毛泽东的政治经济的历史分期转化为文学史分期，这还是有着创新的。他的文学史是从甲午之战开始书写。他认为“在‘五四’以前，甲午以后，所已发生的新文化运动，康梁诸人的变法维新，西欧资产阶级思想之输入，新学与旧学之争，新文体与‘诗界革命’‘小说界革命’的提倡，这些都可视为新文学运动之历史的准备。这是‘五四’以前时期，即旧民主主义的新文化的时期。”[②] 周扬将这一时期作为第一章《新文学运动之历史的准备（一八九四——一九一九)》的主要内容，重在叙述旧民主主义的新文化运动。他认为自“五四以后，即新民主主义的新文化发生以后，新文学运动作为新文化运动的一翼，在其历史的发展中，又可分为四个时期。一九一九到二一，即‘五四’运动到共产党成立，是新文学运动形成的时期”。[③] 周扬《讲义》的第二章就是《新文学运动的形成（一九一九——九二一)》。周扬还认为：“一九二一到二七，即从共产党成立经‘五卅’运动到北伐战争，是新文学运动内部分化的酝酿，革命文学的兴起的时期；一九二七到三六，即新的革命时期，是新文学运动内部分化过程完成，革命文学成为主流的时期；三六年到现在，即抗日战争时期，是新文学运动之力量的重新结合，文学上新民主主义提出的时期。”[④] 可见，该文学史的整体规划应该是五个章节，但是周扬这份讲稿最终刊登出来的是已完成的“《引言》、第一章、第二章”，而“第三章只写成一部分”就没

① 周扬：《新文学运动史讲义提纲·编者按》，《文学评论》1986 年第 1 期。
② 周扬：《新文学运动史讲义提纲》，《文学评论》1986 年第 1 期。
③ 同上。
④ 同上。

有刊登。[①] 从他已经说明的分期理由、各时间段的主要内容以及已经刊登的这两章来看，周扬重视的是重大政治事件对文学运动的影响。而且其文学史内容应该是反映无产阶级的先锋队逐渐领导中国的革命运动，革命文学也随之发生、发展、逐渐壮大的。他特别强调 1919 年“五四”运动的重要性，这是与之前文学史或者强调 1917、1915 或 1911 这三个年头是不一样的，之前的时间节点是为了凸显新文学运动本身的开始或辛亥革命爆发，而这里是为了强调“五四”运动之后无产阶级开始登上历史舞台。

其次，该《讲义》第一章《新文学运动之历史的准备（一八九四——一九一九）》从政治、经济、思想及文学的角度论及新文学发生之前的情态，为文学革命寻找原因，这与胡适的《五十年来之中国文学》有相同之处，也吸纳了之前唯物史观的学者们注意从经济基础、阶级斗争寻找原因的理念，但其也有着自己的见解。例如，其对维新派们的思想、文学上的矛盾就解释得很到位。周扬认为：“由于社会基础和历史条件的限制，西洋资产阶级的思想和文学的最初输入是在封建外衣的掩盖之下进行的。这封建外衣或者是译述者们所固有，自己也不容易脱掉的（当时自由资产阶级知识分子都或多或少的带着封建残留意识）；或者是为了一种方便，借以使资产阶级新思想能更顺利地打入多少年代受封建观念熏陶的知识分子读者的脑中。”[②] 在这里，他主要从翻译事业中封建要素的渗入进行了说明，他认为当时的翻译有两种情形可以看得出这种矛盾，“第一，是以封建旧思想来附会资本主义新思想”。[③] 如严复以为《法意》《原富》等书中包含的政治法律经济思想，中国古已有之。林琴南对司各德、狄更斯小说之思想艺术的价值并无认识，只是以其笔法类似于司马迁或韩愈而看重他们。“第二是以封建旧文字形式来表达资本主义新思想内容”[④]，如严复、林琴南以及其他最初的译者都是以古文译书的。

① 周扬：《新文学运动史讲义提纲》，《文学评论》1986 年第 1 期。
② 同上。
③ 同上。
④ 同上。

周扬还认为，“维新派”自身对于新文化的态度并不坚决，他们有着游移、妥协和退缩。他的举例有：梁启超在《清代学术概论》中曾说过保守性与进取性常交战于胸中；“维新派”在文化思想战线上持新学和旧学斗争，但在政治斗争上却以“立宪派”身份和“民主派”相对峙（如《新民丛报》和《民报》的论战）；新文化运动起来的时候，曾经代表新学的人物却成为了最坚决的反对者，如严复竭力主张尊孔读经，反对白话，而梁启超在“五四”运动以后也只发出了“科学破产”的呼声（《欧游心影录》）。周扬还从政治立场和思想局限分析了这些“维新派”为什么会前后不一，步调不齐。他认为这些不可免的矛盾和致命的弱点是他们“在政治上是‘改良派’、君主立宪主义者，和思想中含有的或多或少的封建成份（这是历史的阶级的限制性的结果）”[①] 所造成的。这就解释了“维新派”为什么不能获得成功的原因。

对于“维新派”在之前的文学史书写中或者多强调他们代表着旧文学（死文学）走向了绝路，或者强调他们为后来的文学革命进行了铺垫，而文学革命所遭遇到的三次反对浪潮则被反复凸显，俨然文学革命的推动者成为了排除万难、披荆斩棘的开路先锋。历史似乎忘记了“维新派”在当时所面临的责难，他们那种勇往直前的英雄气概都不被读者所认识，而周扬在这里却予以了彰显。他指出：“正是新派学说中的这些急进的民主的要素，不能不引起旧派的仇视。”[②] 他描述了大官僚张之洞纠合许多所谓汉学、宋学的先生们发动对新学的进剿。其中的代表作就有张之洞的《劝学篇》和叶德辉的《翼教丛编》。而以梁启超为代表的新文体作为表现新学的手段更是受到旧学代表者们的反对。如叶德辉说这种文体“讲文非质，不中不西”。张之洞明令禁止吏民上书杂用由日文输入的新名词。古文家的章太炎甚至骂“报章小说”文体“堕于下流”。康有为也深恶痛绝于梁启超式的文体为“秽污鄙词”“杂沓纸上”。严复称梁启超“笔端扰乱社会”，则是关涉他的内容而言。[③] 可见新学与旧学之争早已有之，“维新派”在历史上也曾是英雄好汉，

① 周扬：《新文学运动史讲义提纲》，《文学评论》1986 年第 1 期。

② 同上。

③ 同上。

周扬在这里对他们的勇气进行了赞颂。

从第一章的整个叙事逻辑来看，周扬力图从一个新的角度为“五四”运动提供合法性。之前的学者只是认为，旧文学这一文学形式不能表达资产阶级的革命思想，不能最广泛的普及并被广大人民群众所接受。而白话文学因为通俗易解，资产阶级革命者需要更换文学的工具和内容，于是新文学运动得以诞生。周扬吸纳了这一观点，但是他还从“维新派”领导者自身的弱点和缺陷来谈他们不能完成历史所赋予他们的重任，例如他们不能彻底的反封建、没有无产阶级领导、不能最大限度的接近民众获取他们的支持等。这样的解释更加辩证，也更能完整的多角度的解释维新运动的失败，而之后的文学革命与革命文学正是在他们的缺点上有所改进及加强，所以最终取得了胜利。

最后，周扬重新排列了新文学运动中经典人物的座次序列及历史作用。新文学运动的具体发生成为次要的东西，而鲁迅的呼声和李大钊的引进共产主义成为其文学史最重要的事件。鲁迅在第一章就已经以一个小节出现，标题为《“精神界之战士”的出现》。周扬指出，鲁迅在1907年所写的《摩罗诗力说》中曾呼吁当时中国应有“精神界之战士”来挽救中国。他是在“号召着再来一个更新的文化运动，他预告了‘第二维新之声亦将再起’。这正是旧民主主义新文化向新民主主义新文化转变的先声，是五四新文化运动的预示”。[①] 接着，周扬就以鲁迅的《摩罗诗力说》《文化偏至论》《科学史教篇》的观点来说明鲁迅“这个‘精神界之战士’是以非物质、排众数的旗帜开始他的战斗的”，而“非物质，排众数的另一面就是张精神、尊个性”，“我们在鲁迅初期思想中所唯一要看取的是那种朝气勃勃、凌厉无前的民主主义者的战斗气魄”。[②] 周扬将鲁迅书写为新文化运动的预言者、先知者、时代的敏感者，他在众人都还沉迷旧思想之时就已经感受到新鲜的学术空气并呼吁众人去拥抱它。而在这之前的文学史著中，都会借用胡适的自叙来强调其在1916年前后在美国留学之

① 周扬：《新文学运动史讲义提纲》，《文学评论》1986年第1期。

② 同上。

时就有白话文的念头——他与友人在绮色佳的风景区凯约嘉湖上划船遇到暴雨之后产生的争论，成为胡适是文学革命最早创意者的最佳证明。“文学革命倡导者”的这项桂冠被胡适戴了很多年，而现在鲁迅后来居上了，在周扬的笔下，其在1907年就以三篇巨制在呼唤着一个新的时代的到来。接着，周扬还高度评价鲁迅初期的创作“染上了鲜明的积极浪漫色彩。一方面表彰撒旦诗人，（另）一方面介绍东北欧写实作品；一方面写《斯巴达之魂》那样的传奇，（另）一方面写《怀旧》那样除了文言一点以外在思想和技巧上都是极优秀的现实主义的作品。在他身上是合式地调和。因为鲁迅初期的浪漫主义是和改革现实的热望密切不可分离的，而他后来的现实主义也从未失去对于现实、将来远景的瞭望。只是后来他在思想和艺术上更加成熟，他的现实主义便发展到了更高度，为中国新文学奠立了稳固而不可动摇的基石”。① 这是对鲁迅的现实主义艺术风格进行评价，很显然，热衷于社会主义现实主义的周扬正以毛泽东《讲话》中所倡导的社会主义现实主义让鲁迅的现实主义具有了社会主义现实主义的特征，这种现实主义有着“积极浪漫色彩”和“改革现实的热望”，并能“对于现实、将来远景的瞭望”。可见周扬以思想的先锋性、创作的现实主义等对鲁迅的文学史、思想史地位进行了重评，他所重视的鲁迅的文言论文及小说作品在之前的文学史著中很少提到，他应该是最早将其予以文学史地位的。

在第二章中，鲁迅的理论主张和文学创作得到进一步重点分析。周扬指出：“……鲁迅、吴虞就成了‘五四’当时反封建的最伟大、勇敢的战士。在对旧伦理的中心环节——孝的问题上进行了火焰似炽烈的批判和破坏的同时，鲁迅还积极地提出了新的伦理标准。他在《我们现在怎样做父亲》中主张……这正是一种合乎科学的、充满真正民主精神的新伦理新道德标准，也可以说是一种与共产主义原则相吻合的标准。”② 而鲁迅创作的“《狂人日记》发表，才第一次在现代

---

① 周扬：《新文学运动史讲义提纲》，《文学评论》1986年第1期。

② 周扬：《新文学运动史讲义提纲》（续），《文学评论》1986年第2期。

小说的形式上把反封建思想和白话文学真正结合了起来，这是中国新文学的第一块墓石，而且是坚实精良的基石”。[①]“《狂人日记》及相继发表的《孔乙己》《药》都是严峻的现实主义的作品，（是）对于封建制度和思想的最有力的控告。”[②] 鲁迅“虽揭发了使人战栗的黑暗，鲁迅的人生观世界观却并不如周作人所说是一片黑暗的、完全悲观的，相反，他的现实主义从来不是消极的东西，而正是充满了战斗气氛与光明信念：他的作品非常融合地综合了现实的与浪漫的成分。”[③]“作为讽刺文章，鲁迅的作品可视为古典主义的范本。”[④]“在新文学运动初期，鲁迅的作品几乎是在创作方面仅有的可贵的收获。”[⑤] 其他作家的创作“也虽是实践着为人生的文学的主张，但在思想的和艺术的价值上是不能企及鲁迅的作品于万一的，他们所有的仅仅是一种史料的价值。使我们可以寻见中国新小说在历史上所曾走过的足迹。”[⑥] 在这里，周扬仍然是用社会主义现实主义的标准来评价鲁迅的现实主义，指出他在新文学运动初期独一无二的文学史地位。尽管我们会指出，毛泽东在《新民主主义论》中对鲁迅的定位影响了周扬，但周扬具体的文学史书写还是能见出他独到的历史思考能力。这样，鲁迅的文学史地位就由之前郭沫若、钱杏邨等人所称之的小资产阶级知识分子转变而为无产阶级文学的先觉者，其思想发展的历程也不是从“呐喊”“彷徨”到“转变”了，而是自始至终就有社会主义现实主义的因素，最后成为具有共产主义意识的思想家和文学家了。这比李何林将其与瞿秋白并称为“现代中国两大文艺思想家”更要光辉灿烂。

同样被周扬予以重视的人物还有李大钊。他书写道：“在‘五四’的领导人物中，李大钊却是最特出的，他是共产主义知识分子最

---

① 周扬：《新文学运动史讲义提纲》（续），《文学评论》1986 年第 2 期。
② 同上。
③ 同上。
④ 同上。
⑤ 同上。
⑥ 同上。

初的伟大的代表。由于十月革命的影响，在中国，共产主义思想几乎是和新文化同时产生的。正是在《新青年》上出了劳动专号、马克思专号，民十以后，《新青年》就成了共产主义的刊物。而李大钊就是介绍马克思学说最早的一人，而且成了最早的共产党员之一。他的《青春》《今》《由经济上解释中国近代思想变动的原因》三文，可以说是代表他的新哲学见解。在《今》中……正是透彻的辩证法的观点。而在政治见解上，他在当时也是最急进的、最彻底的。他不但热情地赞美十月革命，高呼着布尔塞维克主义的胜利，而且在中国是第一个认识了布尔塞维克革命之为阶级战争以及它的世界意义。他正确地说出了'一九一七的俄国革命是20世纪世界革命的先声'。他是思想家又是革命实行家，他把自己最后一滴血献给了革命，是文化战士的一个最崇高光荣的模范。"① 从这段包含着很多"最"的语段中可以看出，周扬对李大钊的评价是很高的，而这之前其很少在新文学史中出现。从他对李大钊的重视可以看出，周扬的这部文学史讲义的目的之一，就在于书写中国共产党所领导的新民主主义运动及其新文学运动的发生发展。如果单是新文学史的话，我们或许认为周扬在这里将李大钊予以强调并不吻合文学史实情，但是周扬书写的是"新文学运动史"，而这一"运动史"中最重要的是革命文学运动，李大钊又是"介绍马克思学说最早的一人，而且成了最早的共产党员之一"，所以介绍李大钊就是在介绍马克思学说在中国的出现，这是之后革命文学的源头，再加上周扬是以1919年"五四"运动为重要文学史节点的，而"在五四的领导人物中，李大钊却是最特出的，他是共产主义知识分子最初的伟大的代表"，所以也必须对其进行重点书写。我们可以说，对李大钊的介绍尽管是之前新文学史从未有过的，但周扬在这里对其予以高度赞扬，却与他的文学史分期、述史逻辑、历史事实等诸多因素吻合，这不能不承认他对这部新文学史书写的确有着精密思考。而毛泽东思想发展受到了李大钊的启蒙，其在北京大学图书馆工作受到李大钊的关照等，这是否影响了周扬的新文学史书写，笔

① 周扬：《新文学运动史讲义提纲》（续），《文学评论》1986年第2期。

者还找不到相关证据来支撑，就不能信口雌黄了。

在周扬笔下，陈独秀和胡适有功绩，但也是有缺陷的人物。他指出：“由于中国资产阶级出生太晚，他们在文化上如在政治上一样是没有独创能力的，而‘五四’新文化运动又正是旧民主主义向新民主主义的过渡，虽开始接近了社会主义新思想的光明，却已感受了资本主义没落文化的毒害，这就造成了‘五四’初期民主思想的弱点。假如说反封建是‘五四’战将的最光荣一面，那么在政治见解与思想方法上却是很少光彩的。民主政治的主张者陈独秀不相信民众的力量，且反而诬蔑民众，认为‘多数民意相信帝制，不相信共和’……涉及社会主义，陈氏只认识为‘谋资本劳力之调和保护工人，限制兼并’的社会改良主义。对于十月革命也只认为是民主主义对君主主义、侵略主义的胜利。胡适的改良色彩是更浓厚的。他的有名的‘一点一滴的改造’、他的主张‘多研究些问题，少谈些主义’，自始就违背革命的观点。他们的思想方法是二元论的观念论的，胡适是实验主义的信仰者，陈独秀后来虽走向唯物论但却是十足的机械唯物论。”① 可见周扬是以《新民主主义论》中的观点为标准来评判这二人的思想见解和政治主张，甚至对陈独秀进行了严厉批评，这是由陈独秀此时与中国共产党的关系所决定的。

而对于他们在文学革命上的成就，周扬也进行了同样的裁断。他在介绍完胡适的《文学改良刍议》之后指出：“白话运动绝不能单看成文学工具的改造，这种新的文学形式正是应表现新的思想的需要而产生的。所以，归根到底中心不在形式问题而在内容问题。”② 在这里，周扬没有强调周作人首次提出“人的文学”这一内容主张的文学史意义，而是理论上讨论“‘人’的解放，虽则这个解放仍然是极有限的；但比封建社会的个人，却已大进一步。‘五四’所提倡的‘人的文学’就是带资产阶级性质的。它正符合于反封建斗争中人的自觉的要求”。③ 周扬认为新文学中的“人”“不同于西欧资产阶级抬

① 周扬：《新文学运动史讲义提纲》（续），《文学评论》1986年第2期。
② 同上。
③ 同上。

头期的文学。在作品中登场的不是中等阶级的人物和家庭的好丈夫，而是农民和知识分子；这些是民主革命之主要的真正的力量，由此也可以说明中国新文学从一开始以来的新民主主义的性质”。[①]

对于以胡适和陈独秀为代表的文学革命时期的文学创作和现实主义主张，周扬也认为是不够优秀的。他指出：“‘五四’初期的作者都没有以文学为闲书，而都把它当作改革的器械，而他们作品的主要价值，也就在于其鲜明的倾向性和教育的、启蒙的作用，那是完全符合于当时民主主义的要求的。但是由于新文化运动本身的弱点和中国文学中现实主义理论的传统的缺乏，‘五四’初期现实主义的主张是朴素的（他们所理解的‘现实主义’是常常仅作为一种描写手法，所谓‘写实’看的），缺少积极性的（胡适在介绍易卜生中所提出的‘只开脉案，只说病状，却不肯下药’的创作态度），不彻底的（陈独秀一方面主张文学应写实，应有实用性；另一方面又不赞成‘言之有物’，不赞成文学有它自身以外的目的，他认为文学的全部价值只在‘美感与伎俩’，而把自然主义看作比现实主义‘更进一步’）。”[②] 周扬是以社会主义现实主义的文学标准来评判这二人的文学主张以及当时的现实主义作品的。

总之，我们发现周扬的文学史书写有着自己的现实目的，也是为当时的中国共产党的革命理论和文学主张进行总结，尽管我们只能见到其中的前两章，但他的述史逻辑已经非常明了，而其重新对新文学史中的经典作家进行排座的意图非常明显。他所掌握的社会主义现实主义文学标准在当时还是比较新颖。所以有人说：“周扬的这篇讲稿显得有一种大气度，能纯熟地运用社会学批评方法，从社会结构系统的复杂关系和变化中宏观而简洁地勾勒出‘五四’前后文学运动的概况与发展线索，反映了当时马克思主义的文学研究所能达到的思想水平，其思路之开阔和气魄之宏大，都是后来许多同样归趋社会学批评路数的研究所不及的。”[③] 这一评价的确是名之所归。

---

① 周扬：《新文学运动史讲义提纲》（续），《文学评论》1986 年第 2 期。

② 同上。

③ 温儒敏：《40 年代文学史家如何塑造“新文学传统”》，《中国现代文学研究丛刊》2003 年第 4 期。

三　国统区宋云彬的新文学史书写

1934年，上海开明书店创办了开明函授学校，宋云彬、夏丏尊、叶圣陶、陈望道合编《国文讲义》，其中《文学史话》一门由宋云彬撰写，后来其予以修改后，以《中国文学史简编》之名由文化供应社于1945年5月出版。[①] 该书对新文学的书写体现在最后的第十一章和第十二章中，其有以下特色：

首先，该文学史著非常重视翻译文学。第十一章《西洋文学的传来》中《初期的翻译事业》介绍了严复的古文体翻译和其翻译理论；《西洋小说的翻译》介绍了林纾用古文体介绍西洋小说；《西洋诗歌戏剧的翻译》介绍了马君武、苏曼殊用中国旧诗体翻译西洋诗歌，还介绍了林纾将西洋剧本翻译成小说体，只有到李煜瀛翻译剧本的时候才完全用对话式。然后，宋云彬讨论了西洋文学的翻译传入对中国社会及文学的影响，认为其在于改变了中国对外国人民及文学的偏见，增强了文学爱好者对西洋文学的研究兴趣。从这一章来看，宋云彬非常重视翻译文学在促进中国新文学诞生的重大意义，其注重到小说、诗歌、戏剧不同文类的翻译以及他们所用语体的逐渐变化和逐渐了解不同文类的区别，这在之前的新文学史书写中很少有。

其次，该文学史著将新文学经典作家全部予以点名。第十二章《文学革命与新文学的建设》中的《文学革命的前夜》介绍了康有为、谭嗣同、梁启超、黄遵宪等人的文学革新，强调了他们为后来的文学革命所做的铺垫工作；《文学革命的起来》则介绍了胡适、陈独秀的文学革命主张以及最后取得的成功；《初期的文学作品》中介绍了胡适的《尝试集》、鲁迅的《呐喊》、XXX等提倡的"小品散文"（这里他以XXX来代替周作人，应该是他不齿其在抗日战争中的行为做派，这是周作人较早在新文学史中被予以负面化处理）；《文学研究会与创造社》则介绍了当时两派虽然有现实主义与浪漫主义的不同，但这是表面上的对立，实质上二者有共同之处；《新文学

① 宋云彬：《中国文学史简编》，文化供应社1945年版。

与鲁迅》则凸显了鲁迅的小说与杂文的文学史地位，“因为鲁迅是建设新文学的成绩最辉煌的一个”①，其他作家则提到了郭沫若的《女神》、郁达夫的《沉沦》、茅盾的《蚀》三部曲和《子夜》、叶绍钧的《倪焕之》、巴金的《家》、曹禺的《雷雨》。从他提到的文学大家来看，除老舍外他已经将后来的经典大家予以了确认，这说明，新文学在20世纪40年代已经将经典大家予以了建构，他们的代表作也得到了公认；最后，宋云彬在这章介绍了《大众化与民族形式》，下文将予以详述。

最后，宋云彬突出了大众化和民族形式问题。该著的第十二章最后小节介绍了《大众化与民族形式》，其对新文学发展以来的文艺大众化问题进行了历史梳理。他指出“五四”的新文学运动所提倡的是平民文学，那时的平民实际上是市民而不是工农大众，平民文学实际是市民文学，而不是大众自己的文学。那时的白话是士大夫的白话，不是大众自己的白话。经过1925年的“五卅”事件、1927年的大革命，新文学运动改变了性质，领导者、主导理论、主力军都改变了，于是“文艺为大众”成为一致的目的，1930年“文学大众化”的问题就得以提出。这一问题的提出是对“五四”以来新文学运动的进一步发展，但是，由于文学工作者对大众生活的不够接近和大众文化自身水平的落后，导致这只是理论上的倡导，而在文学创作实践上，文学与大众仍有相当的距离。“抗战开始以后，革命形势一变，文艺工作者与人民大众的关系大有改进，新文学不仅简单地要求大众化，更进一步要求品质的提高，遂有‘民族形式’问题的提出。”②在这里，他将新文学大众化的三个发展阶段进行了历史的梳理，使得该小节成为一个独立的新文学大众化简史，这体现了他对中国文学大众化及民族化的期待。他还服膺1938年毛泽东在中国共产党的六届六中全会上所讲的那段话：“洋八股必须废止，空洞抽象的调头必须少唱，教条主义必须休息，而代之以新鲜活泼的、为中国老百姓所喜

① 宋云彬：《中国文学史简编》，文化供应社1945年版，第136页。
② 同上书，第139页。

闻乐见的中国作风和中国气派。”[①] 这也是他自己对新文学及其民族形式的观点，这说明他已经对毛泽东的文艺思想有所借鉴与吸取。宋云彬曾是中共党员，后来与中国共产党组织失去联系，其后在1945年6月加入中国民主同盟，1949年春曾在北京出席第一届政协会议。了解了宋云彬这一政治背景，他作为国统区的进步知识分子受到毛泽东文艺思想影响就不足为奇了。这也正说明毛泽东文艺思想已成为20世纪40年代重要的新文学史书写原则。

四　国统区冯雪峰的新文学史书写

冯雪峰的《论民主革命的文艺运动》于1946年6月作家书屋发行，作者署名为“雪峰”，1947年、1949年该著得以二三版，笔者这里以第三版为讨论对象。[②] 该文学史著有以下几个特点：

首先，该文学史著是冯雪峰根据国统区这一特定时空的文化斗争现实所进行的书写。1943年10月毛泽东《在延安文艺座谈会上的讲话》正式发表后，在延安等抗日根据地引起普遍学习、实践的热潮。1944年4月，何其芳、刘白羽受中央委托去重庆，向大后方的进步文艺界人士传达延安文艺座谈会情况和《在延安文艺座谈会上的讲话》精神，考虑到当时国统区的斗争情况，所传达的大多是围绕如何在国统区扩大民主战线的主题进行的。而何其芳等人在报告会上宣讲延安整风的情况，强调作家的阶级性和思想改造这些根本原则问题，还引起了胡风、冯雪峰等不少大后方文化人的反感。[③] 1945年1月，了解以重庆为代表的大后方文艺情况长达七八个月的何其芳回到延安，向中共中央宣传部建议在大后方进步文化人士中间尽快开展整风，这实际上是要求将大后方文艺政策与运动和解放区予以一致化的同步处理。听了何其芳的汇报后，周恩来与董必武指示，在重庆主持南方局工作的王若飞要进行大后方文化人整风，但是对整风的范围进

① 毛泽东：《中国共产党在民族战争中的地位》，《毛泽东选集》（第二卷），人民出版社1991年版，第534页。

② 雪峰：《论民主革命的文艺运动》，作家书屋1949年版。

③ 胡学常：《胡风事件的起源》，《百年潮》2004年第11期。

行了限定，“只限于南方局文委及《新华日报》社两部门的同志”，而对党外文化人则主要是“引导他们向国民党政府要求民主自由，同顽固分子作思想斗争，揭露国民党文化统治政策的罪恶，并引导其与青年接近，关心劳动人民生活，以便实际上参加和推动群众性的民主运动”，认为“这也是很好的整风”，否则，“抽象地争论世界观、人生观，甚至引起不必要的历史问题的争论，必致松懈对国民党内顽固派的斗争，招致内部的纠纷，这是很要慎重的”。① 延安文教大会对于大后方文化的意义，“只能以其群众观点、实事求是、统一战线、民族化、大众化诸方面的影响，教育大后方的文化人，而不是以它的决议和内容来衡量他们的工作”，“即使文委与《新华日报》社同志的整风，也得根据大后方的具体情况，引导大家加强团结，更加积极地进行对国民党的斗争”。②

1945 年底，根据中央决定，周恩来回到重庆进行进步文艺界整风，共举行了三次文艺座谈会。而在重庆进步文艺界以“过去和现在的检查及今后的工作”为题组织的几次“漫谈会”上，冯雪峰作了长篇发言。后来应《中原》等杂志的约稿，他将发言修改为《论民主革命的文艺运动》发表在 1945 年 11 月号的《中原》杂志上。冯雪峰的发言基本上是以周恩来的上述指示为中心的，所以我们看见该著中主要是从“群众观点、实事求是、统一战线、民族化、大众化”诸方面来论述民主革命的文艺运动。这从其框架结构中就可以见出：

该书的目次为：

“序

1. 过去的经验：民主主义的革命思想、思想斗争、统一战线、大众化、革命的现实主义。

2. 什么是主要的错误：在‘左倾’机械论之下、思想上的右退状态、革命宿命论和客观主义。

3. 现在的基础任务及运动的原则。

---

① 周恩来：《关于大后方文化人整风问题的意见》，中共重庆市委党委工作委员会编《南方局领导下的重庆抗战文艺运动》，重庆出版社 1989 年版。

② 同上。

4. 现实主义在今天的问题。

5. 大众化的创作实践。

6. 批评及统一战线下的批评。

7. 文艺团体。”

从该书的章节标题中，我们可见冯雪峰的发言是在周恩来所指定的范围内，对民主革命的文艺运动进行了历史的总结和现状分析。而这与周扬在解放区以毛泽东的《新民主主义论》和《在延安文艺座谈会上的讲话》为指导进行新文学史书写是不一样的。这是因为他们当时各自所处的政治、文学环境不同，使得他们所面对的问题不同进而采取了不同的斗争方式。胡风晚年在狱中重新检讨了何其芳当时宣传《在延安文艺座谈会上的讲话》的方式、方法，指出“至少，要把《新民主主义论》和三篇整风文件合在一起洗一个大澡，这才能够有完全清新的感觉和可用的力气来面对革命文艺传统”以及“文艺现状的根本问题和具体问题”①。一方面，这番话说明，胡风、冯雪峰等人对《新民主主义论》还不熟悉，对《在延安文艺座谈会上的讲话》的理解接受与延安解放区是不一样的。“他们把《在延安文艺座谈会上的讲话》视作为一个理论读本，而不是首先作为一个有明确约束力的政治读本来观察的。”② 另一方面，也说明胡风还是没有明白国统区与解放区的不同，当时不在国统区大力宣传《新民主主义论》和《在延安文艺座谈会上的讲话》并以之作为文学文化界的指导方针和行动纲领是有其历史必然性的。

实际上，冯雪峰并没有另外的标新立异，其还是按照毛泽东思想和党的文艺政策进行书写。如在第一节中，他认为过去的经验包含民主主义的革命思想、思想斗争、统一战线、大众化、革命的现实主义，这就吻合毛泽东的思想。1939年10月，毛泽东在《〈共产党人〉发刊词》一文中，总结了两次国内革命战争的经验教训，揭示了中国

---

① 转引自郭建玲《论1945年前后国统区进步文艺界的内部整合》，《中国现代文学研究丛刊》2007年第3期。

② 郭建玲：《论1945年前后国统区进步文艺界的内部整合》，《中国现代文学研究丛刊》2007年第3期。

革命的客观规律。毛泽东指出："十八年的经验，已使我们懂得：统一战线、武装斗争、党的建设，是中国共产党在中国革命中战胜敌人的三个法宝，三个主要的法宝。"① 在之前的《中国社会各阶级的分析》《星星之火，可以燎原》等文章中，毛泽东的关于三大法宝的论述都已有之。冯雪峰在这里将"武装斗争"换为了"思想斗争"，将"党的建设"换为"民主主义的革命思想"等，都说明冯雪峰等人仍然是以毛泽东思想和周恩来指示来进行文学史书写，其中穿插着他们个人的文艺思想和文学评判。

其次，该书梳理的只是新文学史中的一部分，即民主革命的文艺运动史，这主要体现在第一、第二节之中。冯雪峰认为："从'五四'以来的革命的新文艺，全般的看，那基本思想是民主主义的革命思想，就它的中心或主潮说，是通过了无产阶级的科学的历史观和社会革命论的民主主义的革命思想。这后者联合和领导着所有一般的民主思想的文艺，快到三十年地战斗过来，这就造成了所谓'五四'革命文学传统，或革命现实主义文学传统。"② 他将整个新文学史看为是民主革命的文艺运动史，这与《新民主主义论》是一样的判断，而他认为这是无产阶级"联合和领导着所有一般的民主思想的文艺"，既强调了"联合"又注重到"领导"，这是标准的统一战线的叙述，这与《新民主主义论》侧重于领导权是不一样的。

冯雪峰将这三十年的文学史分为四个时期：第一时期是1918至1924年的"五四"时期，这时期的"思想革命是科学和民主的思想革命；也就是反映着和领导着反帝反封建的群众革命运动的反帝、反封建的思想革命。这革命，就历史的性质说是资产阶级的民主革命，在本质上尤其是农民的革命；同时这又和世界无产阶级革命联结在一起，在中国又成为无产阶级领导的资产阶级的民主革命了"，而"文学革命和新文艺建造运动，是这种思想革命之主要的一翼"。③ 第二

① 毛泽东：《〈共产党人〉发刊词》，《毛泽东选集》（第二卷），人民出版社1991年版。

② 雪峰：《论民主革命的文艺运动》，作家书屋1949年版，第2—3页。

③ 同上书，第3页。

时期是“以‘五卅’运动开始的1925至1927年的大革命；在大革命时期，反帝、反封建的科学和民主的思想革命更成为广大的革命群众的实际行动，把新文化、新文艺运动和思想斗争从知识分子和学生中扩大到工人农民和小市民的广大人民群众中去了”，“无产阶级的革命理论和（历）史的唯物论，成为新思想中的主潮”，但这些理论在文艺创作上还没有体现，而在上层学术界也受到冷淡。[①]第三时期就是“1928年开始至1936年之间的左翼的无产阶级革命文学运动的时期”，这时期将“以前在青年和先进的工农群众中激荡着的，对于革命理论、对于生活和现实社会及历史的理解等等的思想问题和要求，正式作为主要的课题提到文化和文艺运动的日程上来了”。[②]第四时期是“从1936年人民抗日运动高涨到抗战及抗战结束的时期”，这期间的文艺和文艺运动，“它的政治的救亡的任务和要求，也更为迫切”，“它负着政治宣传和动员民众的使命”，“基本思想自然仍是革命的民主主义，同时也是无产阶级立场的民主革命思想居着优势”。[③]

从文学史分期来看，冯雪峰与周扬的不同只在于“五四”时期的划分，周扬将1919年至1921年划为一个时期，突出了中国共产党的成立，而冯雪峰则将1918年至1924年划为“五四”时期，以1925年“五卅”运动为第二个时期的开始。而之后以1936年至“今”为一个时期则是他二人都有的划分，这表明1936年及之后的抗日战争已经成为新文学史的重要时间段了。从文学史发展逻辑来看，他们都强调了无产阶级文学逐渐壮大的历程，不同的是冯雪峰认为“五四”以来文学上取得的革命经验与革命传统精神在于“思想斗争、统一战线和大众化以及以文学方法来总汇这些和表现革命思想的，一直发展过来的革命现实主义”[④]，然后，他就依次梳理了这四个方面的历史发展。

---

① 雪峰：《论民主革命的文艺运动》，作家书屋1949年版，第4页。
② 同上书，第4—5页。
③ 同上书，第5—6页。
④ 同上书，第7页。

冯雪峰也谈到了毛泽东的《在延安文艺座谈会上的讲话》，但是他主要是从大众化这个角度来论述作家必须明白他是为什么人而写作；他应该和工农兵一起工作、生活、学习，缩短与大众之间的距离；文艺普及是首要的，应该在普及中提高。而《在延安文艺座谈会上的讲话》中的其他观点这里都没有提及，这正与周恩来的指示是相符的。甚至，他对鲁迅的作品分析也是从大众化角度进行解读的。例如，他认为鲁迅的“这些作品是典型的革命现实主义的作品；而像《阿Q正传》自然又是典型的大众文艺——这篇作品就凡是识字而有阅读能力的大众都能理解，阿Q和对于阿Q的批判及其他一切很快就成为人民大众的常识了”。[①] 可见，冯雪峰也试着对新文学作家作品按照《在延安文艺座谈会上的讲话》精神进行重新解读，而其文学史经典序列就会有另外的变动，但是其作家作品解读太少，还不能构成全新的作家作品系列。

最后，冯雪峰对一些文艺问题注意到了文艺与政治的辩证关系，总结了之前的文艺工作的失误。他在第二节《什么是主要的错误》中，谈到了过去民主革命的文艺运动发展所存在的问题与错误，这应是较早对其进行经验总结的新文学史书写。他认为主要的错误有四种：“左倾”机械论、思想上的右退状态、革命宿命论和客观主义。

冯雪峰认为，从1928年至1936年期间，尤其在1928年至1932年之间，以“左倾”机械论和主观教条主义所带来的错误最显著。这在文艺上表现为：“第一，是使文艺与政治之战斗的结合变成了机械的结合，使文艺服务政治的原则变成了被动的、简单的服从，取消了文艺之对于人民的丰盛的现实生活的具体发掘和反映，也取消了文艺的反映和推动群众的意识斗争的更为根本的任务，取消了从具体生活和斗争的反映中文艺的教育、战斗和创造的机能”[②]；“第二个特征，就是运动路线上和文艺批评上的所谓宗派主义或关门主义的倾向”[③]。他批评了1929和1930年之间提出的新现实主义，“虽然提到

---

① 雪峰：《论民主革命的文艺运动》，作家书屋1949年版，第25页。

② 同上书，第52页。

③ 同上书，第56页。

了现实主义，但因为一则我们对于现实主义在文学史上怎样发展过来，它与各时代、各民族的历史条件与社会生活的具体关系的分析和理解，是很不够的，二则只以为在旧现实主义的写实方法上加上了现在的无产阶级的世界观，就是新现实主义了，这当然没有触到现实主义的真实核心，而是一种机械的结合”。[①] 在这里，他也批评了唯物辩证法的创作方法，但是对社会主义现实主义则没有大力提倡，这与周扬以社会主义现实主义为文艺评价标准是不同的，而毛泽东的《在延安文艺座谈会上的讲话》也曾强调：“我们是主张社会主义的现实主义的”[②]，显然冯雪峰这里没有予以响应。

对于1928年至1936年期间和抗日战争期间存在右退因素的原因，冯雪峰进行了以下分析：“第一，对于中国革命的无产阶级的领导的必要，是认识的不充足的；同时对于这领导的力量，有时也信任的不及实际程度的”[③]；“第二，对于革命的发展和抗战的必属胜利，人民的战斗和力量才是决定的根本条件这一层，是时常会动摇的，缺少坚信和努力的”[④]；他批评了“国防文学”作为右退思想的代表，认为其错误有三：“一则对于人民和领导的主力的关系是没有明确认识的；二则在民族革命战争中，思想的战斗和领导的作用是被忽视了的；三则抗日战争中的文艺运动，不被看作前此的无产阶级革命文艺运动的发展，却把那根本的关系砍断了。”[⑤] “国防文学”这一理论主张的代表人物是周扬，冯雪峰是“民族革命战争的大众文学”这一口号的捍卫者，他们二人是“两个口号”论争中对立双方的领头人物。这时，冯雪峰对“国防文学”的理论错误进行了再次批判，显然他还不明白周扬已经在延安取得了新的文艺方针、政策的阐释权。形势变化得太快，而他还没有意识到，作为历史研究者我们为其后来

① 雪峰：《论民主革命的文艺运动》，作家书屋1949年版，第55页。

② 毛泽东：《在延安文艺座谈会上的讲话》，《毛泽东选集》（第三卷），人民出版社1991年版，第867页。

③ 雪峰：《论民主革命的文艺运动》，作家书屋1949年版，第62页。

④ 同上书，第62—63页。

⑤ 同上书，第65页。

的悲剧命运更多了一些同情。之前，对“国防文学”的错误，新文学史书写者都没有予以明确辨析，冯雪峰应该是在新文学史中为其确定了一个辩证客观的历史地位。

冯雪峰还认为，当时的主要错误有“革命宿命论和客观主义”。所谓“革命宿命论”“那就是，社会的进步和革命的胜利都是必然的，我们只要相信这个必然，宣传这个必然性就是了——无论怎样，革命胜利是必然的，我们明白这点，它就必然胜利了”。[①] 这种革命宿命论忽视了革命阶级对社会历史的客观法则之意识和认识以及革命阶级的人民的积极战斗。而“客观主义”则认为“生活决定一切、社会决定一切，于是也就是阶级意识或阶级根性决定人物的一切，进步者原就是进步，而落后者也终归是落后，简直是难改变的；尤其对于小资产者智识分子和落后的农民，抱着悲观的态度。于是就带来了对于客观社会的无批判的、非战斗的态度，自然也要用一种所谓客观主义的态度去对付人民的革命的敌人了”。[②] 正是由于这两种思想基调的存在，所以在文艺创作上存在着公式主义、材料主义、经验主义的错误倾向。

同时，他还附谈了感性生活、热情、自然力的追求。他认为这些观点都是针对教条主义、机械论和客观主义等造成的创作倾向所提出的，但是要纠正这些错误，“是要从社会的、阶级的、思想的根源上去着眼，不可忽视重要的根源；而深入的思想斗争和自我批评，更是不可少的过程”。[③] 他特别对以胡风为代表的文艺观点进行了辩证分析：“有人将这些当作了危险的倾向来看。但我以为我们先应该对问题从积极的、时代的意义上去看，得出积极的要点和我们领导的方向。现在就正是革命发展，人民的力量和斗争高扬的时代，知识分子和青年和作家的某些热情的表现和要求，就不能不是反映或向往革命和人民的这种高扬的东西，也不能不是寄寓着文化和个性的解放、未来的生活和艺术理想之追求的东西；它不免要对教条主义和客观主义

---

① 雪峰：《论民主革命的文艺运动》，作家书屋1949年版，第71页。
② 同上书，第74页。
③ 同上书，第85页。

的思想态度抗议，但更本质地说，却更多是对于压迫青年的生机和热情的旧社会和恶势力的反抗，也是对于部分的知识分子的精神上崩落状态的抵制。这些情形，主要的应看作是对于革命的接近和追求，而反映到文艺和文艺运动的要求上来是非常好的，也正为我们文艺所希望的。自然，单是热情、单是‘向精神的突击’，在我们，是还万万不够的，还不能成为真实战斗的文艺。并且那里面也自然会夹杂着非常不纯的东西，例如个人主义的残余及其他的小资产阶级性的东西。因此，问题仍在于我们的文艺运动能够看到广大的社会和时代中的精神状态，怎样使那些好的精神要求和人民的革命斗争接触，并使它在革命斗争和人民的生活中得到改造、充实、提高，最后成为人民的力量和文艺。这就需要我们领导，也少不掉思想斗争的过程。”① 从马克思主义文论的角度来看，冯雪峰对胡风的“向精神的突击”或“自然力的追求”等主观战斗精神的文艺观点的辩证分析还是非常有力的，这也应是较早对胡风文艺观点进行准确的历史定位。

冯雪峰在国统区按照毛泽东文艺思想和周恩来的指示精神对民主革命的文艺运动进行了历史分析，重在“运动和斗争上的几点对于现在最有关系的经验”②，展现了其与周扬不同的新文学史书写路径。虽然其对作家、作品很少具体分析，对具体思想也多没有具体点名，但其对民主革命的文艺运动的经验之总结还是体现了其独到的反思能力和犀利的观察力。

第二节　国民党“三民主义”文艺政策的演变与其文学史书写策略

最初，“三民主义”文艺政策的提出带有压制革命文学蓬勃兴起的意图。1928年，“太阳社”和后期“创造社”共同倡导“革命文学”，宣称“个人主义的文艺老早过去了”，“代替他们而起的”必定

① 雪峰：《论民主革命的文艺运动》，作家书屋1949年版，第86—87页。

② 雪峰：《论民主革命的文艺运动·附记》，作家书屋1949年版，第136页。

是“无产阶级文艺”。[①] 他们以激进的姿态全面批判了文学革命以来以鲁迅、茅盾为代表的白话新文学，倡导、发动了颇有声势的无产阶级革命文学运动。“革命文学”的口号一经提出，《语丝》《小说月报》《新月》等在当时有重要影响的代表性刊物都卷入了这场论战，史称“革命文学论争”。最后，在中国共产党的指导下，论战双方得以平息纷争，左翼作家联合起来于1930年3月成立了“中国左翼作家联盟”。中国国民党有关人士看见中国共产党人在文学文化上纲领明确、措施得力，深感自己在文艺文化宣传方面的落后。于是在思想文化领域要求党治文化、党治文学的呼声在中国国民党内部开始出现。从1928年下半年起，有中国国民党背景的一些报刊陆续出现了一批鼓吹“三民主义”的文章，它们猛烈批判普罗文学，公开宣言打倒“革命文学”和“无产阶级文学”，“建设‘三民主义’的新文学”[②]，这表现了中国国民党人士开始呼吁该党文艺政策的出台，以此抗衡左翼文艺，将其消灭于无形的意图。

“三民主义”文艺政策还是南京国民政府坚持其为孙中山继承者和维护者的象征符号之一。1928年，中国的国民党在形式上基本统一了中国，南京国民党政权作为中央政府的地位得到了确立，其开始制定和推行一系列政治、经济和军事等方面的计划和政策，也加强了对思想文化领域的干预与控制。此时，孙中山已经逝世，蒋介石虽已掌握了国民党的实权，但蒋介石领导的中国国民党，还不能公开反对或者公开抛弃“三民主义”，提出更系统更具有革命性的政治纲领。再加上蒋介石虽然掌握着中国国民党最大的军权，但其他中国国民党元老仍然代表不同派系、拥有庞大的政治能量，当时的中国国民党所能利用的最大资源是孙中山的“三民主义”，只有在这一名义下制定的各项政策，中国国民党才能获取党内外及全国人民的支持。因为这是中国国民党政治运动的大纲准则，也是当时中国国民党各派所能接受的最大公约数。于是在1929年6月3日到7日，中国国民党中央

---

① 郭沫若：《英雄树》，《创造月刊》，1928年第一卷第8期。

② 张道藩：《我们需要的文艺政策》，《民国日报》1930年11月26日。

宣传部在宣传部长叶楚伧的主持下召开了全国宣传会议。会议检讨了中国国民党以往宣传工作的缺陷，认为以往的宣传“散漫而不统一”，也回应了中国国民党党内要求制定该党文艺政策的呼声，该会议做出了如下决定：第一，今后要“创造‘三民主义’的文学”（如发扬民族精神、阐发民治思想，促进民生建设等文艺作品）；第二，要“取缔违反‘三民主义’之一切文艺作品”（如斫丧民族生命，反映封建思想，鼓吹阶级斗争等文艺作品）。会议还明确规定：将扶植“‘三民主义’文艺”定为中国国民党的“文艺政策”。① 之后，中国国民党的图书报刊一直在提倡和创作“三民主义”文艺，如 1930 年 1 月 1 日，中国国民党中央的机关报《中央日报》在《元旦增刊》上发表了叶楚伧的《三民主义的文艺创造》，王平陵写了《三民主义文艺的建设》等。但真正响应并创作出“三民主义”的作家作品乏善可陈，可以说“三民主义”在 20 世纪 30 年代只是一种理论上的口号，但这是中国国民党文艺政策的开始。

蒋介石本人并不认同“三民主义”文艺政策，他在民族、民权、民生等问题上与孙中山截然不同，他更多信奉的是法西斯式的民族主义。所以他特别想抛弃“三民主义”的旗帜，而在 1930 年前后换上民族主义的旗帜。② 于是 20 世纪 30 年代，中国国民党文艺真正在文艺理论和创作实践上值得关注的是民族主义文艺运动。1930 年 6 月 1 日，朱应鹏、潘公展、范争波、傅彦长等人在上海组织了“前锋社”，创刊了《前锋周报》，并在该刊连载《民族主义文艺运动宣言》。该《宣言》主张中国文艺应当以“民族主义”为中心意识，反对“鼓吹阶级斗争”的左翼文艺和其他派别的文艺，这是民族主义文艺运动的开端。同年 8 月，“开展文艺社”在南京创办了《开展月刊》，徐庆誉在南京创办了《长风》半月刊。同年 11 月，“初阳社”又在杭州创刊了《初阳旬刊》。这些都是民族主义文艺运动前期的刊

① 南京《京报》1929 年 6 月 6 日、7 日。转引自钱振纲《论三民主义文艺政策与民族主义文艺运动的矛盾及其政治原因》，《江西社会科学》2003 年第 4 期。

② 钱振纲：《论三民主义文艺政策与民族主义文艺运动的矛盾及其政治原因》，《江西社会科学》2003 年第 4 期。

物。1932 年以后，又有矛盾出版社的《矛盾月刊》、黄钟文学社的《黄钟》周刊（后改为半月刊）、汗血书店的《民族文艺》月刊和《国民文学》月刊、江西民族文艺社的《民族文艺月刊》等后期民族主义文艺运动的刊物陆续出现。该文艺运动的代表性作品有《黄人之血》《国门之路》等，这一运动一直持续到抗日战争爆发。

抗日战争爆发后，1938 年 3 月，中国国民党在武汉召开的临时全国代表大会上通过了《中国国民党抗战建国纲领》。《纲领》除前言外，分为《总则》《外交》《军事》《政治经济》《民众运动》《教育》等 7 项 32 条。其《总则》有二，其一为“确定‘三民主义’暨总理遗教为一般抗战行动及建国之最高准绳”。[①] 于是“三民主义”又成了统领全国人民抗战建国的最高准绳，获得全国人民及国共两党的认同[②]，此后，中国国民党政权又提出了“三民主义”文艺政策。1940 年 12 月中国国民党政府设立“中央文化运动委员会”（简称“文运会”），就隐然与左翼政治力量领导的“文化工作委员会”（简称“文工会”）相抗衡。1942 年 9 月 1 日，“文运会”主办的《文艺先锋》在重庆创刊，创刊号上发表了“文运会”主任委员、中国国民党中央宣传部部长张道藩的《我们所需要的文艺政策》，倡导“六不”“五要”：不专写社会的黑暗、不挑拨阶级的仇恨、不带悲观的色彩、不表现浪漫的情调、不写无意义的作品、不表现不正确的意识；要创造中国民族的文艺、要为最苦痛的民众写作、要站在民族的立场创作、要有理智的作品、要用现实的形式。除此之外，张道藩还抨击了“五四”以来的写实主义、印象主义、唯美主义等新文艺思潮流派。这实际上是将之前的“三民主义”文艺政策具体化，以使其具有更强的操作性。当然，其发表在毛泽东的《在延安文艺座谈会上的讲话》之后不久，也显示了两党此时争夺文化领导权的激烈。

抗日战争时期对“三民主义”文学的观点和主张积极响应的首要

---

① 彭明主编：《中国现代史资料选编》（第五辑），中国人民大学出版社 1989 年版，第 216 页。

② 张劲：《再论国民党〈抗战建国纲领〉》，《同济大学学报》（社会科学版）2015 年第 3 期。

代表应是王集丛，此间他出版了三本论著：《三民主义文学论文选》[①]《怎样建设三民主义文学》[②]《三民主义文学论》[③]。王集丛有感于当时“所谓‘左翼作家’相当多，观众读者较多，影响力较大”，“即在‘三民主义学术化’的原则下，努力文艺评论工作，‘破’‘立’并行：一面批评‘左翼作家’的作品，（另）一面研究‘三民主义’的文艺理论”,[④] 书写了对当时的文艺创作方向具有巨大掌握力的《三民主义文学论》和《怎样建设三民主义文学》，为“三民主义”文艺理论体系建设提供了支撑。王集丛在对新文学运动进行“破”的主要着力点在于对作家、作品及文学运动的历史进行批评否定，“立”在于他对“三民主义”文艺理论体系的构建。他说：“在现代中国文学的发展中，值得注意的有两个批判运动：一是‘五四’时代的批判运动，二是北伐以后‘普罗文学’的批判运动。目前中国文学的情形，可说是由这两个运动发展来”；“五四文学革命批判的对象是贵族文学……但是因为当时的文学革命没有正确的中心思想领导，以致批判成为没有正确立场的批判，终于未将中国文学引上正确的发展途径。在另一方面，又因为盲目地搬运外国文学，反招来了个人主义与不合国情的外国的一些主义的发展……它们至今尚阻碍着中国文学与中国国家之前进”；“北伐以后的‘普罗文学’运动……既不为国家民族，也不为文学，专为那扰乱社会破坏国力的‘路线’摇旗呐喊……现在他们正忙于‘新民主主义’的宣传。所谓批判工作，便是借着一些枝节问题来夸大现实的黑暗面……至于根本的思想问题、如何统一意志集中力量来抗战建国的问题，他们是尽力回避”。[⑤] 从上引可以看出，王集丛认为 20 世纪 40 年代之前的文学是从“五四”时代的批判运动和北伐以后“普罗文学”的批判运动发展而来

---

① 王集丛：《三民主义文学论文选》，时代思潮社 1942 年版。

② 王集丛：《怎样建设三民主义文学》，国民图书出版社 1942 年版。

③ 王集丛：《三民主义文学论》，时代思潮社 1943 年版。

④ 王集丛：《洞庭无波、长沙无恙》，收入《抗战时期文学回忆录》，台湾文讯月刊杂志社 1987 年版。

⑤ 王集丛：《怎样建设三民主义文学》，国民图书出版社 1942 年版，第 71—75 页。

的，抓住了新文学发展史的历史事实，但是其对这两种文学运动并不看好，进而他对这两种运动都进行了批评，这样的价值评判是因为他采取的和要推广的是“三民主义”文学及文学史标准。对于这样的书写逻辑，我们不仅不奇怪而且会感到非常熟悉，因为在之前胡适要推广白话文、向培良要推行他的戏剧观、草川未雨要提倡他的诗歌理念、郭沫若要实施他的革命文学理论等，都是采用的这一书写策略。

这一书写策略也体现在王集丛的《三民主义文学论》一书中。他将“五四”以来新文学史的发展分为中国资产阶级文学阶段和中国无产阶级文学阶段，这两个阶段的划分在之前唯物论的新文学史书写中也早已有之，这说明在具体历史阶段的划分上，王集丛还是参考了之前的文学史结论。不同的是他对这两个阶段具体作家如鲁迅、郭沫若、茅盾等人的衡评：“鲁迅在‘资产阶级文学’阶段还写了有名的《阿Q正传》，但在‘无产阶级文学’阶段，他除了翻译些苏联文学外，便只是‘南腔北调’地写了那些杂感文字，并没有什么创作。这位‘中国新文学的圣人’‘中国高尔基’，似乎‘资产阶级’的气味还要浓厚些。至于郭沫若，当时是在日本，也没有什么创作，只是译了几部辛克莱的小说。据说远非地道的‘无产阶级文学’，颇有点改良的气味。茅盾呢？创作倒不少，但是他走的是‘幻灭’‘动摇’‘追求’又‘失望’的道路，曾被钱杏邨评为‘立场错误’；后来产生的《子夜》，据郁达夫说，只是在‘量’上颇伟大，可见质的方面还有问题。此外的‘无产阶级作家’更用不着说了。这样的事实充分说明了‘无产阶级文学’没有代表作品。在‘左翼’阵营中，不是常常在着急产生不出伟大的作品吗？可见他们自己也承认这个事实。”“‘资产阶级文学’过去了，‘无产阶级文学’的旗子也在抗战前夜收起来了。这两者在历史上均未留下足以代表它们的成绩，都只是一个名词的存在。中国现代所需要的文学，是适合国情的无阶级性的国民文学、大众文学、社会文学，即是民族文学、民权文学、民生文学，统一起来，便是‘三民主义’文学。”① 如果曾是“太阳社”

① 王集丛：《三民主义文学论》，时代思潮社1943年版，第22—23页。

和后期“创造社”的成员看到以上王集丛对新文学运动以来的作家、作品及文学思潮的分析评价，相信他们或者会哭笑不得或者会心领神会，因为他们对鲁迅、郭沫若和茅盾曾经的评价几乎与王集丛如出一辙，只不过王集丛将他们所倡导的“无产阶级文学”也一概予以否定，则是他们意想不到的。所以说，王集丛检讨“过去新文学的各种思想，发现其不完善和错误，研究当前的文学思想，发现其缺少正确的原则。这是说明中国文学之发展，必要正确思想指导才有前途。此正确思想为何？依上所说，唯有‘三民主义’”。[①] 为了某一种新的文学理论或文学政策而进行文学史书写，自然会损害文学史规律的探寻和文学史真实的还原，这是无数文学史书写实践所告诉我们的经验教训，王集丛为“三民主义”文学主张而进行文学史梳理也不例外。

同样具有中国国民党背景、坚持“三民主义”文艺政策的新文学史书写还有赵友培等人。赵友培曾任重庆市立图书馆和民众教育馆馆长、中国国民党中央文化运动委员会委员、《文艺先锋》主编，其《三民主义文艺创作论》[②] 在1946年出版。他在1947年曾在《文艺先锋》上发表了《功玉篇》《与同学论中国近百年来文艺思潮》一文，其以回复书信的形式对百年文艺思潮进行了简短梳理，他将从鸦片战争到抗战胜利的近百年的文艺思潮分为五个时期：“第一，因为鸦片战争，是中国历史转捩的关键：这以前，中国尚在闭关自守时代，一切思想学术乃至文艺，皆唯‘古’是崇，唯‘我’是大；这以后，欧西文化逐渐输入，始渐有‘我不如人’‘旧不如新’的觉悟——这一阶段，可称为中国近代文艺的‘蜕分期’。第二，因为辛亥革命，是中国政体革新的纪元：这以前，中国尚在君主专制时代，文人大半以‘制艺’为进取仕途的工具，无形中成为政治的附庸；这以后，文艺始取得自由发展的机会，得以鼓吹宣传，影响政治——这一阶段，可称为中国近代文艺的‘转型期’。第三，因为‘五四’运动，是中国新文化创造的始基：这以前，中国国民及大多数文人的

① 王集丛：《三民主义文学论》，时代思潮社1943年版，第29页。
② 赵友培：《三民主义文艺创作论》，正中书局1946年版。

心目中，尚以文言为正宗，白话为辅从，以中学为体，西学为用；这以后，才深知必为根本的改革，始能适应时代的需要——这一阶段，可称为中国近代文艺的‘革新期’。第四，因为北伐成功，是中国建立统一政权的雏形：这以前，一切皆在动荡纷乱之中，当时侈谈‘革命文艺’的人，未必革命，而真正从事革命的人，又大都投笔从戎，以枪带笔，自然无暇写作；这以后，政治虽渐上轨道，但因领导革命的中国国民党全力注意‘国计民生’的大计的设施，不遑建立正确的文艺理论，使与“三民主义”政治相配合，以致文艺被中国共产党利用为失败后政治斗争的武器，而有普罗文艺之蔓延——这一阶段，可称为中国近代文艺的‘混乱期’。第五，因为“七七抗战”，是中国洗刷百年耻辱的序曲：这以前，我们的国策是忍辱负重，故虽有民族文艺的提倡，并未能倾情吐露胸臆于万一；这以后多年被压迫的感情，如火山爆发，文坛顿放光彩；同时，随着抗战的发展和基于‘建国’的要求，而有‘三民主义’文艺之提倡——这一阶段，可称为中国近代文艺的‘建设期’”。①

从赵友培的上述时期划分来看，他在具体时间界址的选择上与大部分新文学史一样，注意到重大政治事件如鸦片战争、辛亥革命、“五四”运动、北伐成功、“七七抗战”对文艺运动的影响，并以此将近百年文艺思潮分为五个时期；而其从鸦片战争开始进行书写，考虑到晚清文学对新文学的重大影响，这在之前的陈子展的新文学史书写就已出现；而其采取从鸦片战争到抗日战争结束这一“近百年”的时间长度作为一个时间整体来审视中国近代文艺思潮，这在新文学史编撰史上应该是较早的。虽不能说这启发了后来20世纪80年代陈思和、陈平原、黄子平、钱理群等人倡导“新文学整体观”“20世纪中国文学”“百年中国文学”，但至少表明了这种“百年”思维模式是中国文人喜闻乐见的治学路径。我们从这五个时期的划分中可以看出，赵友培的叙事逻辑与之前不同：前三个时期命名为“蜕分期”“转型期”“革新期”，相信大多数新文学史家都会认同，而在之前的

① 赵友培：《功玉篇》，《文艺先锋》第11卷第1期，1947年7月31日。

新文学史书写中这也取得共识，但是将第四个时期命名为“混乱期”恐怕会引起大家的不满。因为这一时期正是革命文学盛行和左翼文学丰收时节，这正表明了赵友培“三民主义”的文学主张和中国国民党的政治立场。也正因为这样，他将抗日战争时期命名为“建设期”，以此表明这一时期“三民主义”文艺开始提出，才是近代文学的“建设期”。这样的时代命名非常牵强附会而且逻辑混乱，因为事物发展经过了“蜕分期”“转型期”“革新期”之后，按照其逻辑发展不会成为“混乱期”，而后变成“建设期”。这几个时期的命名本身就没有按照统一的标准进行，前三个时期是书写“新文学”从“旧文学”分离开来独立成长的过程，后两个时期则是说“三民主义”文学由“混乱”到“建设”，这样的两条线索不能构成事物先后发展的规律性和逻辑性。赵友培为什么用这种不合常理的时期概念来命名近百年近代文艺发展呢？这是因为，他一方面要尽量与已有新文学史书写的历史分期与定论切合，另一方面他又要考虑到“三民主义”文艺政策的述史原则，这样两相冲撞，导致他作出了这样名实不符的文学史分期及命名。这也反证出，周扬在毛泽东《新民主主义论》和《在延安文艺座谈会上的讲话》的指导下，能够对新文学历史进行新的分期和文学史阐释是多么需要创新性，很显然，王集丛和赵友培都不能完成“三民主义”的新文学史书写，这与他们的气魄和理论功底还是有很大关系的。

王集丛、赵友培在抗日战争之时并没有编写出按照“三民主义”文艺政策进行书写的新文学史著。但是当中国国民党后来到了中国台湾，按照这种文艺政策进行编辑的新文学史著倒是不少，例如王志健的《20世纪中国诗歌》①、葛贤宁、王志健的《50年来的中国诗歌》②、尹雪曼的《中华民国文艺史》③、周锦的《中国新文学史》④等，这些文学史著为我们展示了新文学史书写及阐释的另一个面向，

① 王志健:《20世纪中国诗歌》，正中书局1966年版。
② 葛贤宁、王志健:《50年来的中国诗歌》，正中书局1965年版。
③ 尹雪曼:《中华民国文艺史》，正中书局1975年版。
④ 周锦:《中国新文学史》，长歌出版社1976年版。

但是不能反映历史全面性和真实性的毛病仍然存在。这些新文学史书写的起源还要从中国国民党占据大陆时期的“三民主义”文艺政策进行追溯，这也是笔者这里要介绍王集丛和赵友培的新文学史书写逻辑的缘由。

第三节 “战国策派”的新文学史论

在国共两党都在重评“五四”文学，并提出代表自己政党意见的新文学文化战略之时，自由主义的知识分子也以他们的立场发出了自己的声音，表达了他们要求全民抗战、力争抗战胜利的决心及要求。而这又以“战国策派”的新文学史论为代表。

1940年，云南大学、西南联大教授林同济、陈铨、雷海宗在昆明创办了《战国策》半月刊，该刊从1940年4月到1941年7月发行。1941年7月该刊停刊以后，他们又于1941年12月至1942年7月，在重庆《大公报》上开辟《战国》副刊。在这两个刊物上撰稿的，除了林同济、陈铨、雷海宗之外，还有一批自由主义知识分子，比如，何永佶、郭岱西、沈从文、贺麟、陶云逵等人。虽然他们的政治立场、学术观点并不完全一致，甚至彼此有争论，但因为他们文化反思的基本观念和基本学术方法的一致，所以被统称为“战国策派”并在学界留名。

“战国策派”借鉴吸收了斯宾格勒和汤因比的文化形态学观念，试图建立一个对世界和中国文化基本特征及发展规律有独立认知的体系。雷海宗和林同济二人是其中的代表人物，他们合著的《文化形态史观》就充分表达了对中国文化特质及发展走向的思考。雷海宗把五千年来的文化划分为埃及文化、巴比伦文化、印度文化、中国文化、希腊文化、罗马文化、回教文化和欧西文化七个区域。他认为这些文化都是各自独立成体系的，都经历了蓬勃兴起、茁壮成长、发荣繁茂和枯萎凋零，直至完成它的生命周期；都经历了封建时代、贵族国家时代、帝国主义时代、大一统时代和政治破裂与文化灭亡时代五个阶段。林同济与雷海宗一样，也认为每种文化都有其产生、发展和消亡的过程，大都经历了封建时代、列国时代和大一统时代三个阶段。很明显，他们的文化阶段说是在扬弃了斯宾格勒文化发展的“三阶段说”和汤因比的文明发展“四阶段说”的基础上形成的。而在这几个文化阶段中，他们认为最活跃、最灿烂、最紧张、最富创造的阶段是列国阶段，而当时的欧西文化正处于这个列国阶段的高峰——战国时代，成为世界文化的重心。而中国则早已过了它的战国阶段而经历了两千多年的大一统的意识生活，活力颓萎。中国要想在这一战国时代图生存，必须倒走二千年，再建战国七雄时代的意识与立场，将大一统型文化转变为活泼健全的战国型文化，根除两千年大一统文化所带来的国民性弱点，恢复“兵”的文化，移入尼采的权力意志和英雄崇拜，重建国民性。

在这种文化精神的指导下，“战国策派”对“五四”新文化运动及新文学历史进行了反思，这以陈铨为代表。他将“五四”运动以来的中国思想变化分为三个阶段，与之相应的新文学也被分为三个阶段：“自从五四运动以来，中国的思想界经过三个显明的阶段：第一个阶段是个人主义，第二个阶段是社会主义，第三个阶段是民族主义。中国的新文学也随着这三个不同的阶段，表现出不同的色彩。”①“在第一个阶段间，中国思想界的领袖努力解放个人……产生的文学，大部分都模仿西洋。诗歌学美国的自由诗，戏剧尊崇易卜生的问题剧，一部分浪漫主义中间包含的感伤主义，弥漫于各种文体之间。个人主义，无疑的是这一个阶段的时代精神。一般的文学作品，所要表现的，都是个人问题；就是政治社会问题，也站在个人的立场来衡量一切。这一种思想文学，对于打破旧传统，贡献是很伟大的，但是对于建设新传统，它却是不切实的。因为新的社会新的国家，不能建筑在极端的个人主义之上。虽然说自由的国家社会应当是一群自由分子所结合，然而为着国家社会的自由，往往个人的自由就不得不加以限制，甚至于牺牲。在这种关头，真正的自由，应当求之内心，尽责任就是得自由，自由在我自己，而不在他人。只有这样讲自由，才没有

---

① 陈铨：《民族文学运动》，《民族文学》第1卷第1期，1943年7月1日。

极端个人主义的流弊。‘五四’时代的文学，不能产生伟大的文学，因为它没有得着一个巩固不摇的基础。”① 在这里，陈铨对“五四”文学的反思是一般新文学史很少论及的，其从个人主义与民族国家的高度谈到二者各自不同的要求，并反思了自由与责任的关系，无疑是他考虑到抗日战争期间再高调讨论个人主义至上是无益甚至有害于民族解放的。毛泽东、周扬等人这时对“五四”运动的评判更重在其反帝、反封建的历史作用，实际上也有着民族解放，建立新中国的意图，当然二者对国家的理解已经不一样了。一个是维护既有的国民党统治，另一个是建立无产阶级领导的新中国，这是二者之间的最大区别，这也是“战国策派”相关研究在 1949 年以后相当长时间内受到限制的原因吧。

“第二个阶段中间，社会主义成了思想界研究的对象。在第一个阶段，大家认为没有个人自由就没有社会自由；在第二个阶段，刚好翻过来了，大家认为没有社会自由根本就没有个人自由。社会怎样才可以自由呢？第一要政治平等，但是政治平等必须先要有经济平等。经济是一切问题的中心，社会主义是解决的方法。然而，他们根本忘记，中国是一个半殖民地的国家，外来政治、军事、经济三方面的侵略，重重压迫，整个民族都失掉了自由。中国最迫切的问题，是怎样内部团结一致，对外求解放，而不是互相争斗，使全国四分五裂，给敌人长期侵略的机会。”② 可见，陈铨是从中国国民党的立场上来强调社会主义思想不切合当时的国情，他呼吁当时国共两党团结一致、共同对外、自然代表着一定民意。但是面对外来侵略，采取什么样的措施才能使得中国在政治军事和经济上迅速强大，从而以使民族得以重生，这是他所没有考虑到的，这也正是当时国共两党的分歧所在。陈铨认为，“在这一个阶段中间的文学，仍然是模仿外国。俄国的作家成了最时髦的作家，描写的对象，说来说去，永远离不了阶级斗争。对于一切外力的侵凌、政治社会的罪恶，都用社会主义的名词来

① 陈铨：《民族文学运动》，《民族文学》第 1 卷第 1 期，1943 年 7 月 1 日。

② 同上。

解释，在这一个时期，全国的民族意识最薄弱了。一般所谓前进分子，已经把自己的祖国抛于九霄云外。他们的口号虽然叫得热烈，但是他们的思想，和第一阶段的思想同样地空幻不着边际。他们把全世界的人类，分成两种不同的阶级。但，实际上全世界的人类的基本分别，究竟还是中国人和外国人。中国人和中国人的利害关系，究竟远较中国人和外国人的关系密切。这个铁一般的事实，他们却没有看见。他们那种思想产生的文学，虽然可以号召一些青年，仍然不能使中华民族走向光明之路。因此，它的价值也是一时的；不是永久的，是肤浅的，不是真实的；是部分的，不是全体的。”① 陈铨评价这一时期文学现状趋势是学习俄国还是符合实际的，而他以人与人的国籍区分来掩盖人与人的经济、阶级差别则显得十分幼稚。历史经验告诉我们，腐朽的统治集团往往和外来的侵略者情同手足并联手镇压剥削本国的底层人民。

“到了第三个阶段，中国思想界不以个人为中心，不以阶级为中心，而以民族为中心。中华民族是一个整个的集团，这一个集团，不但要求生存，而且要求光荣的生存。在这一个大前提之下，个人主义、社会主义，都要听它支配，凡是对民族光荣生存有利益的，就应当保存；有损害的，就应当消灭。我们可以不要个人自由，但是我们一定要民族自由：我们当然希望全世界的人类平等，但是我们先要求中国人和外国人平等。中国人自有中国人的骄傲，不能听人宰割、受人支配。”② 陈铨强调，抗日战争时期是以民族为中心，实际上也是认为当时面临的主要任务是民族抗战，所有的主义都要在这一旗帜下统一，以达到抗战胜利的目的。他认为，“在这一个阶段中间，中华民族第一次养成极强烈的民族意识。他们第一次看清楚自己，中国的文学，从现在起，一定有一个伟大的将来。因为，我们已经说过了，只有强烈的民族意识，才能产生真正的民族文学”。③ 最后，陈铨提出了他的“民族文学”的主张，实际上是号召当时的文学创作应该

① 陈铨：《民族文学运动》，《民族文学》第1卷第1期，1943年7月1日。
② 同上。
③ 同上。

以民族文学为中心。

从陈铨对新文学三个阶段的划分和阐释来看，他意在说明个人主义、社会主义都不利于国家民族的强大，只有到第三个时期，民族主义的提出才能彻底使中华民族获得新生。这样的述史情节比王集丛的“三民主义”文学史论更具逻辑性，但是其中也有着不少问题。例如“五四”时期的个人主义乃至戊戌变法时期的种种革新都有着追求民族强大和国家现代的最终目的，为什么说只有到抗日战争时期才有民族主义的提出呢。而在第二个阶段中的社会主义的提倡其实也有着民族解放的诉求，陈铨没有提及当时就有的“三民主义”政治主张，其本身就包含着民族、民权、民生三方面，怎么能说没有民族主义呢？可见，他将个人主义、社会主义和民族主义进行了单一性的理解，而没有考虑到三者之间本身的联系性和复杂性。

陈铨还在《民族运动与文学运动》一文中以“民族运动”“民族意识”“民族文学”的立场评价了“五四”新文学。他说：“白话文运动，经过二十多年的努力试验，现在总算成功了，新文学运动却没有惊人的成绩。这也很自然，因为一种新语言，成为文学家自由使用的工具，需要时间的训练……二十年以来，中国新文学运动比较最有成绩的要算小说，这是因为施耐庵、曹雪芹早已经给白话文奠定了基础。话剧完全是一种新的文学，中国旧戏是歌舞剧，是旧诗词的连续体，同话剧毫无关系。至于白话诗最可怜，起初极端解放，后来极端刻意，诗人都在工具上下工夫，他们没有抓住时代精神，他们心里无话可说。他们不但没有精神，他们更没有才气。他们的努力，顶多是在语言文字方面作一点洗刷的工作，真正伟大的事业，还要靠未来的天才。”“中国二十年来的新文学家，没有多大的成绩，固然有其他的原因，然而他们崇拜外国偶像，彻底仿效外国人，不顾时代精神，抛弃民族特性，就算自己是天才，这种态度，已经足够毁灭自己，何况他们根本不是！”[①] 陈铨为了提出他心目中的“民族文学”的观点

① 陈铨编著：《文学批评的新动向》，正中书局1943年版，第36—37页。

对新文学运动进行了全盘否定，而且其对民族主义文学的定义是一种洁癖思维和静态分析。因为学习外国、仿效外国人，在一定程度上会催生更新民族主义文学的诞生。特别是在当时的中国，在文学观念和文学创作都还落后的情形下，采取鲁迅先生的“拿来主义”，倒不失为一种民族主义文学健康成长的捷径和必由之路。

正如前述，为了提倡自己所主张的文学观念而否定之前的文学历史，这是文学界一种常见不怪的现象，“三民主义”文艺政策的提倡者早就如此进行过。而“战国策派”为了提出民族主义文学观念仍在使用这一策略，但是其与“三民主义”所犯毛病几乎一样，就是他们不能用这两个概念来解释曾经已有过的文学历史和作家作品。当时就有人对于陈铨否定新文学运动成绩进行了批评：“陈铨先生轻轻一笔把‘五四’以来中国新兴文学运动的功绩给抹杀了。陈铨先生要么不懂中国文学，要么就是根本无视了中国新文学。请问有哪些作家是‘把自己的祖国抛于九霄云外’了？难道鲁迅的《呐喊》、茅盾的《子夜》和萧军的《八月的乡村》以及许许多多的新文艺作品，都不算得是含有浓厚的民族意识的中国文学作品么?”① 提出一种新的文学史概念只是理论上的推演，这是相对容易之事，但是只有将其运用到具体作家、作品以及思潮运动的阐释分析上，才能使得理论与实践相结合，否则理论将不能涵括丰富的实践事实，而实践事实将会挑战、颠覆理论的生命力和阐释力。“三民主义”和民族主义的文学史概念没有成为中国新文学史书写中的经典模式，其原因大概就在于此！

第四节　中立的新文学史叙述

与前两个时期一样，本时期除了旗帜鲜明、主观性强的新文学史书写之外，仍然有一些新文学史书写只求真实反映文学历史、辩证分析文学史争论、总结文学自身规律并及时历史化正在进行的抗战文

① 戈茅（徐光霄）:《什么是“民族文学运动”》,《新华日报》1942年6月30日。

艺，这些新文学史著仍有许多值得我们关注之处。

一　李一鸣的《中国新文学史讲话》

李一鸣的《中国新文学史讲话》于1943年由上海世界书局印行①，1947年再版。该文学史著框架体例比较清晰简约，全书共分九章。第一章是简要叙述晚清民初的文学运动，介绍了康有为、章士钊等人的文学革新以及王国维、林纾等人对文学有了新的认识，这是新文学的“酝酿”期。第二章主要写新文学运动的诞生及其与反对派的斗争；第三章写新文学的几个重要社团和文艺界的统一战线的形成，其通过不同时期重要社团的形成来书写新文学发展演进的轨迹有所创新。第三至第七章都是在书写新文学不同体裁的不同类型，第八章则介绍当时的《翻译整理及其他》，最后一章是《结语》。在具体文学史论述上，李一鸣多采取已成定论的文学史观点，但也有着自己的思考和整理，这表现在以下几个方面：

首先，其对各个文体的分类比较独特、科学。李一鸣根据诗歌不同风格发展将其分为三期，但是其没有具体的时间界址。他认为，第一个时期是新诗运动才发祥的时期，也是最出风头的时期。其具有三个特点：“第一，它正是名实相副的自由诗，突破旧诗的句法、格律、押韵等，写诗十分自由，差不多做到‘我手写我口’的光景，描写固然真切，但情味显得肤浅了。第二，那时大多数写新诗的人，对于旧诗词都很有根底，虽然在做‘我手写我口’的自由诗，然而在词句方面，旧诗词的影响，不免有意无意的流露出来。如刘大白可为代表。第三，小诗非常盛行，大多写鼓噪的哲理，情景并觉浅竭，这显然是受泰戈尔的影响。如冰心可为代表。”② 他认为诗歌的第二期是诗歌的黄金时代，代表人物是郭沫若、徐志摩。第二期的特点是：“第一，旧诗词的影响，现在是找不到了，代之以西洋的格律，形式整齐，音节铿锵；第一期的自由，至此受了严格的限制。第二，第一

① 李一鸣：《中国新文学史讲话》，世界书局1943年版。

② 同上书，第48页。

期的诗，浅露、真率、活泼，至此却有了含蓄，意境也渐深切；然而热烈的情感、真挚的描写，比第一期有过而无不及。第三，写诗的对象，从前是很狭隘的，至此，也推广了范围；甚至于出现了长篇的叙事诗，如冯至、朱湘，可作代表。第四，诗的篇幅渐长，和从前流行的小诗，成了绝妙的对照。”① 李一鸣认为第三期是诗歌的衰落期，此时的特色是：第一，出版和发表的诗歌很少，但这时期的诗歌比第二时期的诗歌更凝练、更优美。第二，这时期的诗歌主要是象征诗，“神秘、幽暗、在若有若无之间，是象征诗主要的形态；而且有些词句，简直是不可解的花绿绿的一串，然而却能给读者以某种感觉。最显著的例，便是李金发的诗”。② 第三，“诗的声音和色彩，越来越考究”③，诗歌的感情可以从声音和词句的形式中感觉到。从李一鸣的诗歌分类来看，他是借鉴了朱自清在《中国新文学大系》中所写的关于诗歌的分期。

但是，李一鸣对诗歌的主张还是与朱自清不一样。例如，他认为“新月派”诗人们“全是英美式的绅士或高等华人，他们有过高深的修养和优裕的艺术，以唯美自豪，以充分的闲暇从事写作。我们不敢轻视他们锤炼出来的作品。但正因为这样，他们的诗踏了旧文学的覆辙，远离了民众。试问这样的诗，在一般人看来，几人能创作？几人能欣赏？结果不过成了贵族们点缀式艺术品，跟一般生活缺乏密切的联系。于是‘新月派’的诗，和旧诗词殊途同归，虽有其文学价值，究竟不能成为主流”。④ 从他对“新月派”的评价就可以想见其对“象征派”的批评，他认为“象征派”诗歌“虽然自成一派，挽救了西洋律诗只重形式之弊，然而仍旧不能给新诗的前途，开辟出堂堂正正的道路，于是新诗之途穷，踏入了沉默时期”。⑤ 对于诗歌没落的原因，他认为有如下原因：“新诗跟民众仍旧没有密切的关系。新诗

---

① 李一鸣：《中国新文学史讲话》，世界书局1943年版，第59—60页。
② 同上书，第72—73页。
③ 同上书，第73页。
④ 同上书，第72页。
⑤ 同上书，第82页。

不能歌唱甚至于不能够吟咏，在中国文学史上看来，殊觉是难于立足的。”① 而对于当时的革命诗歌，李一鸣并没有列举蒋光慈的作品，他认为：“从内容而言，高唱革命文学的，却不曾供给我们以‘革命的’新诗；新诗的内容，一贯的是风月、情爱、颓废、伤感、幽暗，既然缺乏激励的精神，也没有劳动者的心声。新文学中，小说和新诗的距离，实在太远了。我们也曾看见所谓前进的新诗，那又是编排标语口号而成，雅俗都不能欣赏，如果读给劳动者听，他一定要向你瞪眼的。新诗是到了穷途了。”② 可见，李一鸣对诗歌的态度更多强调民众，这与朱自清认为“诗到底怕是贵族的”③ 是不相同的。但是，从其对“新月派”和“象征派”的诗歌作品的分析批评中，可见他对这些作品的艺术成就又是赞同的，上述话又表明他对当时的革命诗歌和标语口号诗歌的艺术成就并不满意。这说明，李一鸣因为时代的影响，导致他在诗歌的内容要求与艺术水准上有着比较矛盾的标准，他还没有将二者予以调谐得当。

李一鸣对小说的分类也是按照风格内容进行分类的。他将小说分为四派。第一派以鲁迅、叶绍钧为代表，同派的有许钦文、王鲁彦、沈从文、老舍、黎锦明、冯文炳、王任叔等。“他们取材是古老社会里的人物，大都用讽刺或幽默的笔调写出，他们纯粹是写实主义者，他们的手法，是平实而冷静的。”④ 第二派是“文学研究会”的大部分作家，如王统照、冰心、庐隐、落花生、郑振铎、朱自清等。“他们也是初期的写实主义者。然而他们跟第一派的作风略有不同。他们喜在小说中，探究人生的意义，颇有哲学的意味。在他们的作品里，温柔的伤感的气息极浓厚。一些闺秀派的作家，如陈衡哲、凌叔华、苏梅等，也都可以包括在这一派里面。”⑤ 第三派是“创造社”前期

---

① 李一鸣：《中国新文学史讲话》，世界书局 1943 年版，第 83 页。

② 同上。

③ 蔡元培等：《中国新文学大系导论集》，上海良友复兴图书印刷公司 1940 年版，第 351 页。

④ 李一鸣：《中国新文学史讲话》，世界书局 1943 年版，第 85 页。

⑤ 同上书，第 85—86 页。

的作家，如郁达夫、张资平、郭沫若、陶晶孙、叶灵凤、周全平、倪贻德、冯沅君等。"他们全是带有浪漫色彩的作家。他们的题材是青年的苦闷、男女间的恋爱。其他像'真善美派'的曾孟朴、虚白父子、张若谷、徐蔚南等，'现代派'的施蛰存、杜衡、穆时英等，都可以包括在这一派里面。"① 第四派是代表新兴文学的一系，虽然这些人的立场并不相同，其态度前进则一。茅盾、巴金可称是这一派的两大领袖，同派的有蒋光慈、钱杏邨、龚冰庐、丁玲、胡也频、张天翼以及后起的吴组缃、艾芜、芦焚、何谷天、萧军、欧阳山等。"他们可称新写实主义者或新浪漫主义者，用的都是新的题材，写社会间的不平，和弱者的反抗。这一派的作者，原是承第一派而来的，正方兴未艾呢。其中的几位大家，跟国外前进的作家，也可以并流而没有愧色了。"② 按照小说的风格样式、内容题材进行分类书写，在1938年杨荫深的《中国文学史大纲》③ 中书写新文学中的小说就已经如此，但是，李一鸣在这里加入了"新兴一派"，这说明在借鉴他人成例之时，他还是会根据自己的观察有所调整。

与洪深在《中国新文学大系》戏剧《导论》中将戏剧分为重实践和重剧本类似，李一鸣将戏剧也分成两派："一派是文艺剧；（另）一派是通俗剧。或者说，一派是文人之剧，（另）一派是民众之剧。文艺剧大概是文人之剧，虽然写作的也许是富有舞台经验的人；通俗剧大概是民众之剧，尽管编写的文艺修养很深。自然，就风格而言，文艺剧较高，可是就演出的效果而言，通俗剧也许更好呢。"④ 但是李一鸣与洪深列举的代表人物不一样，洪深是将自己和欧阳予倩都视为讲求舞台实践的，而李一鸣则将他们分为两类。他认为第一派以田汉、洪深、白薇、马彦详等为代表，第二派以熊佛西、欧阳予倩、侯曜、谷剑尘等为代表。这也可视为李一鸣在借鉴的同时有着自己的标准。李一鸣对夏衍、曹禺的评价甚高，将其视为文人剧的新进者，

---

① 李一鸣：《中国新文学史讲话》，世界书局1943年版，第86页。

② 同上。

③ 杨荫深：《中国文学史大纲》，商务印书馆1938年版。

④ 李一鸣：《中国新文学史讲话》，世界书局1943年版，第135页。

"他们不再取材于浪漫气分的故事，而以日常生活中的事件作题材；然而虽是平凡的日常事件，却带着相当的紧张情绪。他们的剧本，以可以演出为目的，然而也不像第二派那样的只顾迎合观众，而流于庸俗"。[①] 他表扬曹禺"以《雷雨》一剧，震惊文坛，一跃而居剧作者的首席"。[②] 这应该是夏衍、曹禺较早在新文学史中得以颂扬。而他对陈大悲和汪仲贤的评价是与众不同的，他认为在他们的剧作中，"文明戏的遗蜕，仍旧隐然可以看出来的"，"他们的剧作风格并不高，既然不及田汉、洪深那样的文艺剧，跟与熊佛西、谷剑尘那样的民众剧也似乎异趣"，他们"很有点晚清流行的黑幕小说的风味，态度略嫌欠严肃些；不过表演起来，倒是很适合的"。[③] 注重戏剧的大众性、强调其表演的戏剧性，这是李一鸣的戏剧观，这使得他能对带有文明戏余味的陈大悲等人有辩证分析。

李一鸣也将散文分为两派，其中一派是"写景、抒情、记事的文章，也许可以叫言志的散文；（另）一派是议论、批评、讽刺的文章，也许可以叫载道的散文。但我们宁可把写景、抒情、记事的散文，称第一派；议论、批评、讽刺的散文，称第二派，不用言志、载道等旧词。因为志和道两个字的意义，根本是很含糊的"。[④] 可见周作人的文学分类影响了李一鸣的散文分类，但是他不是从内容上借用这两个名称，而是从表现方式来对散文进行分类，这也算是他对周作人文学观点的一种扬弃。在第一派中，他认为周作人是"巨子"。而冰心、林语堂、俞平伯、朱自清、冯文炳、徐祖正、丰子恺、孙福熙、郭沫若、徐志摩都受到他的好评，他欣赏梁遇春的《春醪集》"量虽不多，而可说篇篇珍品"。[⑤] 在第二派中，他以鲁迅为领袖，认为他的散文"自有一派作风，句法刚强有力、老练，深切"。[⑥] 这一派中他还介绍了林语

---

① 李一鸣：《中国新文学史讲话》，世界书局 1943 年版，第 146 页。

② 同上书，第 146—147 页。

③ 同上书，第 155 页。

④ 同上书，第 159—160 页。

⑤ 同上书，第 165 页。

⑥ 同上书，第 171 页。

堂、吴稚晖、胡适、陈独秀、陈源、梁实秋。他对叶绍钧散文的评价也是一般文学史少有提及：“叶的散文，凝重工稳，有似小说，议论说理，也十分清晰，而简练有力，更是特出的。”①

从上面李一鸣的分类来看，他对每种文体的分类都根据的是作品自身的风格与内容，这尊重了文学作品自身的属性，这些分类都在借鉴他人的基础上有所创新，四种体裁都能有着自己的分类，这样，整个文学史的结构井然有序。但是这样的分类也有着弊端，那就是文学的内容和风格总是一定的，那么同一种风格和内容的作者不同之处如何体现呢？社团思潮的共性和时代性又如何彰显呢？这是这种分类方式所不能解决的，这也是该文学史对现代文学史中众多社团特点归纳不到位的原因，之后的新文学史书写也很少这样进行作家、作品分类了。

其次，李一鸣大致将现代文学中的经典作家都已凸显。李一鸣在该文学史著的《小引》中指出：“本书对于几个重要的作家，都略述其生平，并引录其作品。因为一则可以增加读者的兴趣；二则因为叙述某一名家的文笔、作风，而无具体的引录为例，所说的空洞、抽象，实在有乖史例。”② 从这番话可以看出，李一鸣只会对经典大家的生平和作品进行引录，而这正表明其选定了新文学的重要作家。通观全书，享有这种待遇的重要作家有梁启超、王国维、林纾、陈独秀、胡适、鲁迅、郭沫若、茅盾、巴金、老舍、沈从文、周作人、丁玲、徐志摩、朱湘、闻一多、李金发、戴望舒、叶绍钧等，这样，新文学史中的经典作家基本上全部涉及，如果将该书的排版变竖排为横排、文字化繁为简，不知道李一鸣为何许人的读者会觉得这部文学史与当下最新的文学史（除了没有20世纪40年代文学史之外）区别也并不大，这说明该文学史在作家选择方面经得起时间考验。也表明新文学史书写经过长达二十多年的试验与发展，已经淘洗出真正的新文学经典及经典作家。

最后，该文学史著经得起时间考验还因为其在文学赏析与鉴赏中既

① 李一鸣：《中国新文学史讲话》，世界书局1943年版，第179页。
② 李一鸣：《中国新文学史讲话·小引》，世界书局1943年版，第1页。

介绍政治社会背景，也强调文学应该更多走向大众。但其坚持的是中立客观的态度，力争从文学自身进行评价及研究。其对革命文学的介绍并不多，也没有以此为标准进行评判，对蒋光慈、郭沫若的作品分析并不高看其革命性，对“新月派”的诗歌立场有所贬斥但是对其艺术性还是没有低估。其对于林语堂、梁实秋等人的文学主张和实践也承认其艺术成就。这说明李一鸣主要还是从文学本身的角度进行文学史书写。

二 任访秋的《中国现代文学史》

任访秋的《中国现代文学史》（上卷）作为“前锋丛书”第三种，于1944年由河南南阳前锋报社印行，这里参照的是2013年河南大学出版社出版的《任访秋文集·现代文学研究》。[①] 该著有以下几个方面的特点：

首先，该文学史著以进化论为宗旨对文学革命和革命文学运动进行了叙述。该文学史第一编是《文学革命运动的前夜》，其中第一章为《清末民初的政治》，第二章为《清末民初的思想》，第三章为《清末民初的文学》。这样，任访秋也是从晚清民初来书写中国现代文学史的，他这里的“现代”与我们当下的“现代”并不是同一概念，而是带有“近代”“当代”的含义为多。这也说明时间发展至20世纪40年代，这几个时代的命名还没有统一的认知和确认。在第二章《清末民初的思想》中，任访秋对几种不同思潮的划分非常有特色，他认为清末的思想界，大致可分为四大派别：“一、严复所介绍的西方学术”，“二、康梁的变法维新，与复辟尊孔论”，“三、章炳麟的反儒家论”，“四、张之洞的中学为体，西学为用论”。而这么多的学派纷争，正象征着“这是一个动荡的时代”，“在这种各是其所是、各非其所非、议论纷纷、莫衷一是的情况下，很分明的，是在期待着一个新时代的到来。所谓新的时代就是要根据一客观的标准，而给他们一个批判与别择”。[②] 而这一新时代就是新文化运动。

---

① 任访秋：《任访秋文集·现代文学研究》，河南大学出版社2013年版。

② 同上书，第20页。

任访秋也是从进化论的角度对新文化运动的展开进行合理性阐释，同样的这种思路也表现在第三章《清末民初的文学》中。这章中任访秋分别从“诗”“小说”“散文”“翻译文学”等各方面来讨论晚清民初的文学逐渐开始解放，为后来的新文学运动奠定了基础，这里他借鉴的是胡适在《五十年之中国文学》中所阐述的历史逻辑。所以他在这章的《余论》中总结这一时期的文学有着这样的趋势：

“一、在诗歌上，已无新的路径可走。变来变去，总逃不出古人的窠臼。这时比较有点特识的作家，像黄公度，已经有意的要想打破旧的束缚，期望着建造一个新的诗坛。二、小说方面，那些从谴责而趋于黑幕的作品，也到了山穷水尽的地步，似乎也非得另转一个方向不可。三、散文，因为整个环境的剧变，古文骈体都已不能够适应时代的需要。于是才产生出像梁任公的那样极端解放的新文体。四、翻译界，林译本身就是失败。苏诗、严文，同周氏兄弟的小说比较，算是成功的译品。但因为运用古体和古文，毕竟不易作到十分信的地步。而且字句艰深，所以影响不能够怎么普遍。”①

这样，任访秋在第一编《文学革命运动的前夜》中就从政治、思想和文学三方面来说明当时是一个动荡的时代，一个新的时代将从这一动荡时代中产生，这都是采取的进化论的述史逻辑，而其在思想上几个派别的列举，应该是之前的新文学史很少书写的。

第二编是《文学革命运动》，任访秋书写了三章。其中第一章《运动的始末》介绍了《原因》《经过》《革命运动的成功》；第二章《对这次革命运动的总检讨》对文学革命成功的原因进行了总结，他认为这有三种原因，依次为“遵循进化程序者成功，否则失败”；“适应时代的需要者胜利，否则失败”；“有系统的理论者成功，否则失败”。② 第三章为《伴着文学革命运动而产生的诸问题》，任访秋以三节分别介绍了《整理国故运动》《征集民间文学运动》《国语统一运动》。其中他对“整理国故运动”介绍得比较辩证，对《整理国故

① 任访秋：《任访秋文集·现代文学研究》，河南大学出版社2013年版，第33页。
② 同上书，第76—77页。

的目的》《研究时应持的观念与态度》《整理的方法》《对国学应否整理的讨论》书写非常详细，而他自己最认同的是韩侍桁在《文学革命者胡适的再批判》中所表达的观点。一方面，他认为这在文学革命运动不久之后就整理国故，这是“时代的逆流”，“是有着它的历史的意义，或社会的根据的”。另一方面，“这不但使那守旧者渐渐减削了他们敌对的气焰，而使那为新时代斗争者，不在一时中有感到失掉故乡的伤痛”；“使人们在祖先的遗产中提取了白话文的精髓，认定其为文学历史上的代表作，供为参考，新的文学的发展，是可以加强了无限的速度”。[①] 任访秋对“整理国故运动”的辩证分析彰显了其新文学史地位，一改之前的负面或模棱两可的形象。

其次，该文学史著分期比较有特点。在第三编《新文学之萌芽与成长》的第一章《时期的划分》中将新文学发展史分为五个时期：“初期试作的时代（民国六至民国九年）”“自然主义与浪漫主义的时代（民国十年至民国十四年）”“自由主义与社会主义的时代（民国十五年至民国二十年）”“写实主义、新写实主义与民族主义的时代（民国二十一年至民国二十五年）”“抗战文艺的时代（民国二十六年至民国三十二年）”。这样的分期借鉴了之前的文学史分期，实际上有着政治事件的考虑，如“五卅”事件、大革命、“九一八”事变、“七七”事变等成为其划分文学史的重要依据，而在标题上则可看出，他重视的是不同文学思潮的嬗替往复，而关于社会政治对文学思潮的影响，任访秋也依然强调。可见，在对新文学发展史的叙述中，他坚持的是唯物论的文学史观，但不是从阶级立场来叙说，这是与之前的唯物论不一样的。

最后，该文学史对第一、二期的文学总结比较有特点。由于战火蔓延的影响，任访秋的这部文学史只书写了两个时期的文学历史，具体体现在第三编的第二、第三章中。在第二章中，他讨论了诗歌、小说、戏剧、翻译的理论商讨、创作实践和“本期作品特色”，第三章

① 任访秋：《任访秋文集·现代文学研究》，河南大学出版社2013年版，第83—84页。

也探讨了《时代背景》《新文学会社的产生》《创作》和《本期作品的特色》。其中，最有他个人特点的应该是对这两个时期文学创作特色的总结。

他认为第一个时期的文学特色是：“一、是旧形式的解放，把过去文学上的格律声调以及所谓义法之类，完全遗弃，而一无依傍的来创造自己的新形式”；“二、是充满了新的气息，对人生的态度及见解，完全是新颖的，有着极大胆极勇敢的革命精神”；“三、接触了西洋文学，而向着世界文学的潮流迈进。不仅是形式，就是内容，也纯然的走上了人道主义与写实主义的大道”。①

他认为第二个时期的文学特色是：第一，“就一般的作品特色而论，在内容上虽然有着写实与浪漫的不同，但其对现实的不满则一致。前者客观地暴露社会的矛盾与冲突，暗示着不合理的事物是终究要被消灭的。后者则主观的对旧时代的一切作着猛烈的攻击与破坏。而于未来的光明，作着恳切的瞻望和期待”。② 第二，“在形式上，大多数的作者已经完全摆脱了旧的躯壳，而各自另辟蹊径，向创造之途迈进。大小脚式的作品，已不多见。虽间或有的不免于幼稚，但成功的作品，毕竟是指不胜屈的”。③

在这里，他对两个时期的文学特色总结还是比较到位的。难能可贵的是该书写于抗日战争之时，但是其并没有受到当时的抗日战争影响，这说明他还是立足于文学史中性客观的立场上的。而其所受胡适和王哲甫的影响比较明显，这说明此时的他年仅 35 岁左右，对于新文学史还没有形成非常独特的认识。但其对近代文学向现代文学的转换如此关注，也预示了其之后的学术兴趣和学术成就。

三　田禽的《中国戏剧运动》

田禽的《中国戏剧运动》④ 于 1944 年 11 月重庆初版，1946 年上

① 任访秋：《任访秋文集·现代文学研究》，河南大学出版社 2013 年版，第 104 页。
② 同上书，第 149 页。
③ 同上。
④ 田禽：《中国戏剧运动》，商务印书馆 1944 年版。

海再版。本书主要论述了“五四”以来的新剧，共有八章。其中五章曾在《东方杂志》上发表过，其章节标题依次为：《论中国戏剧批评》《中国战时戏剧创作之演变》《论中国的戏剧理论建设》《中国剧作家概论》《中国女剧作家论》《中国戏剧运动之路向》《第六届戏剧节感言》《三十年来戏剧翻译之比较》。从标题可见，其对中国戏剧的介绍比较全面。

其在《论中国的戏剧理论建设》中列举了从1914到1937年出版的戏剧理论书籍、戏剧期刊、报纸和文艺刊物上的戏剧副刊、戏剧专号或特辑以及各种关于戏剧理论的丛书和专著。在《三十年来戏剧翻译之比较》中，他介绍了中国学人从1908年到1938年所翻译的387册外国剧本，详细统计了历年翻译出版的数据、出版最多的出版社、原著作者的国别、被翻译最多的剧作家和翻译数量最多的译者等。这两篇文章为后来人研究戏剧理论和剧本翻译提供了充足的史料。

在《中国剧作家概论》中，田禽介绍了侯曜、洪深、熊佛西、欧阳予倩、丁西林、田汉、夏衍、陈白尘、宋之的、曹禺、尤兢等剧作家。他特别强调“陈白尘、宋之的、夏衍、曹禺，诸剧作家都是战时剧坛的健将”①，而这几人也恰好因为他们战时的创作业绩在这时的新文学史书写中取得了他们的地位，而在之前的新文学史书写中，他们的重要性还不是十分明显。他认为曹禺的《雷雨》《日出》《原野》的写作技巧是细腻的，“细腻的有时会叫观众不耐烦，有时也近于卖弄”，他受易卜生的作品影响最大，“而在处理每一剧作的结局方面，那种以不了了之的手法尤为相似”，在他的作品中不易看出光明的指路。② 这是田禽在战时环境中对曹禺作品进行了不同于现在的解读。

田禽在《中国剧作家概论》中还将中国话剧分为三个时期：“假定从‘五四’到‘九一八’作为第一期（十二年），从‘九一八’到‘七七’作为第二期（六年），从‘七七’起，以后就算第三期。就技巧方面讲，第一期赶不上第二期，而第二期又不如第三期。就量

① 田禽：《中国戏剧运动》，商务印书馆1944年版，第53页。

② 同上书，第56—57页。

的方面讲，第一期较多于第二期，第三期的产量截至目前为止已超过了一二两期的总数。就意识方面讲，第二期的作品比第一期反封建的色彩更为浓厚，特别是反帝运动，到第三期反帝、反封建的意识合流，明朗的强调了反抗我们的仇敌——日本帝国主义者。就剧中的地点（Place）来讲，不再局限于室内，单纯的写些 Setting room 式的戏剧，由于内容决定形式，因而击破了 Setting room 的公式，从此，我们可以在舞台上看到山川、原野以及为民族争生存而战斗的前线。”①这说明他对抗日战争时期的戏剧运动还是非常认可的，其认为这时的戏剧运动达到了繁盛时期。

在《中国女剧作家论》中，田禽介绍了一些著名的女剧作家，如袁昌英、白薇、濮舜卿、陆小曼、陈白冰、陈淑媛、苏绿漪、椰月、赵清阁、赵慧深、沈蔚德、安娥、丁玲。前面的几位女剧作家在之前的新文学史中都有提及，而后面几五位剧作家则是在之前的新文学史书写中很少涉及的，因为她们主要活动于战时剧团，而她们在后来的新文学史书写中却不再提及。读者会认为女剧作家只大量出现在“五四”时期，而田禽的这篇文章则让我们看见了抗日战争时期女剧作家也有靓丽的风采。

在新文学史书写上，笔者认为，该著最有价值的是《中国战时戏剧创作之演变》，其对抗日战争时期的戏剧创作进行了历史梳理，其中的大部分观点已成为后来新文学史的定论。他对抗日战争时期的戏剧运动进行了分期，“以‘七七’事变到武汉撤退为第一个时期，武汉撤退到太平洋战事爆发为第二个时期，太平洋战争以后为第三个时期”②，并对这三个不同时期的剧作进行了分析。

他认为抗日战争时期的剧作，“大都单纯地重视了宣传作用，而忽视了宣传必须与艺术统一的真理”，当时的“观众也因为戏剧里可以看到中国人打胜仗、日本鬼子吃败仗，所以，他们也都愿意看这样的戏，因为这些戏都能叫他们‘出气’、兴奋”③！就形式方面讲，这

① 田禽：《中国戏剧运动》，商务印书馆1944年版，第42页。

② 同上书，第17页。

③ 同上书，第9页。

时候“街头剧、活报剧、旧瓶装新酒的民间剧，都随着抗战的洪流，急剧的普遍的发展起来了！就内容方面讲，主要是反日、反汉奸的斗争。然而在政治方面，每逢有一个新的号召的时候，我们的剧作家便敏锐的选择了配合这一政治要求的主题，迅速的写成戏剧，表演于观众之前”。[①] 这时的剧作“在产量上是丰富的，特别是独幕剧”。[②] 此时，“无论乡村、城镇、前线、后方，没有一地方不是戏剧活动的中心，而且无论任何阶层的人都有欣赏它的机会，它不再是少数人的娱乐品，而成为多数人的精神食粮了！”[③] 田禽认为随着抗日战争的持续，观众在抗日战争时期的兴奋心情开始冷静，大家对抗战剧的“胜利尾巴”的结局感到厌倦，于是戏剧走进现实的深处，从生活的洪流中去发掘新的题材。他们创作了反映沦陷区的剧作，如章泯的《战斗》、陈白尘的《魔窟》、王震之与崔嵬合著的《顺民》等，还有关于兵役问题、军民合作问题、民族工作、反对汪精卫、揭露大后方黑暗面、反映香港战事等剧作的涌现。田禽还分析了在抗日战争后期剧作出现的几种新现象和产生的原因。第一，当时的历史剧的产量特别丰盛。原因在于历史剧“表现现实生活少受一些客观环境的约束”，“观众之乐于接受”。[④] 第二，当时多幕剧的产量多于独幕剧，多幕剧中又盛行五幕甚至六幕剧。其中的原因在于上演税的实施，剧作家为了生存，为了多拿上演税就导致多幕剧大量出现。这一原因是大部分新文学史都没有提及的，但或许正是历史真实所在。第三，“目前最严重的问题，就是剧场问题。”[⑤] 然后他谈到了当时演剧还没有专门场所，只得等待晚场电影散场后租用电影场进行，而演出又以多幕剧为主，这导致戏剧完结之时已是凌晨 1 点了。这既影响了观众的健康，也消损了戏剧的宣传效果。而且他说明当时的剧场太简单，如果有西洋的那种“活动舞台”，才能上演陈白尘的《乱世男女》，而当

① 田禽：《中国戏剧运动》，商务印书馆 1944 年版，第 9—10 页。
② 同上书，第 10 页。
③ 同上。
④ 同上书，第 15 页。
⑤ 同上书，第 16 页。

时这样的好戏只能搁在书橱里。

四　蓝海的《中国抗战文艺史》

蓝海的《中国抗战文艺史》于1945年至1946年间撰写、1947年由上海现代出版社出版。这里我们讨论的是《田仲济文集》（第三卷）中所收录的版本。[①] 该文学史著具有以下几个特征：

首先，该文学史作为首部抗战文艺史体例完备、资料全面。其共分为九节：《绪论》的副标题是《英雄时代之再生》，其中，蓝海论述了具有正义感的文艺工作者都应该为人类幸福而奋斗，当时的时代是一个英雄的时代，作品也应该是歌颂英雄的作品，而这些英雄应该是最人性的"人性"；第二节是《新文艺发展的路向》，其按照《五四时代》《从五卅到一九二八》《九一八与一二八》《向创作要求自由》《沉渣的泛起》《两个口号》《民族解放战争的爆发》这样的时间顺序对新文艺发展的历史进行了梳理。第三节是《抗战文艺的动态和动向》，他结合抗日战争形势的变化对抗战文艺的发展历史进行了清查。第四节是《通俗文艺与新型文艺》、第五节是《长足进展的报告文学》、第六节是《在生长中的小说》、第七节是《戏剧的高潮》、第八节是《在建立途中的诗歌》、第九节是《文艺理论的发展》、最后是《后记》。从这样的章节体例来看，第一节是谈时代与作家的关系，这是紧扣当时抗战形势的；第二节是谈新文艺发展的路向，这是书写抗战文艺之前的文学发展态势，以显示抗战文艺从何而来，以表明抗战文艺并不是无源之水，这说明蓝海是从整个新文学史的高度来谈抗战文艺；第三节是对整个抗战文艺的发展进行历史梳理，这是具体介绍各文艺类别之前的概貌通览。以下各个小节则分别从通俗文艺与新型文艺、报告文学、小说、戏剧、诗歌、文艺理论等具体文类进行历史叙述，这考虑到了不同文类各自的不同表现。可见，该文学史著的体例还是相当完备的，而其涉及文类众多，也表明其资料全面。

该文学史著的资料性比较强，还表现在其介绍的作家、作品非常

---

① 田仲济：《田仲济文集》（第三卷），江苏文艺出版社2007年版。

之多。其不仅介绍了大后方的作家、作品，也介绍了解放区的作家、作品，但并没有凸显他们的地域区别和政治取向，只是就作家、作品进行点名、分析。这说明他并不愿将抗战文艺分成政治派别分明的两类，这应是考虑到团结抗战的政治意图。蓝海还介绍了沦陷区的作家作品，这种区域的凸显则说明他还是注意到了敌我之分，例如，他在戏剧中介绍了老舍的《无形的防线》、夏衍的《心防》、章泯的《夜》、葛一虹的《红缨枪》，强调了这些作家在沦陷区中的不屈斗争。为了表明抗战文艺的丰富性，蓝海还较详细地介绍了在华日籍反帝作家鹿地亘的报告文学《我们七个人》、戏剧《三兄弟》，这在后来的文学史著中就少有提到，因为其毕竟不是中国人。但这种不提及或许正忽略了抗战文艺本身的丰富性，这也说明以国籍为文学史著中作家的分类标准在很多时候将会面对无法处理的尴尬。

该文学史著对提及的众多作家、作品也有重点分析，将这一时期的作家进行了经典化处理。例如，他对这时的诗人和诗歌重点关注了艾青、臧克家，这是他们在新文学史著中受到重视的开始。蓝海也论及了卞之琳、曹葆华、何其芳，认为“他们最显著地受到时代的影响，同样地都找到了他们的诗作的新的路向”。[①] 对于其他一些重要的作家，该著也有所提及，这些经典作家、作品在后来的文学史中也得以确认，这表明蓝海不同一般的选剔文学经典的能力。

该文学史著资料丰富，也表现在其提及的文学组织、社团、期刊杂志众多，保留了原生态的抗战文艺史实，这里不予摘引。

其次，该文学史著展现了抗战文艺在不同文体、时间和空间的发展历史。蓝海在第三节《抗战文艺的动态和动向》中就介绍了整个抗战文艺的发展路向：从1936年到1939年武汉、广州沦陷前，抗战文艺是“由前线主义到地方文艺的兴起”[②]；从1939年的下半年和1940年的整年，“是抗战文艺极活跃的一个阶段，也是极进步的一个阶级”，抗战文艺“修正了写作上单纯地以反映火线战斗为题材的倾

① 田仲济：《田仲济文集》（第三卷），江苏文艺出版社2007年版，第90页。
② 同上书，第22页。

向”，“突进现实生活的密林”[1]；1941年是文艺界消沉的一年，抗战文艺进入了“消沉的季节”，这一年中因为文艺作家的集中和书店资金的移入，中国香港成了这一时期最活跃的地区[2]；1941年11月中国香港沦陷，大量文艺力量回国，1942年以至1943年秋，抗战文艺在“内地恢复了繁荣”，竞写长篇和翻译名著成了这阶段的主要风习，桂林、重庆依次成为文艺界的中心。1944年桂林失陷，到1945年抗日战争即将胜利，要求团结，文艺上的民主大旗高扬起来。总之，蓝海根据战事的发展、政治局势的变化讨论了具体年份中抗战文艺的变化以及文艺中心的不断转换、文学主题内容和题材体裁的变换，这就考虑到时空变化和文学变迁的相互影响。

从第四至第八节的小节标题就可见蓝海重视各文体在内容与形式上的细微变迁。在第四节中蓝海介绍了《通俗文艺与新型文艺》中不同体裁的运用情形，他谈到了《旧形式的利用》《活报与街头剧》《街头诗与朗诵诗》《速写与特写》《讲演文学与小说朗读》《杂文》《秧歌与秧歌剧》。在第五节《长足进展的报告文学》中，他先介绍了“报告的产生”以及其成为“大时代的宠儿”，然后介绍了报告文学的内容重在“战争的素描”和“敌人的泥脚”两类，接着谈到了报告文学的艺术发展“由事件到形象化”，“由前线到后方”，最后他认为，当时整个报告文学成就不高，还需等待伟大作品的出现。在第六节《在生长中的小说》中，蓝海通过《初期的脆弱》《阿脱拉斯的创造》《新旧时代的矛盾》《黑暗的暴露》《兵役问题的提出》《边疆生活的描写》《生产的歌颂》《敌伪的暴露》《竞写长篇》讨论了小说的各种主题内容与体裁形式。在第七节《戏剧的高潮》中，他通过《戏剧的四个阶段》《从浮面到内部》《两种倾向》《历史剧的产生》《评剧的改编与重写》《新歌剧的萌芽》讨论了戏剧中各种体裁的发展情况，并对不同的主题内容进行了分析。在第八节《在建立途中的诗歌》，他首先指出“诗从来服役革命”，然后谈到诗歌的“格

---

① 田仲济：《田仲济文集》（第三卷），江苏文艺出版社2007年版，第31页。

② 同上书，第35页。

式在凝铸中”，并讨论了“一些遗留下来的缺陷”，具体分析并点录了一些“诗人与诗作”，最后标明了一些转向“和人民共同呼吸”的诗人、诗作。可见，在不同体裁的历史发展中，蓝海重在它们艺术形式和主题内容的分类和变迁，从而揭示了这些文学样式在不同时空中嬗替变更的规律。

最后，该文学史著受到了毛泽东《在延安文艺座谈会上的讲话》的影响，但比较隐晦。这从第九节《文艺理论的发展》所讨论的议题就可见一斑，其讨论了抗战以来所进行的文艺理论的争论：“文艺在抗战中的作用”“文学的艺术性与宣传性”“歌颂光明与暴露黑暗”“提高与普及”“中国化与民族形式”“世界观与创作方法”“民主与文艺”。尽管这些问题的争论具有历时性，但实际上我们会发现这些问题也是毛泽东《在延安文艺座谈会上的讲话》所要重视的，这样，蓝海既介绍了抗日战争时期的文艺理论的讨论，同时，也间接传播了毛泽东的文艺思想，而其在文中也多次引用《在延安文艺座谈会上的讲话》的原文，只不过没有予以明确彰显而已。这样做的妙处还在于，其从另一个角度说明了毛泽东《在延安文艺座谈会上的讲话》的历史意义，即它本身就是对新文学以来至少是抗战文艺以来诸多文艺争论的一次总应答和大结论，其价值不应局限在解放区，而更应从整个中国及新文学理论史的时空中去判定。

虽然蓝海对毛泽东的《在延安文艺座谈会上的讲话》予以了认同，但是，其在分析与这一文艺精神相符的文艺作品之时，对他们的艺术成就却不认可。例如，蓝海认为艾青的诗歌《吴满有》“确乎既通俗易懂，也便于朗诵，在描绘农民生活方面也较过去一些标语口号诗为自然，但这只可算为试验的作品，绝不能认为是新诗应走的方向的”。[①] 蓝海对于赵树理的小说评价也不是很高，他认为赵树理的《李有才板话》《李家庄的变迁》预示着我们将会有“崭新的内容与崭新的风格的作品出现”，但这些作品“在今天看来，自然还存留着许多缺陷，但他写出了新的生活，在创作上走了新的路子，而且得到了极大的成

① 田仲济：《田仲济文集》（第三卷），江苏文艺出版社2007年版，第86页。

功却是大家公认的事"。[①] 可见他对赵树理的文学成就并不高看，而只是认为他代表的是一种方向，即"赵树理方向！"而艾青的诗歌《吴满有》在他认为充其量只是一种试验，连方向都谈不上了。这说明他对于新文学的价值评判还是重视其艺术性的，而不是一味地紧跟解放区的价值标准去裁断文学作品。

本章小结

通过对本时期中国新文学史书写的梳理，我们发现其具有以下几个方面的特点：

第一，本时期因为不同的政治观点、党派立场而书写了不同新文学史。在中国共产党方面，解放区有周扬，国统区则有宋云彬、冯雪峰，他们都受到毛泽东相关文艺理论的影响，但因为所在区域不一样，他们进行了不一样的新文学史书写。在中国国民党方面，则有王集丛、赵友培等人以"三民主义"为理论号召重新审视了新文学史。在自由知识分子方面，则有陈铨为代表的"战国策派"重新以民族主义文学为口号，再度将新文学史予以分期并评价。还有客观中立的李一鸣、任访秋、蓝海等人从文学自身的角度整理了新文学史规律。这四种不同的态度、立场都有着共同性，那就是对民族主义文学和文学大众化非常重视，这是因为抗日战争是这一时期全民族所共同关注的中心，如何赢得抗日战争的胜利是所有新文学史书写或明或暗都要关注的话题。

第二，在本时期抗战文艺得到历史化，这为中国新文学史书写添加了新的内容。田禽、蓝海关于抗日战争时期文学的阶段划分以及代表性作家、作品的分析，为后来的新文学史书写打下了基础。但是这时候的抗战文艺并没有分为国统区、解放区、沦陷区这样的三大政治文学版图，而且也并不如后来那样强调三个区域文学成就孰高孰低。这说明，此时的文学史家在书写之时还是以团结抗战为最高目的，而

① 田仲济：《田仲济文集》（第三卷），江苏文艺出版社2007年版，第75页。

并不以政治局势、文学性质来进行区隔划分，例如蓝海关于抗战文艺的书写，大致是将他们混合在一起论述的。

第三，毛泽东的《在延安文艺座谈会上的讲话》在国统区得以传播，受到了一些文艺工作者的欢迎，但是赵树理等人的作品并不被认为成绩显著，只认为这是一种新的方向。所以，在1949年前，郭沫若等人在中国香港《大众文艺丛刊》上多次发表高度褒扬解放区文学、适度贬低国统区文学的文章，这既是为未来的新中国成立进行文学政治安排，也是为了调整全国文艺界的文学思想而进行的范型转换。

第四，本时期关于新文学史几个时期的划分都已出现。中国新文学史分期随着新文学发展不断变动，但重要的时间划分已经逐渐定型，1915年、1917年、1921年、1925年、1927年、1937年等重要时间点都已出现，这些时间点基本上是根据政治事件的重大性为依据的，这与中国新文学发展时期也是中国现代政治剧烈变动时期有关，所以说，这些时间点也确是吻合文学史事实的，而这也几乎成为后来的新文学史书写所固定的时间点选择。而1942年毛泽东《在延安文艺座谈会上的讲话》的发表、1945年抗战胜利、1949年第一次文代会的召开及中华人民共和国成立又将成为重要的文学史节点，那是后来新文学发展带来的新的时间意识。

第五，新文学史著对重要的经典作家、作品的选择及阐释此时开始固化。例如鲁迅、郭沫若、茅盾、巴金、老舍、曹禺在这时的文学史地位已经远远高于其他作家，这为他们后来被书写为文学大家奠定了基础，而这时期及之前的新文学史书写则为确立他们的文学史地位进行了积淀。沈从文、张爱玲、钱钟书的文学史地位在中华人民共和国成立后没有得到彰显，虽有一定的政治原因，但也不可忽略这与他们在这时及之前的新文学史书写中还没有获得大家的公认有关。他们的文学史地位得以显赫更多来自新时期之后海外中国新文学研究成果的引进，而这或许又与另外一种政治观念有关①，那是后话。

---

① 参见张军《台港及海外的中国现代文学史编撰研究》，中国社会科学出版社2016年版。

第六，如何重评“五四”文学又成为此时的焦点，其几乎成为每一种新文艺理论解释新文学史所面临的试金石。对“两个口号”的论争如何评价成了左翼文学思潮内部的纠葛，而左翼文学之外的学者则将其视为一种内斗。唯有冯雪峰在其新文学史著中的解读更加辩证客观，但似乎没有成为大家的公认，由于其牵扯面广，之后的新文学史书写则对此讳莫如深。

第七，戏剧在本时期受到重视，戏剧史就有几部著作。这是因为抗日战争时期戏剧更有利于宣传，戏剧更能走向大众，获得大众的拥护，由此，戏剧运动本身也得以大发展。此时歌剧也引起大家的注意，能否从中国传统戏剧中发展出歌剧来，是大家所关注的话题，《白毛女》在一些新文学史书写中成为新歌剧的代表。

第八，本时期新文学史书写都有着对未来的渴望，书写者们面临时代的大转捩，每个人都感受到新的转折点即将到来。但这种“新”究竟意味着什么，这时的新文学史著还没有表现出来，或许文学史书写毕竟要比文学发展滞后一段时间！

第九，本时期新文学史抄袭现象依然存在，但情况更为复杂。如田鸣岐出版于 1943 年的《历代文学小史》[①] 基本上是对赵景深的《中国文学小史》的翻版。不知道是真有田鸣岐此人，还是书店为了利益而假托此人进行文学史著盗版，因为连文学史的《绪言》都是非常雷同的。考虑到该文学史著是在东北沦陷区出版的，其以《历代文学小史》之名代替《中国文学小史》就有多重韵味了：既在敌占区高扬中国文学的悠久历史，以示不忘中国之心，又不得不匿名隐藏，有意回避“中国”字眼。这样来看，所谓“抄袭”也并不重要了。

---

① 田鸣岐：《历代文学小史》，惠迪吉书店 1943 年版。

结　语

通过对1920—1949年的中国新文学史书写的考察，我们发现，中国新文学史书写在三个时期分别有多种理论立场。而我们当下所命名为“中国现代文学史”的新文学史内容基本上在这一时期就已被完全历史化，所以我们称其为“中国新文学史书写的发生、层累及对话”还是有一定道理的。笔者在讨论这一时期的新文学史书写时，还发现，该时期新文学历史的书写有着“重写”的空间与必要。不同时代总会要求历史回答不同的现实问题，而这恰好通过历史的“重写”来实现。

第一节　全面反映历史

通过语言这一工具书写全面的历史事实，在后现代历史观看来是不可能实现的乌托邦。因为语言本身的模糊性和表意的有限性先天限制了其涵盖历史全面的能力，而使用语言这一工具的历史学家不可能如仪器一样客观反映历史事实，他有着自身的偏好和主观情感，会影响其对历史事实的选择和阐释。更重要的是，真实发生的历史如此浩瀚无边，以有限的文本篇幅是不可能全部予以囊括的。但是这并不意味着文学史家就要放弃这种反映全面历史的梦想，至少在他的主观努力中就应有全面反映的努力，并以此视为自己的神圣使命。而且，在他的文本之中应该给予读者一种全面反映的阅读感受，而不能明显让大家感觉其故意性的视角偏差和盲点黑洞。阅读完1920—1949年的中国新文学史著之后，我们就感到这一时期的新文学史书写还不能全面反映历史。这表现在几方面：

首先，新文学作家限定了新文学史书写的议题。新文学史中最重要的大家有胡适、鲁迅、郭沫若、茅盾、巴金、老舍、曹禺、洪深、郁达夫、郑伯奇、沈从文、废名、朱自清、周作人、周扬、冯雪峰等人，这一时期的新文学史书写也基本上以这些人为主，其他文学史著基本上是对他们的文学史书写进行转录和重复。这就意味着，这一时期的新文学史书写基本上是作家的自我写史。自己书写自己的历史，就能反映全部的历史吗？这其中，受个人视野和嗜好的影响一定是巨大的。这些新文学家所写的新文学史限定了其书写的议题，他们只会书写他们所知道、所参与的文学运动，并将其视为文坛的主潮，而他们不知道、没有参与的文学运动则被遗忘，这导致他们一定不能全面反映历史事实。

其次，北京、上海的文坛成为全国文坛的代表。在这一时期所有的新文学史书写中，我们发现，唯有茅盾在其为《中国新文学大系》所写的《导论》中介绍了"五四"文学运动期间，全国各地纷纷响应成立文学社团，发行新文学期刊的蓬勃发展态势，而其他的文学史书写中则很少论及除北京、上海之外的新文学发展。这一情形也体现在对革命文学进行历史化书写中。只有到抗战文学之后，蓝海等人对抗战文学进行历史化的时候才充分注意到各种文艺体裁在各地域的发展状况。这说明，蓝海应该是中国新文学史书写中较早有着文学史家个人独立视野的，而其他的新文学史书写基本上是辗转、抄录北京、上海作家自己的夫子自道。除开北京、上海之外，其他地域的还有没有优秀的作家？还有没有杰出的作品？相信这一时期的新文学史书写者都是心中无数的。即使是新文学史书写已经发展到当下，能够回答这一问题的学者应该也是不多吧。因为这需要文学史家看完几乎所有的新文学作品，但只有到新世纪之后才有新文学史编年史①出现，大致将全部的新文学作品予以列入，遑论当时的新文学史书写者要阅读

---

① 於可训、叶立文：《中国文学编年史：现代卷》，湖南人民出版社2006年版。钱理群：《中国现代文学编年史：以文学广告为中心》，北京大学出版社2013年版。刘勇、李怡：《中国现代文学编年史》，文化艺术出版社2015年版。

完所有的作品。

最后，这一时期的新文学史没有书写中国台湾、中国香港的新文学。1895 年，清廷与日本缔结《马关条约》，台湾被割让给日本，1945 年 8 月 15 日，日本投降，中国台湾作为日本的殖民地前后历时 50 多年。中国内地的新文化运动发生后，由于留学日本和求学大陆的中国台湾知识青年“双管齐下”，几乎同时从所在地传回新文学思潮。1920 年 7 月，在东京创刊的《台湾青年》构成了中国台湾新文学诞生的起点，陈炘在创刊号发表了呼应陈独秀《文学革命论》的《文学与职务》，这被视为中国台湾新文学运动第一篇文论。1921 年 9 月《台湾青年》第 3 卷第 3 号上，甘文芳的《实社会与文学》主要抨击了吟风弄月、无病呻吟的中国台湾旧文学。1922 年 1 月 20 日《台湾青年》第 4 卷第 1 号上发表了陈端明的《日用文鼓吹论》，呼吁解决中国台湾文学语言形式方面的问题。1923 年元月《台湾》发表了黄呈聪访问中国内地后所作的《论普及白话文的新使命》，随后黄朝琴发表了《汉文改革论》。1924 年 9 月，正在北京求学并身受“五四”运动洗礼的张我军在《台湾民报》第二卷第七号发表了《致台湾青年的一封信》。可见，中国台湾新文学的产生依照了大陆新文学的模式，从倡导白话文入手，以抨击旧诗文为突破口，其建设也以依傍大陆新文学为简捷之法。在张我军等人的大力提倡下，中国台湾新文学取得了很大成绩，赖和、张我军、杨云萍、杨炽昌、杨逵、吴浊流、吕赫若、张文环、龙瑛宗等中国台湾作家创作出了一系列不亚于当时中国内地作家的优秀作品，但遗憾的是，当时中国内地新文学史书写并没有将他们予以收录、点评。

1842 年，香港岛被割让时，其是个连英国外交大臣也视为“永远不会成为贸易中心”的“贫瘠之岛”。[①] 1907 年，中国香港开始有文学期刊，如《小说世界》（1907 年）、《新小说丛》（1907 年）、《双声》（1921 年）等，一直到 1924 年的《小说星期刊》《英华青年》，陆续开始有白话作品发表。1925 年后，中国香港报纸副刊才陆

---

① ［英］弗兰克·威尔什：《香港史》，北京中央编译出版社 2009 年版，第 1 页。

续刊出一些白话文作品。被称为“香港新文学的开拓者”的谢晨光于1927年在上海叶灵凤等创办的《幻州》连续发表“以‘香港人’身份说‘香港故事’”的小说《加藤洋食店》《剧场里》和散文《最后的一幕》等。1929年，中国香港有了第一个新文艺团体“岛上社”，其成员侣伦、谢晨光、张吻冰、岑卓云等创办了《铁马》（1929年）《岛上》（1930年）。之后“岛上社”成员又和林英强、刘火子、李育中、易椿年、戴隐郎等创办《激流》（1931年）、《红豆》（1933年）、《小齿轮》（1933年）、《时代风景》（1935年）、《南风》（1937年）等文学刊物，第一批中国香港本土出身的新文学作家（还有李心若、陈红帆、张稚庐、侯曜、黄天石、杜格灵、张弓等）开始影响中国香港文坛。本地报纸副刊也有了长篇小说连载等形式，如1933年《天光报》副刊《大白》大量连载本地作家的长篇小说。可见，中国香港文学也在大陆之后逐渐有了自己的新文学运动，而大陆学者则很少关注。

对于中国内地对中国台湾、中国香港的遗忘，中国台湾作家就曾经有过抱怨。1926年8月，张我军到北京求学后曾多次向鲁迅请教，还向其抱怨祖国大陆对中国台湾的遗忘，鲁迅“当时就像受了创痛似的，有点苦楚，但口上却道：‘不。这倒不至于的。只因为本国太破烂，内忧外患，非常之多，自顾不暇了，所以只能将台湾这些事情暂且放下’”。[①] 同样的道理，当时中国新文学史家没有书写中国台湾、中国香港的新文学发展情形，或许也是因为当时的新文学史书写者“自顾不暇”只好“暂且放下”了。但是，这两个区域的新文学史并不因为这种不关注而落后，而是发展出了具有自己地域特色的新文学来。而且中国台湾、中国香港的新文学运动的提倡者们却不断介绍和书写中国内地的新文学史，以推动其新文学运动的不断前进。如《台湾民报》一创刊便积极介绍祖国大陆新文学的理论、状况与成就。如1923年7月《台湾民报》一卷4期就发表了秀潮（本名许乃昌，当时在上海读书）

---

① 鲁迅《而已集·写在〈劳动问题〉之前》，《鲁迅全集》3卷，人民文学出版社1981年版，425页。

的《中国新文学运动的过去现在和将来》一文。许乃昌一方面表现了自己对汉民族的民族身份确认，另一方面体现了其对进化论思想的拥护和对中国新文化运动的赞叹。1924年6月，《台湾民报》二卷10期发表了苏维霖取材于胡适《五十年来中国之文学》而写成的《二十年来的中国古文学及文学革命的略述》一文。蔡孝乾于1925年2月撰写长文《中国新文学概观》(《台湾民报》第3卷第12—17号连载)，介绍中国新文学的发展概况。张我军在1925年2—4月《台湾民报》三卷6—10号中刊载了《文学革命运动以来》一文，其主体内容也是转载了胡适的《五十年来中国之文学》中有关文学革命运动的经过。1926年4月，《台湾民报》转载了中国内地诗人刘梦苇的《中国诗的昨今明》，该篇文章本来发表在1925年12月12日的《晨报副刊》上。1927年，中国台湾人叶荣钟编写的《中国新文学概观》[①] 应该是最早公开出版的中国新文学史。该书的出版比大陆较早出版的陆永恒的《中国新文学概论》[②] 和王哲甫的《中国新文学运动史》[③] 要早几年。

中国香港文学界对中国内地的新文学史发展同样也是有所注意的。《小说星期刊》的主编罗澧铭在1924年发表长篇文章《新旧文学之研究和批评》[④]，这应该是中国香港较早介绍中国新文学的文章。1925年，吴灞陵在《小说星期刊》上发表了《谈侦探小说》，介绍了中国侦探小说的大致情形，叙说了其兴起的原因以及所受外国侦探小说的影响，并阐明了侦探小说创作的技巧，其中就勾画了当时侦探小说盛行的大致面貌，有侦探小说史的意味。1928年8月，冰蚕在中国香港《伴侣》上发表《中国新文坛几位女作家》[⑤]，对中国内地的

---

① 叶荣钟:《中国新文学概观》，东京印刷制本株式会社1930年版。

② 陆永恒:《中国新文学概论》，克文印务局1932年版。

③ 王哲甫:《中国新文学运动史》，北平杰成印书局1933年版。

④ 罗澧铭:《新旧文学之研究和批评》，《小说星期刊》1924年9月27日、10月4日、11日、18日、25日、11月1日。另见陈国球主编《香港文学大系一九一九—一九四九·评论卷一》，商务印书馆(香港)有限公司2016年版，第110页。

⑤ 冰蚕:《中国新文坛几位女作家》，《伴侣》第1期，1928年8月15日。另见陈国球主编《香港文学大系一九一九—一九四九·评论卷一》，商务印书馆(香港)有限公司2016年版，第152页。

女作家进行了一个简介扫描，我们也不妨将其当作较早的中国香港学者的新文学史书写。[①]

中国内地真正关注中国台港新文学的发展并将其与中国内地文学并置在一起进行文学史编撰起的时间，要等到新时期之后。例如，1988 年张毓茂主编的《二十世纪中国两岸文学史》[②] 就在“沦陷区文学”中介绍了中国台湾文学。其从中国台湾被割让开始书写，将中国台湾文学与同时期大陆文学的联系予以加强，并且梳理了中国台湾文学的“开拓期”“发展期”“战争期”的发展历程，这种编排方式应该是较早的，并在后来的文学史编撰中被其他文学史家所借鉴。[③] 这是因为，随着那时中英围绕中国香港回归的谈判逐步进行，中国台港澳问题引起了国人的注意，于是这三个区域的文学开始引发了中国内地新文学史书写者的注意和考量。

综上所述，我们发现，这一时期所写的新文学史著还存在不能全面反映历史的缺点，而这一缺点的形成都因为其是中国新文学史书写的滥觞，还是“当代”文学史书写，还没有成为大学体系中的一门学科，研究队伍还不够庞大，也不够专业，资料收集与保存还有待努力……而这些，在当下的中国现代文学研究界已经不成为问题，所以，之后的新文学史书写应该在资料的全面性上下工夫，力争能反映全面的中国现代文学史。

第二节 重建历史逻辑

通过本书对 1920—1949 年间的中国新文学史书写，我们发现，不同时代对新文学史书写提出了不同的任务和要求，而不同时代的学者都能很好完成这一历史任务。在 20 世纪 20 年代，新文学才刚刚发生，需要新文学史书写阐明文学革命的合法性与新文学的巨大成绩，

---

① 张军：《台港及海外的中国现代文学史编撰研究》，中国社会科学出版社 2016 年版。

② 张毓茂：《二十世纪中国两岸文学史》，辽宁大学出版社 1988 年版。

③ 张军：《现代中国文学整体化历史编撰研究》，中国社会科学出版社 2015 年版。

所以胡适等人就以进化论为依据来阐明新文学比旧文学更占优势，其《五十年来之中国文学》在海内外都有巨大影响。在20世纪30年代，革命成为时代的主题，社会性质的分析及时代前进的方向受到所有学者的关注，所以唯物论成为时代的主潮，而以唯物论为指导所写的文学史著就重新阐释了新文学历史。在20世纪40年代，抗日战争期间，如何赢得抗战胜利、建立新中国成为全国人民共同的焦虑，毛泽东的一些著作则回答了这一问题，在其影响下的新文学史书写就得以蓬勃发展，展示了民族主义和大众文学的热爱。而在中华人民共和国成立之后，时代需要解释新中国成立的原因及必然性，王瑶、蔡仪等人的新文学史著又为此提供了解释。在新时期之后，新文学史书写又为改革开放尽到自己“鼓与呼”的责任，新文学的现代化及现代性成为文学史家所探究的中心。而今，改革开放30多年之后的新世纪，中国已经进入到中华民族复兴的关键时节，新文学史书写需要做出新的努力，才能完成时代所交给我们的任务。

首先，应重新思考文学史书写与政治主题的关系。现在的一些学者在讨论文学史与政治主题的时候，一般都会按照“重写文学史”的思路来排斥文学及文学史与政治主题挂钩，从而高扬以文学性为最高价值的文学史书写原则。殊不知，在20世纪80年代中“重写文学史”本身就潜隐着反思“文革”、主张改革开放的理智诉求，就暗合当时最大的政治主题。[①] 这种以疏离政治以达到改革开放这一政治诉求的方式迷惑了很多学人，认为文学与文学史应该与政治无关。但是，我们通过上述中国新文学史书写历史的考察，恰恰会发现没有与政治无关的文学及文学史。而利用好文学史书写与政治主题的关系，会使得文学史书写更具理论的穿透性，更能解释历史。

让我们回到历史现场，想象当时的读者第一次读到胡适的《五十年来之中国文学》，第一次读到郭沫若的《文学革命之回顾》、华汉的《中国新文艺运动》、钱杏邨的《中国新兴文学论（第一章）》，第

① 杨庆祥：《“重写”的限度：“重写文学史”的想象和实践》，北京大学出版社2011年版。

一次读到周扬受毛泽东《新民主主义论》影响所撰写的中国新文学运动史时的那种感受。或许当时关心新文学的读者都会被其中的逻辑力量和理论穿透性所感染，似乎在众多论述纷纭而至，让人眼花缭乱和目不暇接之时，突然霹雳一声、有如快刀斩乱麻让大家看清了历史的来路与去向。尽管这其中也有那种坚持单纯客观立场的、单单着眼文学自身发展历史梳理的文学史著作，但是我们会感觉到那中间缺少主观激情、欠缺理论深度，他们不能回答迫在眉睫的现实问题。他们只是在描述历史，但是不能解释历史，不能解释历史就丧失了历史描述的使命与意义。

所以说，我们要重新思考文学史书写与政治主题的关系，并不是说文学史要为政治服务，政治要干预文学史写作，也不是说要坚持纯文学史写作，文学史与政治主题是平行并列的关系；而是说要在兼顾以往正反两方面经验教训的前提下，重新平衡文学史书写与政治主题之间的关系，使得二者能够相互配合与补充，进而珠帘合璧，以回答时代所要求我们回应的问题。

其次，新的时代需要新的述史情节。中国现当代文学史在 20 世纪 80 年代作为热门学科引起众多其他学科的“嫉妒”，一方面是因为当时的社会科学还不发达，文学因此越俎代庖而走在了时代的潮头之上，另一方面也因为当时的文学及文学史感应到时代的巨变，从而以自己的方式作出了响应。但是现在，中国现当代文学及文学史书写却走到了低谷，几乎成为书斋之中的学问，这固然与众多社会科学的兴起、所有问题都有专业分析专家解答有关，但更多的或许是因为我们无力针对现实发言，不能跟上时代的主潮以响应有关。近来发生的众多社会热点问题似乎都与我们专业的学者无关，甚至是热点已经燃烧，但是我们专业的顶尖学者几乎都不参与、也不互动，这正说明我们的文学研究和新文学史书写已经出现了学科瓶颈。

而与之相反的是，中国古代文学研究似乎从原来的冷寂走向了社会中心，成为大家所关注的焦点，“国学热”就是其中的典型。“国学热”能够引起全社会的关注自然与中国现代化建设急需本民族文化传统的支撑，以此来反对经济主义控制下的“人心不古、道德沦丧”

有关，这也是他们对现实问题的回应，从而找到了本学科的学术增长点。这样的反思在中国现当代文学中也存在。王富仁的“新国学”概念的提出，就是意在将整个中国现当代文化的研究纳入到“国学”之中进行考察，从而注意到中国固有文化传统的现代转换[①]，正是这样，他对百年来的中国现代文化进行了史纲性的论述。这说明，自从晚清之来就发起的中西“体”“用”之争一直在考验着我国学人，走到新世纪之后，这仍不失为一条主要的述史模式和研究路径。

笔者也曾提出，以多元现代性的理念进行新文学史编撰的理念。在这一理念下，我们会发现，随着中国政治、经济及文化的现代性逐步展开，中国文学的各个文类层级、各个地域、民族、性别都开始了各自的现代性历程，同时，也向着一个共有的中华民族的现代性文学复兴的目标前进。我们可以将很多原来不能编写入史的文学史实予以接纳，从而将现代中国文学带回到历史的现场，同时又坚持了现代中国文学的“现代性”原则。例如官方文学、精英文学与通俗文学、新文学与旧文学、汉族文学与少数民族文学都呈现一个整体态势，即都向中国现代性文学转换，于是，中国现代性文学史编撰框架呈现的是多层面向的流动，改变了原来单一僵化的演变曲线。如果注意到中国特色的现代性文学在生成、发展，就会看到我国不同地域的作家、作品都在向一个共有的现代性文学努力，但这些不同地域各自有着自己的文化语境和文学资源，它们在追求这种中国特色的现代性文学过程中，速度并不一致、特色也各有异同。所以，我们要分地域的考察这些不同文学家及文学作品逐渐现代性的过程。例如，中国内地的作家在力争用民族的现代的文学作品表达中国人对文学、人生以及世界的认识，而中国台湾、中国香港、中国澳门等不同地区的作家也有着类似的任务，在这个共有任务目标的前提下，他们拥有各自的优势，但是也会遭遇各自的困难。[②]

目前，中国正在提出的“中华民族复兴”和“中国梦”等政治

① 王富仁：《“新国学”论纲》(上下)，《社会科学战线》2005年1—3期。

② 张军：《现代中国文学整体化历史编撰研究》，中国社会科学出版社2015年版。

主题，也未尝不可成为我们新文学史的述史主题，当然，这需要我们文学史家的创造性转化，而不是将新文学史书写变成了政治文件的简化。总之，在新的历史条件下，我们需要新的述史情节来进行新文学史编撰，而不是一再重复前人的成果。

最后，文学史主题应与作家作品、文学思潮相互论证。周作人的循环论、钱基博的保守论、王集丛的“三民主义”论、陈佺的民族主义论从文学史主题上来看，都是很有创意的文学史主题，但是都没有如胡适的进化论、郭沫若等人的革命文学论、毛泽东的新民主主义论那样在新文学史编撰上大获成功。这说明，光有述史情节还是不够的，更需要的是述史情节和经典作家作品的阐释以及文学思潮的发展能够相互证明，否则只能成为空洞的历史主题，欠缺丰富的历史事实予以支撑。述史主题只有通过情节编排才能获得可信的历史书写。

情节编排是指史家将文学史实本身进行艺术的加工和重构，使生活事件的发展过程被展现为一个具有审美意味的序列。情节并不是对所包括的全部事件的讲述和“如实”呈现，而必然有所突出、有所强调、也有所舍弃和忽略，以便通过对文学史实的加工和重构，获取对某个问题的解释归纳。史家通过情节把文学史实的事件和行动联结起来，这些行动和事件通过叙述的因果网络而构成了一个意义系统。简而言之，情节通过把似乎无联系的东西连成一体而建构了语境。他们通常采取的办法是：从每个时段选取一个具有代表性的事件或问题，集中加以讨论；在整个研究框架中，各个时期前后相续、各个时期的核心问题彼此联系和衔接，构成一条明显的时间之流中的变动主线。如果新文学史书写在情节编排之时不能选择和阐释鲁迅、郭沫若、茅盾、巴金、老舍、曹禺、沈从文、张爱玲、钱钟书等经典的作家及他们的作品，那就意味着这种编排存在问题，这样的述史主题也是不能解读众多的新文学史实的。所以真正有价值、有生命力的述史主题一定是能够囊括最大量的历史真实，同时又能最核心地阐释历史运作的内核，而这样的述史主题就会成为一个时代的新文学史范型。时间已经发展到新世纪，而这个世纪是中国的世纪，那么一个新的述史主题应该出现，也必将出现！

第三节　重估新文学价值

笔者认为，当下对中国现代文学史的书写，除了应注重更全面地反映文学历史、重建述史逻辑之外，还应该重估新文学价值。

首先，应以中国新文学发生的眼光评价中国现代文学。前文已述，1920—1949 年间的中国新文学史实际上书写的是“当代”文学史，而当时所选定的作家、作品及对他们的评价都是根据当时的文学创作情况来进行的，可以参照和比较的新文学作品都还不多，所以，有些作品就成为了新文学经典，而随着新文学作品的不断涌现，原来的很多作品可能已经不具备经典的价值了，那么如何在新文学史中来处理这些作品呢？例如冰心的一些作品在当时应该是风靡一时的，有“冰心体”之说，所以，当时很多新文学史书写中都对其不吝言辞的予以赞颂，而现在的文学批评家则认为这些小诗并不高明，我们在文学史著中应该如何书写？这样的例子在当代文坛中有很多，很多当代作家会评说现代文学家的作品存在种种不足，但是，在我们的新文学史著中他们的经典地位却岿然不动。这里就涉及新文学价值的重估问题。

对于历史价值的评价，史学家钱穆曾分为“历史意见”和“时代意见”，这为我们处理上述问题提供了原则。“历史意见”指历史的当事人“所切身感受而发出的意见”，后人凭他自己所处的环境和需要作出的评判，则是一种“时代意见”。[①] “历史意见”是某一文学现象在当时有何意义；“时代意见”是这一文学现象现在具有什么样的意义。对某一文学现象的历史价值评价既要对“历史意见”进行“了解及同情”，又要提出“时代意见”建构当下的文学史，二者缺一不可，尤其要注重后者，因为“一切历史都是当代史”。既要找出“一些特殊的、独一无二、无法类比的现象”，还要明白“这个独特性中凝聚着一个时代或一个群体集体的生命，是它的象征、是它的代表”。[②] 例如，对郭

① 钱穆：《中国历代政治得失》，生活·读书·新知三联书店 2001 年版，第 3 页。

② ［美］昂利·拜耳：《方法、批评及文学史》，中国社会科学出版社 1992 年版，第 7 页。

沫若的评价，既要承认其在新诗史上个人艺术的独创性和“五四之子”的历史地位，又要结合当下诗歌的发展指出他的缺陷；对冰心小诗的艺术成就的分析，则要指出她在当时具有诗歌体裁的开创之功，但结合现在来看，这种诗歌艺术并不一定会成为新诗经典。

其次，应以新文学整体性视野看待中国现代文学成绩。由于研究队伍越来越庞大，中国现代文学史中的很多二流、三流作家也得以研究。这自然使得其历史的全面性得以反映，但是当下很多中国现代文学史在编撰之时，将这些二三流作家捧为经典作家，并在文学史著中有了单独的章节，这就不是从整个新文学史的眼光来看待他们的成就，而是抬高了他们的文学史地位。而在一些中国现当代文学史整体编撰的新文学史中，我们发现，中国现代文学三十年的历史与中国当代文学近七十年历史在篇幅上不相上下，而且在文学史评价上，前者比后者高、前者的大家比后者的大家多，但实际上，这种价值评判可能是有问题的。

在众多的新文学整体编撰的文学史著中，唯有樊星在其参与主编的《中国现当代文学史》《绪论》中指出，“当代文学中也产生了不少超越了现代文学的佳作。这些佳作更富有深厚的文化底蕴和复杂的人生哲理”。现代文学史三十年中除了一些大师之外，“其余的，包括好些名噪一时的作家和作品，今天读来，成就其实相当一般”。[①]可见，樊星对当代文学的成就颇有自信，并不认为其比现代文学差多少。他还指出，辉煌的新时期文学对现代文学予以了超越，“新时期的‘政治小说’和‘长篇历史小说’的丰收显然是现代文学所不能比拟的”；而且现代文学“相信‘国民性’是可以改造的”，新时期文学则认识到“‘国民性’不一定那么好改造，甚至，常常也不一定需要激进的改造”，“于是，新时期文学才有了与现代文学三十年很不一样的文学景观：虽然缺少公认的大师作‘文坛盟主’，却自有另一番壮丽的风景——新潮更迭得相当频繁；其中涌现出的优秀作家，也以出色的才华填补了前辈大师留下的许多文学空白……更何况，随

① 樊星：《中国现当代文学史·绪论》（上），武汉大学出版社2011年版。

着当代传媒的空前发达，当代文学的影响力也在与时俱增。那些根据优秀作品改编的电影在国际上屡获大奖，那些阵容相当庞大的‘网络文学’大军，也都已经证明：新时期文学的影响力并不逊色于现代文学大师的影响”。[①] 樊星作为长期研究中国当代文学的文学史书写者，自然对中国当代文学的成就了如指掌，由此，他重新思考了中国现当代文学成就高低。这就启发我们在重新评价中国现代文学之时，不能一味地沉浸在中国现代文学短短三十年的历史中去重排座次、发掘经典，要注意从整个中国新文学发展时空中去讨论，站在当下新文学已经达到的高度去选择文学经典。这样一来，我们选择的新文学经典才会富有生命力，才经得起时间的淘洗，也才能激发当下读者的兴趣去阅读。不然中国现代文学经典只会成为历史的古董，无人问津。

最后，应从世界文学的视野看待中国现代文学。中国新文学的源起受到外在的文学思潮及作家作品的影响巨大，中国传统的文学观念和文学样式则是受到这种刺激之后的革命性反应，所以我们在重新评价中国现代文学之时要以世界文学的视野看待中国现代文学的成就。

以世界文学的视野看待中国现代文学，不是说以外国文学标准来裁断中国新文学的成就。例如，顾彬在他的文学史中就表露出西方文学的优越感，他强调了西方文学对中国现代作家的影响，中国文学只是一个接受西方文学传播的倾听者、接受者、被影响者。比如，他认为王文兴的《家变》“完全是在模仿或者消化乔伊斯的《尤利西斯》以及《芬尼根守灵夜》”[②]，而“熟悉阿诺·施密特（1914—1979年）、恩斯特·延得尔（1925—2000年）、汉斯·卡尔·阿特曼（1921—2000年）或者奥斯卡·帕斯提奥尔（1927年生）等人实验作品的读者，很难从王文兴的强迫症写作中获得更新的体验”。[③] 在这里，顾彬在向西方读者介绍王文兴的《家变》完全模仿西方文学，并以此裁断其文学史价值并不高，他没有评判王文兴的这种借鉴在中国台湾文学、中国现代文学上具有的历史意义。顾彬的这种评判方式

① 樊星：《中国现当代文学史·绪论》（上），武汉大学出版社2011年版。
② 顾彬：《二十世纪中国文学史》，华东师范大学出版社2008年版，第249页。
③ 同上书，第250页。

及价值裁断是我们不能接受的。我们需要指出，中国新文学受到了外国文学影响，但更应重视这些影响是如何被“中国化”的，这种“中国化”为世界文学做出了什么贡献，那种没有创新的完全模仿恰恰应该是我们应该摒弃的。

以世界文学的视野看待中国现代文学，应强调中国新文学对世界文学的贡献。鲁迅在对他自己的作品《狂人日记》进行评价的时候，就指出，他所受的果戈理和尼采的影响，但“意在暴露家族制度和礼教的弊害，却比果戈理的忧愤深广，也不如尼采的超人的渺茫”。[①]这样就凸显了自己的创新性，这样的“狂人”就成了“中国狂人”。所以，以世界文学的视野去发现中国文学的“中国”特色，才能激励中国新文学作家努力创造出更多真正的“中国作风”和“中国气派”的经典作品，从而为繁荣世界文学提供我们中华民族的能量。

① 蔡元培等：《中国新文学大系导论集》，良友复兴图书公司1940年版，第125页。

参考文献

1. 韦勒克、沃伦：《文学理论》，上海三联书店 1984 年版。
2. 黄修己、刘卫国：《中国现代文学研究史》，广东人民出版社 2008 年版。
3. 张晓京编：《中国近代思想家文库：罗家伦卷》，中国人民大学出版社 2015 年版。
4. 蔡元培等：《中国新文学大系导论集》，良友复兴图书公司 1940 年版。
5. 欧阳哲生编：《胡适文集》，北京大学出版社 1998 年版。
6. 胡适：《胡适来往书信选》，中华书局 1979 年版。
7. 胡适：《胡适的日记》，中华书局 1985 年版。
8. 胡颂平编：《胡适之先生年谱长编初稿》，台北联经出版公司 1984 年版。
9. 张静庐：《在出版界二十年——张静庐自传》，上海书店出版社 1984 年版。
10. ［加］马克·昂热诺等编：《问题与观点：20 世纪文学理论综论》，百花文艺出版社 2000 年版。
11. 郑振铎：《插图本中国文学史》，北平朴社 1932 年版。
12. 刘贞晦、沈雁冰：《中国文学变迁史》，新文化书社 1921 年版。
13. 李振镛：《中国文学沿革概论》，上海大东书局 1924 年版。
14. 胡毓寰：《中国文学源流》，商务印书馆 1924 年版。
15. 黄忏华：《近代文艺思潮》，商务印书馆 1924 年版。
16. 谭正璧：《中国文学史大纲》，泰东图书局 1924 年版。

17. 范烟桥：《中国小说史》，苏州秋叶社 1927 年版。
18. 赵景深：《中国文学小史》，光华书局 1928 年版。
19. 赵祖抃：《中国文学沿革一瞥》，光华书局 1928 年版。
20. 周群玉：《白话文学史大纲》，上海群学社 1928 年版。
21. 陈子展：《中国近代文学之变迁》，中华书局 1929 年版。
22. 陈子展：《最近三十年中国文学史》，太平洋书店 1930 年版。
23. 李怡、干天全：《中国现当代文学》，重庆大学出版社 2010 年版。
24. 朱德发：《中国新文学六十年》，春风文艺出版社 1996 年版。
25. 谢冕：《百年中国文学总系》，山东教育出版社 1998 年版。
26. 张静庐：《中国小说史大纲》，泰东书局 1920 年版。
27. 鲁迅：《鲁迅全集》，人民文学出版社 1981 年版。
28. 培良：《中国戏剧概评》，上海泰东图书局 1928 年版。
29. 草川未雨：《中国新诗坛的昨日今日和明日》，海音书局 1929 年版。
30. 冯瘦菊：《新诗和新诗人》，大东书局 1929 年版。
31. 黄修己：《中国新文学史编纂史》（第二版），北京大学出版社 2007 年版。
32. 王世家、止庵编：《鲁迅著译编年全集》，人民出版社 2009 年版。
33. 周启祥：《三十年代中原诗抄》，重庆出版社 1993 年版。
34. 余英时：《现代危机与思想人物》，生活·读书·新知三联书店 2012 年版。
35. 张光正编：《张我军全集》，台海出版社 2012 年版。
36. 陈国球编：《香港文学大系一九一九——一九四九·评论卷一》，商务印书馆（香港）有限公司 2016 年版。
37. 钱杏邨：《现代中国文学作家》，上海亚东图书局 1932 年版。
38. 郭沫若：《创造十年》，现代书局 1932 年版。
39. 郭沫若：《创造十年续编》，北新书局 1938 年版。
40. 冯乃超：《文艺讲座》（第一册），上海神州国光社 1930 年版。
41. 钱杏邨：《阿英全集》，安徽教育出版社 2003 年版。
42. 苏汶编：《文艺自由论辩集》，上海书店出版社 1933 年版。
43. 陆侃如、冯沅君：《中国诗史》，大江书铺 1931 年版。

44. 贺凯:《中国文学史纲要》,三晋出版社2015年版。
45. 山西省地方志编纂委员会编:《山西通志》第39卷,中华书局1995年版。
46. 郑作民:《中国文学史纲要》,合众书店1935年版。
47. 谭正璧:《新编中国文学史》,光明书局1936年版。
48. 陆敏车:《最新中国文学流变史》,汉光印书馆1937年版。
49. 王丰园:《中国新文学运动述评》,新新学社1935年版。
50. 吴文祺:《新文学概要》,中国文化服务社1936年版。
51. 王哲甫:《中国新文学运动史》,北平杰成印书局1933年版。
52. 徐懋庸:《文艺思潮小史》,大众书店1946年版。
53. 茅盾:《西洋文学通论》,世界书局1930年版。
54. 李何林:《近二十年中国文艺思潮论》,陕西人民出版社1981年版。
55. 朱维之:《中国文艺史略》,开明书店1946年版。
56. 朱星元:《中国近代诗学之过渡时代论略》,无锡锡成印刷公司1930年版。
57. 周作人:《中国新文学的源流》,上海书店出版社1988年影印版。
58. 卢前:《近代中国文学讲话·散曲史——卢冀野论著两种》,秀威咨询科技股份有限公司2012年版。
59. 钱基博:《现代中国文学史》,上海书店出版社2007年版。
60. 胡行之:《中国文学史讲话》,光华书局1932年版。
61. 陈冠同:《中国文学史大纲》,上海民智书局1931年版。
62. 胡云翼:《新著中国文学史》,上海北新书局1933年版。
63. 陆永恒:《中国新文学概论》,克文印务局1932年版。
64. 温儒敏等:《中国现当代文学学科概要》,北京大学出版社2005年版。
65. 朱乔森:《朱自清全集》,江苏教育出版社1993年版。
66. 周瘦鹃:《欧美名家短篇小说》,岳麓书社1987年版。
67. 伍启元:《中国新文化运动概观》,黄山书社2008年版。
68. 霍衣仙:《最近二十年中国文学史纲》,广州北新书局1936年版。

69. 杨荫深：《中国文学史大纲》，商务印书馆 1947 年版。
70. 周扬：《新文学运动史讲义提纲》，《文学评论》1986 年第 1 期。
71. 周扬：《新文学运动史讲义提纲》（续），《文学评论》1986 年第 2 期。
72. 宋云彬：《中国文学史简编》，文化供应社 1945 年版。
73. 中共重庆市委党委工作委员会编：《南方局领导下的重庆抗战文艺运动》，重庆出版社 1989 年版。
74. 毛泽东：《毛泽东选集》，人民出版社 1991 年版。
75. 雪峰：《论民主革命的文艺运动》，作家书屋 1949 年版。
76. 李一鸣：《中国新文学史讲话》，世界书局 1943 年版。
77. 王集丛：《三民主义文学论文选》，时代思潮社 1942 年版。
78. 王集丛：《怎样建设三民主义文学》，国民图书出版社 1942 年版。
79. 王集丛：《三民主义文学论》，时代思潮社 1943 年版。
80. 王集丛：《抗战时期文学回忆录》，台湾文讯月刊杂志社 1987 年版。
81. 赵友培：《三民主义文艺创作论》，正中书局 1946 年版。
82. 王志健：《20 世纪中国诗歌》，正中书局 1966 年版。
83. 葛贤宁、王志健：《50 年来的中国诗歌》，正中书局 1965 年版。
84. 尹雪曼：《中华民国文艺史》，正中书局 1975 年版。
85. 周锦：《中国新文学史》，长歌出版社 1976 年版。
86. 陈佺：《文学批评的新动向》，正中书局 1943 年版。
87. 陈思和：《新文学整体观续编》，山东教育出版社 2010 年版。
88. 任访秋：《任访秋文集》，河南大学出版社 2013 年版。
89. 田禽：《中国戏剧运动》，商务印书馆 1944 年版。
90. 田仲济：《田仲济文集》，江苏文艺出版社 2007 年版。
91. 周贻白：《中国戏剧小史》，上海永祥印书馆 1945 年版。
92. 余锡森：《中国文学源流纂要》，广州培正中学 1948 年版。
93. 杨春时：《现代性与中国文学思潮》，生活·读书·新知三联书店 2009 年版。
94. 王钟陵：《文学史新方法论》，苏州大学出版社 1993 年版。

95. 吴秀明:《中国现当代文学史与生态场》,中国社会科学出版社 2009 年版。
96. [美] 阿诺德·豪塞尔:《艺术史的哲学》,中国社会科学出版社 1992 年版。
97. [美] 昂利·拜耳:《方法、批评及文学史》,中国社会科学出版社 1992 年版。
98. [美] Robert F. Berkhofer, Jr.:《超越伟大故事:作为文本和话语的历史》,北京师范大学出版社 2008 年版。
99. 温儒敏、陈晓明:《现代文学新传统及其当代阐释》,北京大学出版社 2010 年版。
100. 温儒敏:《文学史的视野》,人民文学出版社 2004 年版。
101. 李明滨、陈东:《文学史重构与名著重读》,北京大学出版社 1996 年版。
102. 李杨:《文学史写作中的现代性问题》,山西教育出版社 2006 年版。
103. 陈新:《西方历史叙述学》,社会科学文献出版社 2005 年版。
104. 戴燕:《文学史的权力》,北京大学出版社 2002 年版。
105. 陈平原、陈国球:《文学史》(1—3 辑),北京大学出版社 1996 年版。
106. 陈国球:《中国文学史的省思》,香港三联书店 1993 年版。
107. 陈国球:《文学史书写形态及文化政治》,北京大学出版社 2004 年版。
108. 董乃斌、陈伯海、刘扬忠:《中国文学史学史》,河北人民出版社 2003 年版。
109. 陈平原:《文学史的形成与建构》,广西教育出版社 1999 年版。
110. 葛红兵:《文学史学》,湘潭大学出版社 2008 年版。
111. 陈岸峰:《文学史的书写及其不满》,中华书局(香港)有限公司 2014 年版。
112. 付祥喜:《20 世纪前期中国文学史写作编年研究》,北京师范大学出版社 2013 年版。

113. ［美］海登·怀特：《后现代历史叙事学》，中国社会科学出版社 2003 年版。

114. 张军：《中国当代文学史叙述研究》，中国社会科学出版社 2012 年版。

115. 张军：《现代中国文学整体化历史编撰研究》，中国社会科学出版社 2015 年版。

116. 张军：《台港及海外的中国现代文学史编撰研究》，中国社会科学出版社 2016 年版。

后　记

鄙人在硕士阶段，在读过黄修己先生的《中国新文学史编纂史》后有两种想法：一是中国当代文学史似乎还没有编纂史出现，这以后可以做学位论文；二是中国现代文学史已经有了黄先生的这部著作，自己不要再去涉足得了。后来在读博士的时候，就研究了中国当代文学史叙述研究；在研修博士后的时候，就探讨了现代中国文学整体化历史编撰研究；后来的教育部项目则是着眼于台港及海外的中国现代文学史编撰。这些研究实际上都是绕着中国现代文学史的编撰去做。

这些研究做完之后，鄙人感觉新文学史编撰这一块没有更大的空间值得去拓展，于是就找机会于 2015 年到中国社会科学院文学研究所进修，和导师赵稀方教授探讨了新文学史编撰的众多问题，并倾诉了自己所面临的研究困境。赵老师在海外游学多年，学贯中西，在翻译文学、台港文学和后殖民理论等众多研究领域都成就卓然，和他的一系列交谈开启了鄙人研究方向的众多可能，让鄙人感觉到新文学史编撰这一块还有很多地方值得深入。于是鄙人回到了绕不开的中国现代文学史编撰研究中来，准备开始一个较大时空范围的学术研究。但是一系列阅读下来，发现原来的计划太大，现在还不能进行，而以 1920—1949 年间的中国新文学史编撰就可以成为一个研究课题，这样就有了该书的出现。研究中常常会出现意想不到的事情，计划没有变化快，的确是这样啊！而赵老师的一系列指引与教诲让我看见了更广阔的研究阵地，敬以此书向他表达衷心感谢！

中国新文学史编撰研究，除黄修己先生之外，温儒敏先生、刘卫国先生都有过显著成绩，同辈学人还有付祥喜等人都在辛勤努力。但是同样的研究对象，不同的研究者总有自己的研究角度，关键是如何接下去研究，学术进展或许就在这种接力活动中得以实现。鄙人在研究过程中受到上述还有其他多位学者的启发，这里向他们及他们的研究致以谢意！

感谢潍坊学院传媒学院尹健民院长、文学与新闻传播学院郭顺敏书记、李红梅副院长、王恒升教授、刘家忠教授等院系领导多年来为我的研究工作提供的众多支持，他们心胸开阔和乐观向上是我学习的榜样！

每一次在中国社会科学出版社出书，郭鹏编辑都能让我的学术态度和学术基本功有所长进，感谢这位人生之中不可多得的严师！

感谢我的妻子欧阳梦为支持我的科研工作所付出的众多艰辛与理解！还要感谢我马上要上初三的儿子张阳一鹤。我们一同减肥甩肉，挥汗如雨，浞河两岸叫不停，一鹤已过万重山。家庭史会永远记住这一光辉时刻！

张军

2016 年 7 月 27 日于潍坊